九歌一〇二年——小說選

主編 紀大偉

九歌一〇二年小說選
年度小說獎得主

李桐豪
〈養狗指南〉

得獎感言

李桐豪

就前幾天，在臉書上做了個最新版智力測驗的遊戲，二十個題目，內容大致是「一個盒子拆開來會是甚麼形狀」、「美國有十月十號雙十節嗎」、「農夫有一百一十九隻羊，除了一隻以外全都病死了，請問農夫還有幾隻羊」這一類的。

我做了，ＩＱ只有七十五。不能說人家網站不準，因為大學考預官，考智力測驗，至少智商要一百，我一樣，只有八十幾分。那結果就是我是一個連中華民國國軍都不認可的笨蛋（被指有黑畫面的「國防布」認證笨蛋，應該等於做人的尊嚴直接被剝奪吧?!）。

感謝九歌出版社，這個曾經出版過畢飛宇、

Margaret Atwood等我喜歡的作家的出版社給我這個機會證明我是笨蛋。或者我即使是個笨蛋，但至少是一個會說故事的笨蛋了。

目錄

《九歌一〇二年小說選》編序

人生多歧，寫債寫還

——紀大偉

二〇一三年，社會運動、街頭遊行特別多。我向來重視文學和社會的關係，不認為文學可以脫離歷史脈絡而存在於真空之中；然而我也不覺得文學就是／只是映照社會的一面鏡子，反而強調文學總有偏離紀實的韌性與任性。在不認為、不覺得之餘，我相信文學是一個想像社會的空間，開放給作者、讀者、評論者等等角色介入。今年選入的十六篇小說就是十六個想像社會的暗房，讓人得以進去上下其手。在這批小說中，多元成家、軍中人權是特別搶眼的議題，同性戀、跨性別、原住民、身心障礙者、東南亞赴台工作者是讓人難忘的角色。不管官方的歷史要進行如何暴力的忽視與歧視，文學總是無法忘情地下化的庶民歷史、讓被忽略的芸芸眾生得以爭取「可見度」（visibility）。

陳柏言，這一年度被選入的最年輕作者，在〈我們這裡也曾捕過鯨魚〉展現「家」的塑性：家並非先天地、理所當然地像小學課本描繪的甜美圖像存在，而是後天地、經過人為努力甚至「偷吃步」才能夠拼湊出一個為世人接受的擬象。小說中的主要角色為老人「爺」和少年「我」。他們活在「沒有一個爸爸、沒有一個媽媽」的家中，兩人的祖孫關係恐怕虛構，但他們仍然努力經營假家（借此取代舊家的創傷回憶）。在「家庭有義務看起來甜美」、「兒童有義務看起來快樂」的意識型態下，「我」從小就習慣造假：捏造圖文並茂的家族旅行日記，博得模範生榮譽。「我們」（家中成員）、「這裡」（家的空間座標）、「曾經」（家的時間座標）、「捕鯨」（豐功偉業）恐怕全屬杜撰。

朱宥勳的〈康老師的錄音帶〉慢思快想，扣連了親屬關係和媒介物，讓人聯想洪蘭教授從事的語言與認知研究。身為中文系研究生的小說主人翁，因為恩師病危，便將恩師留下的大批錄音帶謄稿成書，做為恩師生命的延續（按：錄音帶而非錄音筆？聽起來是上個世紀的事）。這對師生簡直情同父子，整理錄音帶的行動形同傳遞香火；很弔詭，主人翁跟親父反而合不來。親屬是真是假、是親是疏，取決於語言：恩師是「國語」推廣者，錄音帶內容就是老師走遍全台教人講「標準國語」的演講；親生老爸則是日治後懶得（或，不願）學國語的本省人。連結主人翁和父輩人物的橋樑／媒介，包括語言（不只國語），以及語言的周邊產物：錄音帶與謄本。小說最末，主人翁目睹恩師竟然甦醒、跟病房兒童學說很不標準的台灣國語，彷彿看見死親／死語的新生。這篇小說暗示，與其說親屬關係是由天生的血緣決定，還不如說是由人造的語言所凝結。誰說人類只會疼愛自己親生的骨肉呢？

〈奧客〉作者張怡微從上海到政治大學攻讀博士。她利用「奧客」這個「台客」用語指出反諷：奧客——可惡的客人——正可能是可愛之人。奧客一詞體現了「價值」（貴賤，善或惡，厚愛或薄情）的浮動（而非固定）、相對（而非絕對）。小說主要人物有三：在數位複製時代，小本經營沒落照相館的夫與妻，以及不斷登門要求修飾舊照片的老邁男子。對於計較小利的妻子來說，老頭子是奧客；對在乎人情的丈夫來說，老頭子是好友。把焦點從這對夫妻拉開，拉到整個社會，看客發現奧客變好人：在同性戀情侶才懂得珍惜古早味照相館的今日，奧客反而代表異性戀者守護傳統。然後再把焦點拉近，對準奧客本人，看客才知道這個老人是用老方法（把玩老照片）紀念舊人（舊情人）——他越深情，舊情人越不堪。幸福對照相館夫妻來說是現在完成式，對奧客來說是過去式，對同性戀來說是現在進行式。

政治圖騰隨著時間流變被人改寫。毛澤東形象早就是各國熱賣商品，蔣中正Q版公仔成為台灣文創精神的制式吉祥物，中正紀念堂在二〇一三年時甚至想要發起「設計蔣」的慶祝活動。但政治圖騰也同時持續壓制民眾的生命。多次將同志幽默感妖嬈寫進作品的林佑軒，在〈就位〉寫出兩個大專兵跟一個愛滋感染者「宋美零」之間的友誼。「宋美零」將第一夫人的名諱挪用為性感綽號，將蔣中正當作性幻想的對象，將「就位」這個軍中常用命令的「位」詮釋為性愛的「體位」。台灣社會長久以來將「守規距」奉為人民最高美德、痛斥各種脫離正軌的分子（不良少年、不守婦道的女人、「逃跑外勞」等等都是常被批判的「脫軌者」），而這種規訓力量以愛國之名在軍隊發揮到極致。這篇小說中的角色雖然不能夠奢談顛覆社會秩序，但他們勤於扭轉軍隊內外各種被神聖化的符號，藉此手段換取自己得以呼吸倖存的空間。

李奕樵的〈兩棲作戰太空鼠〉中，小兵主人翁倖存在壓迫性空間（禁閉室）和壓迫性同儕（虐待菜鳥和無辜動物的老兵）陰影之下。這般敘事讓人聯想二〇一三年夏天的「洪仲丘軍中人權事件」，不過早在洪事件發生之前，禁閉室就可以象徵整個軍隊，甚至整個台灣。從軍隊到台灣各界，虐殺和「被自殺」的案例不曾少過，正義仍待伸張，許多人

（如小說主人翁）似乎只能用身不由己的身心反應來面對吃人世界。主人翁（可能出自學歷教養）企圖「合理化」（rationalize）他所處的瘋狂環境，但他因而更容易被瘋狂淹沒。林佑軒筆下的性感蔣公轉變為跟主人翁心電感應、促膝長談的老靈魂、教他「禮貌」才是美德；主人翁的心理管線很忙，生理感官也是：他覺得眾多老鼠與他身體共存亡，還懵懵懂懂被長官送去跟另一士兵手淫——這兩個小兵跟老鼠無異。史坦貝克的小說《人鼠之間》將人類當作鼠輩，這篇小說亦然。

Lamuru Pakawyan的〈不是，她是我vuvu〉以五歲小女孩的視角看待一個正在學習認識多元文化的社會。政客隨口操用多元文化這個詞，卻沒有將話術（rhetoric）加以落實、避而不談多元文化的「實踐」必要付出代價：享有主流文化的既得利益者（如，漢人）要割捨特權，才能釋出讓別人培育多元文化的空間。不過這些都是「大人」的課題。這篇小說從「小處」下手：原住民小孩摸索語言的「巴別塔」——她的瑪姆（即漢人的「祖母」）講阿美族話和日本話，她的vuvu（「外婆」）講排灣族話。其實原漢相遇的時候，雙方都可能變成小孩（有人被迫淪為被欺負的兒童，有人被矮化成真人版玩具），而且都容易在語言上卡住。小說題目〈不是，她是我vuvu〉以小孩口吻反對（「才不是呢！」）漢人大人的詮釋（老師以為任何種族的祖母都是一樣的），強調原漢不能輕易等同視之、強調原住民族的內部差異性：阿美族和排灣族各有一片天。這篇多元語言的小說也顯示多元教養家庭的實況：本來家庭就不是必由一個爸爸、一個媽媽組成，不然深情款款的vuvu就不算家中成員嗎？

盧慧心的〈車手阿白〉是齣男女浪漫喜劇，從未婚聯誼活動出發，卻顛覆了公式化、規格化的聯誼。主人翁「我」是「六年級」熟女，她的「紅粉知己」（指很要好卻沒辦法與之上床的對象）是單親爸爸阿白。阿白根本只在聯誼場外看門、不得其門而入；他被稱為「車手」，正是因為他常被迫擔任在門外把風的吃虧角色（如，幫少女「熱身」，少女曉事之後卻跟別的男人結婚）。這對男女不以結婚做為交友的前提，卻比各自婚配的對象還要親密。他們深知，在這個分崩離析的社會「做個完整的人」是個隱含道德教訓的要求（能做到就是有道德，沒做到就是沒道德）：要一個人同時身兼無所不談的好友、長期性伴侶、自己孩子的一個爸爸或一個媽媽、老父老母的孝婿孝媳，把所有的雞蛋放在同一個籃子裡，在這年頭就是等著整籃砸爛。所以他們看開，「粉碎完整的人」，將人的多元角色分派給芸芸男女：讓性愛分離，讓彼此在婚前婚後都能「紙上談兵炮」。

瓦力司的〈哈勇來看我〉屬於「異地親人久別重逢」的類型，如不肖子回鄉看老父的電影、老母進鄉探女兒的小說等等。這種類型的戲劇力一方面來自親人的和解與否，另一方面來自城鄉差距的摩擦（悔恨的城市，用文明也不能說服我鄉）。這種文本在古今各國不時出現，但經常有效感染讀者。這篇小說的張力就在老父哈勇和名叫鐵木的「我」之間：哈勇在山上過著田園詩般的生活；「我」在平地跟漢人女子的婚姻並不順利、藉酒澆愁。哈勇得訊下山看「我」，但父子一時尷尬，「我們像兩個還沒學好手語的聾啞人士，同時又像瞎子一樣看不見對方，臉側向一方，像現在這樣沉默」——身心障礙成為敘事方便的隱喻，宜另外討論。酗酒和婚變孰因孰果？婚變是出於酗酒還是原漢衝突？夫妻之間發生原漢衝突還是城鄉衝突？前妻藉著更加投入工作獲得慰藉（所謂：「工作使人自由」），而我藉著「哈勇來看我」得到「哈勇來救我」。

這一屆年度小說獎的獲獎作品為李桐豪的〈養狗指南〉。我認為得獎理由是：「在一個耽溺小確幸並炒作小悲情的小時代，〈養狗指南〉反其道而行，悠遊於雅與俗之間，以不落俗套的文字展現平凡人情的崩毀與救贖。小說主要人物為大偉和他的同居男友，自然讓人聯想火熱的『同志婚姻』、『多元成家』議題；但小說並不停留在『支持』、『反對』、或『投廢票』社會議題的層次，反而更進一步坦露：同志成家之後，怎樣？小說細說身而為人的卑微與傲嬌；跟狗的良心相比，人心的能見度很低，能賤度很高。」

以同性戀者為角色的小說通常將這些角色寫得情感脹滿、欲望漫出來，但李桐豪〈養狗指南〉中的男同志卻是掏空的白矮星：情感沒勁了，欲望流光光。以異性戀為主角的敘事，如果夠誠實，就不免觸及七年之癢；〈養狗指南〉內的男同志也有進入半衰期的伴侶之癢，而止癢之道就是養，養狗、養人。主人翁，大偉，台面上藉著賞狗來排遣男同志早衰的時光，台面下則是藉著群狗的動態冷眼旁觀自己家的野男人和別人家的好男人。狗是一種網羅，讓置身其中的大偉得以打起精神，或裝嗨，面對他走味的同居生活與職場——這篇小說的篇名倒過來念，「男子狗養」，正好點出群狗帶給大偉的生命力。文中戀狗癖，是靈的轉移：根據佛洛伊德的戀物癖，男人不敢直接去戀女人的「缺陷」而改去戀女人的周邊小物；大偉著不敢直接去戀周遭男人們，而改去戀男人們的小狗。狗是人的分身、隱喻、「外掛」，一如李奕樵的〈兩棲作戰太空鼠〉以鼠代人。

同志成家從來就不只是兩個人之間的關係而已：這個家的邊界虛線之前，是要進去呢，還是要出來呢？要進去或要出來的成員，有回收（即：廢物利用）而來的狗，回收而來的岳母，她會帶回收的殘羹剩飯撮合兩個心不在焉的男同志，而他們各在覬覦街上等人撿的舊沙發或野男人。這篇小說的主題也可稱作「斷捨離或回收術」。

多馬斯的〈消失〉跟《消失的現代性》（*Modernity at Large*）中譯書名的「消失」一樣，都可解讀為「四處瀰漫」：消失並不等於不存在，而是（像水蒸氣、像鬼魂，以及罪惡感）瀰漫四處之後讓人以為看不見、卻一直都在。這篇「魔幻寫實主義」小說主人翁是住院的泰雅族老人，唯一樂趣就是對身邊的東南亞看護進行性騷擾——原住民、（好色）老人、外籍看護這些角色的互動，在本地文學還有不少發展空間。某年輕俊俏的神祕訪客瀰漫進入病房看老人；老人驚駭，歸咎看護，認為她將美少年色誘入室——將女人當作待罪羔羊、將東南亞人「性物化」，正是台灣各界常見的性政治。原來訪客是看著老人從小長大的家族之鬼，在日本時期被送去南洋充軍，因而意外與東南亞人結緣；據家鬼所知，老人身為學經歷良好的泰雅族精英，卻未幫族人爭福祉，反而藉著政商關係享盡特權。訪客是要催促老人悔罪／瀰漫／消失。

陳雪的〈維納斯〉聚焦在一對「跨性別」的愛侶上：「跨性別」在台灣語彙中還是新詞，以前的稱呼是「變性人」，當然更常被叫做「人妖」、「變態」。這些舊稱除了飽含歧視意味，還有意義不準確的麻煩：要怎樣才算變性？要動過刀才算嗎？但沒動過手術的人也算變性人。「跨性別」是個繞口的新詞，但也比較能夠顧及「性別光譜」上的多樣人生。二〇一三年，已有跨性別伴侶合法成婚（合法，是因為一方仍是生理男性、另一方仍是生理女性），跨性別「該如何被認定」也進入學者專家議程，跨性別人士在職場校園爭取生存權的行動方興未艾。在本地文學中，作家吳繼文的兩本長篇小說都有跨性別：《世紀末少年愛讀本》裡頭的清朝少年宛如女人；《天河撩亂》中的姑姑是動過變性手術的父輩。陳雪這篇小說從歐洲神話出發，沒有以更常被挪用的亞當夏娃或納西瑟斯的故事為起點——可能是這兩個典故太常被男同志主題文本借用；陳雪小說中兩位跨性別人物倒像維納斯一般陰柔、像泡沫一樣無中生有、即生即滅，剛好提供思考非主流性別的一條非主流路線。

張經宏的〈親愛的瑪麗亞〉翻轉了「邊緣」和「中心」的權力秩序。中產家庭本來安坐台灣社會的中心，名義上的「外籍看護」被迫多工（身兼「菲傭」、英語家教等等）則被排擠到社會邊緣。但在這篇喜劇化的小說中，「菲傭」化為中心，雇用她的中產家庭成員則一一成為繞著她轉的衛星。在「多元成家」議題發燒之際，我輩該體認這些外籍辛苦人並不是外人，反而比血親還像家人。有誰比外籍看護更孝順阿公阿嬤呢？故事中，雇主不在家的時候，女主角進行逾越（從主臥房搜到色情片、拿到客廳享用、甚至邀請別人家的「印傭」登堂入室看春宮）。但她的逾越很有限：她享有一點點顛覆的「自由」，是因為別人忙著進出公領域，並沒有人在乎被鎖在私領域的她；她發現的春宮祕寶正是私領域的象徵，根本見光死。甚至，她跟春宮片互為分身：在私空間越自由，在公領域就越異化。

成英姝的〈穆桂英〉正好可以解釋「酷兒理論」的性別「操演」。「操演」不見得跟同性戀有關；它是指人們不知不覺將既有文化資產當作人生腳本。希區考克的《蝴蝶夢》（*Rebecca*）、近年電影《全面啟動》（*Inception*）刻意改編《簡愛》；「穆桂英」則剛好操演／引用了同一份文化資產。小說女主角跟「簡愛傳統」中的女人一樣，沉迷女看男（而非男看女）的欲望；男主角穆桂英跟「簡愛傳統」中的資產男人一樣，只不過他的資產不是金錢而是上承戲曲傳統的名字。女主角觀察、仰慕性感卻神祕的穆桂英，後來才發現穆的古怪個性要「歸咎」他私藏的女人：他的母親，是原住民也是身心障礙者，所以見不得人。我並不是說「穆桂英」惡意醜化了原住民、身心障礙者，而是要說「穆桂英」恰好診斷出了台灣社會的痼疾：不能夠坦然認可另類的／「被另類的」家人，就可能憋出家庭的內爆。

游玫琦所指的「女朋友」是跟男人相好卻沒有名分的女人。小說中至少有兩個女朋友：主人翁跟已婚男子交往；她的父親跟一名老婦分分合合。她們都沒有進入婚姻體制，不見得因為體制排斥她們，而更可能因為她們不喜規範。「高調地」多元成家誠然應該鼓勵，但有些人早就充滿創意地（而不是遵循主流價值腳本）組裝別種人生：在家的外面，「低調地」安身立命。老爸的女朋友比較靈活有彈性：幾十年來她徘徊在「不體面」卻賺錢的不同職業之間、不體面卻被她操縱的不同老公之間。雖然（或者正因為）兩個女朋友都是老父至親之人，相識數十年，她們之間一直存在緊張關係：女主角不能從自己的經驗出發、進而包容父親的女朋友，可能因為前者（有良好學歷、正當職業）看不慣後者的差異（土氣、無視婦道），也可能因為前者不想在後者身上看到自己所沒有的江湖韌性。

王定國其人其作在二〇一三年廣受好評。他的〈那麼熱，那麼冷〉以乍看父慈子孝、夫妻恩愛的三代同堂富裕之家為主題，但文學中的這種家庭照例是千瘡百孔、不堪檢視。小說的教訓可能是：在台灣經濟表面成長、底下充滿投機炒作的年代之後，多元成家（「元」指金元）恐怕換來斷捨離的衝動——一家子不如解散算了，只是還捨不得。「反高潮」是文中常態：妻子也想外遇，卻遇到讓她敗興的浪漫；兒子不敢輕狂，卻淪入難以拿來炫耀的性冒險；男主人是性愛超人，但他的夜夜壯舉只是徒勞。有人認為此篇的主角是男子氣概，我卻覺得是「百廢不舉」。本文最精彩之處，可能正如標題明示：是溫度。類似野心的小說在本土文學中往往急於寫歷史卻疏於寫生活感觸，但這篇小說卻重視人生各處的溫度：文中女主人體內、體表、體外溫度，連同各種聲響與光影的冷熱，以及那趟賞梅之旅，都是美豔淒然。

奧威尼・卡露斯是本年度小說選中輩分最高的作者。他的〈Lhese〉是魯凱族語和中文並陳的雙語小說。在中文躍升為國際重要語言的此刻，我輩不但不該自我感覺良好，反而要擔心弱勢語言如何遭受更劇烈的邊緣化。鼓勵雙語教育（或多語教育）、雙語寫作（其中一語應該是弱勢語言，而不是英日語等強勢語言）正是超越多元文化話術（光說不做）、進行多元文化實踐（有說有做）的策略之一。本年度小說選收錄的十六篇作品中，有四篇特別突顯原住民的生活。這四篇作品類似之處，是都突顯了親屬關係的重要——值得注意的是，這些親屬關係跟漢人的主流親屬關係來得有彈性許多，可以跨越父系／母系、遠親／近親、生／死的僵化分界。這四篇相異之處，主要在於它們恰好各自對應生、老、病、死四種人生階段。但前三篇作品顯然都以晚近台灣社會為背景、都將原漢磨合織入敘事，而〈Lhese〉卻彷彿處於截然不同的時空：於看不見漢人的戰前的（而非戰後的）「蕃地」。「他們的家宛似與世隔絕。因為左右鄰居在十幾年前，都已經遷到日本駐在所的下方」——「日本駐在所」正是提醒讀者注意歷史的「刺點」（punctum）。〈Lhese〉看起來是一篇獻給逝世母親的輓歌，告別的行列包括家裡家外的親屬、人與非人的生靈。但它也是一則紀念歷史塵埃的寓言：逝去的不只是母親，也包括她的戰前時代、好山好水、鳥獸蟲魚，以及與詩同在的能力。

九歌經營年度小說選，是台灣文學的美好傳統之一。我幸獲九歌團隊的信任與支援，深感溫暖，只能鄭重感謝。慷慨提供十六篇作品的作者群，在榮耀的作品背後必然埋藏無數委屈、寂寞、磨合，只是難以與外人道也。我感謝這些前輩和新血勇於踏入虎穴、取得虎子。在過往一年以來，我曾私下找了一批沒有名分的顧問群：我請教多位作家、編輯、學者與「大台北之外」的文化工作者「不能錯過哪些小說、哪些作家」。他們都惠賜寶貴意見。如果我選了什麼罕見逸品，那要歸功於我的顧問群；如果掛一漏萬，那要怪我，因為我不得不在各種考量之下割捨顧問群的良心書單。最後，我要強調：這批作品當初得以發表，都是各界編輯、文學獎籌備人員、各級文學獎評審不計酬勞所促成的美果。謝謝無名英雄們。

我們這裡也曾捕過鯨魚

陳柏言

一九九一年生，高雄鳳山人，現就讀台灣大學中國文學系碩士班一年級。輕痰讀書會一員。

曾獲二〇一三年第三十五屆聯合報文學獎短篇小說組大獎、二〇一二年第十一屆宗教文學獎短篇小說組首獎、二〇一二年第二十九屆中興湖文學獎短篇小說組首獎。小說〈請勿在此吸菸〉收錄《九歌一〇一年小說選》。

有部落格「文學，以及充滿結局的生活」。

塞著耳機，iPad擱在手上，loading，Map更新，矮厝全部壓扁變形，白色是路，黃色是房子，那一片藍色是海。我把爺給的地址設為目的地，大橋橫飛過海，Map的規畫路線，突然筆直切過漁市。

大學畢業前，我修了一門「鯨豚保育生物學」自然通識。老師身形嬌小，博士論文寫的是鼠科生態；她花費一年半在佛羅里達的山裡紀錄松鼠族群，返台後卻投入了全然陌生的鯨豚領域。

「因為鯨魚很可愛啊。」這是她的理由。

最後一節課，她介紹了梅爾維爾的《白鯨記》：「不要以為生態研究只是冷冰冰的數據分析，還要顧及文史背景。」鯨魚是高產值動物，鯨脂能做潤滑油，甚至可以點亮燈塔；龍涎香是高級香料，鯨鬚可做淑女的馬甲、陽傘骨及蓬裙。她說，《白鯨記》記載了捕鯨業的時代巔峰，捕鯨船運用鯨的洄游特性，算好時機，總能將鯨群攔截圍捕。敘事者以實瑪利抱持著「即使失敗，也不會比現在更糟」的心情，放下陸地上的一切，決心跑遠洋冒險。他先抵達一個專做捕鯨船生意的南方島嶼，海市蜃樓般的炎熱小鎮。

我終於來到這裡，北勢寮。

爺說，我們這裡也曾捕過鯨魚……。

果然一點風都沒有……。路邊歐巴桑軟帽袖套，隱身鐵皮棚下，或蹲或坐，拿著蒲扇，搧著更熱的風。魩仔魚丸和炸花枝條散落油膩黑鍋的小鐵架上，像隨時會焚燒起來；板凳稀落擺著圓滾的椰子，木板招牌大大寫著「水」。地圖顯示的是Google街景車多年前的巡行，多年後街景幾無變化，幾個歐巴桑依然或蹲或坐盤踞店門口。像是明信片圖景，色彩則在陽光的強烈照射下，鬆動扭曲。

我跳上堤岸，粗礪的鹹味直衝鼻孔。

就像旅行雜誌裡，那麼標準的南方夏天：單調的海。單調的椰子樹。爬滿馬鞍藤的沙灘。如果再補上一份暑假作業，就更完整模擬一個夏天。

「我們」的暑假作業，總是熬到開學前一晚才開始；爺，和我，共同捏造不存在的家庭旅遊。客廳餐桌當書桌，我歪著頭寫：爸爸開著新買的休旅車，播放巴哈無伴奏，載我們到壽山動物園，看獨居的亞洲象，和一對斑馬夫妻。我寫：趁著假日，我和妹跳上媽的小綿羊，三貼去台糖花市。媽拉開零錢包，讓我們在台灣欒樹下做沙畫，妹畫小叮噹，我畫皮卡丘。完成後媽已抱著一盆蘭花走來：「迪，眉，差不多要回家囉，拔還在家裡等我們。」或者，我寫：清境農場的三天兩夜民宿之旅（民宿取名「摘星山莊」），日本京都古蹟之旅（我們吃了宇治金時），挪威峽灣之旅……，愈寫愈是興味盎然，心臟脹得要命，靠著想像力編造了十七個不存在的家庭旅行。我忽然詞窮，心虛，還要回頭「複查」，當天是否卡到休館休園，雷雨颱風。

我把自動筆砸到地上，翹腳轉開電視，頻道胡亂跳，鄉土劇，偶像劇，綜藝節目，動畫重播，最後停在MTV台。周杰倫穿著吊嘎垮褲，rap中國功夫。爺走進屋裡，手忙腳亂撿起筆來，小心翼翼問了一句：「你還欠多少？」

「什麼欠多少？」

「那個啊，那個，」爺指了指桌上的斜了一邊的暑假作業。

「哪個啦？」我雙手倒放，頭一枕眼一閉，「好啦，三天啦。」爺便趿著藍白拖，騎著老野狼直奔西子灣澄清湖，帶回一疊觀光導覽手冊。

要求佐附照片的「日記」最讓我頭痛。總得在日記最後，謊稱相機突然沒電，或者把底片通通扯出來曝光。抓起彩色筆，畫上模模糊糊的樹啊花啊，這個是爸，這個是媽，妹和我。國小六年，我拿了四次「最佳旅遊獎」，站上司令台，接受掌聲領獎。我受命跟其他獲獎同學輪班，守在穿堂，推銷我們的模範生活。他們笑盈盈的樣子讓我心安，看起來也像造假。

我的故事裡面從沒有爺。爺擁有一座花園，位在公寓四樓的小小陽台，掛滿盆栽。爺按照植栽手冊，選定不同花期的盆景；花園四季恆春，就連冬天都有細紅的油點草綴閃。

爺是真的，但我的故事裡從沒有爺。

爺看了我的暑假作業，笑著說，你真該去旅行社上班，像是那個，那個誰啊？你表姑啊，每天飛來飛去，還同時交往六個國家的男朋友。我說怎麼可能啊，我根本沒有真的去旅行過，這樣也可以嗎？爺說：「可以啊，怎麼不行？你有沒有讀過〈岳陽樓記〉？」有啊，國文課本裡面有，很有名。「小范老子寫的也是胡謅啊，他從沒去過岳陽樓。」我頓了頓，應了聲是喔，因為他是范仲淹哪，我只會被當成詐騙集團啦。

我也幻想過啊，由我籌畫一趟家庭旅行，帶著爺一起。可能我還會說，喂，爺，你的故鄉在哪裡？我們找一天回去好不好？

距離大學指考還有一個月，非常時期。高雄火車站附近補完習，搭著末班公車搖搖晃晃，到了總站剩我一人，再走過一條全無燈火的路。回到家，打開門，看見有人鬍渣滿面，陪爺圍著方桌用餐。燈泡懸在頭頂，他們吃著一團血紅的微波義大利麵，桌上還有炸雞全家餐一桶，百事可樂一瓶。「好晚了耶，吃宵夜啊？」我瞥了他們一眼，直接走進房間。

書包一拋我便蹲在地上，不停顫抖。我剛剛，有沒有朝「他」微笑？點頭？有人敲了門，門沒鎖。爺探進頭來像是探監，「怎麼了？那是你爸啊，不認識啦？」我的聲音像灌過強酸，嘶啞著：誰？誰啊？我爸誰啊？我夢見過無數次的，那些萬里尋父故事：山也跋了水也涉了，終於相逢，兩人抱頭痛哭，喊著爸我好想你兒啊你辛苦了……。

騙誰啊。

我只是用力拖延那個時刻。

父親突然從很遠很遠的地方回來，衣服舊了一點，卻只像去附近公園散個步，流點汗，然後靜靜地，坐在那裡。我解開制服襯衫的釦子，一顆，兩顆，慢慢地拆，若無其事地拆。換上吊嘎及運動短褲，深吸一口氣，才走出房間。餐桌旁已不見父親蹤影，卻在昏黃燈下聞見一股陌生菸草味，跟爺不同牌子。洋的？

千百畫片刷啦啦閃逝，有一炭筆飛快勾勒：媽死了，父親被人帶走，爺在燈下像顆氣球，飄來盪去。爺抱著我，我在地上爬。爺牽著我，我揹起書包，換上國小制服，國中制服，高中制服。最後，停在這個擺滿速食的餐桌。

定格，垂著雙手。

一隻厚手輕輕落在我的肩膀。

我走進窄巷，感覺神祕寧靜，像Jonah被吞進鯨魚腹裡；那個剎那，他想到了什麼？相仿的矮厝不斷複製，夾出一條幽暗小徑。我站在纏滿青苔的房前，輕點「重新整理」，GPS十字鎖定，代表我的箭頭，與目的地緩緩疊合。沒錯，就是這裡。我回頭看看四周，陽光從破洞的鐵皮屋棚蝕落，撞擊掛在牆上的鋁盆。細小黝黑的水溝。空無一物的曬衣竿。彷彿數百年無人自此經過。

試了試門把，鎖著。我從包包裡掏出爺給的鑰匙，輕輕一轉。

厚重的菸味立即將我包圍。不是爺的，那混合著人的體味，體溫，有些腐爛的香氣。不，也不是父親，不可能是父親。白漆些許剝落，裸露內裡乾灰泥牆，屋角垂掛一面大蜘蛛網。牆上小小的通風窗，透進微弱天光，書桌收拾乾淨，緊貼著牆。印有米奇米妮圖樣的床單，也鋪得相當整齊。

我坐在書桌前發呆。拿起iPad對著那面通風窗，拍了張完全曝光的照片，像是一個深深凹陷的白色窟窿。上傳臉書，附註：「我家」，一分鐘後累積了十七個讚。我把書桌的抽屜全部拉開，除了幾包空菸盒，還有一本黃色封皮的農民曆。最末頁是「食物相剋表」：豬肉與菊花相剋。雞蛋與消炎片相剋。鴨肉與鱉相剋。爺非常重視這張表，倒背如流，要求我也如九九乘法誦讀。隨意瀏覽農民曆，對照了一下今年生肖屬馬的……，嗯？翻回封面，啊，原來是四年前的，那時我剛進大學，十八歲。

四九年大撤退，年僅十八的爺被夾帶上國民黨的船，幾番輾轉，一個人來到這個南方小鎮。這是爺告訴我的，他的「故事」。比我的暑假作業更缺乏細節、缺乏實感。他總是一邊修剪掛在牆上的鐵線蕨，一邊打著哈欠：「哈——要是蔣總統沒帶我們過來，我早就天天啃草根啦，哪有閒工夫在這裡蒔花弄草？」更奇怪的是，他從未提過對岸的家人們，更別說返鄉探親。有次我問起，他摘下一片沙漠玫瑰的枯葉，答道：「我怎麼可能回去？我老家早沒啦！」我說，沒啦？什麼意思？「不要問我，我全忘光啦！」面對我的狐疑表情，他唯一的證據只有那過分強調捲舌的發音。

父親被控殺妻那年，爺連夜上高雄，只帶了三天的換洗衣物以示信任。沒料到官司就這麼糾纏下去，兵敗如山倒，最後判了無期徒刑。爺為了撫養我，再次成為異鄉客，長住鳳山十餘年。爺把北勢寮這幢老厝，無償送給一對撿拾回收品維生的老夫婦，唯一的要求是永不換鎖，並多打一把鑰匙，交給兒子。

他們的兒子，爺的兒子，我的父親。

爺來台後終身未娶，據說對岸有個指腹為婚的妻。而那對老夫婦終身赤貧，只有孩子一個接一個，從未少過。他們將五十歲時出世的第九個男孩，過給獨身的爺。父親入獄後，鑰匙藏在臥室老掛鐘裡頭；我十五歲那年，爺踮腳取下鑰匙，用交付遺產的語氣對我說：「你爸也許不會回來了。這是你的。」

父親的生父生母，在他入獄期間相繼去世，這幢矮厝卻像仍住著人。四年前的農民曆，鋪整的床單，陌生的菸草味。我反舉iPad，又拍了一張。上傳臉書，文字註解：「車過北勢寮」。

爺七十四歲那年，為了改辦新版身分證，也在五甲家樂福入口的證件快照機，投入三枚五十元硬幣。爺整了整西裝衣領，掀起布幕，鑽進那只容一人的小小房間。喀嚓喀嚓，他對自己按下快門，還學洋人拍照時高喊：「去死——」鎂光從縫隙溢瀉，三十秒後相紙顯影。他熱愛自己的攝像，還拿去沖洗店放大，亮彩切換成莊重黑白。他將那幅黑白照裝釘裱框，擺在茶壺櫃裡，像在懷念一個死去已久的情人，時不時取出擦拭。

他是不是預知了什麼？拍照後不久，騎著老野狼，到禮儀店訂做一套壽衣，手工緞面，長袍馬褂。兩個禮拜後宅配到府，立即穿上，拉著我興沖沖問：「孫子，帥吧？」還不錯啦……，我尷尬無言，他則顫抖著喜悅。到了月底，總要拿出熨斗重新燙過，捧著曬曬太陽，也在街坊老鄰間亮相。「唉唷，這個月又穿不到了。」他苦惱的神情像是未能赴宴的辛蒂瑞拉，「如果我過去那天，胖到穿不下怎麼辦啊？」

爺終於穿上壽衣的一個月前，突然跟我說，我們北勢寮也曾捕過鯨魚。

有一回鬧得好大，還上新聞喔。一頭死掉的抹香鯨被沖上岸，整個北勢寮的人都跑去圍觀，連水底寮的也來湊熱鬧；直呼這輩子，沒看過那麼大頭的鯨。有個小個頭女教授從台北趕來（我問那女教授是不是姓周？爺說我怎麼知道），號召三十個海巡弟兄，拉起封鎖線；寫了限時公文，請調吊車、起重機和拖板車，駛至岸邊。

據說那頭抹香鯨重達五十二公噸，吊上拖板車時脫鉤六次，傷口密密麻麻，尾巴被撕扯得搖搖欲墜。抹香鯨的體重讓所有車輪凹陷，柏油路面碎裂，行經保安宮前的保生路，一陣轟然巨響，大武深山裡的獵人也說，他們在風裡隱約聽見。拖板車上的抹香鯨，竟像氦氣飛行船爆炸，引發微型地震，窗玻璃砸落滿地。小個頭女教授抓起單眼相機猛拍，發狂喊：「台灣鯨魚要上國際頭條啦——」路邊的車啊房啊，就連圍觀的鄉人都渾身浴血。內臟碎塊，脂肪，腿一般粗的腸子，懸掛成路樹的裝飾。整條街道像瓦斯氣爆，血流成潦潦的河，好像可以泛舟。

「那天的天氣好熱，熱得……」爺形容不出那天的炎熱，他只是不斷重述，一頭死去的巨型鯨魚被沖上岸：吊起，墜落；吊起，又墜落。抹香鯨自體毀爆，像是未能升空的節慶煙火。

爺給了我一張印著鯨魚圖片的超市傳單，背面抄寫一行地址；他對我說，我們這裡也曾經捕過鯨魚。

我把農民曆擺回抽屜，刷了一下iPad。暗想，爺是不是把「擱淺」與「獵捕」搞錯了？我們是不是搞錯了什麼？

●

走出門，一對小兄妹蹲在地上打玻璃彈珠。

兩人外貌迥異，我卻很能確定他們出自同一血脈，彷彿我們早就認識。哥哥皮膚黝黑，濃眉大眼，高妹妹一顆頭；妹妹白若古玉器，髮絲稀疏，可以直視近乎透明的頭皮。我再次舉起iPad自拍，以他們為背景，「我家附近遇見的第一對居民」。等待上傳，重新整理。立刻有網友留言，這遊戲怎麼玩？他們是誰？小弟弟好可愛唷，很像宥勝耶，長大一定很優——

縮小視窗，我把iPad放下。正好與小女孩對上眼，她立即把頭轉開。

「小朋友，我可以跟你們一起玩嗎？」

噠噠噠噠，彈珠持續碰撞，彈開，再碰撞。

「小朋友，請問一下，你們認不認識這棟房子的住戶？」

噠噠噠噠噠。噠噠噠噠噠。

彈珠晶亮，銳利光芒滑進我的眼眶。

我閉上眼。

「你們看，」我將iPad照片點開，手指輕點，「這裡，這裡還有沒有住人？」他們這才抬起頭，定定看著我手中的螢幕，乾淨的房間，乾淨的書桌及床鋪。哥哥把彈珠握在手裡，妹妹也跟著停下遊戲。

葛格，那個是什麼？小男孩指了指我手中的iPad。

「這個啊，是祕密喔……」我站挺身子。小男孩非常沮喪，將彈珠全撒在地。噠。噠。噠。噠噠噠。他的妹妹蹲著，看彈珠一顆顆滾進黝暗水溝。

「好吧，」我假裝走離，又回返，蹲在他們面前，「如果我說了，你就要告訴我，誰住在這裡。可以嗎？」

好啊，小男孩嚷嚷，你快點說。

我瞥著面無表情，把玩著手裡彈珠的小女孩，「可以吧？」

小女孩不置可否。我突然想起爺，想起我們共謀編造的暑假作業。有我，有爸，有媽，有一對兄妹的家庭旅行。

「這個叫作……Insight，對，就叫作Insight。」你們可以從這裡，讀取我，讀取我的資料。你們看。我把這一路上拍攝的相片全點選出來：火車站。動態模糊的甘蔗田。椰子樹。蹲在地上的歐巴桑。無波的海。掛在牆上的船……。

「我是一架機器人喔。」

「機器人？什麼意思？」小男孩眼睛一亮，打量起我的蹲姿，還有那雙經典款帆布鞋。而小女孩的唇仍毫無血色，彈珠在她手裡反覆擊打著。「你們看，這個是我的充電器。」我拔下一只耳機，塞進他的耳朵。有音樂有音樂！他大喊，妹，妳也來聽！

「不，這不是音樂，這是電流。」我摘下另一只耳機，放在掌中，「妳要不要聽聽看？喏。」

妹妹搖了搖頭。

我是機器人。來你們這裡捕鯨魚的機器人。

聽說你們北勢寮這裡，曾經捕過鯨魚。

請你再多說一點。爺。你說，你獵捕十二年的鯨魚，九〇年代立法禁止，船隊才解散。你曾側身，鑽進那一具具蒸散著臭氣的巨型哺乳類身體，抓著殺魚刀，切開依然搏動的肌理，和那個碩大如房間的心臟。

「我快要沒電了——」轉蹲為坐，我讓手臂自然垂落，倒放膝蓋，想像廟裡的佛。小男孩把我的另一只耳機摘掉，塞進耳朵，然後附在我的耳邊，悄聲地說：葛格，那棟房子的主人，跟你長得很像喔。

我閉上眼睛，喃喃誦念數位音：電力僅存，百分之零點二，百分之零點二，逼逼——逼——

「我去幫你充電，」小男孩抱著我的Insight跑開，「等我喔。」小女孩仍坐在地上，閉眼，聽著手裡彈珠，撞擊乏味的聲響。

像是被吞進鯨魚腹裡的Jonah，我在那個四季恆春的小花園裡，聽爺說著悶悶的話。爺說，你爸殺死你媽，你是我撫養長大。爺說，不要害怕，不要害怕。

爺說，我們這裡也曾捕過鯨魚……

老鯨被捕時，額頭長著一根折斷的角。本以為是高緯度才有的一角鯨迷航，細看才發覺，原是三十二年前的日本魚叉。爺說，最慘的是一頭偽虎鯨，被拉上來還纏繞著一團流刺網，簡直是掛滿蝦子螃蟹的小型墳墓。

這是我的暑假作業。

我專注扮演失去電力的機器人，等待小男孩，帶回充飽電力的Insight。陽光落在我的身上，像是凝固的燭火。我感受著從巷底灌來的粗鹹海風，感受著時間，一分一秒從我身邊流過。

巷弄開始熱鬧起來，腳步聲來來往往。

我回來了。但是找不到鯨魚。

小女孩忽然輕輕撫摸我逐漸發麻的手臂。

——原載二〇一三年九月二十二、二十三日《聯合報》副刊

本文獲二〇一三年第三十五屆聯合報文學獎小說大獎

康老師的錄音帶

朱宥勳

一九八八年生，清華大學台灣文學碩士，耕莘青年寫作會成員。

曾獲林榮三文學獎、全國學生文學獎、台積電青年文學獎。出版有個人小說集《誤遞》、《堊觀》，與黃崇凱共同主編《台灣七年級小說金典》。

現為文學書評刊物《祕密讀者》編撰委員。

「演說是語言連續的運用，語言是聲、韻、調的凝成。一旦人人聲韻調都歪了，說不在標準上了，那就是各自為政，這一種語言有幾個人能全部聽得懂呢？但是不可諱言的，現下我們因著歷史上的長久隔離，是個方言分歧的國家……」

喀。

錄音機轉到了盡頭，彈跳起來的聲響像是在他的頭頂敲了一記。他被震醒，懵懵然從趴睡的桌面直起了漸漸感到痠疼的腰背。這畢竟不是一個適宜二十五歲的人沉睡的姿勢了，特別是像他這樣的研究生，年紀輕輕，過勞的卻全是最易顯老的部分。久坐的腰骨，睡得太少的眼，無謂操勞得太多的腦。腦袋一時之間還沒有辦法完全清亮起來，像一個電力來得不情願的房間，那聲「喀」就繼續悶悶地在裡邊閃瞬。他想到了康老師的病房。然而那個病房十分明亮，所以也許他並不是真的想到什麼，而是耳朵裡的殘聲勾引出來的。耳朵裡都是康老師的聲音，一口漂亮的，不知老也不會老的標準國語。

這是當然的，幾個月來他知道，在錄音機前面瞌睡的時候，每一個字耳朵都是會聽進去的。他不只一次像今天一樣一頭埋進滿桌的稿紙睡去了，今天也許還就是最後一次。他甚至懷疑睡的時候聽得更清楚，更專心。當他事後重聽繕寫，發現錄音帶捲出來的每一個字都熟悉得像是自己說過的話，可以一字一字猜下去的時候，他便想，也許現在的自己才是睡著的。

他舒了舒上身，呵欠，一邊按下倒帶鍵，一邊檢視睡著前的進度。

睡得不算久，只落了二十多分鐘。跟康老師比起來，誰都睡得不算久。

剛開始他不喜歡那樣的說法。最早是梁老師，或者是齊老師，誰先開始的？記不清楚了。總之是他們倆吧，就他們會來看康老師。在那個敞亮臨窗、高度正夠與窗外筆直的椰子樹葉冠對望的病房裡面，梁老師和齊老師總是一起來，兩個北方漢子快速而滑順地對病床上的康老師說話，也彼此說話，然後大笑。有幾次他恰好從外面經過，已經掩起來厚門絲毫無減他們像是連續炸彈的話聲。那聽起來，簡直分不清楚正在談笑的是兩個人還是三個人。

他想起康老師說過齊老師：「他嘛，聲帶活活比普通人厚一倍，活該他接那中廣的苦差！磨他一磨！」

想著想著笑了起來。康老師說的是齊老師負責的「標準國語」廣播，一播就是七年多了，每天清早都得進錄音室，念中廣企畫人員備好的國語訓練教材。都是些小學課本，失學民眾教材一類，不是「老師早、拍皮球」，就是「職業安全是強國的基礎」。詞兒是簡單幼稚的，但難在發音的輕重轉調要一字不錯，不然全國中小學老師就同你一起錯——台灣教國語的老師那麼多，能跟齊老師一樣標準的可沒有幾個。隨抗戰跑了大半個中國，日本人炮火打到北京城下，還為了打包學術資料差點擠不上最後一班撤退火車、但毫無懼色的齊老師，竟也戰戰兢兢了起來。每次老師們晚上的酒聚，齊老師九點正一定站起來乾掉最後一杯酒，用震動滿屋子人的聲量告辭：「回去了，準備說床邊故事去也。」那是說，清晨七點的電台廣播，只有還在床邊發獃的人才聽。

七年的床邊故事，老齊的聲帶卻沒磨薄半分——若康老師能言語，一定會這樣嘲笑著吧。

但那樣的聲量，只在病房裡。齊老師與梁老師出了那道門，便像是說完了一輩子的話那樣，靜靜並坐在醫院帶有化學味道的簡白長廊的盡頭。這間醫院，奇怪地只有病房內才安上窗戶，兩位老師與另一頭的護士站這麼遙遙相對著，更讓人深覺這是一道狹長的，密不透氣的匣子。只有在這種時候，他才會明確地感覺到，兩位老師真的是老了，他們沉默的樣子全是一種淡然的倒數。彷彿剛才的幾十分鐘內，不再能言語的康老師，以其更為安靜的眼神與臥姿，向他們昭示了一些必然的事。那是年輕的學生輩的他，只能模糊意會的什麼東西。

那樣比老師們的學問更遙遠的，一種隱隱的聲音。

他走近去，齊老師，或者是編了一輩子字典的梁老師開口：「老康睡了。」

一開始的時候他有點疑惑，康老師的眼睛明明都睜著；再後來他明白過來了，卻不喜歡那樣的說法。康老師是睡了嗎？誰能夠知道呢。

不過，又有什麼差別呢。

於是他只能無可如何地應一聲：「ㄣㄇㄨˇ……」才發聲，就想起康老師說過，那樣的應聲，是閩省方言的特色，找不到準確的字去寫的。兩位老師像是對彼此，也像是對自己，說了幾次：「睡了，嗳，睡了。」半晌，才又親切地問他，老康的稿子都整理得怎麼樣了？

喀嗒。是深夜兩點了。也許這是瞌睡醒得這麼慢的原因，大腿的血麻也一直退不下去。這麼呆坐著，倒帶竟就到底了。他還有些濛楞楞的，一時沒有反應，就見機件彈起來，迅速地再倒向上一面。這台研究室配給的錄音機是最新型的，他根本用不慣，像這個功能，B面捲到底了就開始捲A面，到後來哪面是哪面都被攪混了。這批康老師的演說帶又不是歌星卡帶，就那麼十首歌來回轉，錯了大不了繼續聽轉回原點。這是演說，康老師常常掛在嘴上，「語言的連續運用」，話說過去就沒有第二次機會了，就算你更正，塗改過的話絕不如一次講好那麼有力。他急急按下終止，帶子硬生生跳了出來。這捲帶子是最後一件了，是康老師在師大國文上「說話課的教材教法」一門課的最末一堂。同樣的帶子，他左手邊的有一整大箱，大概一百多件，都是康老師在各地演說、上課的錄音。他不知道齊老師花了多少功夫才找到這些東西，它們是現下所能找到的所有康老師的聲音了，零散蒐羅，幾乎是未經整理的一片混亂。多半是學生或聽眾私錄的上課筆記，各種各樣的標籤附在塑膠殼外，有細心上了透明膠帶封好的，也有隨意拿什麼油墨筆畫上去的。

他習慣性地把帶子抽出來甩一甩。最後一捲了，半年多來，他拚命地聽康老師的演說，然後繕寫，倒帶，再繕寫，已經不記得自己寫過多少場了。他也不想去算。他只知道，就是平日裡在街上走，他都會聽見康老師的聲音在腦袋裡悠悠地播送，夾雜一點微小的電波爆裂聲。

如果把特殊方言也算進去，那就不這樣簡單了……

他拿起來，這是B面。

一下子，剛剛瞌睡中殘餘的印象閃回腦際。最後一捲帶子的B面，意思是後面沒有了，可是瞑夢中的印象卻沒有斷在一個句點上的感覺。康老師的演說常常是滿堂彩的，就是他嚴肅論說以致全場靜穆，那也是因為大家全神屏注的關係，說辭一停，馬上就會掌聲炸響。這箱錄音帶，絕大多數都是這樣結尾的。但是剛才似乎沒有聽到掌聲。他皺了皺眉，再把帶子轉回去，算轉時間切停，播放。

「關於方言該如何應用，一直以來都有一種標準的看法，認為演說是語言連續的運用，語言是聲、韻、調的凝成。一旦人人聲韻調都歪了，說不在標準上了，那就是各自為政，這一種語言有幾個人能全部聽得懂呢？但是不可諱言的，現下我們因著歷史上的長久隔離，是個方言分歧的國家……」

喀。

中斷了。

下半截的帶子在哪裡？

他不算是用功的學生。他算得上喜歡文學，詩文，小說，甚至詞曲都喜歡翻上幾頁。不過，這完全無助於他在師大國文系的功課。他尤其不喜歡國音學。大一上學期，有個七老八十的老頭子教國音，頭一堂課就訓他們：「將來要做老師的，連話都不會說！」大概是他臉上的不豫之色太過明顯，馬上被老頭子點名起來，要他念黑板上的一句話。

「哥哥的同班同學幫忙我繳學費。」

這一句莫名其妙的話，他起先念得意興闌珊，但念到第二個字開始，他突然感覺到威脅。這完全是一條布滿了地雷的小徑。他想起他的父母親，他們每天準時收聽廣播學國語，遇到每一個有口音的客人就努力地把舌頭捲上去，但他們一定沒辦法好好說完這句話的。「哥哥」會說成「勾苟」，「班」會說成「幫」，「學」會變成「鞋」，「幫忙」是「搬蠻」，「學費」要閃著「學會」。那樣短短十幾秒裡，他又從受威脅感到憤怒，這是在幹什麼，難道你以為我沒有辦法好好說這種難度的國語？你以為我會像我父母那樣出醜？於是他咬字越發刻意用勁了起來，最後尾音的「費」還用上齒深深咬陷下唇，擦出一道漂亮的音來。

老頭子沒有表示什麼，揮揮手要他坐下。第二堂起他就開始逃課，直至學期末。到現在，他還是不太清楚知道自己為什麼這麼反感。也許跟他父母蹩腳的國語有關，也許跟他自己流利的國語有關，也許他只是討厭那老頭子，討厭到連名字都忘了。後來他才知道，康老師那年恰輪到休假，不然國音學一向都是他負責的；而休假的這一年，他被一個政府單位邀請，環島做了一百多場演說。如同他也到很後來才知道，他父母親每日在自家雜貨店裡，邊備貨邊聽的那令人不耐的廣播，正是齊老師的床邊故事一樣。當他大二重修國音學，發現課表上的名字不是那個老頭子，而是康老師的時候，有點鬆了口氣的感覺，雖然他那時根本不認識康老師，但總覺得教國音學的不至於都是那種老頭子吧？就算是，為了畢業也得忍一忍。他這樣告訴自己。

他仍然不十分用功，但康老師的課卻讓他願意每堂都坐在前排。康老師說話有趣，喜歡講馬克圖溫自嘲的名言：「拿破崙已經死了，華盛頓也死了，現在我也覺得有點兒不舒服。」他完全不記得為什麼談發音的舌位和齒位可以扯到那裡去，不過他記得，康老師說，要把這句話記下來，以後成名了，偉人差不多也死了，就可以借來一用。說完還挑了挑眼波。偉人現在剛死沒幾年，康老師卻不知道還能不能覺得不舒服了。那學期結束，康老師邀了幾個同學到家裡去吃餃子，老師特別聲明，他們家的餃子可是別處吃不到的味道。那是大年夜後幾日，提著一小盒水果按康老師家門鈴的他始終不明白，他成績不特別好、下了課也不是勤於圍在講桌邊發問的學生，怎麼就會被康老師點名？大學幾年，也就這樣疏淡到熟絡地和康老師保持聯繫，曉得了康家餃子的祕訣是要用布包住將剁成餡的高麗菜，徹底壓出水來。沒課的時候，接到康老師一聲招呼，就幫忙買幾矸酒帶過去一同吃——只能啜一兩口啤酒的他，也不明白老師們怎麼都離不開這麼苦的飲料——，也就這樣認識了齊老師、梁老師這一幫都話多且說得一口標準國語的老師輩。他這才知道，除了國文系那些上課死氣不活的老先生們之外，還有這樣一些老而活潑的學者。

他們的談話，老實講他是不十分感興趣的——那些「國語運動」的事情，或者「國推會」最近又發布什麼口號，怎麼聽都像是打小學課本裡就印著的政令標語。但他們三人的興頭卻總也不退，三天兩頭聚一起就說某某上哪裡演講了、又往哪裡當評判了、或誰又寫了什麼書之類的。這樣的時候，他就會想起他的父母親。家裡住桃園，在分明也算是個街市的地方開一間小雜貨店，但他們老說自己是鄉下人。「我們鄉下人啦，遇到官長，一立正就不敢說台灣話，又不能說日語……」在某一次老師們問起家裡情形的時候，他不無失態地轉述了許多父親的抱怨。當然，那不是對老師們不敬的意思，他知道他們幹這些運動，政府是一分錢也沒給的，憑的全是一股他無法理解的熱意。他也暗自埋怨過在日本時代讀過中學，光復後仍算是年輕的父母親，那時分明有能力再學國語，卻不知怎麼地放過去了，「那是一種屈服於習慣的惰性吧。」他把這樣的想法對老師們說了出來。也是有幾分自覺不應代父母抱怨，而祈老師見諒的意思。

不料三個人聽著就沉默了。一小陣過後，齊老師先瀝乾了酒杯，用略重的手勁放下酒杯：「不是什麼惰性，世界上有哪國人邊聽放槍邊學國語學得好的？那他媽根本胡來！」梁老師溫溫地嘆了口氣：「唉，可憐哪。」

「不是這樣的，你不應該這樣想你父母。」康老師最後才開口。
幾個老師彷彿紛紛陷入了某種共同的思緒裡面，那是他不明白的，裡面有他隱然有感而不敢探問的怒意，更有一種對他、對他父母的溫煦寬諒。思及此，他不禁有點意外蒙寵的惶然感：「其實家父家母，也不見得就……」

那是在康老師家中，沒有課的午後。位在三樓的教師宿舍，高度正好，開了窗不會有夏季的飛蟲侵來。從窗外斜射的，異於平地上兜頭罩下來的光線，讓屋內的一切都緩慢下來。他早已忘記那天最後是怎麼收尾的了，反正他記得與老師們的聚會鮮少不愉快的。在一個能於講台上令四五百人鼓掌的人家裡，怎麼樣都不可能不愉快吧。但那之後，他反而開始發現康老師對方言——或者說他家慣說的台灣話——有著熱烈的研究興趣，時不時沒頭沒腦地向他求證一些說法。

「聽說有的時候，台灣話會把語尾助詞提到句子的最前頭，來改變說話的句調？」

他點頭：「ㄅㄇㄨˇ……」

「說兩句吧，那是怎麼說的？」康老師稍微探長了身子。

「啊不就是，」他一開口竟是不國語不台語的一個短句，忙改口：「啊著是按爾講啊。」

說完，三位老師和他都笑出來了。

也許就是聚會得勤，聊得多了，他才有一種幻想，認為自己或許也能做學術、和老師們一同講論學問吧。於是這個國音學只有七十多分低空過關的學生，竟爾繼續留下來念研究所，還投在康老師門下。這也是為什麼，康老師出事之後，齊老師跟梁老師馬上就找上了他。那個暑假，他正赴台南、嘉義，為自己的論文《以方言作為媒介之國語教學成效研究》找一些資料、訪問幾位本省人教師。那是康老師鼓勵他做的題目，這題目沒有前例，對他來說也比翻來覆去玩弄那些音位、音素要有趣得多，很快答應下來。口考之前，他把題綱初稿交給康老師，老師在老花鏡片背後的神情意味深長，他覺得有一部分的自己完全被老師讀出來了。離開研究室前，老師慢悠悠的聲音在背後響起，坐實了兩個人確實共享了一些祕密：

「做學問啊，學的問的，都脫不了自己夢裡會說的話。」

他想起了父母。他自然聽過他們的夢話。在聽錄音帶的時候，偶爾就會傳來他們逸脫了日常勤懇訓練的口音，這就使他越發地想念康老師的這句話。

為了推廣國語，康老師整年到頭都在全省巡迴演講，暑假當然是最緊湊的時候，他難得幾次有了空閒，總想老師會不會恰巧就在同一縣市，可以一聚。但康老師巡迴的行程飄忽，電話跟信都不曉得該往哪裡送，只能打消念頭。因此出事的時候，他完全不知道，消息晚了好幾個星期才傳到他耳裡。隨後他才得知，當時齊老師和梁老師一去醫院探望，看到康老師的樣子，馬上定了一個主意——他們打算出版康老師的演說全集。梁老師聯絡了相熟的出版社，敲定一切細節之後，才給他一封信，囑他負責繕寫康老師的錄音成文。

他馬上就答應擱下論文先處理這件事。信上沒有多解釋，但他立即明白了兩位老師的這個決定。

他也知道，這件事情必須快。康老師不知道什麼時候會遭到下一次血栓襲擊，要在那之前把書給印出來。康老師一生，沒有什麼旁的著作了，他就是演說，不斷的演說。話說過了就不能再重來，磁帶也總有一天會壞，只有印成書，那才是能留存下來的東西。

那是兩位老師的一點心意。也是他的。

齊老師把整箱錄音帶交給他的時候，還一拍他的肩膀：「就這麼一點兒啦！」語畢晃了晃那不可能一個人抬起的巨大箱子，自己大笑了出來：「如果下回輪到我了，可就不用那麼麻煩了，找中廣企畫部要去，反正他們不許我脫稿演出！」

他在笑聲中安心了一點，他幾乎沒有辦法想像齊老師不笑的樣子，正如沒有辦法想像康老師無法逗一個人笑。

現在，他終於謄寫到最後一捲錄音帶了。他還沒清點，不過這想必會是一本有分量的書。他本來打算今晚處理完，明天就要去信和兩位老師討論是否應刪去幾場重複的講辭。但他心裡其實是不想刪除任何一篇的，不是因為他辛勞所以捨不得，而是這樣逐日聽寫的過程裡，他似乎漸漸能聽出錄音帶所錄下的，講辭以外的東西。比如說背景雜音的意外振動，觀眾輕微的呼吸變化，甚至，會場裡面的溫度，光線或眼神的方向。只要錄音機開始旋轉，他的腦海裡就會自動放映起與聲音相匹配的無聲電影。於是他看得一清二楚，即使講辭幾乎一樣，每一場的康老師仍是不相同的。

但這殘缺不全的最後一捲，打亂了他本來即將完成一件大事的好心情。

如果找不到這一捲的下半截……

他甚至寧願它從一開始就沒出現過……

他還是在充滿雜念的下半夜把剩下的部分給謄寫出來了。這一捲，談的正是與他的論文題目緊密相關，也是私下曉得康老師素來關心，但極少在公開演說中談過的一段。他們因著論文的關係謹慎地談過一些，但他知道康老師從未談得盡興，也許這一次康老師終於決定——但正要開始說到方言的部分，下邊的帶子就不見了。

思路及此，一股不祥的顫慄感襲上心頭。莫非這事出有因。

本已寧靜的深夜兩點，突然更顯得靜到了極處，所有事情都被恐懼給拖著沉澱下來。這是他家二樓的書房，樓上是父母親的臥室，他們隱隱的鼾息沒有任何變化。樓下是店面，父母親今日應當不至於忘了鎖上鐵門。就算是沒有鎖，也沒有人能悄沒聲息地闖進來吧。

老師們從來沒有提醒過什麼事不該往外邊說。但是他知道分際，每個人都知道分際。

他也曉得自己的論文，若早個十年、十五年，或許就是超過了分際的題目。但現在如何呢？他本來以為沒有問題的，畢竟是康老師首肯、口試也通過了的題目，「方言本來就是中國語言的一支嘛。」康老師這樣說。雖然幾個月沒碰那份論文題綱了，但他還記得自己初步預設的結論應是「以方言補濟現行國語教學，可收相輔相成之效」，這應該是個非常穩當的說法吧？

但他仍無法抑止自己想起康老師出事之後的樣子。

他把已經完成的稿子用文書夾整理好，全部塞進了自己的背包裡面。雖然這是一件容量很大的背包，但半年多的努力，竟然這麼輕易就收納完畢，還是讓他有一種微微的悵然。他望向書桌，那台齊老師幫忙跟系上申請來的全新錄音機，經過他半年的密集使用，已有點半新不舊的樣子了。

他想了想，還是把錄音機連同最後一捲帶子提了起來。他就這樣一揹、一提，在剛過正午的陽光下出門了。到康老師所住的醫院之前，還有長長的一段公路車程。上車之後好不容易挨著一個靠窗的角落，把稿子與錄音機安頓好了才坐下。這麼大件小件地出門，還真成了父親說的「鄉下人」了，只差拎的不是能吃的雞而已。

顛到台北的一路上，半睡半醒的狀態幾乎就跟昨夜沒有什麼兩樣。他還沒決定好要怎麼做；他甚至也不知道今天帶稿子、帶錄音機上台北要去做什麼。要把文稿交給梁老師，寄信才是穩當的，他們雖然常去看康老師，但也不至於天天都到醫院報到。弄不好，他還得原封不動把這些全搬回來。

最終他告訴自己，就當作是帶著文稿去請康老師過目吧。

無論如何，這書完成了——接近完成——，第一個該通知的就是康老師。

他循著熟悉的路線，轉了幾次車，到了那所台北最古老的醫院。它成立的時候，醫生和病人都是不會說國語的。

乘電梯上去，跟護士站點頭招呼，就逕自走進了康老師的病房。師母看似是來過了，空氣裡有一種醫院伙食不會有的麻油香。其實，醫生私下說過，一般像這樣的中風病患，不需要如此長期地耗在醫院裡的。但康老師的例子太特殊了，幾個醫生希望能多觀察一陣子，找出病理來。這一拖，竟就將要一年了。他把想必是在正午時圍起來的窗簾拉開一些，讓溫和多了的午後暖陽撒進來。康老師安睡的側臉因而極微地動了。他湊近去，在床頭櫃上安放那台橢圓狀的錄音機，插上電；然後小心地取出文稿的第一部分，將它們疊在錄音機旁邊。從日期來看，這最早的一批全是在他國音學全數逃課的那個學期進行的演說。出事之後，梁老師嘆說，沒見過那麼瘋的人啊，春夏秋冬同一套行頭，以為這南方小島冷不壞他一個北方漢。結果卻也不是在冬天倒下來的，誰想得到，最熱的七月天。一年一百多場演說，幾乎是有求必應，有的偏鄉連車馬費都付不起，承諾送他一袋米，也去。米當然是沒拿回來了。這樣下來六、七年，誰受得了。

「但他們找不到更好的老師嘛，有什麼法子。」他還記得康老師以前就這樣說過，伴隨一陣笑，不知是自得還是自謙。

他把一切布置停當了，才俯身去搖康老師。

康老師睜開眼。這不是他第一次搖喚康老師了，但他還是揮不去那種有些怪異的感覺。那不是醒過來，那是睜開眼睛，然後眼神的焦距就瞬間在最亮、最明瞭的狀態了。彷彿這一病，讓康老師的世界分成了簡單清楚的兩塊，沒有半睡半醒，沒有模糊地帶。老師看著他，他腦中無可抑止地響起了演說中的老師的聲音，雖然現在的這一位康老師是不可能再開口講話的了。醫生說，血栓的位置太不巧了。那是幾千還是幾萬分之一的機率。如果有神的話，那或許可以殘忍地說是太精巧了。許是康老師一輩子說了太多的話，超過了一個人所被允許的極限吧。

「康老師……」他的聲音有點抖顫，雖然老師還在，但他察覺自己是一種近乎追思禱念的心情：「康老師，您的演說全集，我已經全部抄寫好了。梁老師正在安排，很快就能夠出版了。」

他聽到自己虛澀的聲音。這病房實在太安靜了。

康老師看著他，沒有說什麼。

醫生說，他們用盡所有辦法，都不能確定康老師是否還有意識。不能說話，沒有控制表情的能力，也沒有任何使用肢體表達的嘗試。雖然，康老師的相關肌肉神經一切完好。

但是連結意識跟表達中間的樞紐已經被指甲大小的血塊斷掉了。組織，說話必須是組織的，一個人的風格不在素材，而在組織的方式……

他不知道該怎麼期望比較好，康老師已經睡了，康老師還是醒著的。

他把文稿遞給康老師，老師順從地握著它們，也低頭看，但很顯然並不是在讀。他壓了壓自己的鼻翼，突然非常想念總能把病房吵翻的齊老師和梁老師。這或者就是他們總一起來看康老師的原因吧？他依序把各部分的稿紙一疊一疊地遞送過去，康老師也就順手將它們放下，接過新的。不一會兒，病床上散布著高高低低的稿紙。那些他伏案一百多個日夜寫出來的，充滿皺痕與筆痕的六百字紙，像是有藍色細草生長的雪原一樣覆住了整張病床。

最後，是最薄的一疊，殘缺的那捲。

人呼吸的頻率，是每分鐘十六次，語速也恰是每分鐘一百六十字……

他按開了錄音機。他不是準備好的，也許可以說這機器是提來還給梁老師的，但這個時候他卻明確地知道自己應該這樣做。康老師聽到聲音了，手上還捏著薄薄的紙，轉頭過去望向有聲音的地方。眼睛，那幾乎是證明康老師還活著的最強力的證據了。有不是很強的風從窗口吹進來，紙張們發出一點細瑣的，乾燥的聲音，與磁帶慣有的雜音混在一起。錄音機裡面的康老師繼續說著，我們因著歷史上的長久隔離……康老師的眼神仍是亮著的那種，在那裡面沒有困惑、沒有遲疑也無所謂謹慎了，讓他忍不住妄加猜想，康老師的耳朵也不再繼續分析所聽到的語言是否依然標準了吧？是個方言分歧的國家……

喀。

午陽更斜了，病房裡終於復歸平靜。他終於忍不住輕聲問了一句：「康老師，您還記得嗎？……」

整理完稿件之後，生活頓失重心，日子似乎過得慢了不少。他一下子還沒能提起勁來寫論文，倒是齊老師主動答應接手指導了，「快兩個學期了你也不打算一下嗎？繼續耗著父母學費幹麼？」他感激地笑了笑，沒有說話。半晌，齊老師才嘆口氣說：「我們明白你的心意，但老康畢竟是睡了，拖下去沒有意思呀。」

他思慮再三，還是跟兩位老師透露了遺失一捲錄音帶的事，也略略暗示了自己的心思。兩位老人家面面相覷了一會兒，只輕輕寬慰他說別想得太多了。齊老師給他這捲錄音帶主人的資料，是一個低他兩班的學妹，要他有空問問去。

「但也不必勉強，這套『全集』本來就不可能完滿，有好些場根本連錄音都沒有。好好休息一陣子吧。」他們和藹地說。他一聽就明白了——他們也不能確定，所以，再探探是可以的，但也不要太過執著。他認真地像個學生那樣點頭答應。

其餘整理好的文稿，他全按梁老師的要求寄了出去。

他也確實狠狠睡了幾天。研究所高年級已經沒有什麼課了，為了省點往返南部考察的車資，一年多來他都住在桃園的家裡。精神養足了，覺得那最初的猜疑與恐懼已經可以模糊不忌了，他便回學校去聯絡學妹，但並沒有抱太大的期望。果然，那堂只開了一次的「說話課的教材教法」由於是選修課，談的又是小學科目一樣的「說話課」，師大這些將來要當中學老師的學生修者寥寥。這位學妹恐怕已是最認真的學生了，她不記得還有誰同樣也錄音。他退而求其次，問有沒有課堂筆記。她轉入自己的宿舍裡面，二十分鐘之後出來，告訴他，對不起，搬過家，真的是什麼也沒有留了。

他跟她道謝，說沒有關係。

回到家，一股懶勁上來，他向父母稱累不吃晚餐，就把自己鎖進房裡了。

「暗時卡早睏喔。」母親說。

突然，這句在家裡聽慣了、卻好久沒引起他注意的台灣話，又讓他想起了康老師。康老師說過，在台灣話裡面，有些詞彙的用法，其實保留了更久遠的中原古音。

暗時……

那幾乎是與「晚上」，或「夜晚」，完全不一樣的東西了。

他躺在床上，望向還沒有時間寄回去給齊老師的那大箱錄音帶。他隨便挑了一捲出來放，感覺自己對它們既熟悉又陌生。一百多捲，他根本不可能記得每一捲康老師說了什麼，可是當它們播放出來的時候，又幾乎是讀透了的書那樣字句熟爛。他就這樣隨性放著，不再因為繕稿的速度而切慢、倒帶、確認音調的滑動。跳起來了，就隨意再換一捲。那一夜，他記得自己有睡，但清早醒來的時候，卻發現錄音機還在播送著一捲不知何時放進去的帶子。

爬起身，他坐在書桌前面，分外覺得幾千個句子在他的腦袋裡面漂浮著。他考大專的時候，最恨背書，但又非背不可，聽人說半睡半醒時的潛意識記憶最宜背誦，遂把英文單字、國父遺教錄起來，睡前就在床頭按下播放鍵。起初還嫌吵睡不著，到了考完試，沒開聲音睡的晚上還覺得悵然若失。聯考是考得不錯，不過那些東西是不是在半睡半醒時背起來的，倒是連自己也不清楚。

或者，那說法真是有道理的吧。

桌前還攤著沒有被收走的那半篇稿子。錄音機還在放，他腦子裡面的句子還在響，他盯著它，突然之間，有股衝動讓他抓起筆來。

演說是語言連續的運用，語言是聲、韻、調的凝成。一旦人人聲韻調都歪了，說不在標準上了，那就是各自為政，這一種語言有幾個人能全部聽得懂呢？但是不可諱言的，現下我們因著歷史上的長久隔離，是個方言分歧的國家……

他凝神盯著「分歧的國家」五個字，一會兒，一種決然的心意升起來，他的手往最近的空格落去，筆尖就像是順流之船那樣，一格一格地疾奔而下……

●

書很快地排印上市，毫不花巧地定名為《康先生的演說全集》。齊老師和梁老師各寫了一篇序，都在出版當天的報紙刊出來了。他早幾天拿到，不大的開數，厚厚的三百頁，真是一本很有分量的書了。收到書的那天，他把書收進背包裡，再帶上一小疊前夜才繕寫完成的稿子，坐上了公路車。這一趟他倒是一路清醒，回想著這一年以來發生的所有事。那幾乎不是一個二十五歲的年輕研究生該去思考的事，那樣逼近卻又不是死亡的一樁事件。康老師說馬克圖溫名句的神態和音色很輕易地回到腦海裡。聽說事情發生的時候，正是在一場沒有錄音的演說會，在座的都是中學老師——聽說那還是一所以盛產醫科資優生聞名的優秀高中呢。康老師說到一半——想必是站著的，康老師說坐著的演講者就像是墓碑發話，要嚇跑聽眾的——，伸手去拿桌上的茶杯，一拿不中，落地碎了。一旁的學生熱心上去撿拾碎片，一抬頭，看見康老師滿臉淚痕，佇立不動。

近月，他越發覺得，這個傳聞的版本一定是說反了。

雖然他不在場，但是他萬分確定。

就像他確定背囊裡的那份稿子。數日的繁長，它現在是一萬五千多字的稿子了。康老師的每次演說，大約就是這個長度。

他很確定。雖然，他並不打算因此就將它交給梁老師——他若說這是終於補齊的遺稿，梁老師或齊老師也不會懷疑的。因為它完完全全就是康老師的聲調。但是現在，他微笑地想，要做的只是讓康老師過目而已。這是即將完結了一件大事的美好感覺，這就是那件大事本身。

轉車，乘電梯，一樣地與椰子樹葉冠同高的病房。他穿過護士站，逕直走向康老師的病房。房門是掩著的，齊老師與梁老師顯然不在裡面。他站在門前，腦袋裡面升起了可笑的念頭：他想，如果打開門，裡面是一湧而出的憲警，他也能安然地伸出雙手，讓他們銬上也無所謂了。他一輩子的話，就像康老師一樣，已經說完了，接下來的日子，他願意也一樣地沉默。

他伸手抵住門──

忽然之間，他聽到了裡頭傳出了聲音。

孩子的聲音：「康阿公，你要專心啦！」

他心裡很快轉過念頭。老師與師母都沒有孩子，更別說這聽起來像是小學生的聲音。而且，那小女生的聲音，叫的是「阿公」──莫非是同房鄰床，恰巧也住了一對姓康的祖孫？

他偷偷揭開了一道門縫，一瞄：鄰床仍是空的，康老師上半身靠坐起來，他只能看見側臉。康老師的視線，對著坐在床沿的一名小女生，她背對著門，還未換下的小學制服被醫院的白色床單襯得顏色明亮。小女生的膝蓋上披著翻開來的一冊書，他僅能看見一些彩印的紙角。她指著書頁，眼睛時而看書，時而看著康老師。

「康阿公。」她這樣稱：「我們現在來複習。」

他明白過來之後，全然忍俊不住，用食指緊緊壓住自己的嘴唇。

他不想打擾裡面正在發生的事，鬆開門，就在門房外，齊老師與梁老師總憂戚地沉默著在長椅坐下。門沒有被關起來，小女生的音量清明地透出來。

「ㄅㄛ……」

他笑了一笑，知道接下來會聽到什麼。那是一種歪斜的韻，而且他知道它將有一致的歪斜邏輯。他想起一件或許一直沒忘的事。上小學的第一天，他也帶著一本注音符號書回家，跟小女生膝蓋上的也許就同一本。有幾個字他忘了怎麼念，就問父親。父親很慎重地看著那幾個字，再很慎重地念了三遍給他聽，要他好好記住。他記住了。但隔天，他卻因為念課文的時候錯了太多字，被叫到後面罰站。

他沒有跟康老師說過這個故事，關於他的父母親。他怯於用這些事打擾他敬愛的老師們。可是，其實他的老師們並未要求他如此。

也許，小女生的老師，是不會讓她罰站的好老師。

「ㄅㄛ、ㄆㄛ、ㄇㄛ、ㄈㄛ。」

小女生非常認真地念出了四個聲音，每一下都重重地把氣吐出唇齒之間。

「現在換你了！」小女生命令道。

他把背包卸下，微微掛念著裡面簇新的書，和那疊薄薄的稿子；一面卻知道那些不再是最重要的事情了。他在心底跟隨著小女生，發出了「ㄅㄛ、ㄆㄛ、ㄇㄛ、ㄈㄛ。」的音。他感到一種久違的諧順，那是和當年他的父親教他的，一模一樣的發音，他曾經好好記住但又逼迫自己全部忘記了的語言，一種舒適的錯誤。他笑著想，小女生是什麼時候開始這個遊戲的呢？齊老師和梁老師都知道嗎？——但他的笑容很快地僵住了，因為他沒有想到的是，小女生玩的並不只是一個孤單的扮家家酒而已。

病房裡響起了另外一個聲音：「ㄅㄨ……」

那是，那是他所不認識，但又千真萬確的，康老師的聲音。

小女生並不知道他的驚愕，繼續她的教學：「不對啦，是ㄅㄛ！」

「ㄅㄨㄛ……」

他沒有辦法控制自己的手，它們交握得令自己發疼。然後他感覺到自己在顫抖，整個腦袋轟然作響。但裡頭的課還在繼續。這是真的嗎？他感到巨大的害怕與期盼交織，這讓他甚至連抬眼去看那道門都不敢，生怕所有的改變都將驅散這微小的聲音。大約是兩次或三次之後，小女生滿意了，就繼續教下一個注音符號，ㄆ，ㄈ，ㄅ。小女生都沒有念對，但她自信十足，完全不懷疑康老師會跟上來。每一個呼吸的間隔，他都多麼擔心康老師又回到那永遠的沉默裡。但是沒有，一種全新的，卻分明不假的發音方式，透過那房裡唯一的康老師的口中發了出來。他看得到畫面，他聽了那麼多的錄音帶，他看得到畫面。

即使醫生說過，找不到病理，沒有辦法確定，那裡面，可能什麼都沒有了。

人對人的探測，極限就到這裡了。

但小女生沒有探測，她只是就開始了她的課程。

這一回，輪到康老師當學生。

他不知不覺把頭低下來，埋進了微有濕跡的胸口，不去理會肩頸的痲癢。他的稿子，齊老師和梁老師的書，他們的心意。然而，那都是過去的事了。

不知道多久，他聽到身旁的門被推開。他沒有抬頭去看，即使他萬分想要向那小女生道謝，但他不願意打擾既成的這一切。他脹熱的耳朵聽見小女生和她的母親說話。那是一個中年婦女的聲音，她說：「汝哪欸去給人吵？」「我無，」小女生分辨：「我在讀冊乎伊聽。我教伊ㄅㄛ、ㄆㄛ、ㄇㄛ。」

她的母親幾分驕傲與寵溺地說：「有影無？」

「是真的，」他不知道自己有沒有真的說出口，恍恍然覺得自己就是那個被驕寵的學生和孩子，訥訥說：「是真的。」

——原載《短篇小說》二〇一三年四月號，第六期

上海作家協會簽約作家。國立政治大學中國文學系博士班在讀。

曾獲第三十三屆時報文學獎散文評審獎，第三十八屆香港青年文學獎小說高級組冠軍，第十五屆台北文學獎散文首獎，第三十五屆聯合報文學獎短篇小說評審獎，第三十六屆時報文學獎短篇小說首獎。

在中國大陸出版小說、散文集若干。

奧客

張怡微

春麗隨丈夫何明在這間社區照相館工作已經第七個年頭了。要說掙到的錢，幾乎都做給房東。要說是感情，無非是交了一些奇奇怪怪的朋友，知道了一些社會上的奇聞異事。何明是個保守人，許多事看不慣，例如幫同性戀人拍結婚照，他就在心裡嘀咕：「怎麼正常結婚的都看不上我們店」，儘管如此，他還當他們是甜蜜的少年夫妻，要他們「靠近一點，笑一笑」；例如他一直幫老人做舊照翻新，直到他們猝然離世，才發現照片裡的女生根本不是老人的原配夫人，賒的帳也不好去要了。儘管如此，何明還是將這些青春裡的愛或是暮年裡的慕統統歸檔放在抽屜裡。春麗喜歡看照片裡的客人四目有情、曖昧八卦，何明卻常常對自己照相館的「受眾群」感到失望，他覺得這些亂七八糟的事情和自己當初從貿易公司離職創業的初衷是不太一樣的，他一直以為自己愛好攝影多過於包容眼下這些千奇百怪的攝影對象。但偶爾也有溫馨的慰藉，如獨生子去國求學多年，何明看到相仿年紀的男孩子過來店裡拍護照照片，到底還是移情，心裡想得很。怎麼送他走的，機場怎麼道別，甚至憋著尿都要目送兒子直到通道盡頭，歷歷在目。但春麗知道，丈夫寧願少收顧客十塊錢，都不願意用APP給兒子傳一段語音。男人就是這樣犟。

春麗其他大小事都不管，什麼打燈、修片、裁照、覆膜、貼相本，她自覺年紀大了、笨手笨腳，統統都不想理會。她只管帳，顧客們滿面春風誇老闆娘又年輕又漂亮，她也客客氣氣送往迎來，笑說：「我兒子都在美國讀碩士班咧，他都靠成績拿獎學金的。」得意的利劍一石二鳥。但是議價這種事，無論說多少好話，在她春麗這邊都是行不通的。為此，她和何明經常爭執，又數度和好，本來也就是十幾二十塊的事。因而社區中，想還價的客人都要趁春麗不在的時候到店裡找何明，不想還價的客人反倒是覺得還是春麗笑盈盈比虎著臉的何明態度好。這個奇異的平衡就這樣默默維繫著，春麗和何明心裡都明白，誰也不說破。

每周，春麗還要抽兩天時間早起去看獨居的老母親，和這間不賺錢的照相館相比，還是時日無多的母親要緊。她出門時，何明會睡眼惺忪在床上喊一聲：「慢點走，坐捷運。」春麗則大聲回答：「早飯在鍋裡哦。」為了省下車錢，又為了排解無聊，春麗都坐公車，順道看看風景、想想心事。捷運黑漆漆又喧囂，讓人喘不過氣。春麗想過，即使將母親接到身邊來住，睡在兒子的空房間裡，也是無用。他們夫婦倆還是要出來店裡守著相機維持生計，何明年紀還輕，又沒有退休金。自己雖然已經退休，但到底錢不經花。兩人要上班，全憑生意好壞，沒有固定薪水，房租倒是一個月都不能欠，還有一個在美國幫人家麥當勞點餐勤工儉學的兒子。於是，還是沒有人能二十四小時在家陪伴母親。春麗一直對何明說：「等媽媽眼睛看不見了，不能自己做飯，我就接她過來住吧。」

何明自然希望老岳母眼明心亮到永遠。春麗暗地裡知道，何明也想接自己母親一起住。他自己不好意思說，店又不賺錢，他指望春麗提出來。但春麗總放不下自己家。如今兩個老婦人尚能生活自理，一切就槓在未知裡，也是無奈的平衡。

想到他們的老顧客秀芬去年沉著臉來店裡，春麗照例寒暄：「上周看到你爸爸過來公園散步呢。」秀芬說：「春麗，我來就是為他。」她於是從包包裡取出一張黑白照片，春麗心裡一緊。

「我爸爸沒了。」秀芬說，「最後一次麻煩你們，做個像，配個框。」

何明也透著老花鏡向外打量憔悴的秀芬。

「春麗，多去看看你媽媽。真的，我一個禮拜看爸爸兩次，上次我剛走，只有兩天，再開門，房間已經有味道了。他摔在客廳裡，沒站起來……我很內疚，原想追思會要叫你們一起來，我們家親戚少。現在也不辦了，我怕人家說我照顧不好……」

秀芬像是要哭，但比哭更嚴重的，是她後來真的再也沒有來過照相館。她的內疚看來是很重的。春麗挺想念秀芬的，尤其是每周兩次看望母親的路途中。

「這種事怎麼說呢，真的怪不到秀芬。她已經算是孝女。」何明說。他也是順便在勸慰春麗。男人的感情和女人不一樣，何明從來不會和母親耳鬢廝磨，也不說什麼對得起、對不起的話。但對春麗來說，這種故事最聽不得，隱憂是永恆的愁雲。

如今時代變化太快，大部分人都有家用打印機沖洗照片。更多的人拍攝千萬張數位照片都不會想到要洗出來。但也有例外，有老婦人就帶著ＳＤ卡裡上百張旅行照片，對何明說：「我眼睛看不清楚，你幫我挑十張吧，我相信你。」如果生意不忙，這些繁重的活，何明也耐心幫著做，順便還要聽老人說自己子女多孝順，可再孝順，就連幫忙挑照片這種事，竟都要外人做，春麗聽聽就笑笑，不忍心傷害老人家。

其實何明的主要業務，接不到婚紗、接不到婚宴，倒是幫老人舊照翻新、製作遺像，或者是幫老人帶的孫輩拍百日照、全家福。只要能製作一本相冊，何明修個十八張相片，就能有千餘元利潤。至於證件照、或者沖印照片，反倒是不賺錢的，全當做便民、做好事。

生意冷清，春麗有天看不慣說氣話，「人家老公創業是發財以後再做好事，我老公目光高遠，直接不去賺錢盡做好事。」說得何明有點不悅，也給她戳回去：「人家老婆是二婚溫良恭順抬不起頭，我老婆是二婚兇得很，倒活得像我是二婚。」春麗被他氣到，一時語塞，想到年輕時候被前夫欺負、千辛萬苦把兒子撫養大又送去美國、老母親孤苦伶仃沒有人照顧，眼淚就嘩嘩掉下來，做人真是沒意思。這時老賈推門進來，看到這一幕，驚了，又想退出去。尷尬得要命。

「老賈啊，來，沒事的。」何明說。

老賈是店裡的老客人，也是春麗最不喜歡的那一種愛聊天、不做生意的閑客。開店時日久了，春麗和何明各有自己的「擁躉」。春麗喜歡秀芬這種，來就是要做成一筆生意、且不討價還價、順便還能聊一點煽情的家長里短的客人，而何明倒是不討厭像老賈這樣每個月只拿一張舊照來修、一年只做一本相冊的顧客。老賈是退伍老兵，一生傳奇。心裡走過的萬水千山，老來什麼都看不出來，好在老照片會說話。老賈倒是不太提及自己的當年勇，一些關鍵的時期過後，他也不說政治，總說老婆孩子。他拿來修的照片，有的有人，有的沒有。如大女兒念小學一年級算數比賽的獎狀，他會拍一張，要何明幫忙做到相冊裡，中學畢業，又是一張，都標好了時間、地點。去公園划船有一張，爬山要一張，有山有水，他都有道理。五、六年來，他一年給一位家人做一本相冊，做完了老婆、兒子、女兒，甚至還做了一本他不願意透露姓名的女士，從年輕時捲髮白裙子，到老來一頭銀髮依然旗袍披肩。老賈說：「她人好，但一生沒有嫁。」

春麗早就看出苗頭，於是那一本神祕女士的，做之前就把相冊的錢收好了。但收完她又後悔，因為明顯這一本，老賈的要求多而反覆，解釋照片的時間也長，心意糾結，語焉不詳。男人的友情，是不會當著內人的面問到細微處的。何明雖然心裡也略知一二，但從來不會探聽。老賈會說：「這條裙子是奶咖的，不是白的，也不是黃的，你幫我調一調。這條裙子當時要四十塊錢。很好看的。」何明於是就用Photoshop調一下，對他來說其實是舉手之勞。

「那本相冊，你還記得嗎，我給她寄去了。她很喜歡。謝謝你，完成我一個心願。」老賈對何明說。

「我們何明真是對你好得不得了，翻來覆去修了十萬八千遍，只算普通的錢哦。」

春麗覺得老賈代表了再老實的男人心裡也是不老實的，再愛子女的父親心裡也是有「奶咖」裙子的。老賈的心願多得像天上的星星，但他的這個心願和那個心願又是矛盾的，怎麼也擺不平。何明卻說：「他都老成這樣了，對自己坦誠一點，又能坦誠幾天。」

「說不定明天就死了。」何明補充道。

春麗知道何明又發倔脾氣，真是受不了他。其實誰又能比春麗更懂得何明的好，當年兒子只有兩歲大，第一聲「爸爸」叫的是何明。二十年來，何明一直沒有自己的孩子，這也是天意弄人。但說到底，他想穿了，做做自己的愛好，也對春麗兒子用了真感情。更何況憋尿是假，目送是真。其實兒子出國那日，何明膽結石作祟，他一直忍著劇痛，直到最後都幫兒子拖著登機行李。兒子的身影一消失他就哭了，整個人軟在地上，扶著春麗說：「老婆，我想去廁所，我想去醫院。」

「這裡是機場啊，到哪裡找醫院啊！」春麗腦子一亂，血壓飆升，反倒是像個白癡一樣愣在原地。何明看春麗六神無主，滿臉急汗，疼得一句話說不出，硬撐著拖著春麗的手，上了機場大巴。那一剎那春麗的心都碎成餃子餡，她還沒來得及從告別兒子的傷感中恢復過來，轉而又被這位憨傻的丈夫感動了。二十年來，她第一次有了他們這輩子是要永遠一起受罪的感覺，但這種感覺一點也不幸福，她覺得人活著怎麼那麼麻煩啊！沒有一分鐘可以喘息。

「蠻好叫個車的。」事後春麗對何明愧疚地說。何明則淡淡說，「下次吧。」

春麗知道，何明是不想讓兒子擔心，也不想讓她多花錢。

也就是那次生病以後，何明性情變得柔軟了一些，常常會在家裡看電視時握住她的手，或者在早起看母親的時候揉揉她的腰說：「不然晚點走。」春麗一直以為自己連夜照顧這位疼過十支嗎啡的「二道丈夫」，終於勞苦功高地獲得了相濡以沫的報償，殊不知何明排泄出那顆米粒大的結石之後，依然對生活是有脾氣的。

「人家老婆是二婚溫良恭順抬不起頭，我老婆是二婚兇得很，倒活得像我是二婚。」

這話說得那麼重，春麗才意識到原來一直以來，何明不是口拙不會譏諷她，而是在讓她。體悟到這一點，春麗也不知道是喜是悲。這一切尷尬的局面，竟還被老賈看到，他們兩家也算扯平了。

是年老賈七十八了，他說算命先生說他活不過八十三，所以最後一本留給自己的相冊，他打算慢慢做。

「慢慢做」這三個字聽在春麗耳中就是「奧客」的代名詞。如果來的全是老賈這樣的客人，他們全家都要喝西北風去了。老賈也知道春麗心裡對他不歡迎，他年紀雖大，到底腦子很清楚。一般來說，他會問何明春麗哪天到母親家去，他找春麗不在的時候來。春麗則說他是「老鬼，以前做匪諜的出身」。

何明努力在老婆和老賈之間平衡，其實他也知道不該那麼頂撞春麗。春麗是一個本分的老婆，若不是生活艱難，也不會把自己打造成小市民。她愛美、喜歡聽好話，心也軟，照相館裡掛滿了春麗各個時期的照片，但顧客總是很不會講話地問春麗：「這照片裡的女生好看的，是誰呀？」

春麗也不動氣，只說：「是呀，年輕女生就是好看。」

何明幫春麗翻新舊照，從來不問她笑得那麼明媚，鏡頭對面是誰在拍。

生活裡總是有很多祕密，何明經營這間不成功的照相館以來最大的收穫，便是知道了人的一生都會有過很多不為人知的隱情。這也沒有什麼不好，完全不影響生活。過時的祕密是青春裡最值得回味的東西。

老賈拿出了自己的百日照、和父親母親的合照，上小學的照片、參軍的照片、退伍的照片、戀愛的照片、結婚照、抱著新生兒的照片、第一次帶孩子去日本玩的照片……太多了，一本做不下，於是做第二本。做第二本時，何明對老賈說，不用先付錢了，做著再說。

老賈說：「我還想做第三本……這第三本，我要先付錢的。我給你寫一個地址，你記得去找這位小姐。如果我走了，你幫我送給她。如果她也走了，你記得燒給我，不要給別人了。」

何明答應了。春麗在心裡白了全世界男人一眼，也答應了。但誰都不曉得，老賈一語成讖。最先發現老賈很久沒有來的是春麗。她問起何明：「老賈最近越來越精了，是不是連我上廁所的時間都要算準了再來，不讓我看到。」

何明抬起頭說：「他是一個月沒有來了。」

「不知道會不會懷孕，哈哈哈哈哈哈！」

春麗被自己的小聰明笑得前俯後仰，沒想到何明一點都沒有笑出來。她覺得自己大概是開錯玩笑，畢竟何明從來沒有給她機會說過這樣的話。但春麗不是這個意思，她取笑的是奧客老賈，他還有相冊錢沒有付呢，照片也都落在他們店裡。怎麼人消失了。

「怎麼人消失了。」何明喃喃自語道。

問遍整個小區，何明才知道，老賈也在找他。

老賈是半個月前中風的，中風以後直送加護病房，半邊不能動了。醫生仔細檢查，又發現他腦出血。彌留之際，老賈一直都支支吾吾叫著「何明，何明」。家人都以為那是某種食物，他想要走前吃一下。誰都沒有想到這是一個人名，沒有想到他臨死前要見的人竟然是一個攝影師。

在何明找他的時候，老賈的家人也在找何明。待何明與春麗終於到醫院病房，見到那些照片裡他幫忙去掉皺紋的老婦人、去掉痘痘色斑的女兒和兒子時，何明覺得自己早就認識這些人了，瞭解這個家族的許多事，只是他們一個也不認識他。這些人甚至感到疑惑，疑惑中還帶著某種難以名狀的緊張。

何明不理會這些眼神，他握著老賈的手說，「老賈，你是不是想拍照。」

老賈艱難地點點頭。

何明又問：「你是不是想和兒子女兒一起拍照？」

老賈搖搖頭。

何明說：「我把照相機揹來了，你是不是想拍一張自己的照？」

老賈點點頭，他還示意老伴要坐起來。護士幫忙將床調整為坐姿。老伴毫不避諱地指責他

「實在不想多活幾秒鐘，腦子有病」。

老賈真的病了，他半邊的臉是癱瘓的，帶著氧氣罩，看起來真是從戰場上下來的傷兵。春麗被這個場面嚇傻了，她從前那麼討厭這個人，但斷然沒想到他會一夜間變成這個孱弱的面貌。春麗覺得自己錯了，老賈其實是個挺好的人，愛照片、愛家人、不逾矩，也不怎麼賒帳。

老賈還想要自己穿衣服，只可惜，手腳都已經不聽使喚。他的子女也不希望老人這麼折騰，女兒一直在小聲抽泣。何明看了她一眼，想到她一年級的獎狀，覺得老賈沒有錯愛她。何明沒有什麼權利提要求，只適時說：「老賈，這個衣服也可以的。你坐好，儘量笑一笑。」

見何明對焦，護士幫忙摘掉了氧氣罩。那一瞬間，老賈像是迴光返照，眼睛突然變得有神起來，嘴角咧開，可惜是歪的。

何明趕緊按下快門。

老賈說的最後一句話是：「錢，錢。」他眼睛朝著何明夫婦擲去堅定的光。護士又將床搖下。

這麼重要的話，堪比遺言，所有人都當沒聽到。只有春麗聽到了。春麗想，老賈真可憐，說話都沒有人聽。

何明當日回來就開始修照片，整日沒有睡。翌日接到了老賈家人的短信，老賈拍完照後四個小時就走了。走前什麼話都沒有留下。而病床上的最後一張照片，成為了老賈相冊的壓軸。從百日照，到臨終前四小時，大完滿的一生，統統留了影像。

何明夫婦在老賈的追思會上哭了一場，他的家人收下四本相冊時顯得有些麻木，何明把放在心裡演練過很多遍的話對老賈的太太、子女說：「這是你爸爸一生心血，精心挑選，他在我這裡做了好幾年。你們一定要好好珍藏。這是舊照片，也還給你們。」

謝謝。他們淡淡說，都沒有打開相冊望一眼何明通宵達旦趕出來成果。親生子女也不過如此，何明心想，也就安了心。

倒是何明夫婦按照老賈留下的字條找到「這位小姐」家時，那位白髮蒼蒼的小姐看著何明還給她的舊照，眼眶紅了又紅。她大概不知道自己有那麼多照片藏在老賈身邊，老賈思來想去覺得最適合藏匿這些「青春罪證」的地方竟然是何明的照相館。她蹣跚著去找錢硬要付給何明。

何明說：「妳的這一份他早就付過了。」

老婦人愣了一下，說：「那他還有沒有付過的嗎？」

何明看了一眼春麗，春麗說：「都付過了。都付過了。」

老婦人笑了，笑得那麼尷尬，喃喃自語道：「我知道的，他除了我，誰都不欠。」

——原載二〇一三年十月七、八日《聯合報》副刊

本文獲二〇一三年第三十五屆聯合報文學獎小說評審獎

就位

林佑軒

台中人，一九八七年夏天生。國立台灣大學畢業，空軍少尉役畢。

曾獲聯合報文學獎小說大獎、台北文學獎小說首獎、台大文學獎小說首獎等項，入選年度小說選、《七年級小說金典》等集。

入大學後，孺慕師友，投身社會議題，試圖洗去寂寞的童年與奮起的青年之間，勢利、庸俗、自卑、猥瑣的中學少年人生。睜真眼看台灣好痛，是我這一代青年人必經之火煉道路。睜真眼看一國將滅——希望沒有那天。

好愛說：就位，定位，就定位。最近。

「就定位。」「歸定位。」「事情做到定位。」「東西擺到定位。」「馬桶刷到定位。」「睡覺睡到定位。」「拉屎拉到定位。」

我愈說，宋美零愈生氣。他讀後現代，女性，酷兒，後殖民，恨軍隊。

我與阿萬萬暢談迷彩苦甘，他厭悶，在旁翻張愛玲，抬頭說：「每次讀〈半生緣〉都覺得超棒。」我們沒鳥他，續論空軍上校謙卑與陸軍上校官威。我故意不理他。阿萬萬說出入列天兵糗事，他陰陰恨恨插一句：「如果我舉手說：『班長，我不想做』呢？」

這話像鐵門條落，斬死了我們對話的可能。

宋美零他免役，不曉得憂鬱症還怎樣。

「部隊的哏，」我笑著說，「你要先將那些設定存於心，才會好笑。規範是用來打破的。有立才有破。本來無一物，如何笑嗨嗨？」阿萬萬說：「沒當兵，你不知道。要當兵，才曉得。」

宋美零搧動起鳥窩鬍，像斃了卡通那丸春天的鳥窩，花花開，鳥鳥叫，太陽出來瞭，小狗小貓跳呀跳。很早我就預言他這杜鵑窩的瘋韻會毀了我們友情。

他說：當兵當瘋了你。

我對電話那頭的阿萬萬喜滋滋地喊：「快來咖啡廳就位。」他憤怒地說：「就位是什麼？」我不解釋。店長來援：「在規定的時間，到該到的地方。」

完全正確。

就，即也。位，方位也，席位也。就位是，小時候玩積木，圓的放入圓的孔，方的放入方的洞。

新訓的時候，排仔專軍班的，戴個黑框，死大學生，很外行，很不入定，常常被連仔狗幹，電到爆。成功嶺，秋陽與紫荊爭輝，冷月在沙場閱兵，好美麗的花樹下，排仔揹槍、低頭，連仔指住他曬傷的紅鼻，說：國家養你，做慈善啊！這就是沒就定位。他可憐的，皺著眉頭，眼睛要哭要哭，叫我們：幾分就位、何時就位，就到定位。他結結巴巴地念：「你各位的口袋內務，要就到最高定位。」最高定位？即是說，有次高定位、次低定位、最低定位？這四字我們於焉廣傳。「放假要放到最高定位。」「打槍要打到最高定位。」亂講一通，講完了，刺刀刺到最高定位，殺——殺——汗在人先，火燙紅泥，十戰戰畢，像破餡的元宵出水，像彈牙的麻糬滾粉，又黑又黃，乾濕兩全，哈哈大笑，喘氣喝水，澆得喉胸濕成泥土雨林。做兵就這好玩。

做兵做久了，什麼都要定位。預劃，預校，第一動，第二動，恢復上一動。

好像聽到卡榫聲，咯登，嘎當，咔叮，苦冬。

做兵做久了，你就知，所謂現代化國防勁旅者，不過是，從一個定位，移動到下一個定位。單兵戰鬥教練場上，三人成伍的我們，從斷牆，躍進到門窗。靜，動，靜；動，靜，動。趴苦草出槍試瞄，亦只能三五秒，便得往前跑。一個定位接著一個定位，咯登嘎當咔叮苦冬，廁身遷化，永遠游移。

阿萬萬清大化學畢業，後來讀法律所，當兵在裝甲旅，義務役下士。我認識他時，他正煩惱要幹律師，或法師。（社會包羅萬象，我們如何就位？）阿萬萬，面白如尼，New Age頗精通，喜歡買個粉晶擺陣，召喚大天使，也讀龍樹《中觀論》。民法亦法，佛法亦法；邪師說法，眾人聽。他感應得到能量，也幫人卜易卦。

我們從「就位」談到「位」，「位能」，「果位」。因為，儒家也有「位」的觀念。說穿了，孔夫子的學問不過像椅陣，從大、高、精到小、矮、粗，各就各位。華嚴龍椅給天，地，君，親，師。釘板凳條給女子與小人。就大位有大權責，就小位便得裹小腳，「囝仔人有耳無嘴」。

爛斃了這。女性主義者，如我，愈讀愈噁。奇的是，宋美零不排斥。入伍前某場街頭運動（好像是，反美麗灣？），他靜扯我衣角，羞澀道，姆，我跟你說，這太政治錯誤，你幫我保密喔。我覺得蔣中正很性感，想跟他尬。我說：這就是你為何叫宋美零。他說也是齁，不過主要是，宋，台語「爽」。美，美妙，美貌，美滿。零，大虛空，空穴沒風，風吹會癢，討幹。

等人就位。像積木，圓的入圓的孔，方的入方的洞。宋美零君子不器，圓的方的棘瓜的蘿蔔的，都歡迎前來就位。

《易經》像筷架子，初六，六二，六三，六四，六五，上六；初九，九二，九三，九四，九五，上九。從下到上六個位，或陰或陽就定位，就有二的六次方，六十四種變化。以闡人世，位位惟危惟微，精深不能言。

宋美零聞之亦喜。他愛六九。

我與阿萬萬得出了個共識：中西合璧，易學與化學相通。

化學有位能。電子被激化了，躍遷較高的能量軌道（能階），從水星飛往火星，稱「激態」。它會發光發熱。沃荷說的：每人成名十五分。若無挹注，能量以光熱之形散盡，電子墮返舊日軌道，稱「基態」。（蔣中正十八年北伐成功，三十八年退守。）所耗時間，即半衰期。（三十八減十八，二十年。）若不斷灌注能量，電子亦能一位高似一位，逸散出去。想像核彈轟月球，月球遠颺，宇宙深深深幾許，海獸血管透明，一簾幽夢星雲，被迫遷家的玉兔與嫦娥無聲太息。也只能無聲，月無大氣傳音波。

佛教有果位。凡人，天人，阿羅漢，大菩薩，得證阿耨多羅三藐三菩提，終成正果，也是電子躍遷，能量以功德（大乘講的）或修為（上座部講的）形式展現，精神體於參差的軌道流轉，是彩色的行星。幼時好喜歡《佛說阿彌陀經》繪本，蓮社拿的，豐美插圖：妙音佛，獅子佛，大燄肩佛，日月燈佛，異色衣冠，蓮位繁彩，好像佛們端坐畫家前，如裸女端坐大師畫架前。抽象的位，在實際的漢土化為蓮，大佛大蓮，小佛小蓮。望即知，噢，大朵的，大功德；小朵的，小功德，各就各位。講無自性、講性空假有、講本來無一物的宗教，仍須一陞官圖任人攀。蓮位即果位。否則，大無之中，如何各就各位。

也許學宋美零不求就位，自己成位，任人觀音坐蓮，君子不器？

母親想坐蓮。有張她從八大處帶回來的佛圖在客廳。豪華蓮座金箔佛陀，眉心萬丈光，射向雲梢的小蓮座。小蓮座貼了母親趺身默坐法相，閉目微笑。母親想成功，做房仲，家裡《商周》亂亂丟，來電答鈴是〈愛拚就會贏〉，那笑脫不了福祿壽的俗氣。

我覺得那趺坐的姿勢，好痛苦。想起幼時被她送入佛學營，以為學佛的孩子不會變壞。五點早課，繞殿柱誦經誦到睏，然後打坐，金黃蒲團電繡蓮座圖案，睡著就被戒尺打醒，只好想小叮噹，想小丸子，想神奇寶貝。酸麻不准起，達摩能面壁九年；於是一課畢，下半身變古文明，整排兒童歪歪倒倒，要人攙。方丈豈無他心通？他若有，就知道佛學營可以休矣。小菩薩各就各位，心中無龍華涅槃，飽蘊那時代一切電子有情：怪獸、超人、機器貓，休息時忙交流破關心得，哪顧得啥發願，啥三藐三菩提。

因為孩子前方，位子還多，鋪成晶瑩的天梯。以為自己還能選。路未盡，不急。

到了路已盡，無可就位的時候，會想要就一些虛奇之位。

我到盛夏蓮花的白河。海市蜃樓也有蓮花，靠近就變滾燙柏油地——豈非目蓮母親的故事。蓮花之遊永遠有憾，遠而不可褻玩，否則滿腳泥團。蓮花那麼大朵，那麼芳香，又那麼佛，那麼清高，坐在上面必很幸福。羡慕能就位的飛鳥與蝸牛。無可能坐，便愈想坐，像飛機窗外的白雲，想上去蹦蹦跳跳，想滾翻。

我問阿萬萬：如果一個電子被激化了，可是它不想走，能嗎？

他答：一定得走。除非你是觀音，乘願再來。

如果一個電子想飛，但是懷才不遇，能嗎？

待著吧。就像當兵一樣。

像我們這一代青年人，不似孩子尚未開拔就位旅程，不似我老媽尋求究竟蓮位。會有所感：我們從無法決定下一秒，將去哪裡就位。排仔也不知，連仔也不知。永遠有更高層玉音放送，令發我們，命我們即刻就位。就好像有人說，東亞競合體系中，台灣無法自定位，只能聽人喊就位。其實要談玄，地球也受命太陽引力，就位軌道數十億個年頭。太陽受命銀河，銀河受命宇宙。

這麼說來，宋美零是宇宙。他不就位。他就是位。

到最後，移位時什麼也不想，就位後珍惜彼此。只能像莊子說的，一秒是人間世。臥倒中，我鄰兵小郎掏出衛生紙包著的早餐饅頭，九個趴著的人傳著吃。傳到我時，沾滿紅土與含羞草刺，不唬爛。我餓我吞，遠方傳來：下一班，就位。我就提槍，作蛇形躍進。當我認命就位，便能享受瞬息即逝的每一刻。我記得饅頭冷而甜，含羞草在成功嶺的朝陽下根根發金，像嬰兒的絨毛。

小郎是虔誠的新教徒，瘦乜八，有個教會女友，還是處男。我問他夢遺嗎，他笑不答；我問他，你們是不是不能戴套，他說，那是天主教。我們可以戴套。但我們反對同性婚姻。

宋美零真的不曾戴套。他說，戴套有隔無親。我不驚訝他引用「有隔」這個說法。原是詞家評價周邦彥的，他最近大概愛上了周邦彥。周姓詞人在宋的心中有了位，正如孔廟之中，五聖各就各位，佛庵之中，三聖各就各位，教堂之中，聖三各就各位。周邦彥排在西蒙波娃、辛波絲卡、阿莫多瓦後面。宋美零又說，戴套不夠虔誠。你敬拜的究竟是神或肉身。他說他用肉身找神。「耶穌是主，我是奴。」宋美零也玩皮鞭蠟燭遊戲。他博學多聞，他大鬍子，他不戴套，他君子不器。

後來就得了病，意料中。確診的那一晚，他念了《聖母玫瑰經》，然後會炮友去也。聖母玫瑰經？美麗之名。不禁幻想，像佛門創意那樣，東南西北，十方世界，容儀華美的聖母如恆河沙，各就各位，端居千億色彩的玫瑰上。亦有觀音，媽祖，普賢，文殊，東西姊妹大客串。

得病之後他瘦，骨頭水落石出，觀之似人類文明體系的具象化，包納了宗教，哲學，宗教哲學。他好虛弱，不過一介以做愛獲得自尊的男孩子。

我新訓懇親，他來看我。適逢急性感染期，老虎秋陽下，黑斗篷裡的他格格發抖，反倒我這可憐光頭入伍生照顧他。坐在迷彩人群中，我看著說不出話的他，想著他說過的話：

做愛的時候，有定位。不同朋友是不同題幹，怎麼答，都好不同。有的人你從前面，像總統走大門登堂祭孔；有的你，從後面，水光淋漓的背肌好像世紀末的星圖。探索，試誤，就定位。「後來我曉得怎麼用力，怎麼放鬆，讓每個進來的人都覺得：『啊，就定位了。』」

用藥的時候，有定位。（藥，娛樂性藥物。你知道啦，會被警察抓的那些，中小學保健室海報上的那些。警察先生，別去抓宋美零。他只是好奇。他不想被評斷。他比你更自由。）哪種藥會飛升至哪個軌道，都不同。有時候天王星，有時候海王星，想飛遠點，就到斑馬，河豚，蓮花星雲。

帶他到廁所，他吐了一身。我看見好美好美的肋骨。允執厥中，綱舉目張，不偏不倚，各就定位。

排仔與我們同成長。我們學單戰、刺槍、手榴彈，他學威脅、吼叫、教軍歌。他厲聲斥罵我們的時候，我們備感欣慰：排仔長大了。能在義和團世界，這五濁惡人間活下來了吧。我們接受他的領導，觀察他的成長。豆苗抽高的欣喜。

結訓時，宋美零有來。他開始吃藥了，臉黃黃。仍是那寒鴉斗篷。身為優等生，同性戀，從小他不僅就位，更要卡位，以堅硬抵擋仇恨。父債，疾病，一切因緣打得他人生位子都崩塌。然後，他君子不器，他無所不包，他自己就是位，他毋須再就位。

武俠小說中，踏著嚴整五行八卦方位的，都敗給招式隨意，甚至沒招式的。每個人高潮的時候都像花。宋美零我想像朵蓮花。裹著黑斗篷的他，面容剛直、安靜、堅強、恨，像三十八年的蔣中正，看我們唱軍歌。

我問他還好嗎？

他說，在南部當助教。

他說，接著要去看阿萬萬。阿萬萬在裝甲旅，比你這空軍爽兵操。

注意——那是連長在吼。宋美零小聲拍拍我：就位了。

我整了整綁腿，小跑步過去。他回頭往大營門走，路經戰車、斷牆與電網，及那「邁向成功之路」的金色門洞，好大一隻日暮的寒鴉。遠方蒼茫的是烏日鄉，燈火紛起，溫馨無比，你靠近點，聽得見鍋鏟吼小孩之聲。

——原載二〇一三年十二月十二日《中華日報》副刊

本文獲二〇一三年梁實秋散文評審獎

一九八七年生於台北，長於南郡，二〇〇一年體制外全人實驗中學肄業。喜愛古典吉他、電子競技、程式設計、後搖滾。崇拜烏拉圭古典吉他演奏理論大師Abel Carlevaro。喜愛漫畫家是岩明均、古谷實、淺野一二〇。尊敬角色扮演遊戲《異域鎮魂曲》（Planescape: Torment）與其劇本作家Chris Avellone。

曾獲耕莘青年寫作會傑出會員，現職軟體工程師。作品〈Shell〉、〈山路〉、〈貓箱〉曾獲第八屆紅樓文學獎小說首獎、新詩二獎、散文佳作。二〇一三年自印未完成小說集《遊戲自黑暗》，初版已售罄。

不太喜歡也不太擅長說話，所以每篇小說都寫得很用力。

兩棲作戰太空鼠

李奕樵

沒有威嚇。我只是輕說了聲：跑。

他立刻從地上彈起身子，在小小的牢室裡，跑了起來。沿著四方牆壁，繞著圈跑，跑得很快。圈子很小，他得向中心斜著身子，以畸形的身姿跑著，好抵抗離心力。不停旋轉，像一只無奈的鉛錘。

在這之前，我無法想像一個人看起來不像一個人，而像鉛錘。所以我在心中默默推算他的身體重心位置、體重、奔跑速度與身體內傾角度的公式。這樣我就能從他傾斜的角度，大概推算出他將跑多久。

早晚各一次，跑到規定的圈數為止。這得花上一些時間，但我不必費心思，他自己會報數。在我之前的人會大聲喝令，要他盡可能地跑大圈一些，擴大成更傷腳的，緊貼牆壁的四角形路線。不過我不喜歡大聲說話，我只想聽。我只聽他跑步的踏地聲，並且讓他知道我有在聽。

我不免認真思考：為什麼籠中鼠會在輪上奔跑？還有，為什麼我可以忍受呢？作為一個觀看的人。

鼠群在我皮膚底下蠢動，沿著大腿內側一路開隧，大規模鑽爬上腦。它們用尖軟的鼻子戳戳我的大腦皮質，推拉神經元像操縱桿，擔任駕駛員的少年鼠表示系統狀況良好，正向能量循環中。

這是座彈丸之島，幾乎沒有平地，倒是有無盡的隧道。我們睡在隧道裡，隧道裡有很多房間。我分配的寢室有兩管日光燈，流明極低，很難在裡頭閱讀。躺在床上，我聽不見通風口風扇運轉的聲音，也許根本就不存在通風口風扇。海島的夏天是四十度的嚴酷濕熱。因為通風不良加上作為恆溫動物的原罪，夜間寢室內濕熱更甚，綠色的床墊永遠是濕的，難以排汗散熱。天花板兩盞風扇轉動，在濕熱中攪動熱風。

有人在睡夢中中暑。

我們得拚死喝水，強迫自己排汗。但部隊裡沒有海水濾淨機，只有島上小小水庫積留的微溫淡黃土水，還是每天限量的。他們說，不過在二十年前，這座小島上塞滿三萬官兵，現在的資源可用充沛稱之，惜福啊死菜兵。

一開始我還在心裡試著計算那些不知名雜質的含量，每一個夏夜都在喝與不喝之間，悲壯決斷。後來我掌握了在不驚擾細小沉澱物前提下，平順飲水的技巧。再後來，我就說服自己，消磨雖然能累積成死亡，但畢竟可以忍受。

小島上很容易就能聽到「正向能量循環」這個詞。公布欄上，蔣公說，禮貌是宇宙的真理萬物的道統。公布欄頂端的裝飾，是政戰兵拿保麗龍切出的白日徽章。宇宙有真理，還是白色的。

我本以為禁閉室是在充滿白色光源的隧道裡，但不是，它被設置在山地公路旁，廢棄已久，藤蔓穿繞每一個鐵窗門柵。看上去與島上諸多廢棄營區毫無分別。為了這個個案，特別重新啟用。連上通信專長的中士帶人牽線，一上午敲敲打打，裝上監視器。中士很緊張，很擔心在未來幾天這個監視器與這條線會因為任何原因故障，任・何・原・因。

我想問他，為什麼非得將自己裝成一個瘋子，非得試圖毆打軍官，非得試圖用這麼笨拙的方法逃離。

但只要一看到他的臉，我就沒辦法問。那是一張絕對順從的臉，因為恐懼。而我是恐怖風景的一小部分，無論說什麼都是一樣的。

但我知道他獨自沉思的時候，在想什麼。

一定是宇宙。因為哪裡都去不了，所以我們必然思考宇宙。

如果過得很辛苦，也會思考禮節。

島上老鼠特別多。士兵在營區各個角落安置大量的捕鼠籠，甚至是自己用寶特瓶跟木板製作的簡易陷阱：將兩公升寶特瓶切掉三分之一，在邊緣安置一小片木板，木板內側放一小塊食物，外側則架在洗衣桶上，放在床底下過幾天也能抓到老鼠。老鼠會沿著軍靴爬上洗衣桶，然後再連著食物跟木板掉進寶特瓶裡。寶特瓶底部用一顆螺帽鎖緊在一片厚三合板上，經得起老鼠的掙扎。

那些老鼠都會是玩具。它們的死法端看當時流行風格而定，只要不弄髒衣服或環境，任何方法都是可以接受的。有一陣子大家喜歡將老鼠拋到半空中，然後試著用金屬球棒打出去。

球棒揮空，老鼠掉到地上也沒關係。老鼠的四肢筋骨通常已經剪斷，這是大部分遊戲前的標準程序。四肢剪斷後的老鼠在地上就能看出個性。軟弱的會因為劇痛放棄掙扎。另一些能忍耐痛楚的能慌亂空轉，掙扎得極快但移動得極慢。就有人以戲謔的聲音說：唷，是條硬漢呢！

在半空中被球棒擊中的老鼠多半只會噴出一點血沫，然後飛出幾公尺。打中的人會大喊：Home Run！然後原地小跑一圈。

但有打者揮棒太用力，直接把老鼠打成血肉煙火，四散飛濺的內臟沾到彼時還正在狂笑的義務役下士班長。班長很生氣。出於對同袍的禮節與義氣，這個玩法從此就被眾人自動封印。

新的玩法改成用兩根金色針尾的大頭針插進大老鼠的雙眼，直壓到底，稱呼牠為「金眼鼠王」，這個名字不知為何可以逗很多人大笑。雙目皆盲的金眼鼠王，帶著沒有瞳孔的兩顆金色義眼，在寢室裡亂竄，一尊神像亡命天涯。

我看著這一切，在笑聲中毛骨悚然。為了「正向能量循環」，我每每強迫自己跟著大笑。久了，也無法分辨是否該恐懼這些笑聲。

老鼠死的那瞬間多半已不會叫。只有在恐懼的前戲中，老鼠才有機會尖叫。但鼠的尖叫確實地刺入我的腦子，那是形而上的精子，總能在夜夢中熟成一隻完整而潑野的肥碩巨鼠。

隨時間過去，它們軍容越發壯盛，那些死前經過改造的老鼠，像是金眼鼠王、藍天翱翔棒球鼠、七俠五義戰隊鼠、無腳土龍鼠、水鴛鴦神風鼠（有分口銜組跟後裝推進組）、二足直立進化鼠、二維平面鼠、線控人偶鼠……，牠們一字列開，已經夠組一個特戰排了。

綠衣黑褲白布鞋，早晚各跑三千，我們從小沙灘沿著海岸線跑到港口，再跑回來，來回三趟。我跑在鹹鹹的海風裡，試著回想夢裡是不是有人曾對我說了什麼。

陽光穿進我的瞳孔，再穿進小小觀測鼠的瞳孔。觀測鼠報告，標高一米六，系統狀況良好，均速行進中。

回到寢室，我脫鞋，從布鞋裡掉出半截鼠頭。

我跟鄰床的學長說，我被盯上了。

「誰叫你都不跟人說話，這樣被誤會剛好而已啦。」學長說。

「那怎麼辦？」我問。

「幹。」學長笑了：「啊不就開始跟人說話，讀書讀到憨喔？」

學長說，這裡只有沒權限光明正大搞你的兵才會這樣做，這種小意思啦，了不起頂多就是退伍前在你屁眼塞整隻老鼠而已，死不了人的。

真的有人被這樣對待？

「我也是聽人說的啦。」學長呵呵笑：「大概四五年前，迫砲連還沒被縮編的時候，有個快退伍的白目兵，半夜被一群人叫起來打，聽說有被拿老鼠塞屁眼。幹如果真塞得進去就神了。」

幾個學長聽到也開始加入話題。說那是終極必殺技，要滿足多重條件才可以發動，像是需要事先擴張（可以用守衛棍）啦，還有大量凡士林（安全士官桌放的護手霜不知道夠不夠潤滑）之類的。

「戰術執行就是要物資、人力、技術三者同時到位，缺一不可。我們連在這方面的訓練都可以推廣到日常層面，真是太精實了。」有人說：「指揮部應該要找時間獎勵我們。」

「這就是自強不息啊。」有人說：「我們求的也不是榮譽，只是滿足學習欲而已。」

沒有人談論我鞋裡的鼠頭。沒有人在看我。

我站在談話者的圈外，手拿半顆絕對塞得進自己屁眼的鼠頭。

夜裡，半顆鼠頭入列。代號小可愛。小可愛不佔空間，靠牆列隊時甚至可以直接把半顆腦袋接在我的腦殼上。跟我一樣沒啥存在感，也不太說話，因為沒有肺。

午夜站哨時，小可愛會跟我一起用半顆腦袋思考宇宙。本質先於意義而存在。生命是什麼呢？暴力是什麼呢？掙扎又是什麼呢？

島上星圖繁麗，我以為視力差就看不到星星，我錯了。我甚至能辨認出橫貫天空的銀河。即便是沒有月亮的夜晚，我都還能藉著星光視物。它們是如此明亮的存在，我懷疑除了穴居生物以外，地球上的生物有辦法理解真正的黑暗是怎麼一回事。

只有像人或鼠這種穴居動物，才有資格思考真正的黑暗，以及黑暗中生存的技巧。

在小可愛報到之前，這樣的共處時間是很罕有的，因為下半身還完好的齧齒類太喜歡打炮了。我有一點點羨慕牠們，也覺得很寂寞。做為一個巨大的人類士兵，安靜佇立，荷槍實彈凝視世界時，我很寂寞。身邊士兵群體起立，唱軍歌，腦袋空空如也報數時，我很寂寞。腦內眾鼠歡騰，銜咬各式記憶想法欲望穿進穿出時，我也覺得寂寞。

所以當我獨自面對深夜的星空與海時，我很高興有小可愛的存在。我都快要感激那個不知名的，將小可愛放進我純白運動鞋內的同袍了。我跟著小可愛一起思索我的寂寞與陪伴的本質，思索所謂的高雅與正義或許並不存在，只是欲望被培育或裁切成各種不同的樣子而已。

集合場上，總是會有幾隻狗蹓躂過來。大概凌晨三點左右，遠處有犬吠傳來。這邊的狗表示不能忍，紛紛跑到高地最佳開火位置，跟著吠回去。

眾鼠鳴鈴，緊急召開會議。

那個跑位實在精妙，必須跑過半個營區，爬上山林間黑暗的階梯才能趕走那些狗。而查哨官隨時都有可能會出現。如果在去趕狗的幾分鐘內（牠們還有可能根本不理人）查哨官就翩然降臨，人類士兵的我應該會被連隊主官幹到飛起來。

我呆站了幾分鐘，等著鼠們舉爪表決。缺乏決策效率是逃避獨裁者的機會成本。

「幹，你都不管狗的喔？」有人在我背後說。

我回頭，是安全士官。因為連上士官不足，是一兵代站的。照規定我不必喊學長好，我就不喊了。

「牠們在很遠的地方叫，我走不到。」

「幹。」安全士官說：「還真有藉口。」

「我現在就去看看。」我說。

「去！讓這些死狗吵到連長睡覺，我們就都完了。」

我繞過集合場，跑到樹林裡的階梯。狗叫聲還是有段距離，但很響亮。

我不敢大喊，用手電筒照了照四處，希望可以給牠們施加一些壓力。

有幾隻狗大概有被我的手電筒掃過，稍微安靜了幾秒，又跑到更遠的地方去繼續互吠。

我回到崗位。

報告，牠們都在樹林裡。我說。

「媽的，裝無辜咧。」安全士官翻白眼：「等那些蠢狗回到這邊時，跟我說一聲。」

報告是。我說。

狗群回來時。我按了一下對講機，通知安全士官。

安全士官帶了一個包子出來。

「這本來是你今天的夜點，當作學費，教你怎麼管狗。」

他喂一聲，舉著包子，把狗群吸引過來。

等一隻白狗被安全士官逗得兩腳站立好嗅聞他左手的肉包時，安全士官右手的電擊棒就安靜地湊到白狗的脖頸旁。我聽到背對我的安全士官說了聲幹你娘，就用電擊棒按倒那隻白狗了，我聽到電擊棒的電流爆裂聲，還有那隻白狗短促的哀鳴。

狗群就散開了。

安全士官用電擊棒一直壓著那隻白狗腦殼。我聞到肉焦味。他掰開白狗的嘴，把我的肉包塞進去。「嘴饞是吧？就讓你解饞，蠢狗。」

「好了，就這樣。」安全士官站起身：「接下來幾個月那群蠢狗都不會敢來這裡。這就是前人種樹，功德一件。」

我看著安全士官將電擊棒掛回腰間。安全士官伸懶腰。

「技術性的部分我都幫你做了，好好善後啊。」他拍拍我的肩膀。

報告是。我說。謝學長。

「五分鐘搞定。」

報告是。

我扛著沉重的白狗，穿過集合場，沿著崎嶇不平的紅土路小跑。路的末端轉角是個小懸崖，左方通往廢棄營區，右方通往主要交通幹線。走幾小步，我聞到一股屍體腐臭味，知道這邊就是大家平常丟棄鼠屍的地方。我放下白狗，調整姿勢，雙手分別握緊白狗的前後雙腳，原地旋轉個兩圈，踉蹌幾步，脫手，靠離心力將白狗甩出去。

一會兒我聽見底下悶沉的落地聲響。那聲響直震到我的心裡，眾鼠離地三公分。

我發現我的後肩上沾了一些白狗的尿液。

對著空蕩黑暗的崖發呆幾秒後，我跑回崗位。

小可愛不知何時已經從我的意識裡消失，面對星空與海，我又是獨自一人。

我對自己說，這不是我做的，一切都不是我做的。

在哲學議題上，鼠群無法跟我做語言交流。但是邏輯還是存在的。所以我能感覺到，我在牠們眼裡看起來很蠢。

剪老鼠筋骨專用的剪刀有個名字，叫鼠頭鍘。聽說以前有陣子流行剪鼠頭。

我想像小可愛盯著鼠頭鍘逼近時的心情。

老實說，我不知道站在什麼立場才可以讓自己看起來不蠢。

或許蠢才是本質，存有正確答案是僥倖。

隔天整備陣地時，我拿著漆著綠漆的十字鎬試圖驅逐蔓延進水泥區域的芒草與土。舉高，揮落。試圖用鈍緣的土器斬斷草根。

任務進行到一半，我突然發現在芒草間有活物動靜。眾鼠勒令我緊急煞車。我止住落下的十字鎬，剝開芒草。

是隻蟾蜍。

我腦裡眾鼠都開始互碰臉頰，擊掌慶賀了。

但我拿十字鎬逼近蟾蜍時，牠只是懶懶地動了下，沒有逃遠。剝開芒草一看，蟾蜍一隻後腿已經血肉模糊，自大腿處被截斷，只剩一片皮相連。

這是我做的。我深吸一口氣，很想罵幹。

眾鼠靜默。挫敗感洶湧而來，我已經蠢到鼠群不忍直視。

我不知道該怎麼辦，我試著將牠放到十字鎬上。在我的動作過程，牠居然昏厥過去，不知道是因為痛楚還是本能性的假死。

我盯著蟾蜍看好一陣子。然後發現，我是在期待自己可以彌補這個過失，我居然蠢到以為存在一個方法可以讓這肥醜的老傢伙活下去。我還能怎樣？將牠送到本島的寵物醫院（我想像獸醫看著我的表情）進行縫合手術嗎？兩個月內都還不知道能不能返鄉休假呢。

追溯這種愚蠢期待的來源，大概還是我沉醉於人類名目難以數計的知識，從物理學到醫學。居然真的以為那些東西擴展了個人的權力，它們背後的能量沛然巨大，彷彿可以分一點點來滿足自己的卑微願望。

我手上沒有手術用的針線。雖然我以為我身邊永遠會有適當的工具。我腦裡還有高中解剖青蛙的記憶，我能想像用針線縫合肌肉跟皮膚組織的作業流程。我以為我有辦法，事實上我還真有辦法，只是無法執行。

在這小島，我居然還以為自己是自由的，社會中的人。以為自己的心智可以觸及現實。想起被放到鞋中的小可愛，還有寢室裡無視我談論種種酷刑的學長們，我突然理解自己的處境。

負面能量持續上升，要當機了。金眼鼠王看不下去，側頭對駕駛鼠示意，駕駛鼠俯身用細尖軟鼻往我的豆腐腦一戳，將我所有找不到出口的悔喪全都導引成憤怒。

都是你自找的，笨蟾蜍。我都那麼用力地在剷草這麼長一段時間了，你居然還不扒緊皮滾遠點。我根本就沒有選擇，我才是無辜的。我還是無辜的。

蟾蜍又醒來，想要爬下十字鎬。

我還在發抖。我在心裡說：「去享受你剩下的生命吧。」就把蟾蜍丟到芒草深處，我再也不用負責的地方。

我們在草皮快樂翻滾躺臥。散開，各自定位，準備對空射擊。

「媽的最好拿步槍打得到飛機啦。」有人說。

「這裡有沒有蛇？」

「有的話就報告啊。」

「報、報告副排長，我、我這邊有紅螞蟻。」

「剛剛誰喊報告？」

「報告副排長，聽聲音像蛋皮人。」

「喔，蛋皮怎麼啦？」

「報告副排，這邊有紅螞蟻！」

「哎喲——」感覺副排側頭思考了一下：「演習是帶殺氣的啊，要像打仗。命重要還是螞蟻重要？忍一下。」

「報告副排，紅螞蟻真的很多！」抖音。

「哎——」副排又停頓了一下：「地點都是自己選的吶，怎麼不在趴下前看清楚呢？」

我聽見蛋皮人絕望的喘氣聲。

我評估一下，覺得自己這時發言掩護蛋皮的話，八成也會被當成目標。

我發現一隻綠色的小螳螂，就攀在我面前的草葉上，體長不過我的一根小指頭。

我超興奮。

「報告副排，我這邊也有紅螞蟻。」有人說。

又有第三人附議。

「好——吧，」副排說：「大家離那塊區域遠一些。」

蛋皮逃到我附近。小螳螂逃走了。

我只好盯著蛋皮看。只要不覺反胃的話，蛋皮也很夠瞧。蛋皮因為小時候長時間的異位性皮膚炎，全身的皮喪失彈性變得鬆垮，整個人脫光衣服後，就像一個肉色的米其林輪胎吉祥物，或者說，像一個人形陰囊。那副景色在我們寢室位列歷來的七大奇景之一。

蛋皮哭喪著臉說，拜託，拜託幫我看一下，有紅螞蟻的話幫我拍走。

小島嚴酷的陽光跟濕黏的海風，對他來說無疑是地獄。兇猛的蟲蟻大概也是。

蛋皮還算是做事比較積極的那一類型。談吐也風趣，至少比那些只會打嘴砲炫耀根本不存在的家產女友的蠢蛋有趣多了。

但做為一個外貌特異的人，蛋皮的人格太過健全光亮，有礙眼的皮囊做為襯托，那光亮就加倍刺眼。刺著洞穴黑暗久釀的，人獸之眼。

夜間射擊練習時，在前幾輪打過滿靶的人，會被選去靶溝組報靶。一般射擊的靶距是一百七十五公尺，夜間射擊的靶距較短，只有七十五公尺，不必走那麼遠。我們躲在靶溝底下，聽著步槍子彈打在我們頭上土墩的聲音。靶場之後就是雷區，雷區之後就是大海。我常常盯著月亮在海上的金黃倒影，像盯著白天的雲那樣，月亮倒影是會變形的，有幫助人做白日夢的效果。雖然不會是很舒服的夢，因為裡頭沒有任何意義，沒有意義的夢境是另一種恐怖。夜間待命射擊的時候，我總在無意義、帶有槍口延伸的幾何火線現實，與同樣無意義、不規則月影中的夢境間掙扎。

當這一輪射擊結束，有線電一下達「靶溝報靶」指示，靶溝組就要第一時間衝上去，清點自己負責的靶板上的彈孔數量，然後一一回報給帶領的士官。

前一陣子，附近的島才有士官莫名其妙地在靶旁送命，一槍命中頭部。沒人說得清楚是為什麼。

我們待在土墩下的小房間裡，就著門口月光，在槍響之間閒談打屁。其中有個很短的鬼故事：幾年前連上某士官就在這裡，從雜訊很重的有線電話筒中，模糊聽到了「靶……溝……報……靶……」幾個字，他正要反射性地帶大家往上衝，就被士兵從後拉住了，射擊才剛要開始呢。

然後大家開始聊起跟娼妓有關的話題，我有點震驚，我一直以為那樣的行為已經要在這個國家消失了，畢竟似乎都沒人討論。至少在我過去的社交經驗裡這是不可能的。但他們問起我的性經歷時，就換他們震驚了。

「好歹也買個女人吧？」衛生排一位身材魁梧的學長，語氣充滿憐惜：「下次返台來找我，我知道一些不錯的店。」

「呃，謝了。」我說：「我打手槍就好。」我的腦袋裡天天都在上演齧齒類性派對。

「你是想當耶穌嗎？」有人說，咯咯笑著：「性耶穌。」

當天夜裡，我們回到隧道裡的小小寢室。蛋皮人發現他留在寢室的皮夾，裡頭的幾張千元鈔消失了。蛋皮人沒有表示很幹，他只是看起來很累，對類似的事。他跟排裡志願役下士班長反映。

「啊你怎麼把皮包留在寢室？」志願役下士問。

「報、報告，我在口袋裡放皮包大腿會癢。」

「是喔，有記鈔票流水號嗎？告訴我，我幫你報告上去，我們明天早上可以對整個連突擊檢查，把所有人的錢包翻出來所有鈔票一張一張對。」

「報告班長，我……不知道那是什麼。」

「就鈔票上的流水號啊，你沒記的話，我也沒辦法幫你啊。有沒有記？」

「報告班長，我不知道要記。」

「那就沒辦法啦。以後就記下來，以防萬一。嗯？」

謝班長。蛋皮人悻悻然。

我去走廊看了公布欄，當天留守並執行內務檢查的就是那位下士。我沒跟蛋皮人說，我想他多半也知道。

世界偉人民族救星的蔣公說：這顯然是禮節問題。在隧道裡，多數災禍都肇因於禮節問題。

蔣公好巨大雄偉，我與蔣公的體型差距，大概就是像我跟老鼠之間的差距。

我仰望蔣公。蔣公沒有低頭。蔣公的頭在雲裡。蔣公才是真正的巨大機器人。

嗨。蔣公慈祥的聲音從上面傳來。

「嗨。」我說。

我剛剛說到哪？蔣公問。

「我也很想懂禮節啊。」我問蔣公：「可是我們在違背對方定義的禮節之前根本就沒辦法知道那些禮節是什麼。」

君子反求諸己啊。蔣公說：一切已發生的都不是不合理的，所有的要求跟磨練都是剛剛好而已。

「我沒有抱怨的意思，」我說：「我也想靠自己的力量走過去，可是我根本就不知道該從何學起。」

就瞪大眼睛自己學啊。蔣公慈祥的聲音說。

「瞪大眼睛？」我問。

就瞪大眼睛啊。蔣公慈祥的聲音說。

我試著瞪大眼睛。看到跟我一樣高的金眼鼠王站在我面前。

金眼鼠王把它的前掌放在我的頭上。

「閉上眼，這是開光。」金眼鼠王說，鼠王的聲音很有磁性，很好聽。

我依言閉眼，就看到了耀眼的白光。

直到那光太刺眼。

寢室濕熱的一切重新占據我的感官。濕熱的空氣，濕熱的枕頭，濕熱的床。還有霉味。

「起來，」有人正拿手電筒照著我：「再拖拖拉拉就把你拖下床。」是排上學長的聲音，來這裡以後我還真沒跟他說過幾句話。

「學長，我今晚沒有排哨啊？」我好想睡：「不是我。」

「白目喔？我說是你就是你。」學長小聲說：「不是夜哨的事，起來。」

我跟著學長來到連上的浴室。鼠群都躲在我的皮膚底下發抖，我試著推想接下來會發生什麼事，但駕駛鼠擅離職守，我的腦子完全動不起來。

門一打開，我就聞到食物的香味。

「唷，這不是耶穌嗎？」今天執行內務檢查的下士，手舉著一支豬血糕：「歡迎歡迎。」下士的面前擺了整整三袋炸物，還用瓦楞紙板墊著。「這邊有鹹酥雞、甜不辣、杏鮑菇跟豬血。啊還有四季豆跟炸皮蛋，不過量不多。」

圍著食物的還有另外兩位已經待退的學長，兀自低聲談笑。

我不知道該說啥。我甚至不知道這島上還有在賣鹹酥雞，還是在深夜。

「吃啊，發什麼呆？」班長問。

「謝班長。不過……我不知道我該出多少？」我身上實在沒多少錢。

「唉，不用你出啦。就算我請大家。」班長說。其他學長聽了忍不住都笑了。

「幹你還真有臉講。」其中一位說。

我等他們笑完。

「坐下啊，別拘束。」班長說。

我坐下。

「來，吃。」

我開始吃。我也是真心想吃，這幾個月來我實在受夠連上的食物了。伙房兵的廚藝還不算大問題。但是規定每餐必用的戰備存糧罐頭肉，那種過期肉類的氣味實在令人噁心。

「你跟蛋皮人處得還不錯吧？」班長問。

我幾乎噎到了。

「報告班長，我跟姚立鈞弟兄幾乎沒說過話，所以也不算熟。」我說。

「是喔？團體之間還是要互相關心啦，如果被孤立在社會外會很辛苦喔，人總是要融入社會的。大家都不想當兵啊，但既然進來了就好好當嘛。融入群體互相支援嘛。」班長說。

「報告是，」我說：「我會努力。」

「唉，別那麼客氣，你可是耶穌欸。進入正題，有人想請你幫個忙。這想法我也覺得合理，就算是關懷弟兄嘛。」

我不知道該做何反應，駕駛鼠依然罷工中。

「所謂皮鬆軟，雞雞短。蛋皮人在他的人生裡一直找不到女友，耶穌啊，你可以讓他射一發嗎？解救他苦悶孤單的靈魂。更何況他今天才弄丟了兩千塊，太需要安慰了。」

射一發？什麼射一發？

「哎唷耶穌你就別開玩笑了。就是射一發，形式不拘，用手用嘴用屁股都可以。」班長笑說。

報告班長，我……不知道我做錯了什麼？

「唉，是怎樣？我們好像一直答非所問。」班長抓抓頭：「一句話，做不做？」

報告班長，我沒辦法。

「噢別急別急，你可以慢慢考慮，明晚再給答覆。」班長舉起雙手說：「有人說你的脾氣是海陸的料，硬一點是非常好的。咱們離島陸軍有時比較奔放隨性，這我還有自覺。」

我回到床上，聞著枕上的霉味，我想起白狗屍坑的味道，還有白狗屍體的重量，我想吐。

「知不知道為什麼？」是鄰床的學長，他醒著。

我不知道。我說。

「只是有趣的小賭局啦，他賭你會答應。」他說。

學長，你也知道。

「沒辦法，主官不夠嚴。大鬼不恐怖，小鬼就會亂。這支部隊的風氣就是這樣，儘早融入其中就可以避免變成目標。我試著告誡過你囉。」學長說，但聽起來不帶歉意。

學長，你也有參與。

「對。」他說。

你賭哪一邊？

「你猜啊。」

你賭我會答應。

「對。」

所以我應該答應嗎？我幫他贏得賭局，他就會當我是自己人。

「喔，如果你已經答應的話，就太蠢了。你從此以後的地位就是玩具，有一就有二，就像那些老鼠一樣。如果你真的直接答應了，就算我看錯人了。」

我沒有答應。所以我不應該答應？但我不覺得狀況會改善。

「對啊，就算你不答應，他們還是會有其他方法來整你。努力開發你做為玩具的各種可能性。」

我不知道我該怎麼辦。為什麼事情會變成這樣。

「幹你真的很沒自覺耶。」

什麼？

「玩具就是因為玩起來有趣才會成為玩具啊，不是因為玩具做了什麼事，你幹嘛堅持讓自己變得那麼好玩又有趣呢？」

學長翻身，結束談話。

隔天正好是每月補給船將食材運到島上的日子，連上慣例會派六到十人去港口接貨，午點名後，我的名字也被叫到了。

到場的所有士兵，排成一條人龍，將封裝食材的一個個紙箱從貨艙傳過甲板、碼頭階梯，再到岸上。海蟑螂四處亂竄。

碼頭（同時也是防波堤）接船的水泥階梯，在潮間帶比較濕滑，本就需要留意。但我一直抓不到上游弟兄的工作節奏，他的動作又很粗魯，結果在我奮力舉起一整箱雞蛋的時候，就被這傢伙傳過來的下一個箱子撞上了。如果我放開那箱雞蛋的話，那箱雞蛋鐵定會摔回船上，也算完了。有一瞬間我想試著將箱子拉回來，顯然值班的駕駛鼠高估了這台機體的重量。在我來得及後悔前，我已經摔下碼頭階梯。運氣很好的是，我這邊的船舷已經離碼頭有段距離，所以我不是摔到船上，而是從這兩者的間隙間，直直落進海裡。

報告鼠王，我們自由落下。報告，我們漂浮在海裡。報告，我們跟這個世界毫無關係。我們思考宇宙。

我唯一一次，在這座島上嘗到海水的味道。因為七米左右的高度，海面的沖擊力讓我以為自己大概骨折了。但我試著游向那箱可憐的雞蛋時，我發現除了痛楚以外，我可說毫髮無傷。

全員回報狀況！觀測鼠報告，連擦傷都沒有，機體完美地穿越了水泥碼頭、附於其上的藤壺，與船舷的間隙！

在飄浮的時間裡，我似乎從眾鼠的眼睛裡看到了什麼。像是，擁有生命或者擁有暴力，跟好玩與否一點關係也沒有。

「唷，耶穌。聽說你下午有了一分鐘兩棲體驗，感想如何呀？」晚餐。志願役下士班長在領餐時側身問我。把我撞下海的弟兄就排在班長身後。

我不太確定怎麼樣才不算是個好玩具。

我也不知道夜裡，他們是怎麼樣讓蛋皮人安分躺在床上等我的。

「姚哥，多擔待。」我爬進蚊帳，在他背後說。然後做完我被要求做的事。

蛋皮人的身體僵硬，我不確定是因為憤怒或恐懼或其他。

我也不確定蛋皮人是否真的排斥我的碰觸。

時間流動得很慢，我不太清楚要怎麼樣才能更快結束。但也不是很介意了。

這就是君子反求諸己啦。巨大機器人蔣公說：要欺騙敵人前，要先騙得過自己。要殺敵人前，也要有本事殺自己。

「這樣我們就能殺任何存在了，任何不能用武器對準我們的事物。」我說。

孺子可教也。蔣公慈祥的聲音說：所以說我最喜歡儒家，也最喜歡王陽明了。焉能用有限之精神為無用之虛文也。

「我也想成為巨大機器人。」我說。

你也可以喲。蔣公慈祥的聲音說：只要爬得進駕駛艙，你也可以是巨大機器人。

我盯著蔣公接地的巨大雙足，皮靴黑亮。蔣公的褲管鞋襪底下隱隱有什麼東西蠕動。

我奮力爬上那雙巨大的皮靴，試著在蔣公的腳背上站穩後，一把掀起那蒼白的褲管。

裡頭是滿滿的，跟人一樣大的黑毛野獸。我沒見過這麼善於攀爬的生物。它們見光之後發出慘叫，在褲管的黑暗之中，一瞬間就移往更高處，變成蔣公褲管底下冉冉上升的一團隆起，留下我面前沾有髒污血肉的金屬支架。

我那時跟班長說，給我分紅，我就做。

針對老鼠，班長發明了新的玩法，就是兩棲作戰太空鼠：在洗衣桶裡裝滿水，老鼠頭上綁個塑膠袋權充氧氣罩，然後跟石頭一起綁在水底。

我成了刑具性耶穌，每有新兵進來班長就會挑其中一兩人，變成我的任務。因為看我執行任務遠比說服我有趣，我總會拿到從新兵錢包裡摸走金額的一小部分。

夜裡我會在學弟床上執行任務時，側耳傾聽那些老鼠在水裡掙扎的細小聲音，事實上，沒有聲音。在隔天早上拿出洗衣桶後，體型比較大的老鼠都死了，只有一些小鼠，在假死狀態中還能輕微顫抖。

無聲死亡的太空鼠，從未在我的夢境入列。

當學弟恐懼我的存在，就像恐懼其他人一樣時，我就跟班長說，其實這些工作我都很喜歡。然後我就徹底地被遊戲本身遺忘了。

進入秋冬，換上厚重絨毛外套。我已經習慣讓其他人恐懼，也學會用高音量痛幹新兵。這讓我有更多的時間思考宇宙，成為禮節本身以後，就不太需要思考禮節了。我能理解，這過程存在一種高峰經驗，讓你覺得自己彷若得道者。

如果我還能不那麼有安全感，大概是因為老鼠還在。不管是室內或者我的心裡。

禁閉室衛兵是個爽缺，因為十分臨時，島上根本不存在戒護兵，也沒有多餘人力對他進行操練，抽調支援抵達之前，就是像我這樣的一兵擔任衛兵。排長說如有不從槍托伺候，但真打下去可能還是會死人的。

據說這傢伙進來禁閉室那天，以迅雷不及掩耳的速度，緊緊擁抱了護送的女士官。不是襲胸，不是強吻，是緊緊地擁抱。我不能分辨，那是不是隱含了某種優雅。

我也不能分辨，是用力逃跑的人比較懦弱，還是像我這樣屈服的人比較懦弱。我只能想，一切都是剛剛好，一切都是磨練。正向能量會循環，會帶來更多的正向能量。

就在我試著用正向能量來管理自己情緒的時候，我發現一隻幼小的黑鼠，出現在門口。那是我見過最小隻的老鼠，看毛色明顯是家黑鼠，但軀體不過拇指大小。

它正在鐵欄斜射的陽光裡，跟空中飛揚的灰塵玩耍。兩隻前腳交錯撲抓，發呆，原地跳躍翻滾。我第一次在島上見到這麼自得其樂的生靈。

我心跳得很快，我偷偷注意著禁閉室裡的逃兵。我好怕他會對這隻幼鼠做出什麼事，我希望他已經因為無聊與疲倦睡著了。但事與願違，他還醒著，也跟我一樣，靜靜地看著那一隻小小的黑鼠跟這個世界玩耍。

我們靜默很久，那隻小鼠的興致一直很好，牠甚至開始曬起太陽。我們都知道，這樣天真的生命是活不久的，但那之中另有一些燦爛的什麼。

鼠群爬上我腦室甲板，透過我刮花耗損的眼窗，佇立凝望良久，好像它們的任務已經達成：彷彿這個地點，這幅景色，一直以來就是它們的終極航行目標，驅動我向前移動的理由。

——原載二〇一三年十二月十五至十七日《自由時報》副刊

本文獲二〇一三年第九屆林榮三文學獎短篇小說獎二獎

漢名林嵐欣，卑南族。國立台灣大學人類學系畢業，現居住於台東普悠瑪（南王）部落，任職Pinuyumayan卑南族花環部落學校助教學師，並為國立台東大學南島文化研究碩士班學生。

於台東出生，同時繼承阿美族、卑南族和排灣族的血統與名字，但十歲前是在高雄都會區和母親所屬的屏東安平部落之間長大，直到國小四年級才舉家遷移至父親所屬的普悠瑪部落居住。也因此在童年時期，即經歷許多跨地域、跨族群、複雜奇妙的文化衝突事件。

不是，她是我vuvu

Lamuru Pakawyan

在我這不算長，但也不能說短的生命中，曾有那麼幾個時刻，我是真的，徹徹底底感受到了，所謂的「對人生的覺悟」。即便當下的我，也只不過五歲大。

這個感覺初次浮現的時刻，是在美麗溫柔的王老師，不再美麗溫柔的那時候。她的眼睛像巫婆般噴射著嚴厲的火焰，雙手緊緊掐住我的雙臂，聲音尖尖地問著：「站在門口的人是誰？」

我的眼睛隨著她的問句，飄向了站在幼稚園大門口的vuvu。vuvu嘴角啣著總不離口的檳榔，嚼出了一口吸血鬼嘴巴。在來來往往、牽著小孩離去的家長中，她就像是客廳的玻璃櫥櫃裡，那尊寬寬圓圓的陶壺，揹著還不會走路的小貝比妹妹，寧靜地佇立著，對我那一刻面臨的痛苦和恐慌，毫無所覺。

王老師的聲音越來越高亢，她一邊將我拖到離大門口遠遠的辦公室前，一邊重複著同樣的問句：「她是妳的誰？」

不明白這個問句的我，茫然地看著老師。於是王老師蹲了下來，抓著我，一個字一個字地說著：「妳——要——叫——她——什——麼？」

喔，這個問題我倒是知道要怎麼回答，「vuvu。」

王老師似乎不滿意這個答案，又再問了一次，而我也再回答了一次。原本在我臉上的茫然，傳染到王老師的臉上。

「呃，妳要叫她奶奶嗎？」

奶奶？我搖搖頭，媽媽要我叫vuvu。

「阿嬤嗎？」

阿嬤？阿嬤是什麼？我再搖搖頭。

然後，就像寫功課一樣，寫錯一題就會被媽媽打得很慘。現在，我因為回答不出正確的答案，即將面臨回不了家的狀況。

娃娃車載著一車娃娃離開了校園，原本擠滿校門口的家長和小孩，也陸陸續續地離開。校園呈現了空蕩蕩的狀態，只剩下王老師、我，以及嚼著檳榔、揹著妹妹、如雕像般穩穩站在遠處的vuvu。

「她是妳另一個奶奶嗎？」

另一個奶奶？我從來就沒有奶奶呀！我惶恐地再次搖搖頭。「不是，她是我vuvu。」

我清楚記得那時王老師的臉，蒙上了一層媽媽平常要打人時會有的表情，我驚恐得不知道該如何是好。是先說對不起？還是趕快跑掉？我覺得自己陷入了一場陰謀中，害怕得幾乎快哭了出來。媽媽是不是不要我了？所以把我丟在幼稚園，像故事裡的爸爸把小孩送上火車，讓好心人來領養？所以vuvu才會站在那裡不來救我？

我回想起媽媽對我交代的話，「媽媽要去台北看爸爸，妳要乖乖的，幫vuvu照顧妹妹，聽王老師的話。」

整個周末，媽媽都在忙碌地收拾行李，還去了一趟屏東，把vuvu接來高雄。之前只要放長假，媽媽都會帶我回屏東的山上看vuvu，妹妹則交給瑪姆照顧。有時候媽媽去找在台北工作的爸爸，也是瑪姆來照顧我和貝比妹妹。王老師認識瑪姆，還曾當面稱讚瑪姆：「妳好厲害，會說國語、台語，又會說日語。」可是瑪姆最近去桃園照顧剛出生的小堂妹，所以媽媽才特地找沒有下山過的vuvu來照顧我們。媽媽還帶vuvu走了一次到幼稚園和菜市場的路線，交代vuvu我的上學、放學時間，甚至一再強調一定要每天給我喝一杯噁心的鮮奶。

早上媽媽先讓vuvu在家裡照顧貝比妹妹，然後帶我到幼稚園，在分別時又再對我說了一次「妳要乖乖的」。媽媽為我讀過的故事裡，每個爸爸和媽媽要丟掉小孩的時候，好像都會說這樣的話，該不會……。

媽媽為什麼想丟掉我？我昨天是不是做錯什麼事？我努力回想，但是能想起的事情實在是太多，不知道是哪一件？在幼稚園偷偷吃同學請客的乖乖桶？媽媽最討厭我吃這種「垃圾」。騙媽媽說我在寫功課，可是卻在偷看《紅髮安妮》的繪本？還是趁媽媽不注意的時候，把早餐的鮮奶灌進妹妹的奶瓶裡？我惶惶不安地想著到底是哪一件事情被抓包了？還是每一件事情都被媽媽發現了？

想到這裡，我的眼淚嘩地狂洩而出，王老師愣了一下，站了起來。我以為她終於好心地要放我走，但她卻是將我拖進辦公室裡，一隻手緊緊拽著我，另一隻手開始撥起電話。

天啊天啊，王老師要打電話找好心人來收養我了！怎麼辦？逃跑吧？

念頭才起，我便使勁脫離王老師的魔掌，往辦公室門口衝了過去。雖然身高總是輸人家一大截，但我對自己的跑步速度很有自信——在幼稚園的賽跑中，我從來沒有輸過，還常常打敗年紀比較大的小朋友。媽媽說，這是因為我有遺傳到瑪姆和爸爸的「阿美族水桶」。

還沒跑出辦公室，王老師已掛斷了電話，再次如老鷹抓小雞般地攫住我。

我想起卡通裡被魔女抓住的公主，美好溫暖的世界正在我眼前逐漸崩解，不曉得未來悲慘且孤苦無依的日子，能不能遇見好心的長腿叔叔？

「妳媽媽剛剛在電話裡說，她有請妳的阿嬤來接你，所以外面那個真的是妳的阿嬤囉？」

我猶豫了一下。vuvu就是vuvu，可是老師好像覺得那個答案是錯的，我想起王老師也很喜歡把瑪姆說錯成奶奶。媽媽說好孩子不可以說謊，可是眼下只要能讓我繼續好好地存活在溫暖的世界裡，答案不管對或錯，只要能讓老師滿意，就是唯一的答案。沒有掙扎多久，我孤注一擲地決定說謊。

「嗯。」加上用力點頭。

王老師揚起了美麗溫柔的微笑，將我牽出辦公室，走到校門口，鄭重地將我的手放在vuvu的手心裡，對vuvu說：「安妮的阿嬤，真不好意思，因為最近常常發生綁架小孩子的事情，所以我必須和安妮媽媽確認一下。」

vuvu愣愣地看著老師，染著檳榔汁的嘴角動了一下。「安妮媽？」

王老師美麗溫柔的臉上瞬間閃過一絲疑惑，不管三七二十一，我拚命拽著vuvu要她趕快帶我回家，免得王老師改變心意，我就真的變成無家可歸的小乞丐。

回家的路上，vuvu牽著我走進招牌上總是寫著「7」的「便祕商店」。媽媽有時候煮飯到一半發現沒有醬油或鹽巴的時候，會來這裡買東西。媽媽說在這裡買東西很方便，但是東西都很貴。我想這就是為什麼媽媽要罵它「便祕商店」吧？vuvu 從架子上拿了一罐味精和一盒鮮奶，接著，令我驚訝的是，vuvu居然從零食的架子上拿了一包「蝦味先」——媽媽絕對禁止的「垃圾」之一。

這是要給我的嗎？我恍若做夢般地從vuvu手中，接過了神聖卻又邪惡的蝦味先。懷著對媽媽的罪惡感，以及挑戰權威的快感，到家前我已經將蝦味先吃光光，還舔了舔殘留在包裝內的碎屑。

歷經放學時那段令人心力交瘁的過程，再加上那正充滿著口腔，蝦味先鹹鹹乾乾的味道，我進到家門時突然倍覺口渴，拉著vuvu要求道：「咪子。」

正忙著要煮飯的vuvu看了我一眼，「安妮媽。」

媽媽？我不是要媽媽，我口渴得要死。「我要咪子。」我仰頭指向放在流理臺上的水壺。

「挨秋？」

我看著vuvu拿給我的奶瓶，差點氣死，我又不是小貝比。「不是！咪子！我要咪子！」

vuvu遞給我流理臺上，媽媽唯一認可的零食「蘇打餅乾」。我都快渴死了，一點都不想再吃乾巴巴的餅乾，我推開vuvu 的手，用力指著水壺。「咪子。」

vuvu皺著眉頭看著我的手指方向，打開了流理臺旁邊的冰箱。「挨努？」

「不是！」我心裡閃過一絲恐慌，不會吧！才剛逃過變成孤兒的命運，現在卻又要面臨被渴死的命運。「咪子咪子。」

vuvu露出了一絲不耐煩的臉色，回頭繼續做菜，不再理會我。我看著她胖胖的身軀擠在公寓小小的廚房裡，眼淚又掉了下來。

完了完了，我只有五歲卻要死了，而且還是被渴死。

我一直哭，越哭越渴，越渴越想哭，哭到vuvu把我拎到椅子上，塞給我一碗盛滿白飯的碗和一支湯匙。

桌上的菜都很苦，連湯都有點苦苦的，有些肉很硬，而且味道有點臭。這些菜和肉都是vuvu從山上用一包一包的塑膠袋帶下來，每次和媽媽回屏東山上的時候，都會吃到這些東西，媽媽往往要拿著米達尺才能迫使我吃下去。喉嚨乾澀的我，辛苦地將白飯一口一口往食道裡吞，打死不動那些可怕的菜，即便越吃越渴也絕對不喝那碗苦得讓人想吐的湯。vuvu看著我，說了一聲「卡努」，就將那些苦苦的菜和臭臭的肉挾進我的碗裡。

先是差點回不了家，再來是快被渴死，現在又要吃這些臭烘烘的東西，我覺得自己就像是故事裡被大人欺負的小孩子，總是吃不好、睡不好，生命中沒有一點幸福。想到這裡，我的眼淚又不自覺地落了下來。vuvu看了我一眼，嘆了一口氣，晃著胖胖的屁股和肚子，走到客廳去餵哭著要喝奶的妹妹，留我獨自面對滿桌難以下嚥的菜肴。

偏偏就在那個時候，我瞥見了一個小小的影子正竄向餐桌——阿布拉木蟋！我尖叫起來，vuvu立刻站了起來，看著我說：「安妮媽？」

又是安妮媽？英勇的媽媽又不在家！眼淚未乾的我，指著桌腳大叫：「阿布拉木蟋！」vuvu看向桌腳，但是可惡的阿布拉木蟋已經不知道鑽到哪裡。vuvu張望了老半天後，又嘆了一口氣，挾起更多的菜到我的碗裡，繼續餵貝比妹妹喝奶，不再理我。

我絕望地看著碗中更多的菜。

哭著將碗清空後，我已渴得快不能講話。vuvu安靜地將我手中的空碗收走，在她走向廚房時，突然冒出了一句話：「寫功課。」

我驚訝地看向vuvu，這還是她第一次說著我聽得懂的話。稍微評估狀況後，我下定決心，要為了生存再奮鬥一次。

「咪……咪子。」我拉著vuvu，拚死命地指著水壺，用乾啞的聲音哀求著。

vuvu皺起了眉頭，思索了一下，再次打開冰箱，拿出剛買回來的鮮奶，倒滿一整個馬克杯，塞進我的手中。

她低頭看著我，我仰頭看著她。

幾秒鐘後，我深深吸了一口氣，忍住嘔吐的衝動，將噁心的鮮奶咕嚕咕嚕一口氣灌進嘴巴裡，喝完後我不斷乾嘔著，但被液體滋潤的喉嚨和嘴巴已不再痛苦。此刻，活下去，才是最重要的事情。

vuvu像是很滿意地點了點頭，又對著我說：「寫功課。」

驚訝感被隨之而來的怒意瞬間衝散。笨死了！什麼都聽不懂！只會給我噁心的鮮奶！什麼都不會講！卻會講「寫功課」？我怒氣沖沖地打開書包，拿出今天的作業，整個人伏在客廳折疊桌上，恨恨地用力在紙上刻著注音符號，力道大到劃破了作業簿一些地方，還把所有鉛筆都用斷。當最後一支鉛筆的筆蕊「喳」地一聲飛出桌緣時，我立刻後悔。我很確定vuvu一定聽不懂「削鉛筆機」這四個字，而那個東西偏偏位處在我搆不著的書櫃上。我惶恐地拿著斷光光的鉛筆，走向正拿著小木杵把芋頭搗成泥的vuvu。

vuvu看了我一眼，又再次說出謎樣的話：「安妮媽？」

為什麼vuvu一直以為我要找媽媽？躊躇著，我不知道該用什麼方式表達我的需求，只是將那些斷筆舉到vuvu面前。沒想到我什麼話都還沒講，vuvu就將那些斷筆接了過去，很熟練地用一把小彎刀，刷刷刷地將這些鉛筆削得尖尖的。

在我正著迷於vuvu那神乎其技的削鉛筆技術時，電話響了起來。vuvu 放下手中的東西，拿起了話筒。「喂！」vuvu的「喂」說得很重，很像在罵人。她對著話筒講了幾句，就把電話拿給我，「蘇基娜。」

接過話筒，一聽到裡頭傳來的熟悉聲音，我就大哭了起來。

「媽媽！王老師今天不讓我回家，她說vuvu是阿嬤。vuvu不給我咪子、不打阿布拉木蟋，vuvu不會講話。妳在哪裡？什麼時候回來救我？」

電話那頭安靜了幾秒鐘後，媽媽溫柔的聲音傳了過來：「vuvu會講話，只是講的是排灣族話，像瑪姆講的就是阿美族話和日本話，『咪子』和『阿布拉木蟋』是日本話，所以vuvu聽不懂。妳先不要哭，妳以後要喝『咪子』，就跟vuvu說妳要『喝水』，看到『阿布拉木蟋』就說『蟑螂』，這幾個字vuvu聽得懂。」

我啜泣著，「那為什麼老師不讓我回家？萬一她明天也不讓我回家怎麼辦？」

「那是因為老師聽不懂『vuvu』是什麼，就像『瑪姆』是阿美族話，『vuvu』則是排灣族話，『阿嬤』是台語，它們念起來不一樣，但意思是一樣的。老師今天打電話給我的時候，我跟她說過了，妳不要怕，她明天會讓妳跟vuvu回家。」

「媽媽。」

「什麼事呀寶貝？」

「什麼是排灣族話？阿美族話？日本話？」

「排灣族話和阿美族話都是原住民講的話，日本話是日本人講的話。」

「那我們現在講的是什麼話？」

「我們現在講的是中文。」

「所以我們是中文人？」

「呃，不是，我們是原住民，但我們會講中文。」

「喔，那什麼是原住民？」

「妳就是原住民，媽媽和爸爸也是原住民，vuvu和瑪姆也是原住民。」

「妹妹也是原住民嗎？」

「妹妹也是，屏東山上的那些人，都是原住民。」

「那王老師和其他的小朋友呢？」

「他們不是。」

「為什麼？」

「是因為我們的祖先——祖先就是比vuvu和瑪姆還要老的人——他們很早以前就住在台灣，所以我們就說自己是『原住民』——原本就住在這裡的人——的意思。」

喔，所以我是原住民啊！「那為什麼我不會講排灣族話和阿美族話？」

「呃，因為妳還沒有學。」

「當原住民很好嗎？」我想起今天恐怖的經歷。

「當然很好啊！」媽媽的聲音突然尖銳了起來。

「為什麼？」

「因為，呃，妳不是想和紅髮安妮一樣很會念書，以後當博士嗎？這樣子，妳會有比較多的分數，還有獎學金，不怕沒錢念書，可以很快地當上博士。還有，妳很會跑步，也是因為妳是原住民呀！」

「不是因為我有『阿美族水桶』嗎？」

「血統。」媽媽更正了我的發音，然後回答：「阿美族就是原住民啊。」

是喔？那這樣也不錯。「媽媽。」

「什麼事呀？」

「為什麼vuvu一直以為我要找妳？」

「啊？」

「她一直對我說『安妮媽』。」

話筒傳來了一聲「喔」後，我彷彿聽到媽媽摀著話筒大笑的聲音。過了很久，我才聽到她回答：「『安妮媽』是排灣話『什麼』的意思，vuvu是在問妳有什麼事。」

原來如此。

再撒嬌一下後，我將話筒交還給在旁邊繼續摀著滿滿一簍子芋頭的vuvu。vuvu和媽媽講了很久的電話，我想起以前媽媽打電話給vuvu的時候，也是這樣子講話，原來這就是排灣族話。我寫完功課的時候她們還在講，在我快要睡著在排灣族話很有韻律的節奏中時，vuvu掛上了電話。

然後，我看見vuvu走進廚房，從水壺中倒了滿滿一杯咪子。

啊，人生也不過如此。

在我「還要還要」地連續灌完三大杯的咪子後，家裡來了客人。我看過她，媽媽說她是vuvu的妹妹，我都叫她小vuvu。她住在高雄和屏東的中間，有時候媽媽會帶我們去拜訪她。她有一個長得很高很高的老公，我有時候聽得懂他說的話，有時候聽不太懂。當我問媽媽為什麼會這樣時，媽媽一邊大笑一邊說那是因為他講的話有「閃東搶」。小vuvu很會講「中文話」，可是因為她要照顧表弟他們，所以媽媽不找她來照顧我們。

小vuvu手裡提著一籃啤酒，vuvu將還沒搗完的芋頭擱在客廳一角，走進廚房把晚餐的剩菜熱了熱後，兩個人就坐在餐桌邊，喝起啤酒，用我剛知道但還是聽不懂的「排灣族話」聊起天來。聊到一半，小vuvu像是想起什麼一樣，從大塑膠袋裡拿出了一包「蝦味先」。

「妳的vuvu剛剛有打電話來，說妳喜歡吃這個。」

啊，人生，真的也不過如此。

隔天早上，vuvu依照媽媽臨行前的交代，在我用早餐時，將滿滿一杯鮮奶推給了我。前一天我迫於無奈多喝了一杯鮮奶，今天再喝一杯實在太不公平。於是，趁著vuvu在廚房忙來忙去時，我迅速滑下椅子，跑到妹妹旁邊，搶走她手中的奶瓶，旋開蓋子，將鮮奶倒了進去。不曉得為什麼今天的手氣特別不順，速度慢了很多，在將奶瓶塞回妹妹的嘴巴前，似乎發現事情有點不對勁的妹妹便早一步「啊啊啊——」地尖叫起來。

聽到聲音的vuvu立刻衝了過來，一掌甩向我還來不及藏起來的手背，接著她的嘴巴裡狠狠地爆出了一個，至今仍舊令我魂牽夢縈的詞彙：

「掐以！」

我顧不得疼惜那已然紅腫的手背，只忙著將這個充滿力道與氣勢的罵人話，深深地收進心底，打算之後拿出來好好研究。

那天倒是很順利地放學，王老師很客氣地和vuvu說聲再見，不太會講中文話的vuvu，只是用很權威的表情和老師點了點頭。接下來幾天，vuvu固定接送我上下學，當我說咪子的時候，vuvu會馬上提起水壺和杯子。有次我又發現阿布拉木蟋，才剛喊出來，vuvu就迅速地將牠解決掉。每天吃完飯她都會盯著我寫功課，但不會寫的地方不能問她，因為她也看不懂，只會說「安妮媽」、「安妮媽」。當我寫完功課時，小vuvu也差不多會在這個時間提著一籃酒到來，兩個很久不見的vuvu姊妹便開始就著餐桌徹夜長談，吃著剩菜、嚼著檳榔、喝著啤酒，還不忘先塞給我一包「垃圾」。

有次放學後，我看見vuvu在餐桌上鋪滿了一堆葉子，葉子上面又疊了一層不一樣的葉子，vuvu在葉子上面把她搗了好幾天的芋頭泥抹了上去，接著又把混著芋頭粉的肥嫩嫩豬肉放了上去，最後把它們用細細的繩子裹了起來。

「奇拿富。」vuvu一邊對我說，一邊動著她那胖胖的魔法手指。

這一連串動作對我來說好迷人，像是在進行一種神聖的儀式般。我興奮不已地要求vuvu也讓我包一個，但我的手沒有魔法，葉子爛成一團，豬肉掉了一地，vuvu最後只好一句句「阿拉阿拉」地把我趕開。

那幾天，我不時提醒自己要多多練習那個驚人的罵人話，不過要找到vuvu和其他人聽不到的地方練習，還真有些難度。我只好一遍遍地在心裡默念著它，力求口音和聲調的正確性。

有一次vuvu又進到「便祕商店」買東西，當她走到零食架時，對著我比了「噓！」的手勢。因為我前一天不小心在電話裡和媽媽招認了我一直在吃這些「垃圾」，媽媽好像在電話裡嚴厲地警告了vuvu一番。我本來悲悲慘慘地為自己的愚蠢傷心了一下，沒想到vuvu 居然不怕那個有時候會變得很兇狠的媽媽，她用手勢示意我自己選，我興奮地朝著架上口味眾多的品客洋芋片一比，說道：「我要，大啾娃。」

最近一直聽vuvu和小vuvu講話，我已經知道有哪些話是vuvu聽得懂的。

「挨努？」vuvu指著原味品客。

「依你。」

「挨努？」vuvu指向披薩口味。

「五億。」

在vuvu拿起披薩口味的那一刻，我彷彿看見許多故事裡常說的——生命中的那一道光。

不過有次做功課的時候，我和救世主vuvu出了一點問題。王老師要每一個小朋友回家找一個傳說故事並畫下來，隔天到學校分享，可是vuvu聽不懂我說什麼，我也聽不懂vuvu說什麼。當我為了明天可能交不出功課而忍不住嚎啕大哭時，正巧上門的小vuvu解決了這個問題。

小vuvu對著我說：「你的vuvu 很會講故事，可是你聽不懂，我叫她講，然後再講給你聽。」

我點了點頭，看著小vuvu 回過頭對vuvu 說了幾句排灣族話，vuvu先是驚訝地瞥了我一眼，然後把貝比妹妹放進了娃娃床。接著，她頗為慎重地坐了下來，從她的小袋子中拿出了幾片荖葉，用鈍鈍的小彎刀在一個小木壺中，挖出白白的石灰抹在葉面上，對折後捲入檳榔，放進口中。當紅汁自vuvu的嘴角溢出時，一股薰人的味道，便彌漫至整個空間。

接下來，換我瞪大眼睛驚訝地看著vuvu。

vuvu居然一邊搖晃娃娃床，一邊開始唱起歌來，而且不是一般的歌，比較像是老師帶我們去參觀佛光山時，那些和尚唱的那種，會讓人想睡覺的歌。vuvu每唱一段，就停一下，讓小vuvu用中文說給我聽，斷斷續續下來，我完成了我的功課，並且發現，比起二十四孝、孔融讓梨、愚公移山這些幼稚園老師講給我們聽的故事，我更喜歡vuvu的故事。

唱完歌後，vuvu對著我說了幾句話，我聽不懂，小vuvu在旁邊幫她說：「這個故事是我們的vuvu跟我們說的，我們的vuvu有很多故事，妳還想要聽嗎？」

於是，當天晚上，我便在vuvu那充滿魔力的語言，和輕搔著鼻黏膜的檳榔味道中，沉沉睡去。

很久很久以前，在一個村子裡，有一個長得很醜的女孩子，叫做烏妮，還有一個長得很漂亮的女孩，叫做依比。烏妮很羡慕依比，也想要變漂亮，她就跑去找一個很聰明的老人，問老人有沒有辦法把她變漂亮。老人要她去找歪歪曲曲的木柴，破破爛爛的葉子和很髒的河水，可是烏妮心裡想：「我是要變漂亮，那當然要找長得很直的木柴，光滑的葉子和乾淨的河水。」她找回這三樣東西後，老人便用很直的木柴起火，把乾淨的河水倒進鍋子裡，當水滾了以後，就叫烏妮進去鍋子裡面，把光滑的葉子蓋在臉上。煮了三天三夜後，老人叫烏妮出來，烏妮往河水裡看了看，發現自己……

「變得更醜了！」

我不爽地看著插嘴的同學，我的故事還沒講完耶！「才沒有變醜，她變漂亮了！」

「為什麼？她又沒有聽老人的話。」另一個小朋友問道。

「所以她才變漂亮了啊！」

「不聽話的人才不會變漂亮！」

「她真的變漂亮了啊！」

「妳一定講錯了，她要變醜才對。」

「我沒有講錯！」

在大家吵成一團時，王老師站了出來，「好了，大家不要吵。安妮，這個故事是妳阿嬤跟妳說的嗎？」

「是我vuvu跟我說的，嗯。」

「故事結束了嗎？」

「還沒。」

「那繼續說吧！」

依比看見烏妮變漂亮後，也跑去找那個聰明的老人，老人也跟她說了一樣的話。於是，依比很快地把老人要的東西找回來。老人用一樣的方法把依比煮了三天三夜，依比出來後，往河水裡一看，發現自己的身體像歪歪曲曲的木柴，臉像破破爛爛的葉子，皮膚像髒髒的河水，她變成全村最醜的女生。

當我講完故事後，發現班上的同學都用聽鬼故事般的表情看著我。

「妳騙人！」一個小朋友說道：「依比應該要變漂亮。」

「沒有，她變醜了。」

「可是她聽那個老人的話啊！」

「所以她變醜了啊！」我不耐煩地回答。

「很乖的人才會漂亮啊！像灰姑娘。」

面對大家的質問，我越來越生氣，可是也不知道該怎麼辦，只能回答：「就是因為依比聽話所以變醜了。」

「所以不聽話的人才會變漂亮嗎？」

王老師立刻結束這場爭論，「好了，大家安靜，現在請大家鼓掌謝謝安妮的故事。」

在大家的掌聲中，我氣鼓鼓地回到座位。這個故事明明就很棒，其他小朋友的故事才奇怪——蛇變成女人然後為了老公被壓在高塔下；女人因為老公死了把長城哭倒了；女人假扮男生念書最後和自己喜歡的人變成蝴蝶——為什麼這些女生都很漂亮但都那麼可憐？

「很棒喔！大家都完成自己的功課了，現在請大家乖乖地坐在位子上，老師去一下辦公室，馬上回來。」

當王老師拿著一疊五顏六色的畫紙走回辦公室時，大家開始吱吱喳喳吵了起來。

「妳的故事一定講錯了！聽話的人才會變漂亮。」

「我才沒有講錯，我的vuvu就是這樣講的。」

「什麼是vuvu？」

「就是阿嬤。」

「那就是妳的阿嬤講錯了，故事才不可以這樣。」

「她才不會講錯！」

「她會！白痴！」

戰火瞬間點燃，怒不可遏的我朝著不斷質疑我的同學尖聲怒罵，「你們才是白痴！」

「故事白痴！妳是白痴！妳阿嬤是白痴！」一個人高馬大的男同學氣勢洶洶地朝我挑釁，下一刻，我已朝他撲了過去……。

沒有我以為會有的扭打場面，我被他輕輕一推就整個飛了出去，還重重地摔在地上。面子頓失的我，憤憤地爬起來，想也沒想就尖叫著朝他丟出我腦中浮現的第一個詞語——「掐以！」

一切正如我勤奮練習時那千百遍的想像，吵吵鬧鬧的氣氛瞬間因著我的咒語，安靜了下來。正確的發音、完美的聲調、令眾人目瞪口呆的氣勢，這樣的成果，我——非——常——滿——意。

看到大家被震懾得無法言語，我以勝利者的姿態，更驕傲、更用力、更大聲地再向對方吼出另一個咒語——「阿拉！」——惡靈退散！

不幸的是，王老師這時剛好回到了教室，她嚴厲地看著我，提高聲調問道：「安妮，妳剛剛說了什麼？」

只要是小孩子就會知道，這個時候就是要打死不認。

「沒有啊……。」

「妳剛剛在罵人嗎？把妳剛剛說的話再說一遍。」

我是小孩子所以我知道，這個時候一定要保持永遠的沉默。我垂頭看向腳趾，堅定地向老師和地板行使緘默權。

一陣僵持過後，王老師嘆了一口氣，恢復了溫柔美麗的笑容，召喚大家上課。我一整節課都不敢再講話，認認真真地做個聽話的好孩子，偶爾憐憫我那不被認同的故事。不過這個陰影沒有糾纏我很久，因為下課時間一到，所有的同學——包括和我吵架的那個男生——都不約而同地簇擁到我的身邊，開始嘰嘰喳喳地問道：「妳剛剛是在講什麼？」

把頭一揚，我覺得剛剛不小心沉默下去的神氣又再度被喚醒。「那是我們家的原住民話。」

「什麼是原住民話？」

「就是原住民說的話。」

「原住民是什麼？」

這個問題讓我一愣，我好像也有問過媽媽同樣的事情？

「原住民就是，呃，很會跑步，跟我一樣，還有，考試會有很多分數，會有很多錢，還有，呃，很會念書。」我東拼西湊地說著，最後再重重地加了一句「我媽媽說的！」來增加我話語的說服力。

一聲聲「好好喔！」、「好好喔！」傳進我的耳朵裡，說有多舒服就有多舒服。

「那要怎樣才能當原住民？」有個同學突然問道。

糟了！媽媽好像只說過是因為我們家有「煮仙」，所以我是原住民，可是就像不是每個公主都會有神仙或仙女幫忙一樣，萬一其他同學家沒有「煮仙」呢？

但是，我現在是大家的燈塔，可不能就這樣滅了自己的光芒。

「呃……應該報名就可以了吧！」

話才出口，我就知道自己說了一個再正確不過的答案。沒錯，就是報名，報名就可以去學鋼琴，以後當鋼琴家；報名就可以去學畫畫，以後當畫家；報名就可以去學芭蕾舞，以後當芭蕾舞者；所以，只要報名，就可以當原住民了！我真是天才，難怪瑪姆總說我以後可以當博士——世界上最聰明的人。

「那要怎麼報名啊？」

渾身上下充滿自信能量的我，面對這個問題，毫不猶豫地回答：「是我媽媽幫我報名的，我回去幫你們問她，她會告訴你們要到哪裡找『煮仙』報名。」

「『煮仙』是什麼？」

我不耐煩地回答：「你很笨耶！『煮仙』就是讓我們變成原住民的人啊！就像安親班裡面的

作文老師或畫畫老師啊！」

對呀！對呀！你很笨耶！其他人同聲一氣地對著發問的同學罵道。

「那妳回去一定要問怎麼報名喔！我要叫我媽媽幫我報名。」

「我也要，妳不可以忘記喔！」

「一定喔！我今天就回去跟我爸爸媽媽說。」

好啦好啦！下次來上學的時候，我一定會告訴你們要怎麼報名。我仁慈慷慨地答應著這些瘋狂的粉絲們。把這麼好康的事情分享出去，我一定會好心有好報，以後可以和英俊的王子結婚。我樂不思蜀地想像著那擁有許多洋娃娃和白馬王子的未來，並再次提醒自己，回家一定要叫vuvu打電話給媽媽，我要問她怎麼報名當原住民。

不過還沒等到我開口向vuvu要求，媽媽就早早地打電話過來了！劈頭第一句話就是：「安妮，以後不要在學校亂講故事。」

「阿故？」我生氣地大吼以示抗議，為什麼連媽媽都說我亂講故事？

不知道為什麼，媽媽好像隔了好一會兒才回過神的樣子，但沒有回答我的問題，還反問我：「妳說什麼？」

我是在問——「阿故？」

「就是不行，聽話。」

「阿故？喜孤打！」

不耐煩的媽媽也怒吼了起來：「不准說不要！妳給我好好講話！把電話拿給vuvu！」

我用力摔掉電話，氣鼓鼓地巴著vuvu軟軟大大的肚子大哭。我才沒有亂講故事！而且不好好講話的明明就是媽媽！vuvu一手摟著我，一手接起了電話。當她掛上電話後，什麼也沒表示，只是嘆了一口氣，走向冰箱，拿出幾個「奇拿富」擱到蒸鍋上，並「啪」地點起瓦斯。等到水開始咕嚕咕嚕響，我的哭泣也轉為啜泣。而vuvu只是沉默地坐在旁邊，咚咚咚地搗著那永遠搗不完的芋頭。

不久後，「奇拿富」那混合著濃郁蒸肉香，以及清甜草葉香的獨特味道，便像雲朵兒般，緩緩地飄浮、充斥在家裡的每個角落中。vuvu用粗粗厚厚的手指，將透著騰騰熱氣的「奇拿富」從鍋裡拿出。她默默地拆掉棉繩，剝開外層的葉子，把「奇拿富」遞給了我。和著淚水，「奇拿富」那油滋滋又清清甜甜的香味和美味，稍稍療癒了我受創的心靈。

這個事件的隔天，vuvu再次進行了製作「奇拿富」的神聖儀式，這次就算我把「奇拿富」包得爛爛的，vuvu也沒有「阿拉阿拉」地趕我走。當「奇拿富」被擺進蒸鍋時，vuvu甚至開始唱起歌來，但小vuvu不在，我一句也聽不懂。我們在聞起來很好吃的香味，以及vuvu那不知道是很悲傷還是很平靜的歌聲裡，度過了一整天。

不久，媽媽回來了，帶著許多益智玩具。很明顯地，她是為了之前在電話裡亂罵人的事情，想用這些玩具討好我，要不然她才不會這麼大方。可是這些玩具又不是娃娃，沒辦法向同學炫耀。

vuvu幾乎是立刻收拾行李，趕著回屏東的山上，媽媽說是因為vuvu在山上有很多的東西要顧。我突然覺得好捨不得vuvu。可能看出我的眼淚又在眼睛裡跑步，vuvu臨走前告訴了我一個驚人的祕密，我也一樣把這個事情放到那專門蒐藏祕密的心底。

媽媽帶著我和妹妹，一起開車送vuvu回屏東山上，接著又急匆匆地趕回高雄。幾乎是一到家，電話鈴聲就響了。媽媽鞋子還來不及脫，就奔過去將電話接起。

「喂？是，王老師，不好意思我才剛回到家，這幾天給您添了這麼多麻煩真是不好意思。是，請說。」

這通電話看起來一時半刻不會結束，我想起vuvu跟我說的大祕密，於是偷偷地溜進房間，拉開了衣櫃抽屜。在層層的衣物下面，是一袋「垃圾」，上面寫著「旺旺仙貝」。vuvu在家裡各處藏了許多包零食，她臨走前一一地指給我看。我拆開旺旺仙貝的外包裝，抽出一包，再將那袋旺旺仙貝原封不動地擺回原處。然後，一邊小心地啃著甜甜鹹鹹的餅乾，一邊偷聽媽媽講電話。

「小朋友學她講許多奇怪的山地──您的意思是原住民話嗎？不，我不知道她說了什麼，我會再問她。是……。」

我舔了舔沾在嘴唇旁的碎屑，將薄薄的塑膠紙塞進垃圾桶底部，免得媽媽清垃圾時發現，接著裝作一臉沒事地走進客廳，光明正大地旁聽媽媽講電話。我的屁股才剛沾到椅子，媽媽的聲音就瞬間拉高了八度。

「沒有，我絕對沒有這樣對她說過！」

嚇死我了，我還以為偷吃「垃圾」的事情被抓包了。

「我想這之中可能有些誤會……噢，真的嗎？對不起，我真的很抱歉，可以請老師幫我轉達給其他家長嗎？不好意思造成他們的困擾了，我很抱歉。」

我看見媽媽迅速地瞥了我一眼。

「我瞭解了，我會好好跟她說的。謝謝老師，真的很不好意思。好的，謝謝，掰掰。」

媽媽掛上了電話，眼睛對上了我。她安靜地看了我一會兒後，將一張椅子拉向自己，坐下，繼續注視著我。我的眼神開始亂飄，不敢大力呼吸，害怕媽媽會聞到我嘴巴裡的「垃圾味」。

隔了一會兒，媽媽才開口：「妳叫其他小朋友一起當原住民？」

依你！是他們自己想當原住民的。我拚命搖頭，不敢開口，旺旺仙貝的味道在我口腔內依然如此濃烈。

「老師剛剛打電話來跟我說，班上很多小朋友一回家，就吵著要他們的爸爸媽媽幫他們報名當原住民。」

對厚！我差點忘了這件事，等嘴裡的味道消失後，得記得幫他們問媽媽怎麼報名。

「老師還說妳在班上用大家聽不懂的話罵人，現在你們班上的小朋友在家裡都一直學妳說話。」

就算閉口不說話，我相信我的表情早已經不打自招。

媽媽看著我，又安靜了一陣子。我以為她準備要拿出家法「米達尺」，但是她沒有，只是久久地看著我。她的表情和眼神，也不像是她平常罵人或揍人前的樣子。

在搖籃裡的貝比妹妹哭了起來。

媽媽站起身，朝妹妹走去。走沒幾步，就回頭對我說：「vuvu和妳藏起來的那些零食我要全部沒收。」

「喜孤打！」我才剛尖叫出來又馬上閉上嘴巴。怎麼回事？這不是被我深深藏在心底的祕密嗎？為什麼媽媽知道了？

「我就奇怪妳和vuvu在家裡走來走去幹什麼，剛剛聽到妳偷吃餅乾的聲音才知道。」媽媽抱起狂哭不止的妹妹，橫了我一眼。「這樣好了，以後妳每個星期背十句英文，背起來後，媽媽就讓妳吃一包。」

阿故！喜孤打！不公平！那是vuvu給我的！

我震驚地看著媽媽，突然覺得我好想念不會講中文話的vuvu，有媽媽在的日子實在是太不好過了，她都不聽我的，什麼都要聽她的。妹妹的哭聲讓人更覺煩躁，怒火攻心的我忍不住站了起來，朝哭得聲嘶力竭的貝比妹妹大吼：

「掐以！」

下一瞬間，我看見媽媽抄起了家法「米達尺」。

「哇！」我立刻抱頭蹲下，做好將被痛揍一頓的覺悟。但是，等了好一會兒，預期的痛覺卻一直沒有產生。

維持挨打的預備姿勢，我慢慢地瞄向媽媽，只見她拿著米達尺的手正緩緩放下。

「以後不可以再講這一個字。」媽媽轉過身，放下米達尺，搖晃起貝比妹妹，輕輕說道。

然後，我可以發誓，媽媽一定是魔法精靈。因為在那神奇的一刻，我看見媽媽突然變身成了vuvu，並發出了和vuvu一模一樣的嘆息聲。

——原載《Pudaqu二〇一二年第四屆台灣原住民族文學獎得獎作品集》

本文獲二〇一二年第四屆台灣原住民族文學獎小說二獎

車手阿白

盧慧心

一九七九年生，台灣彰化人。

二〇〇三年畢業於台灣藝術學院，現職為電視劇編劇，與兩貓一狗定居板橋。

曾獲台北文學獎。

我去聯誼的時候認識了阿白——那種專為單身男女辦的付費聯誼活動，我還是第一次參加。是N先把聯誼活動的網頁寄給我的，我跟N連著好幾年都沒什麼感情事件了，因此常常在各種通訊中交換對此事的感慨。

郵件標題：「要不要跟我一起去」

郵件標題：「RE：要不要跟我一起去」

郵件標題：「三十好幾沒對象的人好像不太正常」

郵件標題：「我們也不算正常！」

談起聯誼後，我們依然毫無行動，任憑郵件繼續往返了大半年，其間N在同事介紹下認識了一個適合的對象，也跟對方熱切地約起會來了。最後寄來的郵件標題是：「快去聯誼！」

我得一個人去聯誼了。

先在網路上填好個人資料和對伴侶相關的期望就算是入會，主辦人會把每個月的聚會主題整理給會員參考。聚會主題通常都寫得很俏皮，「不會做菜也OK的下廚派對」、「工程師之夜」等等，這個網站號稱是新世代的婚活，「婚活」這詞來自日本，雖然跟「就活」（為了就職而進行的活動）算是同系列的造語，但看在我眼裡，「婚活」兩字隱約有不婚就死的危機之感。

入會以來，月初我都會收到大字閃動、花花綠綠的會員電子報，派對名稱林林總總，在公司點開這種信件令人一陣羞赧，但仍有不少主題憑空勾起我許多想像，譬如「認真男生找真心女生」，還有「穩定系六年級談心派對」等等。

要這樣分的話，我也是六年級的。

我查過日期，選了標榜六年級的場次，勾選「參加」。不久後就收到通知，結果那天我花了整整五個小時在聚會上，因為有五十對男女必須在最短時間內起碼談上幾句，玩配對遊戲，還得吃完會場提供的西式套餐，所以場面非常混亂。

每過十分鐘，男士們就集體換桌一次，大概是怕背景音樂低緩清柔會令交談變得尷尬，店裡播放大聲量的節奏音樂，所有人都拉高嗓門，在彼此的資料卡上填寫郵件地址，很多人一邊寫一邊說，最近很少拿筆寫字了。當然，我們又不是真的國小六年級。

有些男生直接留下手機號碼，我欣賞他們的果敢，有些女生自備了印有姓名、暱稱跟郵件地址的螢光貼紙，輕鬆一貼，還能多幾分鐘和大家聊天，我欣賞她們有備而來。

我很快就失去隔著桌子和異性高聲談笑的力氣，有時只是相對微笑，任憑嘈雜的重低音猛擊耳膜，感到時間列隊流逝，或和同桌的女生小聊一會兒，每一組女生都全程同桌，反而很容易熟起來。譬如坐我左手邊的女生是某電視頻道的剪接師，很漂亮，談話間也顯得機智可愛，每一批男士們換過桌子都會傳小紙條過來給她表示心儀，桌上的小紙條越疊越高，而坐我右手邊的是個溫柔的國小老師，說起話來靦覥有禮，我覺得我不太受歡迎，但也不覺得很不受歡迎，沒看見什麼一見鍾情的面孔，但也不是很喪氣……聯誼是這麼一回事。

途中有幾分鐘我放棄折損自己的喉嚨，離席到店外呼吸新鮮空氣（店裡開著一種精油蒸氣，阿白說從那陣香霧中退出的我渾身都有點柑橘味），餐廳外的靜巷裡，挾著人家圍牆裡長出來的兩株芒果樹，我稍事休息，才發現巷子裡也有不少從店裡逃出來的人，在樹下抽菸的阿白就是其中之一。

「很累吧？」我說。

他點頭。

「你有吃飽嗎？」

「我們見過嗎？」他問。

「還沒，」我翻看我的資料卡，「不過放心吧。我會很快碰到你。」我說完還自己笑起來。跟很多陌生人交換資料以後，我突然覺得自己善於社交又富有幽默感。

我回店裡時，阿白還在外頭，後來輪完所有桌子也沒再見到他，我想是彼此都走來走去錯過了，一下午收集了近五十個異性的資料大大抒解了我的某種焦慮，眼看許多人都為人生伴侶煩惱，我顯得不夠煩惱了。

過了幾天，我搭高鐵去新竹出差，又碰到阿白，阿白認出我之後表情一變，他疑神疑鬼，忐忑不安，最後才問：「妳怎麼知道妳……妳是怎麼知道的？」

「知道什麼？」

「妳說妳很快會碰到我。」

原來阿白根本沒去參加聯誼，他那天只是剛好跟朋友在附近的店裡碰面，出來抽根菸而已。這就是我跟阿白認識的始末，阿白比我年輕一些，高雄人，自己在台北開了一家車行，他跟以前的女朋友有個女兒，撫養在前女友的父母家，阿白除了提供生活費外，也常常去新竹看孩子。

「我女兒的媽媽已經嫁人了，但我不知道她嫁給誰。」

阿白跟我談起他的生活，就像引用一本翻開的日曆，他好像對時間特別敏感，談到過往，他可以引述年月日，那天是星期幾都還記得。我們在車站裡站著談了一會兒，同回台北後還一起在車站樓上吃過飯才道別。台北車站比起以前，顯得很現代化很聰明，也讓身在其中的人多少聰明了起來，以前我一直在這裡迷路，包括捷運站和台北地下街，整個台北車站是個龐大迷宮。

阿白說他不迷路。當然，他是高雄人，可是他在車站怎麼轉也不會沒了方向感。我跟他說我希望哪天他能去戴高樂機場試看看。他說他還沒出過國咧。但是搭過飛機喔。去澎湖，也去過台東，很好玩。

這兩個地方都很美。他說。我點頭。

我想起暴雨的台東山區，台九線。還有，澎湖向來少雨，我去澎湖兩次卻都碰到雨天和暈船之苦。之後的談話我一直陷在雨中，阿白的故事挾著風吹雨打，與雲層幾度剝離重生的天空下，大海新綠又潮濕，那一席眠床般的海啊。

阿白好像很少有機會能把自己的事說出來，也許他無法對同性傾談他的心事，雖然他的心事在我看來沒什麼丟人之處，也就是寂寞了，徬徨，過去失敗的感情令他卻步不前，我看得出他很疼愛女兒，但又抱怨著撫養女兒的那家人視他為仇敵，他只想趕快結婚了把女兒帶回來，但結婚對象若是嫌他有個拖油瓶該怎麼辦才好，結婚對象若是欺負女兒又怎麼辦才好。

我一邊聽著他說話一邊吃飯，還勸他也去參加聯誼看看（我很誠實地告訴他聯誼後沒有任何男性跟我聯絡）。我用手機把聯誼的網頁傳給他，順便交換了電話。

後來阿白也常打電話給我，沒聊什麼，他有時候午後打來，我在開會不能接，改傳APP問他：「我在開會啦，有事嗎？」

他會回：「沒啦。」

有時候是我APP他，他回「有事就打電話！」，但我略一反省，覺得其實沒事可說，也就沒打過去。但沒過不久他會打來：「怎樣？不是說要打電話？」

有時我工作稍微有了空檔，睡眠充足，想要吃些好吃的東西、愉快地度過假日，也會找阿白出來。當然也要他有空，心情也好，他有時還肯開車來載我去遠一些的地方逛逛，我是完全靠捷運跟公車在生活的人，有人開車來接我我覺得很好，N交男友的條件就是得有車，她說有人接送的滋味真是好多了。

我跟阿白說開車是他的加分點，阿白大笑，但沒否認，他車裡有小孩的玩具，開車時我常常看他手機裡女兒的照片解悶，女兒很可愛，眉毛很濃。

「天啊這根本是你的眉毛轉印上去。她個性很強嗎？」

「像我個性當然強，女生有脾氣比較好。」阿白一面倒地說。

阿白跟我聊過他的兩個約會對象，一個是朋友介紹的，在郵局上班，聽說沒交過男朋友，感覺很乖的三十歲女生，認識大概一個月，約會過兩次。另一個是網路上的配對網站碰到的二十六歲的職員，二十六歲，不就是個妹阿嗎？

這個妹阿（我們兩個講好叫她滴ㄟ，台語的甜甜之意）跟阿白見面當天就去摩鐵開了房間，來往兩周後，說想跟他同居，不是網路上那種同居，是要住在一起，阿白當下選擇消失，電話不接，網站帳號取消重新登記一個。

「你肇事逃逸喔？坦白講清楚就好，幹嘛消失。」

「我消失就是一種訊號了，就是跟她講我不要啊。」

「訊號屁啦訊號！」我一向不把屁啊屎啊的放在嘴上（真屁假屁都一樣），但我對阿白破口大罵。「我幫你傳ＡＰＰ給她！」

「傳屁啦手機還我。」

「我傳一句話哪會害死你啊？」

阿白跟我炫耀過滴ㄟ的相片，所以很容易找到，我擅長拇指注音輸入，飛快傳了一句話：「對不起，我沒辦法跟上妳的進度，祝妳找到真心愛妳的人。」

傳好了，阿白大吼：「啊這意思不就是說我對她沒有真心愛？」

「現在沒在一起當然沒有了，再說你斷絕聯絡了還在那邊裝純情幹嘛？」

我把滴ㄟ的ＡＰＰ封鎖，手機號碼刪掉：「再聯絡也不過是炮友，我幫你刪。」

阿白被我說中，無語良久，才說：「其實我很想結婚，但每次跟女生在一起我就很怕，會一直想說，幹，跟這個我沒辦法一輩子。」

「我連找個男的約炮都做不到、你贏我很多了。」

「拜託約炮兩個字妳不要講好不好，很噁。」

我非常得意：「何止約炮，我還想去賣淫。我去萬華站壁好了，可以挑客。」

「賣淫妳也好意思講？你有沒有念過書啊妳。」阿白一臉很嫌我的樣子，「那邊沒妳的份啦。」

談到性工作者，我們的談話不過很低俗地停留在此，沒有任何社會責任感，阿白是很大男人的人，我想他習於否定女性跟他一樣有性欲，另一方面他又自私地把自己的性伴侶美化成感情對象，當對方要求感情回饋時，他才趕緊把對方降級為性對象，我對他的觀察殘忍且冷淡。但我仍把他視為朋友，他有時太沮喪了我也會認真說些話來安慰他。

「我朋友的朋友，真的存在的朋友不是都市傳說喔！在ＭＳＮ上跟外國人聊了兩周對方就從義大利飛來了，他還是第一次搭飛機咧，然後兩人就結婚了，你看看，這種事都有啊！所以結婚完全是靠緣分！」我跟他說。

「我女兒的媽媽就跟我沒緣分喔？那她幹嘛幫我生小孩？她幹嘛不拿掉？」

哼哼。我覺得他完全不可理喻。

照理來說我沒辦法容忍這麼蠢的朋友，但我竟然容忍阿白講這些蠢話，我想人家說紅粉知己大概是這個意思，紅粉就是指異性，雖是異性，卻又不能接受與對方發生性關係，就變成知己了，所以我才願意跟阿白一起打發時間，聽聽他古怪又強詞奪理的人生意見。

「你以前的男朋友都是什麼樣子的？」

我沉吟很久沒開口。

「啊妳應該也要講一些給我聽吧？」

「好啦好啦我想想看。」

就這樣，我們說好要告訴彼此一些故事。因為他已經說了很多，所以我說了當時想到的第一件事。

在巴黎，有一次，我帶著行李，在Chatlet站等七號線，車來了，我及時把自己和行李弄上車，車門關上，隔著透明的車門，我才看見一頂灰藍、淺藍、深藍地交織的毛線帽，歪歪地塌軟搭在長凳的一角，彷彿隨時會落到骯髒的水泥地上，遭人踐踏。

巴黎地鐵線路龐大雜亂，要去稍遠的地方，就有好幾種轉車的辦法，在Chatlet站換線時，還得在地底下與眾人交錯行走許久，我拖著行李箱走到七號線的月台時已經渾身冒汗，不得不把頭上的絨線帽摘下來。帽子是我自己打的，原本也不是為了自己戴，想送給當時喜歡的人，挑了灰藍淺藍深藍色。對方看到我打這頂帽子時問，為什麼女生都要打毛線？

這句型過後也持續出現著，為什麼女生都要哭？為什麼女生做愛都要叫？

我深信他真正想問的對象，並不是所有女生，也不是我。我沒把那頂絨線帽送給他，天氣很快轉涼，帽沿編得很寬，常耷拉在我額前，像一種眼睛總被鬈毛蓋住的大狗。

在車內瞥見那頂絨線帽可憐兮兮地被忘在月台上，我心裡湧起好多感覺，彷彿看到很遠很遠以後，也許已經看到今天。車子開始移動，漆黑的玻璃映出我的倒影，我眨了眨眼睛，倒影也眨了眨眼睛。

車停下一站，我吃力地挪動腳步，將自己跟行李再度弄下車，車廂裡的男女乘客都有些不以為然。他們不知道我要做什麼，他們不知道我要立刻去對面月台等回頭車，不知道我要拿回那頂絨線帽。

「妳會打毛線喔？」

我點頭。

我沒說我超喜歡打毛線的，很享受打毛線的快樂，腦袋深處放鬆，單調重複的動作，就像畫圖和著色一樣療癒。我什麼都沒說，我只是一邊發出「嗯嗯」聲一邊在車裡喝著剛剛在麥當勞得來速外帶的大杯可樂。

「可是妳講的這個沒有什麼重點啊。」阿白邊開車邊吃扁扁的漢堡。天氣有點陰，公路一直延伸到很遠的深色天空裡。

另一次我跟阿白見面，是我要去IKEA買書櫃，阿白答應替我載書櫃回家，可是他說他不幫我組裝，因為男女授受不親，他不想走進我獨居的公寓，我覺得他這個原則很好，所以誇獎了他。男女之防、大也。其實我也受不了異性踏進我貸款還剩十五年才還得完的小公寓，除非這個異性是我喜歡的男人，否則我夜裡睡覺時心裡肯定會覺得家裡都被弄髒了。

我把這話照實說了，阿白卻又非常的不快，他可以嫌別人但又受不了別人嫌他，大概就是這個意思。

於是我在IKEA賣場裡跟他講了我跟我前男友的故事。

第一次接吻的時候，是在我租的單間公寓裡聊天，他努力不著痕跡地伸手摟著我，又因太努力而顯得笨拙，有些手足無措。

欲念散發着淡淡的味道，是種好味道，這味道讓我想接吻，吻或不吻只是幾公分的問題，我靜靜把額頭貼在他臉頰上，思考這短短的距離，他終於側過臉來，很輕很輕吻住我，彷彿受到催眠，我瞬間闔上雙眼，潛進了自己的內裡，用肌膚和口腔唇舌來看，花很多時間追逐彼此的奇想，時光遲緩又漫長，我在眼皮底下看見自己脈搏，閃過火和血特有的光熱，我在他嘴裡嘗到一股泥土味，很野氣又銳利的青草的苦。

等我重新睜開眼睛，才察覺自己我一絲不掛地被他摟在懷裡，他拿掉纏在我腿間的內褲，於是我像一條被捉拿上岸的魚，貼在他身上彷彿趴在光滑的溪石上，只能輕拍著魚鰭和尾鰭，無力撲騰，我的四肢失去了行走取物的功能，重新學習如何蜷曲或蔓生，轉生成昆蟲的觸鬚、蠑螈尾巴和植物的莖蔓，他就是泥草或海岸或石塊。

很糟的部分是，他開始講話，吶吶說他有意避免發生這件事，他指的是接吻呢還是把我脫光呢，我默然任由他的吻落在自己的肩上，徘徊在可以做也可以不做的念頭上。

「妳們女生最討人厭的地方，」阿白說，「就是都親過嘴揉過奶脫光抱在一起了還可以不做！不舔，不摸，再把衣服全部穿好。」阿白頗有慍色。他把女生集合起來說成是「妳們」，令我感到驚喜。

以一種當事者獨有的義憤填膺，阿白說：「我最恨對方說不要。不要就不要，我也不是乞丐，還要別人施捨。拿什麼翹！」

我誠實解釋，其實我考慮的不過是沒保險套可用。

後來我才知道他當時身上有，只是不好意思說。

「沒想到會不好意思耶。你們。」

阿白一點也不在乎我把所有男性都混合成「你們」，很快地加入「你們女人」「我們男人」的話題。「你以為只有女生愛面子？男生就沒有自尊？很多女的兩性專家都把男生說成下體思考，我說不要在那邊三炮兩炮啦，那些專家都是沒人幹才會這樣講。」

我噗一聲笑出來，阿白的性資源理論漏洞百出，但放在他自己身上倒是很貼切適用。

「然後呢？妳講完啊。」

我們分別占據一張大躺椅，我仰頭在青蛙綠的單人沙發上伸懶腰。阿白則是不斷把那張米白色沙發的扶手往下調整，再往上調整，再往下調整。

我想了想才繼續說下去。

總之，當時我對他悄聲說，沒有保險套，他立刻離開我的身體，我頓時覺得空氣好涼好想趕緊穿衣服。

拉過薄被稍微遮掩，我窸窸窣窣地把內褲和T恤套在身上。

已經沒有車可以走了，他得留下一晚，曾經暫時消失過的手和腳，突然又重新回來，原來我的身體會跟著身上的衣物變形。他從我衣櫥裡找出一條毛毯，我趁機快跑到浴室，正要把門關上，轉身卻看見他擋在門口要拿毛巾，我的心差點就嘴裡跳出來捧在毛巾上一起遞給他，剛剛才忘情舔吻過的身體，打了一個機靈，彷彿走過靜電的刺激，不知道是不是口水在乾燥的空氣裡乾掉，吻痕緊擰，變成痛了。

「痛跟爽有時候根本同一回事。」阿白評論。「痛習慣就變成爽。」

照這麼說，習慣總是好的、還會越來越好？

「習慣有好有壞啊。」

我沒反駁。我知道有些習慣會從你身上剝奪你，有的習慣則是讓你更像自己。

「妳在巴黎有習慣嗎？」

在巴黎，倒沒什麼不習慣的事，因為是異地，別人的地，每件事都算是新的，即使丟垃圾這件事，也變成一項新的體驗，把玻璃瓶擲到社區後面的綠色鐵箱去回收，豁啦一聲摔碎，知道有人聽見，有點復仇的快樂，因為常常也在夜裡聽見這樣的聲響，此時彷彿也回敬一杯。

徹夜都有人在窗下的那塊小空地談天說話，傳著酒瓶抽著菸，聽不懂也算好事，就當是開著收音機。我不明白的是，為什麼他們相聚談天總不厭膩，我以為是這社區窮，彼此的娛樂都比較落拓，後來聽一個西安來的千金說，她住的高級區段也是，資產階級的富裕年輕人，從夜店彼此簇擁著回家，仍是徹夜的聚眾一起喝酒抽菸，冗長的笑聲和談話，是他們最愛的娛樂，即便再正式的宴會，也不過換上好酒食穿上好衣服，宴會質地還是如此。

就是彼此侃著吧，中國北方來的爺們這麼說。

夏天天氣好的時候，大家都敞著窗，我有意無意中都看熟了，我最喜歡的一個是，有個黑女人的窗，她總摟著七、八歲的女兒一床睡，早晨起來先很親愛地吻著女兒的頭臉，有時也看到她斥責她，這種時候女兒也不哭，眼睛抬得高高的，說些傻話回嘴。睡房裡鋪了木頭地板，除了鮮綠和濃紫色的窗簾搶眼，也就是那張鐵製帶欄杆的單人床，鵝黃色被單，牆角有套上漆的桌椅，幾本書、紙、筆，水壺和茶杯也有，可除此之外，空無一物。

有個安靜的窗，比我的房間高出幾層，仰望可以看見陌生人走近了，兩個站在窗邊說些什麼，光的間隙，手的動作，這是一個藏謎的窗。

還有一個好學生的窗，說是好學生，因為白天要上課，夜裡又晚歸，我不是常常見到他，但眼看他桌上堆疊著好多書，又收拾了，過兩天，又是一桌的書，到了下午，又收拾了，這反覆的查閱書本，從圖書館搬運著圖書，以及對著電腦螢幕眼鏡上微微的反光，都是我對他最好的印象，他也有女朋友的，兩人擁吻時，他的毛絨絨大腿勾起女友的裙擺，卡在女友質地光潤的腰上，有點搞笑了。

住一小段時間後，好像在那建立了一個完整的檔案，以後想起來就只是那獨立完整的房間，比我身長更寬闊的敞窗，吱嘎吱嘎響的木製階梯，像粉黃色捲貝般無盡地向內旋轉，午後八點的明亮黃昏，四個數字組成的門鎖密碼……。

和這個獨特的樣本相較，台灣的日常生活倒一件一件的有了殊異之處，台灣的雞蛋殼特別薄，生蛋敲碎後蛋黃蛋清整包淌出來，蛋殼輕得好像仿冒之物。

我坦白對阿白說，巴黎很好，但我不好，當時不該談戀愛的，巴黎也呆不下去了。

「妳跟那個男的到底怎樣啦？」

我原本懷疑自己怎麼能和他在同一張床上各自入睡，然而那夜我卻感覺身體疲倦沉重，接著就像鉛錘一樣的筆直沉入海中，酣眠在意識的底層，只有微微地飄過一絲「唉呀」的感嘆，接著就無力抗拒地睡著了。

隔天是個晴天，在日照充足的房間裡醒來，他已經不在房裡，沒有任何痕跡留下來。

「他不喜歡妳啦。」

阿白嚴肅地說。

我也相信他是不太喜歡我，即使過後我們還是做愛了，交往了，但那初吻一夜的記憶卻比初次性交還深刻，我深刻記得他說了那些抗拒的話，即使我不想聽的。

「其實妳沒有很醜啦，還是有幾分姿色。」

阿白後來有刻意跟我這麼說過。我沒有笑。他也沒有。

和郵局職員約會，是阿白對神聖婚姻膜拜的儀式，和那個搞不好會結婚的女生見面吃飯，他不會唧唧歪歪說很難停車，不會叫對方自己去電影院碰面，他承認他相信對方還有處子之身，也抱著許多奇妙又離奇的想像，擔憂突破處女膜的那一刻，他是否會突然渾身極樂，滿室生光。

他們約會總是晚飯電影、電影晚飯反覆地發生，近來好萊塢片比較少，偶爾也看看印度歌舞片或國片，吃過串燒、牛排、義大利麵、蛋包咖哩飯等等等等。

有一天很晚了阿白打電話給我，我半醒未醒，整個人變得很慢很慢，說一句話要說很久、分成幾段才能說完，自己都覺得好像醉酒似的，怎麼都醒不過來。

後來就漸漸有一點醒了，阿白說，那個女生的前男友劈腿，現在回來跟她求婚了，她要嫁給別人，我說：「啊？怎麼……她有……她有交過男朋友的嗎？」

原來她根本不是處女，她只是家教太嚴，父母家人都以為她年屆三十乏人問津。阿白抱得處女歸的小小夢想就此破滅了，而且這幾個月來規律地每周一次電影吃飯、吃飯電影連手都沒牽過，也讓他感覺自己是個專門開車、買票、付錢的車手。我比較清醒了，問，什麼是車手？

「就是搶銀行的時候開車在外面等的那個叫做車手。」

唉啊什麼跟什麼，這又是另一個愚蠢的夢嗎……我不記得談話是怎麼結束的，總之我就把電話掛斷了又沉入了夢鄉。

後來我們變得常常在夜裡通電話。

人要是躺著講話，聲音會有點不一樣，有次我問他知不知道《當哈利碰上莎莉》還是《莎莉碰上哈利》這部片，他一無所知，我大略講了下情節給他聽，他聽完沉默半晌，才不太高興、慢吞吞地說：「妳是在暗示我會跟你在一起嗎？」

「哼。」我冷哼，「你是車手。」

他也回哼了一聲，很不屑似的。

但他也還是有一搭沒一搭跟我打電話，他又回網路交友了，有時約女生出來吃飯。他女兒說是班上倒數第三的矮個子，只贏了兩個猴子般的瘦男生，女兒有一點傷心，要靠他認真安慰。

我跟他說那次聯誼認識的人最近紛紛跟我聯絡，想想都隔了一個夏天，現在多冷啊現在，大概他們試過排名在我前面的四十九個女生以後，終於絕望到來找我了。阿白說他討厭我講這種話，「其實又不好笑。」

哼，我這人不知有多幽默。

我們對彼此有時會很厭倦，好像多了一個討厭的手足。

阿白說，除了他自己的一個異母姐姐之外，他沒有跟其他女生講過那麼多話了，他是父母的獨生子，但他父親曾有另一段婚姻，因此他有個異母姐，異母姐姐嫁在彰化，還替他帶過女兒，雖然分隔兩地，但姊弟倆感情還是不錯的。只是礙著阿白姐姐也有夫家跟小孩要照顧，不太可能密切來往。

「那你跟你以前的女朋友呢？你們都不講話？」

阿白講了很多理由來跟我解釋（我覺得是跟他自己解釋）他為什麼跟女朋友無法親近，但我專斷地認為，一切都受性欲所限，隔著欲望幾乎什麼都看不見，也沒辦法真正認清對方，我這想法或許就和阿白的性資源理論一樣偏頗。可是也都相當合理。

過完年天氣漸漸溫暖一些。阿白有一次跟他女朋友和我一起吃飯。這個女朋友我們在電話裡叫她麵麵，我沒想到麵麵會出現眼前，感覺萬分惶恐，我之前自以為是跟阿白無恥地在電話中議論分析她為什麼說那句話、為什麼說這句話，我對不起麵麵。

麵麵跟阿白同居後，我們就沒什麼機會講電話了，阿白打算等暑假一到就把女兒接到台北，開始替她物色附近的小學，阿白還反覆跟我說，對小孩講話絕對不能沒大沒小，這叮嚀不是白叮嚀了嗎？論大小當然是我大、他女兒小，什麼東西。

我發現自己懷孕前，還跟阿白、麵麵在夜市吃過一次三種冰，吃了麥角，聽說是會滑胎的，但後來產檢一切正常，我覺得小孩跟我都很幸運。

阿白對於我閃電結婚這件事倒很樂見其成，還說了些不得體的話，譬如「妳真的很不錯」、「妳算有幾分姿色」等等，但他對於我沒把我跟我丈夫之間的一切坦白相告似乎仍有些不快。

「你幹嘛不去打0204？」

「現在哪有0204？而且我又不是要聽什麼、幹、妳很下流。」

「我怕講了你會自卑。」

「幹！最好是。」

「你真的會自卑。」

「屁啦。」

丈夫跟我正在阿白家附近尋覓住處，主要是他們的學區不錯。想到我生了孩子還得跟車手阿白周旋，就覺得人生充滿挑戰。

本文獲二〇一三年第十五屆台北文學獎小說評審獎

哈勇來看我

瓦力司

漢名陳志宏。生於台灣南投中部山區，泰雅族。畢業於高雄師大中文系，腆顏教過幾年書，但不滿教育體制遂憤然去職。

爾後擔任過文書助理、記者、配電員、工人、泥工等，經驗豐富多彩。目前無職，精神形體皆成流浪狀態。

寫作只是業餘，圖點歡快，沒有任何著作，只有單篇殘體零散於網路，故連著作等課都談不上。

一

進入九月，秋天的氣息更濃厚了，這是沒辦法的事。秋天來到部落，農地草葉枯黃，一片頹敗，就是說，各種農忙要開始了。農地整理一番後（砍草、翻土等），再種上新農作，這一切作息，跟季節同步，循環不已，也是沒辦法的事。

他們一樣在凌晨爬起來，在雞鳴的時候，展開一天繁重的農活。天色未亮，顯得特別寧靜，露水依然凝重。夫妻剛起床，不願意說話，總感覺說話的力氣已在睡眠中失去，看起來十分憂愁。自古至今，部落的生活作息，大概如此，要深究原因，很難說個明白。

哈勇蹲在門口磨刀，霍霍地引起一陣嘈雜，當然，磨刀聲僅擴散於他家空地，空地上趴著那條黑狗鐵木，因而伸了個懶腰，尾巴像蛇一樣捲起，走向哈勇身邊。這個時候，開始傳來幾聲狗叫，此起彼落，然而，鐵木並沒有隨之應和，牠只靜靜坐在主人旁，牠期待主人準備吃的給牠。確實，撒韻左手抓隻雞過來了，右手端著盛有隔夜飯菜混著肉湯的碗公，後者就是鐵木的早飯。

「哈勇！把這隻雞殺了。」撒韻的聲音劃破寧靜，在別人還在貪睡的時刻，顯得格外清亮。她把雞甩在哈勇身邊的泥地，動作相當有力，這是隻母雞，考慮到牠的肥碩，砰地一響可想而知，雞落地後叫了幾聲，翅膀拍打著，騰起了些許塵埃。雞腳被細繩綑綁，動彈不得，一旁鐵木除了低頭吃飯，也用狗眼監視著，此雞就算掙扎，並無脫逃的機會，牠渾然不覺自己性命垂危。

哈勇沒說話，繼續磨刀，嘴裡含著水，邊磨邊噴，灰色磨刀石已呈弧狀，被磨的凹槽十分光滑，可見消磨有一些年日了。

「殺雞做什麼？」哈勇說話簡短，挾帶著怒氣。痰在其喉嚨上下滑動，非常頑固，卻始終無法吐出，或者說，痰不到火候，即便哈勇要一吐為快，也極為困難。這是他長年抽菸之故，一天兩包，撒韻每天都嘮叨，但顯然毫無警惕作用。所以一到早上，哈勇總會咳那麼幾聲，老是有咳不完的痰。終於，刀磨好了，哈勇用長繭的姆指在刀鋒輕擦著，並在下巴那麼刮一下，刀面上有些細微鬍渣，這說明刀磨得夠利了。這是把山刀，是哈勇的爺爺給他的，刀身散發著濃厚的歷史氣味。想當年，他爺爺快死以前，躺在床上跟他說：「哈勇！我沒有什麼留給你，什麼都可以丟掉，只有這把刀一定要擺身邊……。」說完這句，他爺爺就死了。

你大概知道了，哈勇的爺爺是我的曾祖父，哈勇是我爸，撒韻是我媽。我叫鐵木，跟那隻黑狗一樣的名字。那年我離開部落，要去都市所謂「社會上」闖一下，父親非常不捨，大概思念之故，希望我留在他身邊幫忙，暫且用狗替代了我。

父親殺完雞，也燒完了毛，手上鮮血沒有洗去，他只在地上抹一下。他面無表情，坐在一張板凳上抽菸，白煙裊裊像鬼魂在他頭頂上方，交錯，扭曲，繚繞。此時，天也亮了。「快來吃飯，我們還要去田裡除草！」母親在廚房喊，父親沒有即時回應。這就是他們每日生活的常態，沒有例外。父親一向沉默寡言，跟他說話，必須等他搞清楚談話的內容，他才適時開口，也就是說，找他聊天，要有耐性，否則真會以為他陰沉冷酷，不好相處。沒辦法，父親總是這個性。後來我逐漸明白，實情並非如此，他只有國小畢業，學歷使他感到某種程度的自卑，所以在人面前總不擅言詞，謹慎發言。這也沒什麼不尋常的，哲學一點說法，「自卑是一種無能的體現」，好像說得也很像那麼回事。但，父親並非無能之人，在我看來，這只是鄉下人所具備的質樸個性，個性怎麼說呢？誰也說不清，沒有對錯。他把菸吸短了，看見隔壁的瓦旦正要下田去了，問候了一下，把菸捻熄，就進屋子裡去了。

餐桌上，父親挾起一塊他弟弟獵到的飛鼠，嚼出聲音說：「肉很嫩，我很久沒有吃到山肉了。」一旁走動的母親，已經吃完飯，拿著抹布在瓦斯爐上擦拭，擦過之處，泛著銀光。母親愛乾淨，稍微一點汙垢塵埃，她看著全身不舒服，一定要動一動。我印象中，母親確實如此，做起家事一點都不馬虎，近乎苛求。我姐我弟的衣物都是母親分類擺齊的，她時常念我們，要求我們自己整理，不過她仍然看不慣，抱怨我們「不會做家事」，最後還是由她承攬一切。這是她做為母親的宿命，古今中外，大概都如此。如果有機會你到我家來坐坐，你會發現地板上的每一塊磁磚，熠熠生輝，像一面鏡子。

「你兒子鐵木打電話來，聽口氣好像有什麼事，電話裡沒講清楚，你去看他吧！」母親小聲地說，好像在說什麼祕密，怕別人聽見。這個時候父親也吃飽了，把碗筷放下，也不丟到洗碗槽裡。這也像平常的他，幾乎不做家事。身當所謂「戶長」，父親很清楚自己該做什麼事，不該做什麼。當然，這可以理解為他是一個很傳統的人，即女人做的事就由女人，男人不該僭越身分去搶著做，反過來說，道理也一樣。所以，碗筷放在那裡等著母親去收拾、洗刷，在我家是一件極自然的事，無須辯駁。「又吵架啦？」父親有點疑惑地問。母親沒正面回答，只唯唯諾諾。其實她很清楚鐵木的情況，即本人我，與老婆最近感情不和睦，大吵小吵不斷，有離婚之虞。這都在母親心裡擱著，看在眼裡，她不會讓父親知道得太多。父親是個嚴肅又顧家的人，一旦讓他知道這些事，會徒增其對我的責備。這是母親向來對我呵護有加的措施，我很感激她。

時值秋天，老家後面那棵柿子樹結滿了柿子，有些熟了，大部分還青黃不接，但總的來說，迎著陽光，果實紅彤彤的，由遠處看，鑾像一幅畫，你若想成電影裡什麼童年爬樹的幸福畫面，也是可以的。父親在一個午睡中醒來，赤腳爬上了樹，吩咐在樹下的母親接著。起先母親徒手接，她覺得麻煩，後來想到用身上的衣服兜起一個袋狀，父親朝下丟。的確，這樣有效率，不致使母親誤接而讓果實摔落地面。依此辦法，不到半小時，他們摘了一個麻袋那麼多。那些摘不到隱藏在枝葉其間，或是父親故意遺漏的，就留給鳥獸蟲蟻吧，大自然有其生命規律，動物亦然，它們也要活，也要延續下一代。

柿子實在太多，父親與母親當然吃不完。他們如果每餐都各吃一個，當飯後水果，大概可以吃到年底。柿子是這樣的，必須擺放一段時間，自然會熟，熟而變成軟捏捏的，老人家愛吃。也可以用鹽水泡過，又脆又甜，像蘋果那樣芬芳。多虧有了柿子樹，它默默地貢獻一切它該貢獻的，夏天遮起餘蔭供人乘涼，枝幹可供村裡孩童攀爬，到了秋天則更加努力長出這些果實，其功德實在不小於人類。

父親留著一些，一顆顆妥善放置，在他自製的竹籃裡，待其成熟。其他則分送親友，藉以增加鄰里間的感情，也是不錯。

二

父親從山上（即部落）扛來一袋柿子與一隻雞的時候（柿子半包，母雞疊其上，綑綁為一包，好搬運），我不在家。所以我晚上回到家時，被他嚇了一跳。他坐在我公寓門口的樓梯間，頭斜靠扶手上，也許睡著，或者沒有，我沒聽到打呼聲。那時天已經暗下來，樓梯那盞燈也總是不亮，是父親聽見我開門的鑰匙聲，才咳嗽了一下。他沒喊我，但發現我終於到家了，露出驚喜神色，我則感到驚訝。「爸，你怎麼來了？」這是我們多年未見的第一句話，多麼遺憾，父子間的感情竟如此簡單，頓時我心裡感到幾分內疚。是啊，我是個不孝的兒子，兩三年才回老家一次。他依然如我印象中的沉默，不即時回應（前面提過），只是漫不經心地站起身，抓起身邊一大包白色袋子，袋子上面寫著「尿素」兩字。

他是下午四點多到的，我半責問說：「怎麼來了不打一通電話，我手機號碼給過媽媽啊！」他摸出口袋裡的小紙條，很吃力地念過一遍我的號碼。「沒錯呀，怎不打呢？」他說打了，關機。這才讓我想到我那時正和朋友小喝，我的習慣是這樣的，喝酒作樂時厭惡別人打擾，所以手機索性丟在家裡，暫時避開塵囂，享受小我的暢快。必須說明的是，我父親不用手機，甚至家用電話也很少打。他認為手機這種高科技產品是一種奢侈，也是一種無形的羈絆，人反而不自由。當然，他在山上一天到晚與田地為伍，餵豬餵雞的，朋友也不多，手機對他這樣近乎顢頇的農人來說，確實不太需要。即使我們後來買了手機給他（擔心他在田裡出事），他不屑一顧，丟給了媽媽。「家裡有裝電話了，要手機幹什麼？我又不是大老闆，浪費錢。」這是他一貫的話，很固執，也很果斷。不過，進入到繁榮都市，他免不了必須在公用電話前打給我，所謂入境隨俗。很不幸，我關機了。

我按上電燈開關，客廳一下子明亮了起來，沙發、電視以及有輪廓的物體都鮮活了起來，如我對父親久違的形象。我眼睛暗示父親門邊有室內拖鞋，可以穿。他沒穿，也沒脫下那雙他很久才穿一次的皮鞋，站在門邊不知所措。「東西隨便放就好，等一下我處理！」他顯然沒有領會我說的話，拎著那一袋一時不知要放哪。像這樣的東西，在山上是可以隨處放的，但，以他某種見解，他認為此刻應該放在廚房。他忘了我家廚房的位置，經我指示，他才順利走進去。我跟在他後面，因為我勢必要煮一壺水，泡杯熱茶給他喝，然後坐在客廳與他閒話家常。不錯，這確實是一幅溫馨且孝順的畫面，我應該這麼做。他從廚房出來後，我才進去，這不為什麼，而是我家廚房太窄小了，以致於都要在客廳的桌子擺張舊報紙吃飯，當然，看鄉土劇或什麼名嘴扯淡，那是一定的。實在說，這不合乎營養學。開水煮沸後，我找出隱藏在櫃子裡面的茶葉，泡了兩杯，父親一杯，我也一杯。平時我沒有喝茶的習慣，也不懂茶，都是朋友年節時候送的，偶爾想到或爛醉後（第二天所謂宿醉），才熱呼呼喝上一大杯。的確，很有醒腦還魂的作用。「爸，你大概渴了，也餓了，你先喝點茶，等一下我們去吃飯，我也還沒吃。」我這麼說的時候，他點燃了一根菸，叉著二郎腿環視我這不大的客廳，像在尋找什麼。

我意識到父親需要菸灰缸，於是我又走進廚房找，我不太抽菸了，會抽的時候與上述的茶葉相同。我翻了廚房櫃子，找到了一個，我用自來水洗刷了一下，同時，隔著一面牆我問了父親：「為什麼不提早說要來？」他沒回答我的問題，我反而聽到一陣乒乓作響，他正替我打掃客廳，掃帚打翻了角落的瓶瓶罐罐。我趕緊走向前，說我會自己整理，他不予理會。我只好站著看他繼續收拾，還有，我忽然難過了起來。從父親側影看過去，他瘦了不少，背似乎也駝了一些，他那雙我記憶中力大無比的手臂，曾是我擺盪其間的「單槓」，他甚至可以在我擺盪時，手肘奮力向上托，像猩猩那樣，把我整個人抬起來。現在情景，不比從前了，我心裡這麼想著。我的父親，是何等人啊，他在山上做牛做馬，什麼苦沒吃過，什麼工作都難不倒他。唯有掃地擦抹這類家事，他幾乎不做，也就是說，他從不管女人該做的事。好在母親沒有持反對意見，換成現代人的思維，什麼女男平等的，凡事就得夫妻分擔，分工合作。有一年冬天，我尿濕了尿布，據母親說法，當時我還是襁褓中的嬰孩，她有事先忙了去，請父親暫時看顧。沒有想到父親怎麼樣也不替我換條乾淨尿布（當時是布料的），任我在旁嘶喊嚎哭。當然，他永遠不會知道我那時是因尿濕而大哭的，他缺乏這條筋，沒有女人的敏銳。父親後來告訴我對那件事的看法，說他真不懂尿布，那是女人的事，他只希望媽媽快點回來處理。我還問過父親：「你一定沒有替我把屎把尿過？」父親理所當然地說：「從來沒有！」這讓我一度覺得父親不愛我，但後來也瞭解這不是真相，而是他根深柢固的偏見。他就是這樣有時讓人摸不著頭緒，現在卻千里迢迢來到我家替我打掃了。

父親大略掃過一遍後，確實比先前乾淨許多，這讓我腦海浮出了我老婆打掃的身影，也理解了自己生活竟如此頹唐，自她離開後，居然也不曾打掃過。這是不是被父親的偏見影響（不做家事），我不知道。但父親這個突來舉動，著實觸動了我一些心事。「休息一下吧，爸！先坐下喝杯茶。」我口氣隱含著某種歉意，或者說感激，卻礙於表明。是的，我應該對著父親說聲謝謝的，但我沒說。

我把茶杯推向他，我們相對而坐。我突然發現自己很不適應這樣的狀況，我還沒準備要跟父親說什麼，一切都太突然。他又抽了一根菸，白煙繚繞，順著天花板的方向去，腿照樣叉著，兩手肘平放在沙發扶手，一副很悠閒的樣子。這讓我相對地緊張起來，話題真的無從說起，然後就是彼此沉默。他望向窗口，眼睛停滯在一朵雲上。我則在尋找電視遙控，需要一點聲音來打破僵局。總是這樣，在老家一起看電視也相差無幾，我們像兩個還沒學好手語的聾啞人士，同時又像瞎子一樣看不見對方，臉側向一方，像現在這樣沉默。

三

「你媽叫我來看你，說你有些事，什麼事呢？」父親自進門後，終於開口說了句相對完整的句子，還是個問句。我知道母親已為我保留一些顏面，這從父親臉色可知，但他終究還是要問個明白。此時我該多說還是少說，全憑在我。我決定還是說了。「我跟佩珍暫時分居，我們有些想法不是很一致。」這時父親大略知曉整個事情走向，於是不再多說什麼。只說：「餓了，不是要去吃飯嗎？」我恍然大悟，忽然感覺自己也很餓。「走吧，爸，附近有間小吃店，那裡菜炒得不錯。」

這間店我常來，所以對裡面菜色瞭若指掌，也因為遠近馳名，隱藏在巷子裡，內行人才會知道。當初我就是慕名而來，吃過一次後，令人印象深刻。我要說的是，這裡可以抽菸、喝酒，更特別的，是這裡的炒山肉。我注意到父親穿著一件新襯衫，鈕扣扣到最上面那顆，但仍然沒有掩飾掉裡面那件有點破爛的白色汗衫。他在山上，都是穿件汗衫就下田。由於店裡的大燈明亮輝煌，我看見父親頭髮有些斑白，臉上皺紋當然也免不了，這都是老的跡象，我的皺紋也開始蔓延了。「爸，你要吃什麼？儘量點。」父親看著菜單，看得很近，好像在研究什麼。他國小畢業，認識的字不多，當然也不少。我猜他有點老花眼了，所以遲遲沒有什麼意見。但他的神情顯然很愉快，能夠吃上這樣一頓豐盛的菜，在山上畢竟算是稀有。最後他點了一道炒山羌肉，並囑咐我希望多放點辣椒，其餘我點，我交代了老闆娘，還要了兩碗白飯。另外，我叫了一瓶高粱，我知道父親平常睡前有喝一小杯的習慣，至於我，定居都市以後，朋友邀約不斷，幾乎天天喝，但多為啤酒，現在叫了高粱分明是我附和父親的喜好，我希望此舉能使我們距離親近些。

大概是酒的關係，父親原本僵硬的表情軟化了許多，這從他解開最上面那顆鈕扣可以看得出來，他話也開始多了起來，臉上也有了笑容。我們談到媽媽、姊姊、弟弟和部落的一些事，最後，也自然而然談到了我，我的工作、貸款以及家庭。「佩珍現在住回娘家嗎？」父親嚴肅地問起這句，我簡直無法回答，或不想回答。說實話，我也不知道她目前在哪裡，我們已分開近一年，其間沒有聯繫，當然，她對我也沒有所謂的關心了。

接下來我要談一下我的老婆，佩珍。稱呼「老婆」，好像我們還很親密似地，其實不是，我們確實已經分開，往日不堪回首了。現在這麼稱呼，大概是一種念舊，或者思念，我也說不清，若叫「前妻」，也不為過。我們是在一次的大學同學會見面的，我的同學帶她來，在所謂氣氛很歡快的酒局裡，開始了進一步認識。其中交往過程，有點複雜，我就不多說了。談戀愛無非就是初識，熟識，然後到必然的裸裎相視，再後來你知道的，順利的話，就在親友的祝福下，踏上所謂幸福的紅地毯，這其實沒什麼特別，和一般人無異。我要說的是，她是漢人，我們部落稱漢人叫「母幹」，這其中是否有什麼鄙視意味，我不清楚，但聽來確實不雅。我記得第一次帶她去部落，牽著她的手到處逛，經過每一個地方我都詳細述說我還記得的童年往事。遇見部落熟人，她也學我用母語熱情地打聲招呼，其神情極為調皮，但不失尊重。後來我們逛累了，在返回老家的路上，在星光點綴下，我們緊擁相吻，然後一起指著夜空就此私定終生，這很像電影的情節。那次，我感到納悶的是，源於某種傳統，她沒有和我睡，而是跟母親擠上一張床，母親執意如此，我也沒辦法。我猜那晚佩珍肯定很難睡，母親勢必會問及關於她的一些事，藉以探聽她的家庭背景。現在回憶這些，我仍然感到溫暖。

問題就出在結婚後，總是如此，人家說相愛容易相處難，這話確實有些可信度，但我始終認為沒有一對戀人或夫妻是不適合在一起的，關鍵在於彼此的信任、容忍以及體諒，這很重要。我們開始為生活爭吵，最後不值得吵的瑣碎，也一併加入。也就是說，我們之間有些看法究竟是不同的。最具體的是關於買房子這件事，她說要在都市買，我說我們可以回部落我老家住，既可以省下一筆錢，也順便盡孝道，何嘗不是好事。父親那間老房子，已講好要分給我，我是大兒子，這理所當然。「要住你自己去住，我不想先這樣！」她怒氣沖沖這樣說，表示其意志堅決。「這樣是哪樣？你不是喜歡部落生活嗎？回老家住是我最大的心願。」後來她姿態實在傲慢，沒有軟化的可能，我們意見紛歧從此開始，買房念頭暫且作罷。當然，我們的關係也就每下愈況，日漸惡劣。因為她職業的關係，是個小學老師，為了保持她教學順利，以及氣質，她只埋頭備課，她忙她的，我做我的，所以我們幾乎不交談。我當時工作三天兩頭換，只是個小報記者，收入不穩定，我也沒臉向她要錢。後來失業在家，我每天幾乎買醉，有時醉醺醺時還找她理論，甚而爭吵，但她已對爭吵毫無興趣，她簡直無法忍受我繼續這樣，直到她離去。她離開前丟了一句：「你這個酒鬼，死在外面好了，你們原住民都一樣！」至今我還不明白她說的「都一樣」是什麼意思。

我不得不再次向父親解釋，我與佩珍斷無關係，分居已久，就差離婚簽字。我們分開，是正常的，沒有出軌背叛等情事，我沒有感到懊悔及難過。我甚至替佩珍高興，她終於可以擺脫如她所說的「沒有用的男人」。父親對我的解釋不太接受，他和母親太喜歡佩珍了，即使佩珍從來也沒有為他們煮過一頓飯。對於他們這樣的態度，我相當理解，所以我的解釋就算過於武斷，但也不再過分強調。我很樂於聽父親言詞上對我的指責，我覺得這很美好，是父親對我的關切。我的生活正需要這些。

為了轉移父親對這個話題的投入，我又叫了一盤青菜，繼續把剩下半瓶的高粱再給他倒上一杯。「爸，山羌肉還不錯吧？」那盤山羌肉已被我們吃了一半。「算嫩，但沒有比山上的好吃。」我說叔叔上次寄給我的飛鼠我吃了，我一些朋友過來初嘗，對我的料理不但讚賞有加，也驚訝居然有這樣的美食。「你還上山打獵嗎？」父親聽到「打獵」兩個字，眼睛稍微亮了起來，但看得出來，有些落寞。「我已經很久沒打獵了，老了，都是你叔叔打多了送我吃幾隻。」也確實，由於年邁，他不再上山，是考慮到自己體力漸衰，已非壯年那樣可以負荷一個禮拜在山裡面跑。要當一個獵人，不是那麼簡單。但父親畢竟也曾是個獵人，他那把槍我看過，他在鍋子裡炒火藥的謹慎態度，我歷歷在目。

一頓飯吃下來，我與父親的交談很熱烈也相當節制，我們只喝一瓶，父親以「喝太多了」為理由，也就結束了這場父子的聚會，原本我還想追加一瓶。這出乎我的意料，我以為父親知道我的事後會痛罵我一番，相反的，我們居然如此投機，簡直就像多年未見的好兄弟。當然，這樣來之不易的機會轉瞬即逝，回到我住處後，我們便失去了交談的意願，也不知道為什麼。

我讓父親睡我的床，而我去另一間臥室睡，那間臥室本來沒有床，是佩珍執意要買，前面說過，這本是雞毛蒜皮的事，但我們仍然經過一番爭吵或討論，最後買了。她的理由是「房子只有一張床怪怪的」。這基於什麼玄奧的原因，我始終不解。當然，那張床就充當客人來訪時的棲息之地，算是待客之道。現在父親躺在我的床，而我倒變成客人了。這或許可以說明，我從來沒把父親當外人看待。

我在這張床上失眠了，這樣說其實不對，我平常很晚睡，因為我不用上班，賦閒在家，我的生活開支是依靠僅存的積蓄，大概也快用完了。離開原本的工作是出自主動，我不希望自己的生命浪費在那裡，大好的時光與一些不相干的人反覆周旋，繼而衰老，死去，我覺得沒意思。我堅信自己有天能造就一番大事業，將來好光宗耀祖，給部落爭光。因此，我沒告訴父親，這件事對他和母親將會是一個打擊，我實在不願再讓他們擔心。與其說不讓父親的情緒受影響，不如說我覺得這沒什麼大不了，不值得小題大作，畢竟我是成年人了，好壞自己概括承受。

半夜我聽見父親幾聲嘆氣，或者咳嗽，我還聽見他輾轉反側的聲音，很顯然他不是很適應我那張床，他大概瞭解到置身的環境與自己在山上的生活不同，他很認命，他屬於山上。睡覺前我問了父親：「你帶那麼多柿子，我哪吃得完？」父親說：「可以送人，我在山上也這樣，這是做人的道理。」聽了他的話，我十分感傷，他不知道我現在沒人可送，已沒有同事可以親疏遠近。我走到廚房，在那寫著「尿素」的袋子裡翻找了幾個較好看的柿子，然後走回臥室坐在床沿，靜靜吃著，我不禁潸然淚下，看著窗外閃爍燈火，籠罩在黑夜裡。

四

第二天我起得早，知道父親要走了，我必須買點什麼讓他帶回山上。他早已起床，就坐在客廳看電視，這和他在山上的生活很一致。「爸，你看電視，我出門買早餐，順便買點東西讓你帶走。」父親說不用了，他馬上就要走，是早上的火車。「你今天不用上班嗎？」父親這麼一問，我愣了一下，後來我謊稱請了一天假。我說你等等，然後下樓直奔一間超市。我買了兩條菸，兩瓶酒，還有一些可用可吃的雜物，有兩大包。經過我住處轉角，在那裡又買了豆漿和包子。

吃完早點，父親即將啟程。「爸，我沒事，你和媽不要操心太多，我會好好過日子。」父親沒有看我，他知道我有些話一直沒對他說，他很了解我的心思。小時候有次我吵著買玩具，我苦求父母多日不得，電視又一直廣告那玩具，在我快要失去興趣也就是徹底失望時，有天父親突然把玩具偷偷塞進我書包，我很驚喜，是他開車去附近鎮上買的，沒有讓母親知道。他就是這樣，總知道我需要什麼，也明白我缺少什麼。

在火車站的時候，我只目送他進去，就走了。我沒那麼矯情，難道還要掉兩行眼淚，演什麼八千里相送嗎？這是生活，不是小說。我和他擁抱了一下，這才讓我真正發現父親確實沒有過去壯碩，身體單薄，消瘦露骨，這是我摸到他後背脊骨的感受。「你少喝酒了，能不喝最好，很多事情都會耽誤。你的婚姻就是被這個搞壞的。」我說我知道了，這是父親留給我的最後勸戒，一句話像把刀刺進我胸口。是的，像那把山刀。

——原載《Pudaqu 一〇二年第四屆台灣原住民族文學獎得獎作品集》

本文獲二〇一三年第四屆台灣原住民族文學獎小說首獎

一九七五年生，台南人。二〇〇二年開明日報個人新聞台「對我說髒話」至今，寫過《綁架張愛玲》、《絲路分手旅行》兩本書，紅十字會救生教練，現為《壹週刊》旅遊記者。

養狗指南

李桐豪

男人背後那堵牆黏著泛黃的人體解剖圖，大偉望著上頭爬滿霉斑的心肝，謊稱他下個星期要出國了，「如果可以的話，可以幫我開一份診斷證明嗎？」坐在診療床上，他的左腳順勢跨了上來。

一開始就說好了。最初，大偉拖著被咬爛的左腳前來就診，男人見狀第一句話即是：「被狗咬的吧，你這傷口都撕裂開了噢，有跟狗主人要求賠償嗎？你……有保險吧？這樣吧，我幫你縫兩針，順便開個診斷證明，你可以跟保險公司請錢。」腳傷如火焚，大偉痛得說不出話，男人便以為他默許了。自此，打麻醉、縫線、抹藥、包紮、打針，間隔兩天複診換藥，療程持續近一個月，每次醫藥費三百、五百地收。VOLNA-K F.C、Keflex、Panadol（Tinten）、Tetanus……藥包上標示的藥物名稱乍看很有學問，但他上網查過了，裡頭其實有更多的是毫無意義的營養劑。

男人口鼻蒙在口罩裡，噢了一聲。椅子挪出辦公桌，他滑向了大偉，一手握著大偉腳掌，一手用鑷子輕輕將傷口裡的縫線剔出來。過程不怎麼痛，大偉覺得麻麻癢癢的，手臂上彷彿有螞蟻爬著。他身體前傾，與男人一塊審視傷口，左腳掌邊緣一道粉紅色裂縫，細細的，像小嬰兒的嘴，笑了。

「要保持傷口乾燥，」男人從圓形鐵盒拈出一枚防水ＯＫ繃幫大偉貼上，然後說：「小心，下次不要被狗咬了。」男人口氣平靜如往常，大偉無法從這話裡聽出他是忠告還是戲謔。論理，他們親近如共犯，男人對他開開小玩笑也不算什麼，但他僅僅補上一句：「申請證明還要另外收一百塊。」語畢，轉身開抽屜取紙筆寫診斷證明。臨街診所陰暗而潮濕，彷彿鄉間區公所，有時會有一名老老的護士幫忙打針換藥，有時就只有男人獨自掛號和收錢。男人背對著大偉翻找印泥。大偉第二次來換藥就發現了，男人的背異常寬闊，發達背肌簡直要將襯衫和小診所繃壞。或者應該說，那診所實在太小太局促了，生鏽鐵櫃上擱著一疊疊病歷，時間和男人結實的身體在此全都蒙上了一層灰。

大偉走出診所，熱空氣像一巴掌打來，燙燙辣辣的，他伸手擋在眼前，燦爛陽光如今都是過量紫外線。他在騎樓裡一拐一拐地走著，小北百貨商行、全家便利商店、錢都涮涮鍋、鍋神廣東粥、永利機車行……背脊和腋下濕透，回家對他而言，成了最艱難的旅行。

摩斯漢堡、康是美、大眾西藥房，紙紮店旁是生活工場。櫥窗裡布置著涼傘和海灘椅，椅子鋪上藍白相間的大毛巾和船錨圖案的抱枕，茶几上有空酒杯。美麗櫥窗和隔壁燒給死人的三房兩廳紙糊花園別墅一樣，兩者都擔保了一個美好的未來。

大偉看著玻璃上貼著夏日折扣海報，想起來他確實需要買一隻新的鍋子。家裡原來那隻，在衝突中摔斷了把柄。

走進店面裡，迎面一陣玫瑰精油的芳香。玻璃櫃上擺著瓶瓶罐罐，在溫暖的光照下閃閃發亮。他逕自走向廚具專櫃，單手拿起一個雪平鍋，很沉，「假使往狗頭上一砸，腦漿應該會噴出來吧？」他腦海閃過一念，但不敢往下想，他把念頭跟鍋子一併放下，然後走出來。

大學眼鏡行、白鹿洞影音出租店、黑面蔡楊桃湯。全家便利商店旁，名為菩提園的素菜館門口趴著一隻雜種狗，下垂的嘴角眼睛，恆常哀傷的表情，像是死了老婆一樣，七十五分。大偉回家的路上會碰到四隻狗，這隻被他命名為金士傑的老狗是第一隻。第二隻，大馬路與巷口轉角，里長家門口潦草地搭建一座狗屋，裡面鏈著一隻黑狗，長身細腰，尖尖耳朵豎立著，因長得像埃及陵墓壁畫裡那種陪葬的豺狼，所以大偉叫牠阿努比斯。那狗很壞，總會冷不防衝向路人吼叫，所以只有三十分。

里長家隔壁數過去第三家是傳統理髮院，老闆娘養一隻博美狗，大偉叫牠麗珠，只有三隻腳的麗珠。老闆娘出來散步，麗珠不用牽繩一旁跟著，步伐如同小鼓咚咚打擊在地上。麗珠大概也知道自己是有人寵愛著，所以見到了大狗總可以神氣地吠叫著，七十分。理髮院旁是一家生意不好的寵物美容店，櫥窗裡閒置著幾只空狗籠，大偉透過玻璃門望去，那隻六十五分的比熊犬屋虎今天不在，倒是平日冷清的店面擠著一堆人，分成兩邊站著，互相指指點點，像在理論什麼事情。

他習慣為沿路看見的狗命名和打分數，然而就像個壞心眼的歌唱節目評審，給的分總也不高，一到一百分，平均六十分上下。滿分的狗也不是沒有。七年前，他那時候還在外面的出版社當美編，某次下班步出捷運站，他發現自己被一隻狗跟蹤。停下腳步，回頭看見一隻雜種小白狗對他搖著尾巴。戴著頸圈的小白狗，咧嘴笑著，毛色髒汙如一隻破球鞋。他拍拍小白狗的頭，牠用濕潤的鼻子磨蹭著他的腳踝，尾巴搖得更用力了。想起背包有未吃完的水煎包，取出掰開餵狗。小白狗嗅一嗅，大口大口吃了起來。

他趁小白狗吃包子時離開。小白狗見他走遠，丟下包子又追過來。他停下來，凝視小白狗很久很久，然後踹了小白狗一腳，牠夾著尾巴哀鳴跑開。第二天、第三天，他在回家的路上又看到那隻小白狗，小白狗遠著距離，膽怯地對他搖著尾巴。他站在馬路邊，閉上眼睛假裝沒看見，當他再度張開眼睛，狗不見了。第四天、第五天、第六天，小白狗還是沒有出現。直到很久很久之後的某一天，他騎機車出門，在機車後照鏡裡，他看到馬路上一閃而過小白狗身影。小白狗逆風奔跑，非常勇敢的樣子。他擅自以為，路的盡頭蹲著一個人，張開雙臂喊著小狗的名字。加油。加油。那是大偉碰過，唯一一隻一百分的狗。

大偉走著走著突然覺得不痛了。傷口有時痛，有時不痛，傷口彷彿一隻小動物，擁有自己的意志，他故意加重左腳步伐，企圖把它踩醒。一陣劇烈疼痛直達腦門。他險險站不住腳，身體往街邊停放的機車靠著，他彎下腰撕開ＯＫ繃檢視傷口，嬰兒粉紅色的嘴汩汩滲出了血。

坐在機車上稍作休息，他望著對街公寓灰色外牆，被陽光曝曬得蒼白的紅色春聯謄寫著宗教領袖的話：「清清淡淡地過日子，就是平平安安。」視線再往上攀，公寓二樓，陽台種著一排向日葵。他望著滿開的黃花，然後一拐一拐橫過小街，把手中ＯＫ繃往二樓住戶門鈴貼著，牢牢貼上，如一張符咒。

口袋中電話響起。「喔喔喔，」他接起電話：「我快到家了。」不遠處有個西裝男站在街燈下朝他揮手。兩個人會合，走進大樓中庭閱覽室。「診斷證明和收據要給我。你在我鉛筆打勾的地方簽名，」西裝男公事包裡取出幾份文件往桌上一攤：「一份是意外險，一份是醫療險，一式各兩份，我出門之前幫你算過了，這個case大概可以申請到兩萬多塊的保險金吧。」「這麼多，幹，早知道我就被多咬個幾口。」大偉說。

西裝男知道他的事，所以順口問了一句：「你跟阿龍還好吧？」他低頭在表格上一欄一欄地簽名，沒有回答。要保人、身分證字號、生日、銀行帳號……他在受益人欄位停頓一下，然後快快地寫著「同要保人」。廚房櫥櫃拉門都垮了，他想，明天就可以去特力屋挑一組新的。

他抬起頭，閱覽室外三、四名孩子圍繞著中庭噴泉追逐嬉戲，一名小男孩屏除在小圈圈之外，用童軍繩拉著一隻小柴犬。小男孩是他們大樓的住戶，看上去五、六歲左右。小狗沒見過，大概兩、三個月左右，身體四肢癱軟在地上，耍賴不肯走，小男孩拉扯著小狗，如同拖著一條毛巾被。

「底迪，」大偉喊住了小男孩：「誰的狗？」小男孩抱著小柴犬向大偉走來。「俺爹給買的。加油呢？」男孩問。大偉從男孩手中接過了小狗，不自主地屏住呼吸，不知為何，那男孩身上總彌漫著尿騷味。他把小狗放在膝蓋上，輕壓著腳掌肉墊，撫摸著牠的四肢，因為太過專注，連西裝男起身離開，他都只是略略點個頭。原本一旁玩耍的小孩見著了大偉跟小狗，都圍過來，嚷著說要抱狗。大偉將小狗翻過身，搔著小狗肚皮的癢，當他摸到小狗的心跳，胸膛不自覺地緊縮一下。

他第一次抱加油的時候，加油的心也是這樣猛烈地跳動著。

狗是阿龍執意要養的，但大偉不肯，「養狗是很嚴重的事。」他說。但阿龍還是從朋友那兒抱來一隻三歲的柴犬，說是朋友的朋友家中有小嬰兒，沒法養。「我所憧憬的愛情就是和一個喜歡的人住在一塊，然後養一隻狗，這樣不行嗎？」阿龍像撒嬌又像是抗議地說。當時，他們認識未滿三個月，兩個人一起吃飯看電影，一起去台南小旅行，不管做些什麼，行程最終總是以做愛當結尾。身體著了火，戀人在床上擁抱，無論再怎樣激烈地翻滾，也無法將火苗撲滅。

兩個人搬離了各自的住處，他們很快就在大偉住處附近找到一棟新蓋電梯大樓搬進去。兩房兩廳不附家具，房子空洞得像是長途客運候車室，看房子那天，大偉很亢奮地規畫著客廳該漆什麼顏色的油漆，沙發該買哪一款，該怎麼擺。兩間房間，一間當主臥，一間書房兼客房，萬一阿龍他家人來了，還可避嫌稱彼此是室友。關於這一切，他老早就想好了，但他萬萬沒有想到，他和阿龍的未來裡還有一隻狗。當那隻狗真的站在他們的新客廳，他發現他跟同居人之間，其實也還沒有熟到可以在對方面前生氣發火的地步。

那隻狗怯生生地站著，頭茫然地望著大門，彷彿在等待著誰來接牠。「牠叫畢魯，你可以過來摸一下。」阿龍說。大偉不情願地摸著狗，金黃色狗毛短短刺刺的，順著毛摸到柴犬的心跳，撲撲跳動，如同一隻振翅的小白文鳥，他用手掌抵住那心跳好一會兒，然後抬起頭對阿龍說：「我要叫牠加油，從現在開始，牠就叫做加油。」

「加油呢？」小男孩又問：「你可以帶加油下來跟牠玩嗎？」小狗在大偉的膝蓋上不安分地扭動起來，大偉一陣煩躁，重重地打了牠兩下屁股，「小狗不乖就是要教！」大偉說。小狗嗚嗚叫了兩聲，然後就沒了聲息。小男孩扁著嘴，低頭斜視著他，一臉的怨恨。他發現小孩慘白臉上，掛著兩個黑眼圈，簡直跟鬼沒兩樣，難怪這棟大樓沒有小孩要跟他玩。周遭小孩起鬨著說愛哭鬼，愛哭鬼。大偉起身，把狗還給男孩，「還給你吧。」他說。轉身，一拐一拐地走進電梯，上樓，開門，他到家了。

房子裡靜悄悄，像死了人。穿過客廳，走到陽台，他在洗衣機前蹲下。洗衣機和牆壁的夾縫躲著一隻狗，呆呆地看著他。「加油。」他喊了那隻狗的名字，一隻柴犬跳了出來，屁股翹得高高的，拉長身子伸懶腰。他遞出手掌，那隻狗討好地舔著。那就是咬傷他的狗，零分。

那一天早晨，他遛完狗走進屋子裡，狗在一旁歡快地跟著。他走到陽台掛好牽繩，腳掌像觸電突然麻了一下。他本以為沒怎樣，但低頭發現狗正牢牢咬著他的左腳掌，搖頭晃腦撕裂著，他開始覺得痛。他以為自己被一輛卡車輾過去了。掙脫、反擊、就診。他忘記他是怎麼走出家門，如何走去醫院，接下來發生的事他已經不記得了。他只記得回到家，門口有血跡由淡轉濃，沿路滴到陽台去。山毛櫸地板、米白色的牆、淺灰色沙發……他一手打造，如同無印良品型錄裡的美麗房子都被檳榔汁一樣的血跡給毀了。

阿龍得知消息返家，拿起掃把作勢要打狗。大偉虛弱地說不用了。其實以前不是沒被咬過，那隻狗剛來的時候，與他們非常的疏離，牠不喜歡人碰牠，尤其是耳朵。有一回，大偉在與狗嬉鬧時不小心觸碰到狗耳朵，手臂被牠反咬一口。阿龍生氣地說要把狗送走，大偉用左手按壓著傷口止血，笑說沒關係。可是這一次那隻狗實在咬他咬得太厲害了，疼痛像鞭炮，在他身體裡一個一個地炸開來，他吃光了整排的藥仍舊止不住痛。昏昏沉沉地躺在床上，阿龍靠過來，胸膛抵住他的背脊，身體弧度像兩根湯匙疊在一塊，他挪動身子，拉出距離，「會痛。」他說。黑暗裡，他側躺在床的邊緣，凝視書桌電腦主機閃爍小燈，如同凝視茫茫大海上的燈塔。

沒有用了。

看著狗，他的腳掌又痛起來了。狗咧嘴衝著他笑，尖尖白牙如刀刃，長著四隻腳，會走路的刀。他盯著狗，倒退著走進室內，廚房櫃子裡找出止痛藥吞下。餐桌擺著水果刀，刀鋒和木頭桌面沾滿法國麵包屑屑，喝完的牛奶盒就擱在垃圾桶掀蓋上。推開虛掩的臥室房門走進去，筆電、耳機和眼鏡擱在床頭櫃。格子襯衫和ＣＫ內褲像寫壞了的稿紙，揉縐丟在床上，地板上拖鞋一正一反擺放著，彷彿不知出門該穿什麼而擲筊請示。他向來可以從那些凌亂的線索推理出阿龍出門前都幹了些什麼事。他習慣替阿龍收拾，也喜歡收拾，但這次他沒有。他只是退出房間，坐在客廳沙發，打開茶几上的筆電。

信箱裡有客戶要他修改海報的圖檔，有出版社報價單需要他回傳。他必須回信，但他沒有，他只是掀開筆電，打開了臉書。有人上傳自己和男友牽著黃金獵犬去逛傳統市場的照片，他按讚。有人在塗鴉牆寫著看完一部愛情電影的心得：「分手其實一點都不殘忍，殘忍的是那種兩個人都想要試圖挽回，卻都無能為力的茫然和徒勞吧。」他按讚。有人分享家中狗狗結紮全紀錄，寫著：「公狗結紮後攻擊人類機率會大大降低。另外，母狗一發情，公狗即使遠在一、兩公里之外，都能嗅到母狗身上發散出來的費洛蒙。牠們逮到機會出門，自然會循著氣味衝去尋找母狗。待母狗發情結束，公狗恢復記憶時，牠們搞不好已跑到好幾公里外，根本認不得回家的路。」他按讚。

傷口有時候痛，有時候不痛，他打開阿龍網頁，從他的好友名單裡找到一個美國隊長大頭貼，按下連結。他的狗坐在他沒去過的客廳咧嘴笑著。他的狗出現在他感覺陌生的河濱公園，呆呆咬著網球。傷口彷彿一隻小動物，擁有自己的意志，他點選美國隊長的相本，狠狠把傷口踩醒。超級英雄揭開面罩了：一名打赤膊的男孩雙手環抱，神氣地站在開滿向日葵的陽台，傻傻笑著。阿龍按讚。

止痛藥藥效開始發揮，身體麻麻癢癢的，皮膚上爬滿小螞蟻，無形之中，戴口罩的男人低伏在他腳邊，用鑷子將傷口裡的縫線剔出來。他仰起頭，看到那隻狗蹲踞客廳一角看著他，他就醒了。

那隻狗用一種慎重的神情望著大偉，彷彿要宣布什麼事情，然而這麼多年下來，他始終不知道那隻狗到底想對他說什麼。那隻狗剛到他家的時候是三歲，換算人類年齡是二十八歲，牠的過去對他們而言等於一團謎。比如怕火，只要點燃打火機在牠面前晃動，牠就會鑽到桌子底下發抖，一整晚不出來。當然了，只要打通電話給前飼主答案就揭曉，但大偉不肯。前飼主偶爾發了電郵過來，說可否傳幾張畢魯的近照讓他們瞧瞧，但他沒有回覆。他把信刪掉，這已經是他的狗，和這些人沒關係了。

狗狗生活公約第一條，進出玄關不得爭先恐後，要讓他先走。第二條，沒有他的允許，不得進入臥室——他和阿龍在床上做愛，有狗在旁邊看，他不行。第三條，吃飯的時候，要聽他喊「坐下」和「開動」，才能開始吃……這麼多年下來，他企圖教會他的狗種種規矩，但電視綜藝節目裡那些討人喜歡的狗狗才藝牠始終學不會。大偉與牠共處一室，牠總是遠著一段距離，喊「加油過來」，牠也只是呆呆望著。可是等到大偉不想理牠了，窩在沙發讀書、看ＤＶＤ，牠又一聲不響走過來蹲在大偉腳邊，好比現在這樣。大偉看著那隻狗，那隻狗也看著他。大偉放下筆電，上前抓起狗的前肢，他扭著狗頭正對著自己，與狗對看，彷彿質詢。質詢牠為什麼要在別人房間裡無恥地笑著。那隻狗不敢正視大偉，把頭側向一邊。牠的前爪被大偉扳疼了，哀哀叫著，急急忙忙掙脫大偉的擺布，小碎步跑到門口，恰恰趕上門把轉動的聲音。

門推開，走進一個中年婦人，全身披掛著好幾個牛皮紙袋，大偉起身，喊了一聲阿姨好。婦人是段太太，阿龍的後母——所以那聲阿姨也等於跟阿龍一起叫的。他伸手接過段太太手中紙袋，往茶几擱著。「好一點沒有？」阿姨往沙發另外一頭坐下。「拆線了。」他說：「阿姨今天沒有接小恩下課啊？」「她媽帶她去上兒童美語。」段太太鼻子哼了一口氣。

段太太從一只牛皮紙袋裡取出更多紙盒。「砂鍋烏骨雞。蒜茸蒸日本扇貝。烏魚子炒飯。百花鑲油條。黃金流沙包。」段太太開始朗誦菜名：「有個師姊嫁女兒，中午去喝喜酒。很多菜都沒人動，想說就帶過來給你和阿龍吃。」她說。大偉哦了一聲。段太太再從另外一只牛皮紙袋取出更多的紅色小錦盒。「現在喜宴伴手禮的花樣愈來愈多了，還有手工精油香皂，」她大聲讀著包裝上的字：「『在對的時間碰到對的人，幸福就會來，雅琳宗翰，永浴愛河。』這個給你跟阿龍用啦。」大偉又哦了一聲。接著，她又從另外一個牛皮袋子取出一台iPad，「幫我看看，剛剛拍的照片怎麼上傳臉書？」她說。

iPad是他買來送給段太太的。臉書和LINE的設定，韓劇、江蕙和鳳飛飛的下載全由他經手，他刷刷兩、三下就調出了照片。畫面中是許多與段太太年紀相仿的歐巴桑：歐巴桑們拿著麥克風唱歌，歐巴桑們和新娘合照，歐巴桑們圍著圓桌笑到見牙不見眼，歐巴桑們在婚喪喜慶總有無窮無盡的精力可以宣洩。段太太靠過來，為他指認著照片中誰是誰。穿旗袍的那個是江媽媽，二十幾歲就守寡了，靠著在市場賣菜養大三個兒子，現在大兒子在大學教書，真好命吶。穿花襯衫這個是胡太太，先生半年前剛走，和阿龍爸爸一樣是鼻咽癌。這些年資長短不一的寡婦們因怕人看穿她們過於快樂，所以嘴裡總是不斷抱怨著。抱怨五十肩，抱怨著這年頭什麼東西都不能吃了，抱怨著媳婦太懶惰，她們精神奕奕地抱怨著世上一切可以抱怨的。

段太太在大偉旁邊說話，那隻狗熱絡地往段太太腳邊鑽。「加油啊，你怎麼把把拔咬得這麼嚴重啊？現在有狂犬病耶，你咬傷人會被丟掉喔。畜生就是畜生。」段太太一邊摸著狗，一邊說著。第一句話是對狗說的，第二句是對大偉說的。大偉聽見狂犬病三個字非常刺耳，但還是笑著回答他前天帶加油去打過針了，並沒有多解釋什麼。「加油十歲有了吧，狗的十歲是人類幾歲啊？」段太太又問。「不知道，小狗大狗算法不一樣，加油大概六十歲吧。」大偉說。那隻狗在段太太的撫摸下咧嘴笑著，大偉瞪了牠一眼，牠便像做錯事似地垂下頭，可是尾巴無處可藏，仍愉快地搖曳著。

段太太趁大偉上傳照片時，把紙盒逐一放進牛皮紙袋，然後走進廚房。那隻狗見阿姨起身，也要跟過去，但大偉嘖了一聲，牠就乖乖坐下。大偉趁段太太走進廚房的時候，把茶几上的盒裝手工皂順手掃到茶几抽屜裡，「雅琳宗翰，永浴愛河」，上頭電腦列印的少女POP字體，真醜。

段太太從廚房探頭喊：「垃圾袋在哪裡？」「第二個抽屜。」他在客廳喊回去。今年三月，段太太跟一伙歐巴桑在大偉住處附近的地球村學日語，大偉打了一把家中鑰匙給段太太，說下課沒事可以過來坐坐。段太太很高興地收下鑰匙，此後，每隔一、兩周就帶點水果、滷味過來，她看見廚房亂了，自然也要整理。大偉應該進去幫忙，他以前總是搶著幫忙，但她兒子養的狗咬傷了他的腳，他想，他在客廳多坐一會兒也是應該的。

大偉點進段太太臉書，確認照片是否成功上傳。看見相本照片亂了，順手就幫忙分類。裡頭有個名為「過年」的相簿，他點開來，彈出一堆食物照片：紹興醉雞、迷迭香烤羊排、泰式涼拌牛肉、龍蝦沙拉……全是他親手張羅的。大偉痛恨過年，他沒有媽媽，過年守歲只有他爸和他兩個人。他記得，十二歲要跨十三歲那個年三十，他爸到外面飯館買了砂鍋鴨。一鍋熱湯喝到變涼，涼了又加熱，反反覆覆，由年三十吃到大年初五，到頭來他也分不清楚那湯頭裡的酸味是酸菜還是腐壞。後來他爸過世，他一個人過年，在家可以盡情地吃炸雞Pizza看ＤＶＤ，不用吃砂鍋鴨了，但偶爾想起過年，總是一陣反胃噁心。不過受邀到情人家過年又是另外一回事，他是那種在電梯裡碰到主管也要挖空心思講幾句恭維話的人，何況是討好情人的家人？

今年是阿龍父親過世之後的第一個過年。「你阿姨大概也沒心思煮年夜飯吧，不如我來吧。」他跟阿龍說。網路上兩個月前預訂了巧克力蛋糕，除夕一早就去百年老店排隊買佛跳牆，到了除夕夜，一道道菜端上桌惹來驚呼連連。其實以前也不是沒去過阿龍家過年，那時候阿龍父親還在，他以室友身分出席，「怎麼阿龍不結婚，你也不結婚，你們這些年輕人都不結婚是怎麼一回事？」餐桌上，阿龍父親板著臉說。阿龍爸爸嚴肅，阿龍哥哥嫂嫂姊姊夫妹妹和阿龍頭低低的，只有乖乖聽訓，沒有人敢吭一聲。倒是段太太轉頭對四歲的孫女小恩說：「小恩啊，你跟爺爺講啦，薯叔因為每次都要找林志玲、舒淇那種大美女當嬸嬸，條件開太高啦，當然找不到啊。」小恩照著說一遍，大家都笑了。今年，阿龍的父親過世了，趁著這一家人還未恢復的當下，大偉占領這家人的廚房，變出了一桌華麗的菜。

餐桌上，新手孤兒寡母迂迴地回憶往事，謹慎地快樂著。大偉說要幫忙拍全家福，「西瓜甜不甜？」「甜～～」大偉從銀幕上看著這一家人笑著，後母和前妻小孩、丈母娘與女婿、婆婆與媳婦，一群沒有血緣的人在一起的日子久了，臉形眉眼也愈來愈相似。「家族真是奇妙的事啊。」他想。按了兩、三張照片，段太太在餐桌那頭說：「大偉和加油也來拍。」她要阿龍姊夫接手換大偉下來，於是，大偉和加油也入鏡了。

臉書上有一段影音檔是大偉當晚拍的，一分二十八秒的短片。那一晚阿龍喝了酒，趴在客廳地板和加油互咬著橡皮黃色小鴨，畫面外全家人哈哈笑著。沒被錄下來一分二十九秒，是阿龍躺在地上摟著狗，喃喃自語：「還好狗狗跟爸爸媽媽一樣，都會比我們早死。不然有一天我們死了，狗狗還孤零零地活在世界上不是很可憐嗎？」大偉想著不太遙遠的往事，耳邊隱約有男孩哭聲。

段太太走出廚房，問阿龍會回來吃飯嗎？大偉搖頭說不知道。說完，門打開，走進一個男人，阿龍回來了。那隻狗暴衝到阿龍身邊，蹦蹦跳跳，活潑得像屋子裡的一顆心跳。「ㄟ，樓下那個小鬼，就媽媽是山東人那個小鬼，好像偷牽寵物美容店的狗被抓到了，警察都來了說。」阿龍一進門就這樣嚷嚷著。「今天怎麼這麼早？」段太太問。「跑完記者會，稿子沒上，就回來啦。」阿龍坐在地上逗弄著那隻狗。「我去洗米煮飯，晚上把那些菜熱一熱，我看冰箱有番茄有蛋，再弄個湯就好了。」段太太又走進了廚房。

那隻狗四腳朝天，露出脆弱的肚皮讓阿龍搔著癢。「拆線了？」阿龍問。大偉嗯了一聲，兩個人避開彼此的視線，因為昨晚吵過架的緣故，所以聲音有些冷。事情經過是這樣的：阿龍出門遛狗，大偉要他順便帶一碗廣東粥回來。阿龍回來得晚了，解釋著今天排隊買粥的人很多。他沒說什麼，只是說不管，他就是要帶那隻狗去結紮。阿龍說，狗狗咬人可能是壓力大，可能是在玩，十幾歲的老狗結紮有什麼屁用。他反駁被咬的不是他，他當然可以講這種風涼話，兩個人理論著，阿龍聲音突然拉高起來：「難道是我叫那隻狗去咬你的嗎？他媽的為什麼事事都要按著你的計畫走？你就是想要控制一切才會被狗咬。」

同樣的話題吵了一個月都疲倦了，原本礙於情面，放在心中緊緊咬著不放的，全都鬆口了：「誰知道你遛狗都遛到誰的床上去？全天下就你一人可以每天穿得漂漂亮亮在外面鬼混？就你一個人有才情可以彈吉他組樂團？你整天耍帥是因為你不用腳傷還要陪你阿姨去推拿、帶那隻狗去打疫苗。」阿龍罵了一聲幹，「你為什麼每次都像一個女人那樣猜忌?! 你乾脆閹了我。」他說。

大偉忘了事情是怎麼收場的，他吃了止痛藥，身體爬滿螞蟻，痲痲癢癢的，阿龍背對著他，恍惚之間他看見阿龍如同小診所男人一樣發達的背肌繃壞他寒酸的房子。他輕輕地按著，把螞蟻一隻隻地弄死。

阿龍用手指爬梳著狗毛，大偉低頭假裝瀏覽著網頁，兩個人各自做著自己的事，昨晚的事如果不提，也許就不存在。大偉偷看那一人一狗，那隻狗口鼻周圍全白了，牠趴在地上，鬆垮垮的皮毛堆疊在地上，彷彿一件穿鬆了的毛衣，老了。倒是阿龍，皮膚還是跟七年前一樣好。是不是那種好人家的小孩皮膚都很好？大偉心裡想著，兩個人剛認識的時候去看電影，他總要轉頭偷看阿龍側臉，讚歎著這人輪廓簡直可以印在銅板當肖像，如今，他們已經很久很久沒有一起穿得漂漂亮亮去看電影了。他在心裡算著，那隻狗來到他們家是二十八歲，兩人帶著一隻狗住在一個屋簷下，由戀人變成家人，七年的家庭生活加在那隻狗身上，也將牠變成了一隻六十歲的老狗。

阿龍抓住那隻狗的下顎，輕輕為牠抹去眼屎。轉頭要找衛生紙擦手，發現大偉在看他，便衝著他笑了一下。兩個人對望，不講話，樓下男孩哭聲忽然聽得很清楚，「那是我的狗。那是我的狗。」那男孩哭得很慘，好像家裡死了人。兩個人靜靜聽著那哭聲好一會兒，然後大偉開口說：「乾脆把加油送給樓下那個小孩好了。」

「幹嘛啊你。」阿龍提高了音量，正要說下去，段太太就從廚房探出頭喊說吃飯了。兩個人起身，一前一後走進廚房。一桌熱騰騰的飯菜，砂鍋烏骨雞、蒜茸蒸日本扇貝、烏魚子炒飯、百花鑲油條、黃金流沙包。精緻的擺盤，連果雕小兔子都還在，彷彿是真正的喜宴。

大偉和阿龍坐下來，段太太還在一旁擦拭著流理台，後來，她一個人把十四公升的垃圾裝進五公升的垃圾袋裡。阿龍掀開電鍋正要盛飯，大偉盯著桌上的果雕小兔子說：「剛幫狗梳毛，沒洗手髒死了。」阿龍把盛好飯的碗重重擺在桌上，沒有理會。倒是段太太綁好垃圾袋，是抹肥皂洗了手才上桌的。「來來，洗手吃飯啊。」她催促著。三個人默默地吃著飯。後來，那隻狗也走進廚房來了，牠跟餐桌隔著一段距離坐下來，如一座人面獅身像凝望著這一家。

——原載二〇一三年十二月八至十日《自由時報》副刊

本文獲二〇一三年第九屆林榮三文學獎短篇小說首獎

消失

多馬斯

漢名李永松，一九七二年出生，台灣師範大學國文教學研究所畢業。

曾參與部落社區發展與部落生態資料庫建構工作，喜歡自然有機耕作更喜歡貼近族人的文字創作，作品曾發表於《立報》、《文學台灣》及《印刻文學生活誌》。

曾獲桃園縣文藝創作獎小說組優選、玉山文學獎小說組優選、山海文化原住民文學獎小說組優選、吳濁流文學獎小說組首獎、教育部文藝創作獎小說組首獎，台灣文學獎長篇小說組優選及財團法人國家文藝基金會，高雄市文化局，台北市文化局補助文學創作計畫。

著有《北橫多馬斯》、《莫那書》、《微光森林》等。

十一點鐘。護士巡完房之後，教學醫院病房靜得一點聲音都沒有，瓦旦・鐵牧躺在病床上，偌大的單人房顯得有些冷清。

瓦旦眼神空洞望著天花板，呼吸沉重而虛弱，他都是睜著眼到窗外天色微亮才闔眼休息，他的睡眠零碎地像石壁崩落的小片岩，在一旁的小躺椅上正熟睡的瑪利亞鼻息間發出些微的呼嚕聲。

他拿起身邊的拐杖推了推瑪利亞，瑪利亞睜開眼睛起身。

「阿公，你要做什麼？」

瓦旦用眼神看了一下床底下，瑪利亞很快拿出白色的尿壺，熟練解下了他的長褲，把尿壺擺好放在阿公的胯下，瓦旦其實可以自己下床拄著柺杖到廁所，瑪利亞來看護的這一年裡，他已經習慣指使外籍看護替他做所有的事情。

「阿公，你要用力。」瑪利亞揉著眼睛拿了十幾分鐘。

「又不是射飛鼠，用什麼力。」

瓦旦刻薄地數落著瑪利亞，好不容易尿壺傳出滴水的聲音，他才發出了長長嘆息聲。幾天前，瓦旦才又一次高血壓昏倒住進醫院；瓦旦年輕時，是山地鄉赫赫有名的人物，當過村幹事、鄉長也當過縣議員，以前的他舌燦蓮花、意氣風發；如果不是幾年前一次腦出血，中風壞了半邊的肌肉神經，舌頭的靈活度已大不如前了。

瑪利亞拿著尿壺轉身走到廁所，瓦旦躺在床上，突然聽見了奇怪的聲音。

「瑪利亞！瑪利亞！」

瓦旦聲嘶力竭叫喚著瑪利亞，瑪利亞一直沒有回應，他想一定又偷懶跑去別的病房跟那些姐妹淘聊天，當他咒罵瑪利亞時，奇怪的聲音又出現了，他起身四處張望確定聲音確實存在。

他豎起耳朵聽著，是口簧琴的聲音，悠揚的琴聲彷彿迴盪在山野間，溫柔而迷人的琴音穿越時空，他想起小時候，跟相愛的戀人在銀白的月光底下，勾著對方的腳，互相用口簧琴表達對彼此的愛慕之情，琴聲深深吸引著他也勾起他年少美好的回憶。

他緩緩地移動身體下床，拄著枴杖推開了房門循著聲音的方向走去，在昏暗的閱覽室角落看見一個吹奏口簧琴的年輕人，正拉扯手中的細繩，瓦旦向前走去，年輕人停下手中的琴看著他，兩個人四目對望著。

「你是Atayal（泰雅族人）嗎？」

年輕人收起口簧琴，看了他一眼沒有理他，站起來就往病房走去；瓦旦心想真是沒有禮貌的年輕人，這似乎也是現代年輕人的通病，犯了太自我的毛病不懂得敬老尊賢；一個轉角瑪利亞正好走過來看見他。

「阿公，你怎麼走到這裡。」

「你去哪裡找野男人玩了。」

瓦旦一臉不高興，瑪利亞立刻上前把瓦旦扶回病房。

第二天晚上，在瑪利亞出去之後聲音又出現了，瓦旦偷偷起身往閱覽室走去，年輕人依舊吹奏著口簧琴，看見他來又準備起身離開，瓦旦把他攔住。

「年輕人，我看你是在追我那個女看護吧，每次你吹口簧琴她就跑出來，你把她藏在哪裡？」

年輕人看著他，臉上露出了詭異的笑容，瓦旦好奇看著年輕人手上的口簧琴。

「這個是口簧琴吧，它的竹片有分雙簧、三簧、四簧；可惜你吹的聲音太難聽了，連女孩都吸引不了，我看只有外勞才會被你騙到，你應該聽一聽以前我吹的口簧琴。」

瓦旦一臉訕笑的表情，有一點嘲諷年輕人吹口簧琴的技術，年輕人把口簧琴拿在手上甩出口水。

「對了，我可以看你手上的口簧琴嗎？」

年輕人把口簧琴遞給瓦旦，瓦旦看了看手上的口簧琴，竹片上的菱形雕刻磨損變得模糊，仔細從外觀看起來有一些年代久遠了。

「你這個很舊了，圖案跟現在的不太一樣，可以告訴我是誰做的嗎？」

年輕人不答腔，從他手中抽走了口簧琴，轉身離開閱覽室；瓦旦冷眼看著年輕人的背影，如果以前他的個性一定抓起他的衣領狠狠給他幾拳，現在他老了全身是病痛也就隨他們年輕人去了。

隔天，瑪利亞走出去之後，瓦旦立刻起身往閱覽室去，果然，年輕人坐在角落，沒有看見瑪利亞，這次年輕人沒有吹奏口簧琴，只顧著把玩手裡的東西，瓦旦走近坐在他的旁邊。

「年輕人你手上是什麼東西。」

「苧麻，我要編一個背袋去山上背山豬。」

「年輕人，這種東西我比你了解多了，你知道我現在幾歲了嗎？八十二歲了；整個山區沒有人不認識我瓦旦，我還是縣內文化傳承的重要人物，編織傳統手工藝這種東西，對我來說是小兒科。」

年輕人搓著手上的苧麻絲，冷冷地回答說。

「其實我很早就認識你了。」

瓦旦臉上露出得意的笑容。

「年輕人，你是誰家的孩子？也許我認識你的爸媽，我還可以幫你在鄉公所安排一個工作。」

年輕人站起來要走，瓦旦突然喊住他。

「年輕人聊一聊嘛？我在這裡每天都在吃藥睡覺生活很無聊，看你的年紀不大，既然你喜歡口簧琴，也許我可以教你一些我們泰雅族人的傳統文化跟gaga，很多教授、研究生想跟我學泰雅族的東西都要排隊，你陪我聊聊天，我就教你我們的gaga，將來你在原住民的文化界也有一席之地。」

「gaga？」年輕人疑惑看了他一眼。

「gaga是很深奧的學問，就是泰雅人生活的所有規範，也是泰雅人和祖靈之間的約定，更是泰雅社會中的核心觀念；泰雅族人一生中所有的生命禮俗，都遵照gaga而行；男人要會狩獵、護衛家園，女人要會織布、照顧家庭、勤於農作。」

年輕人反問瓦旦。

「你真的知道gaga嗎？」

瓦旦發出冷笑聲。

「gaga是很神聖的，你們這些年輕人讀過幾年書，會用電腦就以為什麼都會了，gaga這件事是要我們老一輩的長老認可才能傳承的，還要有山上狩獵經驗，不是你們說什麼就是什麼。」

年輕人忍不住笑了出來，瓦旦看著眼前態度輕浮的年輕人，立刻用激動的語氣反擊。

「年輕人，我可是讀過日本的公學校，還在三民主義研習班讀過好幾年，也是飽讀詩書的人，當過兩任的鄉長、三任的縣議員退休、泰雅傳統文化協會的理事長，部落裡面公認最有名望的耆老，你不要看不起我，以為我是隨便吹牛的老頭。」

年輕人看著瓦旦激動的神情，不急不緩地坐回椅子，開始吟唱起泰雅古調（msgamil），他低沉的嗓音震懾著瓦旦，年輕人的眼神彷彿穿過時空重回祖先誕生的起源地（Pinsevukan），音符乘著風追尋祖先跋山涉水的路徑，慢慢拼湊出家族血緣的樣貌，瓦旦驚訝的看著唱古調的年輕人。

「這是誰教你這段吟唱的？」

年輕人低頭繼續吟唱著，聲音突然停了下來，他雙眼注視著瓦旦。

「你難道從古調裡面聽不出來我是誰嗎？」

瓦旦仔細聽著歌謠裡面家族遷徙的路徑，所有氏族分布的部落，句子中每個家族的名稱精準得一點錯誤都沒有；瓦旦瞪著年輕人突然口氣嚴厲地說。

「你到底是誰的孩子？這麼沒有禮貌，不要自以為會唱我們家族的古調就以為很了不起，古調是祖先的智慧，裡面有祖先的遷移或是訓示後輩的話，只在重要場合吟唱，吟唱者要有相當的能力和智慧，必須是男性而且有名望跟權力的人，你竟然在我面前隨意吟唱，歌詞裡還對我不敬。」

瓦旦狠狠地教訓了眼前這個沒大沒小的年輕人，年輕人坐在椅子上面對瓦旦嚴厲的指責，他的臉上情緒沒有太多起伏，語氣和緩地回答瓦旦。

「瓦旦，你出生的時候，我就認識你了。」

「什麼！你才幾歲怎麼會認識我？」

「瓦旦，你出生在昭和六年日本治理台灣的時期，你住在日本總督府最重要的專賣物資樟腦的集散中心，小時候，你最喜歡追著小台車，看著山上的粗樟被砍伐之後，收納所集散後裝上輕便鐵道運下山。」

瓦旦聽完一臉不以為然。

「你到底是誰？看起來你對我非常了解，我傳記書上的東西你倒是有認真地去讀，你是哪個研究所，哪個教授指導的學生。」

「瓦旦，你十四歲那年，從蕃童教育所保送到了國民學校，有一天，一顆炸彈落進了校園，你還連滾帶爬摔進大水溝裡。」

瓦旦想起讀高等科一年級時，來不及躲進防空洞就被炸彈震波彈飛了好幾公尺，整個人摔進糞坑的往事；他馬上哈哈大笑，覺得這個年輕人非常有趣，對他的身世非常瞭解，心想這個年輕人應該是從部落老人家那裡聽來的故事。

「年輕人，看來我應該要認識你，你很認真地研究過我的歷史，這件事我只有我的祖父和當時少數日本的同學知道。」

年輕人笑了。

「瓦旦，你認識達袞・娃力斯嗎？你認識他自然就會認識我。」

「達袞・娃力斯？」瓦旦第一次聽見外人提到祖父的名字。

「你還記得小時候跟祖父達袞・娃力斯在日本戰敗後回到舊部落的事嗎？祖父帶著你一起上山去學會燒墾及狩獵的技巧。」

「日本戰敗後？」

瓦旦看著年輕人的眼睛，彷彿想起太平洋戰爭爆發時，每天升旗，校長帶著全體同學面向天皇的位置，舉起雙手高喊著萬歲，瓦旦從小就被灌輸自己是大日本帝國的臣民；當時，恨不得自己立刻到戰場殺敵為天皇絕對效忠，以作為天皇陛下的赤子為榮。

太平洋戰爭尾聲，他跟著祖父母逃難似準備返回祖居地的部落，這時候，他在路上看到日本人一批批倉皇地離開台灣，他哭著問祖父為什麼日本人要走，祖父卻斥責他說：

「這原本就是我們泰雅族人的土地，他們強占我們的土地，早就該離開了。」

祖父告誡瓦旦是管理山林獵場的泰雅族人，還教導他吟唱古調來追尋祖先來自何處，平日還要求瓦旦上山從事耕獵的活動；戰後的山區，秩序十分地混亂，很快就被一群軍人接管，他們接收了所有山區的一切，祖父的山林和獵場也被沒收了，還給了他們新的國家跟姓名，身分也由生蕃變成了山地山胞；祖父臨死前總是說著，他一生都是生活在看不見的蓋子（牢籠）裡面。

「你到底是誰？為什麼對我們家族的歷史這麼清楚。」

「我的名字是鐵牧・達袞；達袞・娃力斯是我的yava（父親），那你知道我是誰的父親了吧。」

「亂講！」

「瓦旦，我知道你現在一定很混亂，我給你講一個故事，八十多年前，日本人為了控制我們部落族人，你兩歲那年就被日本人帶往他們設立的模範蕃社，跟被他們軟禁的頭目祖父達袞・娃力斯一起住，你在那裡接受了日本的皇民化教育，那時我和你的yaya（母親）拉娃・沙紀一直被限制在舊部落，在太平洋戰爭最激烈時，我被征召去南洋作戰。」

「ばがやる（混蛋）！」瓦旦惱怒地用日本話大罵前面的年輕人。

年輕人站起來從上衣口袋拿出一本軍事貯金簿，他拿給瓦旦看，瓦旦看見軍事貯金簿上面有一行模糊的漢字，隱約可以看見田中正夫四個字，瓦旦雙手顫抖把破舊的小簿子摔在地上。

「年輕人，不要以為會吹口簧琴、唱泰雅古調，隨便拿一本貯金簿就說是我父親，如果你要用我kava（死去父親）騙錢的話，我可是在社會上打滾過見過大風大浪，不會那麼容易上當的。」

瓦旦怒目瞪著年輕人，年輕人此刻卻哈哈大笑。這時候，瓦旦感覺自己被羞辱，雙手發抖不發一語，生氣地站起來往病房走去，拿bnkis（先人）來開玩笑對泰雅族來說是一種禁忌，瓦旦十分不高興，嘴裡不斷大喊瑪利亞的名字。

「瑪利亞給我出來，我找到妳一定把妳狠狠修理一頓，這個喜歡到處勾引男人的母狗。」

瓦旦回到病房之後，看見瑪利亞正睡得香甜，二話不說就用拐杖往她身上招呼，瑪利亞驚醒之後嘴裡直說。

「阿公，不要打我、不要打我。」

這不是瑪利亞第一次被瓦旦打，她剛到瓦旦家照顧他的時候，有一次幫瓦旦洗澡時，瑪利亞背對著瓦旦試澡盆的水溫，瓦旦突然從後面撲向瑪利亞，手穿過了上衣領口揉捏她的乳房，瑪利亞驚嚇地用力掙脫哭著衝出浴室，瓦旦拄著枴杖裸身追了出來，他的兒子看見瑪利亞狼狽的樣子，竟然露出訕笑的表情。

瑪利亞其實不叫做瑪利亞，她有很多的名字，都是為了到台灣打工取的，她來自印尼爪哇島的一個偏遠鄉下，她父親生病無法工作，底下有好幾個弟弟、妹妹，生活環境就像五〇年代的台灣，日子過得非常辛苦。十八歲那一年，當地一個人力仲介的女販子來到她家，還帶著一個年約四十幾歲的台灣男子，男子嘴唇跟牙齒都沾著紅色的檳榔汁，穿著寬大的灰西裝全身冒著汗，領口還結上一條怪異的紅綠色領帶。

足足有半小時的時間，她就站在男子前面，仲介用台灣話跟男子交談，還對她的身材品頭論足一番；仲介跟男子最後要離開時，告訴瑪利亞的爸爸說，她的屁股太小臉又太黑，台灣人不喜歡，最後沒辦法嫁來台灣只好被仲介做看護的工作。

那時候，台灣在哪裡，瑪利亞從來就不知道。

好幾天晚上，瓦旦躺在床上輾轉難眠；有時候，豎起耳朵仔細聽病房外有沒有聲音動靜，住院快半個月，半個月來他覺得自己的生命好像一點一滴地在消逝；他腦海一直想著那個奇怪的年輕人；突然瑪利亞看見瓦旦正在看她便問。

「阿公，是不是要尿尿。」

瓦旦點點頭，他勉強地擠出幾滴尿，趁著瑪利亞走出病房，瓦旦也從病床上偷偷下床，一步一步吃力地跟在後頭來到閱覽室，昏暗的閱覽室沒有一個人，他轉頭準備離去時一個聲音從背後傳了出來。

「瓦旦，你在找我嗎？」

瓦旦回頭嚇了一大跳。

「你到底是誰，我叫我兒子查過這層樓根本沒有鐵牧・達袞這個人，你為什麼要冒用我父親的名諱接近我，你是來偷東西的小偷吧，聽說醫院很多你這樣的年輕人。」

「瓦旦，時間到了，我是來接你回家的。」

「到了什麼時間？回哪個家？」瓦旦一臉疑惑地看著他，眼前的陌生人竟然說要帶他回家。

年輕人從口袋拿出一張照片。

「回我們舊部落啊，你還記得我們舊房子吧，你的kotas（祖父）、kaki（祖母），你的kaya（媽媽）全都在我們以前的家等你回來，我從南洋回來了，我們一起回家吧。」

瓦旦一看到照片，臉色蒼白跌坐在地上，他全身不停發抖，眼前年輕人身上彷彿發出腐敗的屍臭味，他嘴唇顫抖地說著。

「你到底是誰？」

「瓦旦你仔細看看我的臉，不記得我了嗎？」

瓦旦定神看著那張臉，想起昭和十九年（一九四四），一名派出所的巡查上門遞上一紙通知書，那個人告訴祖父田中正夫已經為偉大的大日本帝國在南洋「光榮戰死」，穿著和服的祖母聽完立刻癱軟在地板上低頭啜泣，祖父放下手中的菸斗收下那張薄薄的紙，走到後院開始吟唱瓦旦聽不懂的古調。

「我記得你了，在昭和十八年出征的歡送遊行上看過你。」

出征時幡旗寫著「大東亞戰爭參加紀念」的旗幟飛揚，全部的人圍觀祝福，還搖旗吶喊唱軍歌，他們身上背著彩帶，排成一列由日本警察帶領，一路往山下行軍到火車站，坐上軍艦，南洋在哪裡，高砂義勇軍沒有一個人知道。

「瓦旦，那時我看到你跟在祖父身旁，你還向我敬禮你忘記了嗎？」

「我看到了，那時的你穿著軍服英俊挺拔，你還高昂地唱著軍歌。」

鐵牧眼神透著淡淡的哀傷。

「瓦旦你知道嗎？這一切都是日本人的騙局，我們到那邊根本是做勞役的軍夫；你知道南洋的森林有多恐怖嗎？有流沙、沼澤、懸崖、深潭，還有可怕的螞蟻跟毒蛇，你聽過P-51野馬戰鬥機機槍掃射穿過樹林，擊中人頭爆裂的聲音嗎？」

鐵牧的眼神幽遠，彷彿凝結在一九四四年的太平洋戰場。

「我們日復一日挖掘防禦的工事，還要背負很重的東西翻山越嶺，戰鬥時還要當人肉盾牌衝向第一線，你知道那時候，很多台灣去的人都崩潰變成神經病，人不再是人像野獸一樣互相殘殺，整座森林像充滿鬼魅的地獄一樣。」

瓦旦看著眼前的鐵牧，感覺非常不真實，他看過電視上播映太平洋戰爭的紀錄片，黑白的畫面，美軍用火焰槍往一群日本人躲避的洞穴噴灑高溫火焰，一群焦黑腫脹的屍體散落四處屍橫遍野，血腥的畫面一幕幕快速地在他腦海播放著。

「瓦旦你知道嗎？有一天，美軍B-29轟炸機飛過我們部隊上空，炸彈像急雨一樣落在我的四周，我拚命地跑，拚命地跑。瓦旦，你知道燒夷彈的恐怖嗎？一整片森林都著火了，我的身上好像有幾萬隻螞蟻同時撕裂啃蝕我的皮膚。」

鐵牧突然哽咽掩面痛哭起來，他低著頭淚水滴在地板上，嘴裡喃喃自語地說著。

「死掉了！什麼都沒有了！全部都消失在南洋的森林裡。」

許久，鐵牧收起悲傷，從口袋拿出口簧琴。

「這是出征前你爺爺送給我的，每當我想家的時候，我就拿出來吹奏，那一天，美軍轟炸我們的陣地，我全身著火受了很重的傷，不斷地跑，跑到了一個當地部落躲在一棵樹下躺著，我不知道昏睡了多久；突然，有一個小女孩出現在我的面前，我害怕得一直發抖，她用一片葉子裝了水給我喝，我喝完之後，聞著風帶來森林的味道，突然覺得舒服多了。」

「小女孩？」

「沒錯，小女孩純真的眼神，像極了妳母親深邃美麗的眼神，我舉起被燒夷彈燒過的手，顫抖地從口袋裡拿出了口簧琴送給她，小女孩拿著我的口簧琴，我教她吹奏的動作，小女孩吹出了聲音，我聽著琴音突然覺得不害怕了，眼前浮現家鄉的山巒和你們的樣子，我看著蔚藍的天空嚥下了最後一口氣。」

瓦旦聽完，沉思了一會兒，突然單手拍著椅背，整個人歇斯底里地大笑起來。

「太精彩了，你這個太平洋戰爭的故事編得很有趣，你拿那一張我祖父跟全家合照的照片，也確實嚇到我了，這張照片你是從我家偷出來的吧，你真的是很有趣的年輕人，這次住院還好有你陪我聊天，日子才不會那麼無聊；老實說，你以為我不知道瑪利亞晚上跑出來跟你做了什麼事，你為了追我那個外勞編出這樣的故事，那個外勞我玩到不要玩了，看在你陪我聊天的分上，你玩她的事我就不追究了。」

瓦旦向鐵牧使了一個意淫的眼神，鐵牧怒目瞪著他大吼了一聲。

「mnanu ke su ga sa（你到底在講什麼東西）！」

當晚，瓦旦被轉送到加護病房，身上插滿了針頭管線，並做緊急的處置，瓦旦的大兒子娃力斯・瓦旦被院方通知趕到醫院，瑪利亞呆立在一旁。

「怎麼會這樣？」

「半夜，我看到阿公倒在地上，鼻子一直流血……」當時瑪利亞被突如其來的情形嚇壞了。

這時候，主治醫生走了過來，對著娃力斯說：

「老先生這次出血的部位在蜘蛛膜下方的腦幹，出血的範圍很大，開刀有很大的危險性。以老先生的年紀體力，說實在，動手術對他現階段來說，可能沒有實質的意義；開刀後的狀況不會比這個更好，而且我們推判時間也不會太久，當然，也不排除其他的可能性；我想，你們還是及早要有心理準備。」

「心理準備？醫生，花多少錢都沒有關係，拜託、拜託，父親對我們很重要。」

「這不是錢的問題。」

醫生調整了一下瓦旦嘴上的插管，娃力斯跟身邊的人低聲交談，最後他看著瓦旦乾裂的嘴唇。

「醫生那最好的時機大概是，我好通知親朋好友。」

「老先生現在所有的生命徵象都靠機器維持，我們只要把機器移走，人大概就……，你們家屬可以商量好再跟我說，當然，你們要一直維持現狀也是可以，狀況會越來越糟，不會太久。」

醫生說完之後，冷漠地轉身離開，娃力斯對著身旁的家人說話，身旁有婦女開始嚎啕大哭，也有人喃喃自語低頭禱告，現場籠罩著哀淒的氣氛。

告別式會場上，鐵牧跟瓦旦並肩坐在台下，白色的光影一直在會場上晃動，瓦旦一臉尷尬地低著頭不發一語，鐵牧拍著瓦旦的肩膀。

「瓦旦，你不要不好意思，我走的時候才二十八歲，沒你那麼好命活了八十幾歲。」

「a-va（爸）我有一點不習慣，你的樣子好像我孫子。」

「哪一個？」

「旁邊低頭在滑手機那個。」兩個人不約而同往坐在角落的一個年輕人看去，年輕人正專注著螢幕上的每條訊息。

這時候，瓦旦六十幾歲的大兒子娃力斯・瓦旦走向在台上，為父親的一生作見證，他滿臉鬍渣神情疲憊，眼眶裡含著淚水聲音沙啞地說著。

「敬愛的上帝，你的僕人瓦旦・鐵牧已安息在你的懷裡，瓦旦・鐵牧是一位優秀的泰雅族人，一生為了傳承我們泰雅族人的傳統gaga而奮鬥努力。回顧他平凡的一生，我敬愛的yava瓦旦・鐵牧年輕時，當過鄉長、縣議員，可以說一生都奉獻給他最愛的族人；擔任公職時，看到族人在體制下許多的不公平，他一生致力回復族人的土地、獵場、語言、文化及狩獵的傳統，想找回泰雅族人的尊嚴，希望改變漢人對泰雅族人的價值觀。他是一位仁慈的長者，今天對我們家屬來說也許是失去一位敬愛的長者，對整個泰雅族來說，更是失去了一位優秀的典範。」

鐵牧轉過頭一臉不解地看著瓦旦。

「瓦旦，你兒子娃力斯說的那個人是你嗎？」

瓦旦低著頭心虛地笑著。

「我聽說，你在國民政府來山上當幹事的時候，幫著那些特務到處打族人的小報告；你當了鄉長之後，訛詐族人的土地賣給財團圖利；你當了縣議員，更不得了了，爭取建設地方的補助款收回扣做豆腐渣的工程；你這一生是為了傳承我們泰雅族人的傳統gaga而努力奮鬥嗎？」

說完，鐵牧握拳用中指關節用力敲了一下瓦旦的頭。

「不誠實的孩子，沒有gaga，把我跟你頭目爺爺的臉都丟光了。」

「a-va（爸），那是小孩子不懂事在台上亂講話。」

「我看不是小孩子不懂事亂講話，你看連國家的領導人都送輓聯來了，不用說其他那些排到路口高官政要的花圈花籃了，是不是我在南洋森林太久了，回來之後對故鄉的事情有些水土不服，說實在，我不太瞭解你們這個國家的……明白。」

瓦旦偷偷笑著。

「a-va，這就是資本主義下真實的台灣社會，不管哪個政府都一樣，心裡算計的都是政治利益，誰的手腕高，誰就在這個權力遊戲中占有一席之地，就會名利雙收，你看我的家人都開高級轎車，住在雙拼的透天豪宅，台灣政治的舞台除了要會表演之外，也要學會人前說一套，人後又是一套。」

鐵牧望著瓦旦說得口沫橫飛，從上衣口袋拿出口簧琴，右手輕輕拉動細繩，配合嘴唇的張闔大小及吸、吐氣，發出了類似琵琶清脆的琴音，隨著繩子的拉放和呼吸的方式，發出了美妙的音律和協調的音色。

「瓦旦，你知道以前口簧琴可以當作一種傳話的工具，男女之間如有情話要說，用琴聲來相互傳達彼此的愛意，口簧琴舞，是屬於男女示愛的舞蹈，舞曲旋律優美，我在南洋每次看到月亮時，恨不得有雙翅膀飛回你yaya的身邊，她跳舞的樣子好美。」

瓦旦並沒有專心聽父親鐵牧的話，眼光專注沉醉在每個上台來賓對他的讚美，有時候，他還激動得站起來鼓掌拍手叫好。

「對了，ava你不是在南洋的森林當幽靈嗎？怎麼跑回來。」

鐵牧斜眼瞪了瓦旦一眼。

「ばか（笨蛋），我不是在醫院暗示過你嗎？小女孩啊。」

「小女孩？」瓦旦突然露出了驚訝的眼神。

「a-va……你……你竟然是戀童癖，小女孩你竟然也……。」

「nanu（說什麼）！我舉起被燒夷彈燒過的手，顫抖地從口袋裡拿出了口簧琴送給小女孩，我教她吹奏出聲音，小女孩吹出了聲音，我聽著那個聲音突然覺得不害怕了，慢慢眼前浮現家鄉和你們的樣子，我嚥下了最後一口氣，在醫院的時候，我有沒有說過這一段話。」

瓦旦抓著頭。

「有嗎？」

「瓦旦，你知道那個小女孩是誰嗎？她是瑪利亞的yaki（祖母），瑪利亞來台灣當看護的時候，她的祖母把口簧琴送給她當紀念，要她想家的時候可以拿出來吹奏，是她召喚我在口簧琴的靈魂，在祖靈的牽引下也讓我找到回家的路。」

瓦旦驚訝地看著鐵牧。

「我在醫院看到的你，其實就是瑪利亞拿著口簧琴因為思念家鄉吹奏出來的。」

鐵牧又緊握拳頭用指關節突起的部位，又狠狠敲了一下瓦旦的頭。

「沒錯，你對人家瑪利亞做了什麼你心裡有數，看人家弱勢就欺負人家，這是我們泰雅族人的gaga嗎？是族人優秀的典範嗎？」

瓦旦低下頭表示懺悔。

「我下次不敢了。」

鐵牧冷冷地說：「還有下次嗎？」

鐵牧看著告別式會場上，人群來來往往非常熱鬧，有人唱詩歌也有牧師證道，外面馬路上還有電子花車，穿著短裙的女子樂儀隊。

「瓦旦，部落長老的祭團跟祭司呢？怎麼沒有看到，好歹，我們家族曾經是這片山林跟部落的管理人，照gaga來主持除喪祭儀對家族是很重要的一件事，他們人呢？」

瓦旦低著頭小聲地說。

「a-va，原住民現在不流行那個了，現在的喪禮都看排場規模，而且都是承包制，還可以任選各種宗教形式，他們都有一套SOP（標準作業流程）收費還不便宜，你看到的都是用錢堆出來的。」

鐵牧收起口簧琴，嘆了一口氣，低頭喃喃自語：「如果，遺忘了自己的語言，那我們就真的消失了，也找不到通往彩虹橋的路，再也無法回到祖靈地與祖先團聚，彩虹一端的祖先也會不高興與失望，身為泰雅人如何去面對彩虹橋那端的祖靈。」他眼眶含著淚水看著瓦旦。

「瓦旦，我回來之後，看見我們族群面對種種強勢文化的衝擊，文化一點一點消失，我的內心焦慮與不安與日遽增，終有一天泰雅族的語言將茫然失根，文化也將隨波飄盪，族人不再瞭解gaga真正的價值在哪裡，我們的文化弱勢到讓人感到痛苦，也許我不應該回來的。」

「a-va，時代不一樣了，經過兩個殖民政權的交替，我們該被破壞被掠奪的一樣都沒倖免，五年的理蕃運動、皇民化運動、兩次的國語運動、山地保留地管理辦法、國家公園管理法、野生動物保護法、森林法，我們的族群文化差不多已經在加護病房，現在在等病危通知。」

「你的孩子有傳承我們的文化嗎？」

瓦旦尷尬地笑著。

「也罷，時間差不多了，孩子我們一起來唱古調好不好，確認一下我們家族的身分。」

瓦旦點點頭。

兩個人相互開始吟唱起來，他們閉上眼睛搖晃著身體，連續吟唱了非常長的時間，歌詞的內容口述了家族遷徙的歷史，也是泰雅族先人智慧的結晶、語言的精髓，歌詞沒有重複，祖先的訓誠更是不能遺漏。

字字句句都隱藏了祖先的智慧，兩個人分別以個人的生命體悟，透過吟唱的內容顯示出祖先源流、部落遷徙與族群系統間的關係，突顯部落生活、語言、文化及自我族群認同及共同體的意識。

接著鐵牧拿出口簧琴吹奏，瓦旦配合著父親的節奏在一旁舞動身體，左右擺動跳著。悠揚的口簧琴迴盪在山野間，溫柔而迷人的琴聲，琴音穿越時空，傳入了一對對泰雅族青年戀人耳裡，相愛的戀人在銀白的月光底下，互相用口簧琴表達對彼此的愛慕之情。

鐵牧加快拉繩的節奏，口簧琴音變為急切，彷彿泰雅族人在慶賀豐收的季節裡，夜晚圍繞在篝火邊，婦女口銜琴嘴擺動上身，配合著琴聲舞蹈邊奏邊舞，族人載歌載舞，振奮、熱情、豪邁、奔放，並歌頌大自然及祖靈對他們的厚愛。

這時候，鐵牧停下了手中的動作，仰頭朝著天空看去。

「a-va，怎麼了。」

「風停了，他們來了，來了。」

鐵牧興奮地衝出會場，瓦旦往身後看去，看到告別式的會場四周瞬間變成了靜止的灰白色系，場上每個人的表情漸漸地模糊消失，就像電視螢幕失去訊號不斷出現雜訊。

他揉了揉眼睛，告別式的會場已瞬間消失。四周突然換了一幕布景，前方閃過一個瘦高的人影，緩緩走向他跟父親面前，是祖父打著赤腳肩上披著苧麻織布的披風，他雙手插在胸前嘴上叼抽著菸斗，雙眼炯炯有神瞪著他們，祖母在後頭背著裝滿小米的揹簍，走在最後的母親正用著織布把弟弟斜背在胸前。

瓦旦左右張望，場景原來是日本人設置的檢查哨前面，正當他納悶著平日兇惡的日本警察都去了哪裡時，他看見父親跑上前去跟祖父用泰雅語交談，祖父用菸斗敲了敲他的頭大罵en-qnagaga（怎麼去南洋那麼久忘記回家），父親聽完突然像孩子般嚎啕大哭，不斷用手肘擦著眼淚，嘴裡喃喃說著musa mu kalan（我好想家）。

這時候，祖母看著瓦旦，親切地揮手叫他的小名。

「watan dumau、watan dumau（光頭）。」

瓦旦先是愣了一下，發現四周是他少年時熟悉的生活場景，蔥鬱蒼翠的山巒，一條長長布滿鐵絲網的隘勇線，自己身上正穿著日本公學校的黑色制服，他很快解下身上的書袋，脫下制服跟鞋子打著赤腳，用腳掌去感受地面的溫度。

母親也喊著他的名字向他招手，他清楚看見母親臉上刻畫著墨綠色的紋面，那一道道清楚的紋路就像是指引著回部落的路徑，他突然哽咽地哭出聲來，小跑步衝向前去緊緊握住了母親的手，母親擦了擦他的臉頰說：「跑去哪裡玩了，臉弄得那麼髒。」瓦旦這時候臉頰上布滿了眼淚與鼻涕，他抽抽啼啼地說：「aya，我好想妳，我再也不要離開妳了。」

不一會兒，祖父從竹筒裡抓了一把菸絲裝滿菸斗，火種緊緊壓在菸絲上，臉頰像鼓風機用力地一口一口吸了起來，瞬間，煙霧在吸吐間冒了出來，祖父吸了一大口之後，對著全家喊了一聲。

「ha ta kalan la（走吧）！」

雄渾的泰雅語迴盪在山谷之間，祖父領著他們穿過檢查哨，沿著陡峭的山路往前走，一家人緊緊跟在後面，這個家族一步步消失在山路的盡頭。

本文入圍二〇一三年台灣文學獎原住民短篇小說金典獎

維納斯

陳雪

一九七〇年生。國立中央大學中文系畢業。長篇小說《橋上的孩子》獲《中國時報》開卷十大好書獎，《附魔者》入圍台灣文學獎長篇小說金典獎，隔年入圍台北國際書展大獎小說類年度之書與第三十四屆金鼎獎，二〇一三年《迷宮中的戀人》入圍台北國際書展大獎小說類年度之書。部分作品翻譯成英、日文於海外發表。

著有《人妻日記》、《她睡著時他最愛她》、《無人知曉的我》、《天使熱愛的生活》、《只愛陌生人》、《陳春天》、《惡女書》、《蝴蝶》、《橋上的孩子》、《愛上爵士樂女孩》、《惡魔的女兒》、《愛情酒店》、《鬼手》、《台妹時光》等。

陳文發 攝

夜晚的靜降落在鳳凰的房間，是七月某日，大暑，室外天氣悶熱，房內在冷氣的吹拂下降到二十六度，非常適合交換祕密的溫濕度。

父母就在僅一牆之隔的主臥室，但也不要緊。

深夜三點，絕望與懷抱希望的人都醒著。世界安靜得彷彿連呼吸聲都被放大，鳳凰的長捲髮半遮著裸胸，褪盡的衣物散落身周，赤裸的肌膚白幼，反光似地透出光澤，冬樹想過應當放一點音樂減輕自己的焦慮，但他只是拚命地吞嚥口水，好似有一種耳朵聽不見的節奏在鳳凰身體裡，攪動空氣，製造起伏，她以令人暈眩的方式雙手撐著床鋪，從跪姿緩緩起身，當兩只潔白緊緻的大腿從胯下叉開，如建築物以膝蓋為施力點撐起，象牙白圓柱與床鋪成九十度角尖頂，腿股間的三角洲隱藏在略為捲曲的陰毛之間，因為修剪整齊，長度均勻，使得那團「東西」格外明顯。

那物即是她尚未割除的陰莖，忽地袒露出來，沒有勃起，十公分左右，伴隨著兩只緊隨於其後蛋形的陰囊，隨著身體的直立慢慢暴露在冬樹的視線裡，「就是這個了。」鳳凰用手輕輕碰觸，冬樹凝望著鳳凰手掌上那個東西，他曾經夢過自己擁有那樣的東西，「它很大。」他說，鳳凰說，「以不需要的東西來說真是太大了。」

「要摸摸看嗎？」鳳凰拉著他的手，他縮了一下，「等等。」

冬樹調勻呼吸，走向床鋪，坐臥於鳳凰身旁，用右手探向鳳凰跨下，從陰囊根部以整個手掌托起，有點沉，這是除了電影電視圖片以外首次實體看到所謂「陰莖」這物體的存在，冬樹很意外它摸起來如此溫暖，卻有種脆弱的感覺，不知道跟施打荷爾蒙有沒有關係，「以前更大嗎？」冬樹問，所謂的以前，指的是所有變性程序開始、鳳凰十八歲之前。

「對我來說一直都太大了。」鳳凰用手覆蓋著冬樹的手，那物體在他們的雙手交疊之下，血管略為跳動著。

「會變大嗎？」冬樹問。

「有時候會。但也不會很大，就像是突然醒來的貓那樣，把身體弓起來而已，近來越來越少了。」鳳凰說。

他們倆花了一點時間研究那物體，非常確定自有生命地兀自呼吸蠕動著，但沒有「變大或變硬」的跡象。

「好可惜，」冬樹說，「很想確認一次看看，所謂的勃起狀態。」

「換你了，」鳳凰以不逼人卻非常肯定的語調說，「我要看那個。」

「我要自己脫嗎？」冬樹問。

「我想看你自己脫。」鳳凰說。

冬樹以為自己會很緊張，心中想著一旦把襯衫脫掉，解除其他東西就會變得非常容易，但他還是選擇先脫了靴子、襪子、牛仔褲、內褲（下半身真的沒什麼困難）、襯衫、T恤，運動內衣，「等等。」鳳凰說著把手挪向冬樹的胸前，「想不到還真大。」她揉捏冬樹運動胸罩底下的乳房，「我猜乳頭是粉紅色的。」鳳凰以羨慕的聲調說著，「想太多。」冬樹一把脫掉了內衣。

他們幾乎同時挪移，心有靈犀地並立在房內衣櫥邊的穿衣鏡，他們擠挨著身體讓倒影進入鏡框，平坦的鏡像裡出現圖畫般的兩個裸身，身材幾乎等高，穿衣時纖瘦的鳳凰赤裸後顯得肩膀寬闊，鎖骨明顯，略可見喉結隱隱，皮膚相對白皙，腰身柔軟纖細，反觀冬樹肩膀圓潤，上手臂壯碩，是長期健身那種圓圓的肌肉，骨架算是纖瘦的，反倒是強鍊的肌肉撐起了這身材，胸部外擴下垂得厲害，某些已經鍊成胸肌，錢幣大的乳暈淡褐色，比指尖細小的乳頭是較深的褐色，至於鳳凰的乳房，手術做得非常漂亮，前端筍尖似地翹起，乳暈乳頭都是嬌嫩的粉紅，乳頭小似紅豆，下擺豐潤正好滿一盈握，她是寬肩窄臀長腿，加上恰到好處的乳房，幾乎是模特兒的身材，漂亮。

「我們像雙胞胎一樣。」鳳凰說，雖則他們長得並不相像，氣質給人某種印象卻如此相似，或者該說是因為他們以各自的方式極力跨越自身所擁有的性別，以至於那種流動，那長年累月的扮演，趨近，使得他們變成是「種的相似」。

跨性別者。

鳳凰走得更遠了。

他們倆像在驗證什麼似地，專注地凝望，觸摸，比對彼此的身體，以及鏡中對方的形像。

臀部的部分兩人不相上下，「我的屁股墊得不夠漂亮，太扁了，但你的屁股這樣小才搭配你的身材。」鳳凰嬌嗔怨道，「大腿是天生這麼細的歐。」她又說，他們背對著鏡子，同時扭過頭來看背後，兩人的脊背到臀部的弧線都很美。看完又拉著手轉了回來，走向床舖，紛紛倒下來躺臥。

「不過你的一切才是天生的吧！」鳳凰愛惜地撫摸著冬樹的胸乳又說「我都是做出來的，」冬樹淺笑說：「沒有什麼是真正天生的。天生不一定比假的真實。」

鳳凰下體的陰毛濃密捲曲，冬樹的陰毛則分布散亂，幾乎長到了肚臍，鳳凰說：「你的是直毛，扁扁的，我認識有這種毛的人都很溫柔。」

他們花了很長時間比對這些細節，然後抱住彼此。

冬樹問她：「逐漸變成女人的過程，口腔裡的氣味與唾液的濃稠會改變嗎？」鳳凰說：「以前還是男人的時候，從沒跟誰接過吻，後來吻過的人都有鬍子，嘴裡老是有菸味。你是第一個擁有這麼柔軟的嘴唇的人。」

「然後呢？我不太清楚接下來該怎麼辦？」冬樹問。

「看過我全部的身體之後你還想要我嗎？」鳳凰問，冬樹吞了幾下口水說「還是想」。「但是不知道該怎麼辦？」鳳凰攬過他的脖子說，「我也不知道要怎麼做，先就試試看吧」。他們側身對望，像張開的貝殼突然闔上，緊貼著對方的身體，頭碰頭，雙手從對方背後抱牢，鳳凰將大腿抬起，跨在冬樹身上，她的陰莖軟軟，剛好抵住冬樹的下體的凹處，柔柔地。

●

從頭開始。接吻吧。

那晚初見面時，在熱鬧的酒吧裡。兩組朋友相約，十來人哄鬧，人群裡他們認出彼此，就像天生使然。冬樹完全知道鳳凰其實是男兒身，即使她那麼美，正如鳳凰也知道冬樹其實是女孩子，即使他那麼帥，在那個酒吧相遇時，他們只是遠遠看著對方，就感覺到一種「這個與我切身相關」的神祕感受，眼光始終無法離開對方，「有什麼事會在我們之間發生，必然地」，他們各自思考了許多問題，身邊共同的朋友站起來，坐下，握手，介紹，這誰那誰，誰誰誰，席間歡聲笑語，調笑調情，酒吧裡他們不是最怪的人，自覺坦然，只是忍不住想著「那個誰」像是嵌進自己心裡柔軟一角那麼合適地出現了，但都不知道接下來應該如何是好。

是冬樹先約鳳凰的，那晚所有人都互相加了臉書，交換手機號碼，立刻可以發LINE、APP起來，最新式的聯誼，他卻覺得那些手機上的圖案都顯得唐突，鳳凰在臉書上毫不避諱地放生活照與小文章，冬樹的臉書上卻只有每天紀錄的日出日落照片，他發簡訊跟她要了email，問了地址，正式地用紙筆寫了一封短信約她出來喝咖啡。

今天稍早在咖啡店門口碰頭，他們都二十六歲，完美的髮妝使鳳凰看來更成熟些，在店裡，鳳凰身著女裝，冬樹不完全男性化的中性模樣，使他們般配，又醒目。

他們倆從下午談到深夜，換了兩家咖啡店，最後到二十四小時營業的麥當勞待到凌晨兩點，像有一輩子的話急需與對方交談，不疾不徐，任由腳下的地景變換，喝下大量液體，像流水滑過那些建築，漫向屋內的某張椅子，爬上桌，洩落地。這家店打烊，便起身走進黑夜的街道，他們很自然地挽著彼此，幾乎像是一對中年夫妻，鳳凰說附近有個公園，他們就晃進公園裡，冬樹想起這是他大學時代苦苦等過女孩子的地方，溜滑梯前滿地的菸蒂猶如當年擲落踩熄。走累了，又進入店鋪，尋找一組可以對看的桌椅，持續地把那些需要說的話逐漸變成語言說出來。

要對彼此交代自己過往人生並不困難，只是需要足夠的時間，他們人生有許多細節並不相同，甚至可說相似的地方還比較少，並沒有出現「不需言語就可以理解」的神祕感應，他們感應到的，是完全相反的情緒，是一種必須要對「這個人好好說明自己」的需要，同時地，等量地，從心裡湧出來。就這麼做了。

鳳凰說自己有意識以來就認為自己是個女孩，「我這些年所努力的就是要完全變性。」鳳凰說，年幼時不知有性別，父母也嬌寵她穿著喜愛的洋裝，直到身量抽高，進入小學，她終於知道自己被規畫在「男生」那個國度，且還算是個美男子，隱藏欲望成為必要。十七歲隨父母到加拿大，隔年開始規律施打荷爾蒙，二十歲做胸部手術，二十二歲開始做臉部整形，她以魔羯座的意志力嚴格執行這耗費多年時光的「成為她之過程」，但到了最後階段，大學畢業舉家返台，因著手肘外彎無須當兵，因為苦惱於繼續深造或就業，中斷了該在二十四歲進行的最後階段手術，這一拖就是兩年。

兩年，有人說這種事思考越久越容易放棄。

「我現在是半個女人了，」鳳凰說，「所以還有半個男性在我身上，我總是想著等我找到真命天子的時候就要去做手術。」

「你是那個人嗎？」鳳凰說。

在公園裡，天上掛著半圓的月亮，陰影像要把那皎潔吃下似地挪移靠近，月光更白，黑影更黑，他們擁抱著，很久不言語。

這種感覺是否叫做愛情？

他們都沒有核實，因為有更重要的事等待著他們去確認。彷彿是靈魂與身體互相對稱的兩位，有人會說那叫做「失落的另一半」。

鳳凰問冬樹是否感覺自己應該是個男人？

冬樹說變性的欲望倒是沒有出現過，但他一直覺得自己「是某種男人」，並不完全，但已經足夠，曾夢見自己站著尿尿，夢裡他用手掌掂量陰莖的大小與軟硬，感覺像一個水果，酒吧裡認識的老T麥可問他想不想去打荷爾蒙，說是聲音會變粗，屁股變小，「而且性欲會更強」，他思考了幾天，還是決定不要，他向來沒有胸部的問題，或許是因為駝背，穿上襯衫，C罩杯看來也只有A，也或許是因為還沒有碰上真正必須把衣服全脫光的場面。碰見心儀的女孩，幻想著對方嬌聲喊他：「老公」，全身會產生閃電般從腳底竄升至頭頂的興奮，他不曾對誰說出關於「老公」這種政治不正確的幻想。

他幾乎都穿格子襯衫，夏天是短袖，冬天則是長袖，再冷些就會加上針織V領背心，衣櫥裡大多是牛仔褲，但也有幾件店裡男裝買來請師傅修改過的西裝褲，最喜愛的是一套獵裝，大學打第一份工存錢買的，一次也沒穿過。

馬汀大夫鞋，ALL STAR，愛迪達球鞋，試過穿勃肯鞋，但走起路來就歪歪倒倒。穿著方面自覺有些跟不上潮流，文青風格也不太適合他，他一直想要更陽剛些，但打扮被朋友視為老土。好友都是不分文青拉子，C貨，也有幾個異性戀女性，但無論是誰，沒有他的菜。

髮型隨著設計師Paul的喜好而定，曾經將他整頭染成綠色，這兩年穩定挑染金髮，「要更帥一點」他說，Paul建議他可以「陽剛中帶點俏皮」。

真正的性經驗，零。太可怕的數字了。

非正式的性經驗呢？兩次。一次是與有性別認同困擾的好友「實驗性」的接吻，甚至都脫光衣服了，後來兩人都感覺彆扭，沒有情欲流動，大笑收場。

另一次，是因為酒醉玩真心話大冒險，跟某不認識的漂亮公關舌吻，他記得那時非常興奮，不過遊戲結束公關就走了。

其他都是暗戀。

國中開始的暗戀明戀，也進展到姊妹淘地手拉手，高中班上一女孩跟他要好，總是老公老公喊他，那時「她」已經是「他」，彷彿在把頭髮剃短隨心所欲地穿上牛仔褲球鞋之後，變身就已完成，女孩一聲「老公」喊得他臉紅心跳，某天夜裡在女孩家溫書，擠在小床上睡覺，女孩溫熱暖香的臉貼近她，冬樹用手指去摸她精美的五官，非常確定自己胯下有什麼激烈地起伏了，小心將嘴貼上女孩的嘴，心跳突撞，幾乎喊出聲來。女孩睜開眼，說：「冬樹你很變態耶。」

再沒喊過他老公了，女孩轉而去黏另一個模樣中性的籃球隊員，也是喊老公。

冬樹沒想過變性，但他早早以男性的身分生活，「一種想像即可變身的男性」，對他來說，打荷爾蒙或變性手術都太刻意了。

無從想像。

漫長等待戀愛的時間，他為自己做了各種準備，喜歡的女孩總是不出現，打工的咖啡店的老闆就是個施打荷爾蒙的鐵T，老闆還有其他友人，甚至已經做好變性，風光辦了「喜宴婚禮」，完全以男兒身娶來美嬌娘。也有些與他一樣在這跨越的邊緣遊走，客人稀少只有自己人的時候，大家高談闊論，都是變性過程的種種，大談性愛，床上功夫，談如何駕馭女人，這些「哥們」像教導徒弟那樣給予他各種建議，甚至帶他去酒吧體驗，「怎麼樣？想好沒？退縮啦？」

不是那樣子。但他說不清楚。他偶而會因為某些女人出現經驗到那次的激昂，這樣的女人可以喚醒他沉睡的男性，比手術更有用。

「那是你沒打過荷爾蒙，」老闆說，「你隨時都感覺自己很奮起，哈哈。」

他心中的話只到了今晚切切地對鳳凰說。

「我拿我這個身體不知道怎麼辦？這身體不是男性，但不妨礙我成為男人，或許男人這詞對我來說，只是一種身分認同，或許等我跨到那邊時，我會後悔。」

鳳凰倒是不曾後悔，「我喜歡變得漂亮的自己，身上總是香香的，皮下脂肪讓我的肌膚滑膩，看出去的世界都是柔柔軟軟的，好喜歡。」這一身皮囊真是漂亮，冬樹在電影裡看過一些變性人，少見鳳凰這樣美麗的。

「你知道變性人壽命會很短嗎？」鳳凰問冬樹，「不知道。」他搖搖頭，把她再抱得緊一點，「但是無所謂，活一天是一天。」

「若有天我要做手術了，你一定要全程陪伴我。」鳳凰說。

然後他們就回家去。

鳳凰說手術的過程，上網找了影片給冬樹看，她收集好多資料，連女跨男都有，「腸子做成陰道不可思議吧！」鳳凰扮了鬼臉，吐吐舌頭，說：「聽說會有快感。」她說曾經看過變性的紀錄片，一開始要用假陽具把陰道擴大，逐漸加大尺寸，把人工陰道撐出彈性來過程蠻痛苦的，冬樹想像那模樣，「如果可以把我的換到妳身上，妳的換給我，不知有多好。」冬樹夢幻般地想像。

「對啊，這個長在冬樹身上一定很壯觀。」鳳凰起身，冬樹也起身，「來。」她挪動著身體，讓冬樹靠向她坐下，用大腿挺住，他們像花瓣那樣相疊，鳳凰的陰莖從冬樹胯下伸出，露出的部分不多，冬樹看著自己胯下突出那小節肉，就像自己的肌膚那麼貼合。

他們兩手相扣，握住那柔弱之物，「太刺激了！」冬樹驚叫，「真的像是我身體長出來的。」他亦感覺自己下體裂開，鳳凰的某個什麼穿透了他。

「這是你的。」她說。

「這是我們的。」他說。

「最後一次，」鳳凰說，「之後我就要去動手術。」

冬樹握著鳳凰那逐漸變硬的，目前已經屬於他的陰莖，鳳凰撫摸著冬樹如平原上一窄縫的陰道，感覺什麼正在緩緩濡濕她的手指，她繼續撫摸，想像著將來手術後做成的陰道，冬樹說，他會很溫柔地幫忙把彈性撐出來，「妳一定會是最美最性感的女人。」鳳凰正在體會那個感受，有這麼一道河流，可以使愛人與自己快樂。

冬樹是男人而鳳凰是女人，即使手術尚未完成，他們以愛來交合，那又不是人們所說的靈魂之愛，或肉體之愛，那超越了這些，是兩人幫助彼此還原成他們自己，他們已經看遍對方所有不同之處，他們也能料想未來，還會走向什麼，可知或不可知的地方，未來是遙遠的，正在分寸接近，冬樹感覺自己快要射精了，跟夢裡無數次體驗過的感覺非常相近，但要實際得多，鳳凰就是他，他就是鳳凰，鳳凰感受著他那禁地裂縫逐漸綻開，便緩慢將手指深入，鳳凰呻吟起來，彷彿已經感受到將來的自己，將會如何從醫師為她製作的陰道感受到起伏，收縮，激盪，無論是使用按摩棒，或手指，或者他人的陰莖。

他們繼續緩緩動作著，對方身上的性器都變成是自己擁有的，他們專注於想像，確實地感受，終令想像幻化成事實，透過想像的欲望將那有形之物挪移到自己身上，無形者最具體。

他們感到再滿足不過了。

有很長的時間，彷彿聽見海浪，聽見風吹，聽見林間鳥兒啁啾，心臟狂跳如鼓擂，又安靜得像深井，少量的精液流淌在冬樹的手心，像眼淚，他們不曾這樣幸福過。

鳳凰把那柔軟的陰莖擺放在冬樹的密縫裡，宛如藏進一個洞。

他們如鳥兒那樣交頸而睡。

最遠的海面上升起一顆貝，貝殼裡有兩個新生的人。

——原載《短篇小說》二〇一三年十二月號，第十期

台大哲學系、台大中文所碩士，曾任高中教師。
聯合文學小說新人獎、時報文學獎、倪匡科幻小說獎等，二〇〇九年以《摩鐵路之城》獲二百萬長篇小說獎，著有小說《出不來的遊戲》、《好色男女》，散文集《雲想衣裳》、少年小說《從天而降的小屋》等。
現正撰寫中年失婚女子的懺情錄。

親愛的瑪麗亞

張經宏

一

女人跟傑森的導師通電話，樓上地板的吸塵器嘰嘰叫，是瑪麗亞。「老師，妳等一下。」女人摀住電話，扯開喉嚨朝樓上吼：「跟妳講樓上今天不用掃，妳是要講幾次？」機器嘎嘎停止，樓梯邊露出一張黑油色澤的大臉，頭髮披在肩上：「啊妳傑森的地上到處都是吃，不弄很髒。」瑪麗亞講話怪怪的，經常語序顛倒。

「跟妳講過的事妳要記得，不然請妳來幹甚麼？」女人朝樓梯狠狠白過一眼，繼續講她的電話：「對不起喔老師，傑森最近讓妳這麼頭痛……」

瑪麗亞回到樓上，拔出插頭，按下機器身上自動收拾電線的鈕，拖曳一地的電線像蛇一般迅速竄動。一隻腳從隔壁房間伸出，踩住電線插頭。

「吵死了。」是個滿臉痘痘的胖男生，肥胖的手往瑪麗亞的屁股「啪」一下，擠擠兩隻老鼠般的眼睛：「等一下我媽又上來念我，妳就死了。」

瑪麗亞不理他，把電線扯過來收好，悄聲下樓，走進地下室樓梯邊的小房間，拿起水杯喝水。

她一屁股坐在小桌子上，樓上的女人還在講電話，不怎麼口渴的她把塑膠杯裡的水喝乾。上面廚房垂掛而下的幾盆植物，有些枯黃的葉子黏住盆口，等一下先整理那邊好了，其他的等女人出去再說。

她抬眼望向這住了一年多的小房間，一半隔成儲藏室，堆滿客人送來的酒、沒拆封的床包、樓上擺不下的陶瓷娃娃、風水盆，上個月才買的變速越野腳踏車。另一半邊是她的床，一張檯燈小桌。

瑪麗亞第一次進來這裡，發現連自己的房間都鋪有木地板，天花板跟樓上一樣裝潢過，開關一按，燈光不是往頭頂罩下，而是從兩壁牆板縫投射出來，看著玻璃上的倒影，她覺得自己還真漂亮。那禮拜打電話回家，家裡的人問她住得好不好，「太棒了。」語氣愈說愈急：「這邊地板比家裡的床乾淨，十個人都躺得下，我上廁所別人看不到。」

門外再下去半層是地下室車庫。每天早晨這戶人家除了阿公，都會從她門前經過。那個傑森每次趁母親在底下熱車，揹書包探頭進來，唇邊露出饞涎的笑：「妳昨晚一個人在這裡幹甚麼呦？不要以為我沒看到喔。」瑪麗亞抓起水杯，作勢丟往傑森頭上。傑森一閃，下樓坐車。

「瑪麗亞，」床腳的牆壁上一具擴音器，樓上女人喊她。「等一下推阿公出去。」聽見那聲音，瑪麗亞總懷疑有人在天上講話。她老懷疑那具布滿黑色小孔洞的盒裡藏有針孔攝影機，搞不好她打一個噴嚏、搔一下腋窩，主人臥室都看得到。

幾分鐘後，女人帶傑森經過她房門，到地下室開車。星期天下午，女人先帶傑森上數學和英文，自己則去做ＳＰＡ、瑜珈，傍晚傑森補完習，再過去載他。傑森的父親是一家科技公司的經理，經常新竹台中兩邊跑，很少在家。

家裡只剩下瑪麗亞和老人。瑪麗亞坐在飯桌邊，從褲袋裡掏出皮夾，看著母親和幾個弟弟的合照，翻過來是她和威利的相片，兩人一前一後站在碼頭一艘遊艇邊，身後的威利笑得露出兩排牙齒，照片底下印有日期。

飯桌角落的老人歪著臉，嘴巴半開坐在輪椅上，朝她這邊望了許久。瑪麗亞不高，老人的眼睛無法看上看下，只能盯住眼前的東西，這個眼神很像在看她的胸部。

「看甚麼看？」瑪麗亞搖晃上半身，胸部故意撣了兩下，老人喔喔出聲，聽不懂說甚麼。

推老人出去散步是瑪麗亞每天最愛的工作，早上一次，下午一次。除了出來蹓躂，她可以趁機跟幾個同鄉在公園聊上一陣，至少老人不會碎碎念，回去更不會告密。通常他們印尼幫在惠來公園碰面，大家先使個眼色看哪個顧人怨的主人在附近出沒，如果沒有，幾個慢慢往大榕樹底下靠近，假裝不期而遇，瑪麗亞推一個，露西推一個，有時候琳達、凱瑟琳也來，大家把各自的老人放在樹下，圍成一個小圓圈成講話姿勢，然後她們坐在輪椅後面幾步的椅子上聊天。從一開始「你哪裡來的啊？」「怎麼想來台灣？」到後來「老家樹林裡的老虎跑到小學教室，把學生咬去一條腿。」「弟弟的老闆去部落做生意，頭被土著割去。」「上個月奶奶床下抓到一條蟒蛇，拖出來有兩輛卡車長。」聊完家鄉，她們聊昨天主人家裡發生的事，他們家看的節目、看完節目做什麼、吵什麼，為什麼會吵架的話題。

瑪麗亞告訴露西，她最期待樓上的主人喊：「瑪麗亞，來幫忙吃。」然後故意等個一兩分鐘，再上到一樓廚房，趁他們離開飯桌，幾盤剩菜撥進碗裡吃個精光。露西問他們家都吃什麼？瑪麗亞想了一下，把市場聽來的紅燒蹄膀、獅子頭、五更腸旺等菜名念給露西聽。露西家鄉拜的是真主阿拉，瑪麗亞說的幾道菜都跟豬有關，她還是聽得口水直冒，不停咂動嘴唇。「那是什麼味道？真好，果然住七期的跟我們不一樣。」

露西的表情讓瑪麗亞有些得意。有時她會刻意打扮，偷偷塗一下主人的粉餅，揩一點唇膏抹上，這使她本來就性感的雙唇更加迷人，「今天妳好像安潔莉娜裘莉啊。」露西這樣稱讚過她。露西的主人住在幾條馬路過去那邊，為了能跟她講到話，必須把輪椅推得飛快，才能來到這邊。她不能太晚回去，通常只聊了一下就回頭，送老人回家。

下午的公園裡，來了幾個像她這樣推老人繞圈圈的看護。露西沒到，琳達、凱瑟琳也不見蹤影，少了她們，瑪麗亞很快沒勁，在幾條小徑懶懶逛著。太陽不算大，有的輪椅上頭罩下一塊遮陽蓋，躺坐裡面的老人像個膨脹之後癟瘦下來的蒼白嬰兒。有的彼此擦身而過時，老人用力擠出眼泡裡的眼白，好像想跟對方說話，而對方的兩片嘴唇顫抖，一句也說不出來。兩輛輪椅靠在一起停了幾秒，算是打過招呼，瑪麗亞朝這些陌生的看護微微一笑，各自往前逛去。

她走到涼亭附近，一個肥胖的禿頭男子坐在長椅上，要笑不笑地望向她這邊。瑪麗亞早就注意到他，那個禿頭不管她走到哪裡，總是盯住她看。草地那邊站幾個人，她趕緊往那邊過去。兩個小孩的風箏線纏在一起，他們爸媽的手上各自提住一塊扯裂的尼龍布大聲爭吵，誰也不讓誰。還是早點回家好了，她把老人推到人行道上，往社區這邊過來。

「瑪麗亞，這麼快就回來啦？」櫃檯後面的管理員喊她，瑪麗亞點頭，繞過社區的噴泉花園，推老人進屋裡。

牆上掛鐘響起一陣音樂，離女人回來還有一段時間，瑪麗亞懶懶地躺在沙發上，不知做什麼好。電視櫃上立著一幀相框，裡面一個裸身的精瘦眼鏡男，下半身草綠色軍褲，雙手叉在胸前，鼓出兩塊薄薄胸肌，斜揹一把槍，眼神睨向照片外的世界。幾次男人趁女人上洗手間，走過來嘻嘻問她：「妳知道那是誰？」瑪麗亞心想你問兩百次了，還是瞇著眼回答：「那是你呀。」男人呵呵笑，捏她屁股一把。

想到這裡，瑪麗亞撮起雙唇，朝照片裡的男人輕輕啐了一口。這對父子還真像，都喜歡對她動手動腳。她整個癱在沙發裡，打算先喝杯果汁看個電視，坐在她斜對面的老人，一進門又開始盯著她看。露西教過她一招，「罰他面對牆壁啊，看還會不會那麼愛看？」瑪麗亞沒那麼做，畢竟老人沒對她怎樣。

她突然想到，前天晚上傑森塞給她的作業簿還沒寫完。笨小孩書不知怎麼念的，老是被老師罰寫。「來，每個單字給我寫五十遍。」趁媽媽講電話，傑森把作業簿丟她桌上。

瑪麗亞問過傑森，「你們老師沒看出來，我們的字不一樣？」

「放心啦，她只想處罰人，不會認真看。」傑森說：「禮拜天晚上我過來拿，妳好好寫，不然我跟媽媽說妳偷吃冰箱的巧克力。」

這個壞小孩，居然敢威脅她，而且還監視她，搞不好都是女人教的，她還是小心一點的好。

瑪麗亞的英文還算不錯，有天她出來倒垃圾，遇到一個傳教的年輕男孩，他們教會老愛在紅燈時靠近摩托車騎士身邊，跟人打招呼聊天，綠燈了還在介紹他們的上帝，後面一排車叭個不停也沒聽見。瑪麗亞很喜歡他們的制服和笑容，他們用英文聊天時，男孩深深的眼眶裡滿是笑意，露出好看的虎牙。他問她從哪裡來，過得快樂嗎？一成不變的生活茫然嗎？他希望她有空能去教會，如果她有生活上的問題，教會的弟兄很樂意幫忙解決。

瑪麗亞告訴男孩，她不能去那邊，她是來這邊是工作，不是來生活。他們站在垃圾箱旁邊聊了十幾分鐘。「喔，那妳要加油，掰掰！願上帝祝福您！」跟她說再見後，男孩騎上腳踏車繼續找其他路人。瑪麗亞看著他高瘦的背影，不知怎地又想到家鄉的威利。

她和威利不算正式交往，只能說彼此互有好感。一群朋友聚會，威利會特別過來跟她說話，散會後騎車送她回家。她坐在他向叔叔借來的摩托車後面，頭髮被橡膠林颳來的黏膩晚風扯亂在臉上，幾綹髮絲貼住他黝黑的肩胛。有幾次她真想跟威利說：娶我吧。我願意的。

後來她選擇來台灣。一個月後，弟弟說威利去泰國工作，後來就沒消息了。

摩門教男孩和她的談話被巷口一個婦人聽到。「想不到妳家那個瑪麗亞英語這麼好，跟阿兜仔可以講歸半晡。」婦人建議女人，乾脆找她當小孩的家教老師。「現在英語這麼重要，有這種免錢的，不會趁伊還住妳家，讓囝仔多學一些？」

「拜託，英語好有啥麼用，以後囝仔若變成跟伊同款，不就悽慘？」女人這樣說時，似乎想到什麼，把瑪麗亞叫過來：「以後沒事不准跟小孩講話。」瑪麗亞不明白這什麼意思，嘴裡說好，心想妳那胖小孩又臭又沒禮貌，誰要跟他說話。

不到半個小時，瑪麗亞寫了幾百個單字。她邊寫邊想到以前跟同學到漁港打工，晚上威利過來載她，一邊騎車一邊唱Lady Gaga、羅賓威廉斯的歌，忍不住哼了起來。有幾次唱得太忘我，男人從地下室上來推開門：「嘎嘎嗚嗚的，妳是蟑螂啊？」

還好現在，樓上只有老人，她可以大聲唱歌。

二

電話鈴響。是女人打來。他們去逛百貨公司，八點才回來，要瑪麗亞先洗米下去煮，晚一點男人也會回來，記得把頂樓陽台的衣服收下來。「還有我們房間的地板、小孩房間順便整理一下。」然後問她：「阿公還好吧？」沒來得及回答，電話斷了。

瑪麗亞雙手叉在胸前，還是先打掃主臥室好了。女人念過她幾次，是沒人教妳掃地嗎？怎麼地板這麼多頭髮？她低頭看著女人翹腿坐在床沿，腳尖向下彎，鞋尖指住地板上的兩根髮絲，心想妳用錯洗髮精了吧？我可是拿魔鬼氈來回黏好幾次哩。她趕緊蹲下來，指腹壓住地板，將髮絲拈起。

電話又響了，還是女人打來的。提醒她二樓不是有餅乾屑沒清？還有老人吃的粥記得先熱過再餵。「還有什麼沒說的？」

「應該沒有吧？我等妳再告訴我。」

太好了，從現在開始，她起碼有三個小時享用這個家。瑪麗亞開始想像整幢屋子是她的宮殿，電視、冰箱、音響任由她使用，每層樓每張床想怎麼躺就怎麼躺，鏡子前愛怎麼搔首弄姿隨自己高興。當然她是個勤快的公主，弄皺的床單她會趕緊拉撐扯平。她還偷穿過女人的內衣，站在穿衣鏡前面，擺幾個安潔莉娜裘莉的表情。女人的內衣都很緊，好幾次繃得她喘不過氣，她懷疑女人練過縮骨功，不然怎有辦法把那麼多肉撐進一塊抹布大小的襯衣裡？

整理好主臥室，地板上的每條接縫從頭巡到尾，她又跪下來仔細張望哪裡需要加強，放倒拖把，推進床底下來回揮動。

咦，這是什麼？

垂到地板的床套後面，有東西躲在拖把抵住的那個地方。瑪麗亞揮了幾下，那東西很靠近牆壁這邊，又推了兩下，那東西縮到更裡面去。她趴下來歪頭張望。

暗淒淒的角落，躲著一桶很像蚊香盒的東西。

靠在陰暗處的東西不太願意出來見人，她決定勾它出來。是一疊厚厚的光碟片，上面用簽字筆寫上各種編號，其中幾片標上星星符號，最多有三顆星。

不知為什麼，她捧光碟片的手抖得很厲害，有種「找到了」的感覺。一定是不看後悔、看了一發不可收拾的東西，不然怎會藏在這邊呢？

瑪麗亞既害怕又好奇，還帶著些微的興奮。這是她能看的東西嗎？她遲疑幾分鐘，捧起那疊光碟，往樓下走去。主臥室跟樓下客廳都有放影機，她還是在客廳看好了。就算真的是不該看的東西，跟她一起看的老人也不會說出去，何況大半時候他在睡覺。而且不就可能是那種東西，她才想看？她為自己感到好笑。

她挑了一片三顆星的片子推進播放匣，蹲到螢幕前等畫面出現。在她身後的老人像是等媽媽播放卡通的兒童，眼神比平常晶亮。

「阿公，一起看囉。」瑪麗亞想，搞不好是高爾夫球的教學影帶。

果然……，不是教學錄影帶。瑪麗亞鬆了一口氣，跪在電視機前的她雙頰脹得通紅，心臟噗跳，空氣一下子熱燙起來。

她回頭看了老人一眼，蒼白的臉皮浮出些微血色，目光黏在螢幕上。她想再演下去都差不多，頂多加一個男的或兩個女的，乾脆把他們快轉。

一下子就演完了。瑪麗亞不明白，為什麼這一片會標上三顆星？幫片子標上星星的男人到底在想什麼？她又挑了一片來看。裡面還是三個四個疊在一起，有男有女趴上趴下，玩得不亦樂乎。這下大概有點明白，原來主人喜歡這種口味。她又準備快轉，螢幕上那副器官的主人站了起來，走到床邊坐下，露出很舒服的微笑，等跪在地上的兩個女人比賽誰先爬過去。

瑪麗亞哭了起來。

「怎麼啦？」看見瑪麗亞帶著淚漬的臉，露西把輪椅推到樹下擺好，往瑪麗亞這邊過來。還沒開口，瑪麗亞的眼眶又濕了。她抿了幾下顫抖的厚唇說，她做了一件上帝不會原諒的事，而且馬上就被上帝懲罰。她真是罪有應得。

露西聽不懂她說什麼，「沒關係，妳的上帝這兩年放假，沒有跟我們來這邊，這邊都拜阿彌陀佛，沒關係的。」從口袋掏出衛生紙給她。

瑪麗亞告訴露西，上禮拜她把主人藏在床底下的片子偷出來看。

「天啊！」露西大喊：「妳家主人還好吧？他需要看那種片子？」

「對啊，有這麼多。」兩手比出一個高度，「而且他還會掐我屁股。」

「誰叫妳屁股那麼翹。」露西說：「妳小心一點，搞不好哪天他太太不在，妳就被他那個了。」

「不要嚇我。」瑪麗亞趕蒼蠅似地朝露西揮了一下：「不是跟妳說過我有一個喜歡的男生？他在片子裡面當男主角，嗚……」又哭了起來。

「真的是他？你們不是很久沒見面？」

「不會錯的。每天晚上睡覺前，我都會看一下他的照片。」打開皮夾，把照片借露西看。

像是發現令人興奮的事，露西大叫：「哇！安潔莉娜裘莉！布萊德彼特！」照片抽出來湊到鼻端，好像那樣看比較有感覺，眼神流露愛慕的神色，又翻過背面，喃喃念著幾個英文字：「Dear Maria: Be happy!」

瑪麗亞止住哭，看著露西有點中邪的表情，好像那張是特獎彩券，指尖快把照片捏出粉來。她趕緊從露西手上搶回來。

「他拍的片子，」露西有些害羞地問：「應該很好看吧？」

瑪麗亞有點生氣。露西也看出來了，趕忙說：「搞不好他還喜歡妳，妳來台灣他不想輸給妳，為了多賺一點，才去拍那個。」

露西安慰人的理由有些可笑。瑪利亞繼續說出她的擔憂：「裡面有的男人跟女人那個後，又跟男人那個。如果威利也是這種人，那我怎麼辦？」

「這種事又不好意思打電話回去問。不然妳就再檢查看看嘛，也許其他片子裡還有他，事情可能不是妳想的那樣。」

「我不敢看，我怕我邊看邊哭。」

露西咂咂嘴唇說：「真是的。我又沒住妳家隔壁，不然我過去幫妳看。」

「真的？妳願意過來？」

「那也要趁我老闆全家出去。」

「妳真的肯來？」

「真的？我可以去妳家？」

「這邊也要等他們都出去。」

時間講好後，她們各自推老人離開公園。

兩天後的早上九點，瑪麗亞從冰箱拿一罐啤酒給管理員，說等一下一個朋友來幫老人按摩。

「印尼式的。」瑪麗亞厚唇微噘，十隻手指像彈鋼琴，在管理員面前來回溜動：「讓他舒服舒服。」

「喔，巴里島，巴里島。」管理員點頭，露出「妳說的東西我知道」的表情，替她開門。

電視機前，兩個女人蹲在地上時而快轉時而停格，有幾次瑪麗亞看得臉紅心跳，走到門邊瞄一下窗帘外的中庭，手掌不停搧動潮紅的雙頰，再走回來。

「還有這麼多啊？」露西伸一個懶腰，從中間抽出一片，比了一下還沒看的厚度：「我不能呆太久的，我的主人快回來了。」

「妳不是說他們中午才回來？再看一下嘛。」

「不行啦，再看下去他要站起來罵人了。」露西扳起手腕，指著輪椅上的老人。

「不會啦，再看十分鐘就好。」螢幕又出現不同的男女，露西按下快轉鍵，跳到下一個回合。背後的老人不停嗚嗚出聲，聽起來像對她們一直亂按，沒有照顧他的權益很不滿。她們沒理他，繼續盯住螢幕，加強快轉速度。

後面一聲巨響。兩個女人回頭，老人站了起來，整張臉朝下，包住紙尿褲的屁股朝天趴跌在地。

她們衝過去抬他起來。匆匆收拾光碟，瑪麗亞送露西離開。

三

不曉得為什麼，傑森最近不太理瑪麗亞，也沒丟作業給她寫，經過她房門口一溜煙就下樓，不像以前過來「啪」一下她的屁股，好像地下室那間是鬼屋。吃飯時故意不跟她的視線接觸，像做了虧心事怕被發現，兩顆眼珠在幾個大人臉上溜來溜去。

瑪麗亞注意到他那畏畏縮縮的神色。趁女人在樓下看「今晚誰當家」，她從頂樓收衣服下來，經過他房門口，「最近怎麼啦？」

「沒妳的事。」小孩眼都不抬，揮手趕人。才一轉身，「瑪麗亞。」傑森喊住她。

「怎麼啦？」瑪麗亞抱住整臉盆的衣服，該不會又叫她寫作業吧？

「妳是不是在我爸爸房間找到什麼？」聲音很小，不太像從他嘴裡說出來。

聽見他這麼說，瑪麗亞整顆心臟炸開，胸口用力「砰」了一下。完了，這小孩怎會知道？都是露西害的，叫她從上往下一片一片拿，她偏不要，一定是順序弄亂了被發現。不過傑森的表情不像平常揪到她辮子那樣囂張。他好像有難以啟齒的心事。

她盯住他的臉，那對小豆子眼往鼻樑兩側的窪處縮了進去。

「怎麼？你怎會這樣問？」

傑森站出來，朝樓梯下方探頭，確定爸媽在遙遠的一樓，把瑪麗亞叫到房間裡。「妳別裝了，妳動過我爸爸的光碟，以為我不知道。」

這個混蛋，看來他早就偷看過那些東西，怕被爸媽知道，還敢威脅我。瑪麗亞心生一計，

「最近你有聽見媽媽跟鄰居說什麼嗎？」她提高聲調：「她到處稱讚你的英文單字寫得真漂亮呢。」

傑森愣了一下，悶悶吐了一聲：「可惡。」

瑪麗亞見他氣焰弱了一些，「我知道你要說什麼，你爸爸的事我都不敢講了，你還不小心一點，到時候你媽媽跟你爸爸吵架，你媽媽不想理你爸爸了，看你跟你爸爸要怎麼辦……」

「那我們都不要說。」傑森趕緊搶話：「還有英文單字的事，說的人是烏龜。」

「我本來就沒要說。我再幾個月，就要跟你說掰掰了，你想想看，如果你爸爸你媽媽知道你在看那個……」

「不要說了！」傑森浮出驚慌的神色：「我不會再欺負妳了，不過妳也不能說出去。」

跟傑森打完勾勾、蓋完手印，瑪麗亞下樓燙衣服。半個小時後，她捧著摺好的衣服送到三樓臥房門口，正在打電動的傑森對她使了個眼色。下來二樓，把衣服交給對鏡子吹頭髮的女人，然後下到一樓檢查完門窗，走進飯桌隔壁老人的房間裡，幫他擦完身體換上尿布，看了客廳牆上的電視螢幕一眼，忽然想到皮夾裡的照片，鼻頭一緊，差點哭了出來。

她走到地下室推開門，皮夾丟在桌上，身體一倒睡著了。

二樓主臥室裡，穿著睡袍的女人坐在化妝檯前，半仰起頭，扯開一塊面膜敷在臉上。

「妳最近有感覺到？」男人坐在床沿，兩手往後撐，瞧著鏡子裡那張頭戴髮箍、只露出眼窪和唇型的臉說：「阿爸最近怪怪的。」

那張臉抬高下巴，微微偏過面頰，轉動眼珠想了一下：「是有感覺伊心情不錯，不知在歡喜什麼。」

男人的臉沉了一下，「那我們要小心一點，這幾天看見伊一直撐住輪椅扶手，強要站起來。」

「你有問瑪麗亞？每天攏伊在顧，伊最清楚——」話沒說完，樓下地板「砰——」一聲，男人從床上彈了起來，他衝下樓去，蓋著面膜的女人跟在後面，傑森也奔下樓來。

打開燈的客廳地板上，老人整個趴在電視機前面，一隻手伸向前抓遙控器，軀體僵直不住發抖。

「瑪麗亞——」女人大吼一聲。

瑪麗亞聽見了。她正在她的夢裡，雙手環住騎車的威利，頭髮被碼頭吹來的風扯亂。她要威利騎快一點，好擺脫那淒厲得讓人想遠遠逃離的喊聲。

老人在醫院住了一天，還好只額頭、臉頰黑青，沒什麼大礙。讓人驚奇的是老人的手腳這麼一摔，可以稍稍伸展活動，也能站起身挪個一兩步，只是還不能說話。鄰居看見站在門口的老人都嘖嘖稱奇，過來問男人，發生什麼事了？

「都是瑪麗亞。」

男人告訴他們，瑪麗亞上個月叫來一個朋友幫老人做印尼式按摩。起先他妻子知道瑪麗亞隨便讓人進來，還拿啤酒請客發了一頓脾氣，把警衛罵得縮進櫃檯裡。後來瑪麗亞解釋，是有一陣子老人的手腳冰冷得厲害，帶老人出去散步時，聽說有個同鄉學過一種活絡氣血的按摩法，她請對方來家裡教她。「就這樣按了幾次，他自己就站起來了。」

那陣子男人家裡接到許多陌生人的電話，他們想跟瑪麗亞的那個朋友學按摩。還好瑪麗亞跟露西套好招，到時就一邊表演一邊說跟外面的按摩差不多，「重要的是用心，要慢慢推，這樣病人就舒服了。」

站在老人身後的男人看見瑪麗亞那樣溫柔地對待自己的父親，心裡有些感動，覺得不讓她留在台灣太可惜了。看護的期限快要到了，按規定還可以續約一年，瑪麗亞表示她很想念家人，是該回去的時候了。她還在想威利的事，還有萬一老人講話了，可要如何才好。

瑪麗亞離台前，男人特別商請社區主委頒獎給她，稱讚她是外籍看護的模範。頒獎那天，在許多外籍新娘和看護面前，瑪麗亞穿著女人送給她的洋裝，站上社區會議室的講台，接受主委表揚。主人一家坐在台下，還有露西、凱瑟琳幾個印尼幫的都為她鼓掌，傑森捧著花束羞怯地向她走來，靠近時低低說了一聲：「謝謝妳幫我寫作業。」上前抱住瑪麗亞。不知是音樂太過感人，還是想到以後沒人幫他寫作業，傑森居然哭了，台下幾個大人看見小孩純真可愛的模樣，呵呵笑了起來。

——原載《短篇小說》二〇一三年八月號，第八期清華大學化學工程系畢業。

作品探討都市的現代性演化下，性別和身分對立所面臨的侷限與非侷限。以荒謬劇場風格的黑色小說手法，以幽默諷刺的文字和懸疑的說故事技巧，呈現都市景觀蘊含的想像張力。除文字創作外，也有其他形式的藝術創作。有出版及展覽攝影、繪畫、裝置藝術作品。

獲第三屆時報百萬小說獎首獎，文建會選為二〇〇〇年十大文學人。出版作品包括小說《公主徹夜未眠》、《無伴奏安魂曲》、《究極無賴》、《地獄門》、《男妲》、《惡魔的習藝》等。

穆桂英

成英姝

編造故事，構想出這樣、那樣的情節，把它們放在一起，於是營造出種種效果；或者相反，為了想呈現某種意義，於是設想這樣、那樣的橋段、事件……。可是回憶從陳舊的箱子裡翻出來時，每一樁代表了什麼呢？這一幕、那一景，彼此之間有什麼關連呢？即便生命無限的連環圖畫裡，每一幅都不是偶然的罷，然而從那偌大倉庫堆積如山的膠捲盒裡抽出來的古老影片，是什麼意念選擇了這一段、那一段，而不是別的，剪接拼湊起來的風景，是否存在彷彿要訴說的企圖，或者，什麼都沒有？

穆桂英是他的真名字，繡在學生制服上，騙不了人。

電視上播映港劇《楊門女將》以前，他還沒那麼討厭自己這個名字，他不在意自己叫什麼，他不認為自己跟名字這個虛無的東西有什麼關係，但他也納悶，說名字這東西很奇怪，明明就是看不見摸不著，比任何事物更生不帶來死不帶去，但為何比任何事物都跟得人緊，生揮不去死脫不了。這話不知為何我老往心上擱著，外祖父的屍體火化時，殯儀館的人說我們做親人的要在旁大聲呼喊他，叫他快跑，他尚不知自己已死，會給火燒著。母親與她姊妹們喊著爹，外祖母喊老伴兒，我的表弟妹們喊阿公，只我喊他的名字，連名帶姓的。

說真的我為穆桂英感到可憐，他畢竟是個男孩。想不透怎會有父親給自己的兒子起這種名。家喻戶曉的奇女子。但我沒這麼跟他說，怕他惱火。反而表現出一副羨慕的樣子。這倒不虛偽，反正同樣是女孩兒名，我還不介意和他交換呢！那時候我對《楊門女將》裡頭飾演穆桂英的汪明荃很著迷，我喜歡她的一臉英氣；她的相貌俊巧、潔淨，典雅強悍，氣勢莊嚴。《楚留香》是本地電視台首次播出的港劇，收視極熱烈，據說達70％，觀眾分為支持飾演沈慧珊的汪明荃與飾演蘇蓉蓉的趙雅芝兩派，令人沮喪的是喜歡趙雅芝的人數壓倒性地多，卻不怎麼聽說有人喜歡汪明荃。同樣是強韌的女性形象，溫柔永遠比剛直討好。

穆桂英是我父親任教的國中裡的學生，比我大上兩歲。

小學的時候我常去父親任教的學校玩兒，學校後頭有一條大水溝，我愛在那裡捉蝌蚪和豆娘，一待數小時，不覺得久。水溝旁有一排無人教室，這些教室因為老舊、建築結構有危險而貼上禁止進入的封條，我把那後頭一塊小空地當作我的祕密基地。一日我提著一塑膠袋蝌蚪赴祕密基地，發現竟有入侵者占了那地方，就是穆桂英。

「你知道我爸爸是誰嗎？」我傲慢地抬高了下巴說。以為他會識相退開。

他面無表情地聳聳肩，坐在水泥斜坡上一點都沒有想動的樣子。

我雖然還在念小學，但因為個子高，已是大女孩的模樣，他的個頭跟我差不多，估計打起架來我也不輸他，我揮舞了兩下拳頭，大聲罵了一句：「幹恁娘！」

我不怎麼會說台語，連我自己都不曉得那是什麼意思，只覺得那樣罵人十分有氣魄，且有種宣示「可別以為我不知下流人的作風」的意味。

穆桂英聽了大笑，那笑並無輕慢之意，但當時我卻覺得受了傷，摸摸鼻子自個兒悻悻然走開。回去我跟我爸爸好好告了一狀，說有個學生對他的名諱視如無物。其實穆桂英什麼都沒說，但我誇大其詞描述這個可惡的學生如何言詞冒犯他，如何踐踏他的尊嚴。之所以把事實這般嚴重加以扭曲渲染，是我為自身受到羞辱而氣不過，意想不到的是我那天真的老爸卻受了很大的打擊，他老以為全校的學生皆多麼敬畏他。

但我並未供出穆桂英的名字，我怕他若給叫去會洩漏我罵髒話的事，那可並不妙。其次我總覺得說出「穆桂英」這樣的名字頗荒唐，似在開玩笑。更可怪的心理因素是，我認為說出冒犯我爹的人是穆桂英，彷彿褻瀆了汪明荃或者那個真正的穆桂英——楊宗保他老婆本人，雖然這完全風馬牛不相及。

之後我總在祕密基地碰見穆桂英，我倆總是默不說話地分坐斜坡兩邊各自發呆。

穆桂英不是你第一眼見到會覺得好看的男孩子。事實上多看幾眼也一樣。但久了你會把他歸類到有個好相貌的男孩裡，他的臉孔混合著一些矛盾的東西，俗與不俗，可鄙和可愛，傲慢和卑瑣，極好和極壞的癲狂。

這麼多年來我不太願意去想穆桂英這個人，若有人提到「穆桂英」三個字，我心中浮現的都是《楊門女將》裡頭戴龍鬟形綴珠銀冠，手持紅絨鬚長槍的汪明荃。至於那個穆桂英，我不確定他至今是不是活著，我最後一次看見他的時候，他躺在擔架上臉被縱劈開來，我知道一個人的臉被縱劈開來好像不算是致命傷，然而，你不覺得那樣還是不要活下去的好麼？

●

我經常夢見自己身在一所有著正方院子的房子。這院子裡有棵百年松樹，地上堆放了許多盆景，這些盆景植物的枝幹原本被栽培成有著嚴謹藝術性的彎曲造型，但因久未有人修剪照顧，早跑了形狀，枝葉雜生，就像宮廷御所裡尊貴典雅的人兒流落民間變得一身裝扮粗土野氣。

我疑惑自己何時住過這樣的房子。此刻忽然醒悟，那是穆桂英的家，我早忘了。

小學畢業以後我並未進入爸爸任教的公立學校，而是考進一所私立女校的音樂實驗班。穆桂英總在我放學回家的路上等我，我成了他家常客。

但我從未見過他父親，連他母親我也只見過一兩次，她十分年輕，年輕得幾乎像個小女孩。我沒聽她開口說話過，她總是關在自己房間裡不出來。

穆桂英家是獨棟的日式房子，據說那種大院子裡種著典雅松樹的美麗精緻日式房屋都屬於某些政府高官，舊日的將軍什麼的。但穆桂英的家雖然優雅，卻很陳舊，空氣裡充滿霉味，太陽照不進屋，大白天也十分陰暗，木頭的牆、地板、家具朦朦朧朧地彷彿全成了棕黑色。客廳的牆上掛著大幅泛黃的古董字畫，木雕的桌椅貌似重量深沉，氣派講究，地上放著兩個巨型青瓷花瓶。穿過通達裡面房間的走道時踩在墊高的地板上會發出軋軋的響聲，因此記憶裡走在穆桂英家裡總是動作躡手躡腳，不自覺連說話都壓低了聲音，黑暗中我好像從未看清穆桂英的臉。

每次父母問我放學去了哪裡，我都答穆桂英家，能這麼老實承認我很高興，我父母聽了只是噢一聲，心中留下穆桂英是我班上最要好的朋友的印象。我不會那麼傻地解釋穆桂英是一個男孩的名字。

倒是爸爸問過我穆桂英是哪裡人，父親是做什麼的。

小時候我父母多少介意我來往的朋友是本省人或外省人，我想那個年代本省人和外省人之間存在著一種微妙的不信任。或者說，周遭的一切都讓人抱著警覺心。爸爸只要看見我在寫信，就會抄起來撕毀。他說寫信這件事萬不可行，他認識的某人就因為曾與友人通過信，後來對方被以匪諜罪名逮捕，爸爸那個熟人也被拖累，雖然不至入獄，卻斷了前途。但我當時寫信的對象只有一個，是我小學的同學，我倆總在討論「外星人是否存在」、「尼斯湖海怪是否為古代恐龍」這類低能的問題。

我答以穆桂英是廣東人，父親是大學教授。爸爸對這樣的身家背景算是滿意。但事實上我並不知道穆桂英是哪裡人，更不曉得他父親的職業。之所以說穆桂英是廣東人，是因為他教我怎麼唱粵語發音的《楚留香》和《楊門女將》主題曲。

那是我和穆桂英還在祕密基地碰面的時候。開始時我倆都不說話，有一次我忍不住開口表示其實我對穆桂英這個名字有份好感，接著談起我熱中於收看《楊門女將》連續劇。我把主題曲的歌詞寫在紙上，穆桂英幫我用注音符號為每個字加上粵語發音的標記。當然注音符號很難準確詮釋粵語發音，我回到家會跟著錄音帶一起唱。從那之後我倆漸漸開始無所不談。

穆桂英家有一台老唱機，和許多黑膠唱片。

「你聽什麼音樂？」

我搖頭。

我家只聽古典音樂，但我不喜歡。我會把廣播節目播放的古典音樂錄下來，做成一個催眠大全輯，睡不著覺的時候放出來聽，不出半小時就呼呼大睡。多年以後有次我遇到那個廣播節目的主持人，「我學生時代天天聽您的節目呢！」我說。他非常高興。我沒說我用來製作催眠專輯。

我不敢收聽西洋音樂節目，那種東西稱不上音樂，爸爸總是以半嚴厲半嘲諷的語氣說。他也聽國語老歌，他不能忍受當下的流行歌曲，覺得粗俗不堪，因為他們直接把「愛」這個字寫在歌詞裡，毫無美感可言。

「所以歌詞裡不能有『愛』這個字？」

「不能有『愛』這個字。」我點頭。

穆桂英沒說話。

「也許『愛』這個露骨的字眼不適合赤裸地說出來。」我聳聳肩。但我爸爸每次批評這事時那義憤填膺、天理難容的姿態，讓我覺得「愛」這個字幾乎是個淫穢的字眼。

穆桂英放The Doors的唱片給我聽，〈Light My Fire〉這首歌的前奏旋律非常古怪，主唱那歌聲的調調十分詭譎，像是一個人打著傘獨行在地獄峭壁邊的小路，煤煙瀰漫在整個山谷裡，黑色的石礫不斷從上頭滾落，隨時他也會掉下谷裡去似的，我忍不住笑出聲，「怪不得我爸爸說西洋歌算不上音樂，但是很有趣。」我說。往後我一直都極愛The Doors。太多事物被時間洗滌以後變了顏色，只有The Doors沒有。

那時在學校裡才開始學英文不久，課堂上教的英文歌是電影《真善美》裡的〈Edelweiss〉這種旋律純樸、詞彙簡單、意境高尚的歌曲。到現在還記得整首〈Edelweiss〉的歌詞。

「『做愛』這字眼是個翻譯詞吧？從『make love』直翻過來的，中文裡原來沒這麼說。」穆桂英突然說。

我愣了一下。

雖然我已經十三歲了，但我並不知道男女交合這件事究竟怎辦的。十一歲時的一個夜晚，我媽媽突然神祕兮兮地曉以我女子會有月事，健康教育課本上那一套全講了一遭，獨缺關鍵的具體行動為何。

我的初經是十二歲時來的，也約莫是那時候，我看了同學間傳閱的一本羅曼史小說，關於一位淑女和一個粗獷的海盜之間的風流故事。至今我所記得的書裡最色情的描述是「他抱住她，用力捏她的屁股」。

「捏屁股」這一橋段當年讓我頗激賞，海盜狠狠抱住端莊矜持的淑女，用他那雙雄渾有力的大手捏了她柔軟的屁股肉。我以為這算是神來之筆，瀟灑又有男性氣概的一招，不知道這在男女的感官互動中算是很普通的動作。

我對男女熱烈的情愛抱有幻想，然我心中上演的戲碼進行到做愛的部分就和當時的電影、電視劇一樣，鏡頭帶到床頭花瓶裡的花，再轉到窗外高掛的月亮，下一鏡就直接跳到天明了。我知道我忽略了某種精采刺激的段落，但也只能睜一隻眼閉一隻眼。

當時班上的女同學們著迷瓊瑤的小說，各自給自個兒起了瓊瑤式的夢幻筆名，裡頭要帶著「詩」、「夢」、「雨」……這類的字，彼此以筆名呼喚，寫作浪漫唯美的文章交換閱讀，我對這些沒有興趣，倒是某日我的女同學（她也是有著夢幻筆名的女孩當中的一個）半興奮半鬼祟地朗誦予我一首她如獲至寶聽來的打油詩：「一天夜裡，兩人同床，三更半夜，四腳朝天，五指摸摸，六毛黑黑，七上八下，久而久之，十分爽快。」（瞧，我一字不漏仍記得。）

她也不明男女床笫之事的真相，這首淫邪之詩沒提供我的幻想影片更多具體素材，但在抽象層面上卻帶來了不明的刺激感。似乎這事越是下流越引人綺想。

我終於忍不住告訴穆桂英，我對他說的「make love」的奧祕一無所知。穆桂英聽了沉默了好一會兒，從房間裡取拿來一本小畫冊給我看。

說是畫冊，其實只是25開的大小，薄薄的，十來頁而已，每頁都是彩色照片，印刷極簡陋，色彩粗糙，是否附有文字我已不記得。裡頭全是男女交合的畫面，像是從A片裡頭翻拍下來的。

沒有比這再大的震撼了！

人怎麼想得出如此荒唐的行為？我無法相信世間絕大多數的人都做過這般瘋狂、滑稽、不顧臉面之事，令人悚然。爸爸和媽媽也做過，否則不會生下我，想到他們也做過這般驚嚇人的醜怪之事，我連打寒顫。學校裡的老師也做過，除了我的女班級導師未婚，她大學剛畢業不久，其他科目的老師皆有孩子了。無論看來再怎麼正經之人都有本事進行這樣斯文掃地的行止麼？包括聖人、偉人也是麼？

「那個，這麼說來，如果……所以……」我結結巴巴地說。「就連國父或者蔣公，也做過這樣的事？」

我學生時代所受的教育，塑造孫中山和蔣介石是至高無上的兩完人，神聖崇偉、端正英明、可敬無瑕，如月黑風高的夜裡插了電通體閃亮的兩座參天的金箔像。一般稱國父及蔣公，不可直呼名諱。學校地理課的老師，是個皮膚黝黑，穿著公務員襯衫，總是掛著爽朗笑容，說話中氣十足的中年男人，訓誡我們凡聽到言談中提及國父或蔣公，站時要立正，坐時要挺直。由於怕我們警覺不夠，有所疏漏，每當他在課堂上提及此二人，都要瞬時提高嗓門，久了這像是一種遊戲，他會在一段平和輕緩的話語進行的半途，「於是，在這個時候……」突如其來以宏亮的聲音大喊：「國父！」……就怎麼怎麼。類似海頓的〈驚愕〉交響曲那樣，你在半睡半醒當中聽到轟然雷聲乍響的「國父」吼叫而驚嚇醒來坐直。

大學的時候，有一次和學妹聊天，隨口說到：「像國父那樣的人很了不起啊！」突然被學妹以無比激動的態度怒罵，大致是不應該隨國民黨政府將孫中山與蔣介石兩人過分神化。當時她突如其來的憤慨嚇了我一大跳。真不敢想像她如果逮到我那位地理老師，會怎麼個批鬥他。

於今想來，我的反應多麼滑稽呢！至於穆桂英說了什麼，臉上是什麼樣的表情，我全然不記得了。

那時候他十五歲，該是個已開啟性欲的男孩了吧！但我未有這種感覺，當時的我籠罩在與現實背道而馳的架空世界的氛圍裡頭，我嚮往的是《楊門女將》裡的那種鐵血丹心、悲壯浪漫，對於有著傳奇巾幗英雌名字的穆桂英，我壓根沒有意識到他的性別，不僅如此，從頭到尾我好像不曾關注過他連結著真實世界的部分是些什麼。

●

「最近同學們私底下在選班上前十名的美女。」

「要做什麼？」

「沒有做什麼，就是把公認最漂亮的十個女生挑出來而已。」

「有妳麼？」

我猶豫了幾秒才回答：「怎麼可能呢？」

「其實妳很希望自己也在前十吧？」

「那是當然的呀！誰希望被打到醜八怪的那一邊呢！」雖然總覺得我會進到前十名的話，澳洲的聖誕節也會下雪了吧！我猜在大家心目中，我大概只像一個兩頰有嬰兒肥的女同性戀者。

那時候學校規定的髮型是耳下一公分，不能打層次，不能染燙，不能剪瀏海，要用黑髮夾整齊夾好。但是校慶的時候，無論是老師、教官、訓導主任都不會來抓你的頭髮違規，連我也把髮夾拿了下來，讓頭髮斜垂落下，半遮著臉，自覺頗有風情。

穆桂英大笑。

「沒有想到妳也會在意這種事。」

「我才不在意。」

「剛才妳說在意的。」

「哪裡有？我只是不想被歸類到醜八怪。」

「十名以外就叫做醜八怪，妳的標準也太嚴苛了。」

「當然，十個很多的。」

穆桂英挑了挑眉毛，「原來妳也只是一個普通的女孩子。」

「什麼意思？」我不高興地說。「我啊，我猜得到你欣賞什麼樣的女孩子，就像我們學校裡高中部的排球隊長那樣的女孩吧？我也覺得她很帥，但我不是那樣的人，我就只是我。既不是漂亮的甜姐兒，也不是英氣風發的俠女，兩種都美都好，但我都不是。」

我誠實地這麼說，絲毫沒賭氣的情緒。我喜歡柔美可人的淑女，但不想變成那樣，我欣賞豪邁有男子氣的女孩，但我沒那麼瀟灑。我希望自己是一個「奇女子」，但現實的世界很平庸，我能夠在裡頭怎麼個奇特法呢？

●

升上國中之後我自然不可能再去爸爸任教的學校玩兒，唯一去那地方的一次，是國一下學期的初夏，滿樹林蟬聲囂嘩，那驚天動的勁兒簡直大到快要爆炸，樹液與爛熟的果實發出難以言喻的濃稠氣味，幾隻喜鵲降落在草地上，在穿過樹蔭的點點金色隙光中呆笨地拖著尾巴踱步。這天因為要去外祖父的告別式，我向學校請了假，但早上還是得去學校參加音樂術科考試，回家時發現忘了帶鑰匙。

爸爸不在他的辦公室。

我爸爸任教的學校被戲稱為流氓學校，裡頭充斥著不良少年，雖然只是國中生，卻也有加入幫派者。校方對這些頑劣分子的管教方式分文武二種，身為輔導主任的我爸爸掌管的就是文，用他從美國學回來的那套教育心理學、行為心理學來對學生進行感化；掌管武的是訓導主任和教官，採取傳統的體罰模式。

我爸爸的辦公室就在訓導處隔壁，兩邊的風情截然不同。學生進了輔導室，我爸爸會跟他們長談、做各種心理測驗，只差沒叫他們躺在沙發上回憶童年的創傷、嬰兒時期的恐懼或者欲求不滿，而即使沒讓他們躺著，他們最後還是睡著。在此同時，隔壁訓導處則會傳來大聲怒吼、叫罵、摔杯子、響亮的耳光聲和戒尺、藤條揍人的劈劈啪啪聲。我爹屢次到隔壁抗議，認為訓導處的暴力干擾他柔性的感化教育有效地進行。

我猜想他認為他和訓導處之間存在著緊張的競爭關係，但事實上學校壓根不認為心理輔導有個鳥用吧！

室內空蕩蕩的。

一進入輔導室，是個像會客室的小空間，有藤沙發和茶几，裡頭是我爸爸辦公的地方，以及另外一個小諮詢室。三個房間其實是以鐵櫃隔開，鐵櫃全部上鎖，裡面是學生的心理測驗、智力測驗以及性向測驗的資料。我很小的時候爸爸有時會把我安置在這兒，鎖上辦公室的門，出去辦事，我曾因為覺得無聊，爬到窗戶外，沿著窗台爬到隔壁的訓導處，當我掛在訓導處窗台外時，還引起教師和學生們的圍觀。

我站在走廊上，無所事事地趴在鏽鐵斑斑的欄杆上往下眺望，從訓導處走出來的教官打我身後經過，嘴裡嚷斥著我怎不去教室上課，我轉過身，發現我不是這個學校的學生他似乎有一剎那感到困窘，但隨即像是為了保住尊嚴似地面不改色繼續吼嚷叫我去上課。我忍住笑，因為我心裡冒出個念頭，差點想脫口而出：「你知道我爸爸是誰嗎？」

突然間我聽見訓導處傳來響亮的鞭笞聲。

我向教官行禮，假裝離開，隨後一溜煙回來，靜悄悄地挪到訓導處窗外。一個學生彎腰伏在辦公桌上，訓導主任揮動藤條毆打穿著短褲的學生屁股。每次揮動藤條擊破震天價響的蟬聲，簡直像霰彈擊碎屋頂，天空的裂片四散迸飛。藤條擊打在肌肉上的聲音大得驚人，難以想像人脆弱的骨骼肉身有辦法承受那樣破壞性的暴力。

在那個時代嚴厲的體罰極盛行，因遭體罰而殘廢的情形不算很稀奇，被掌摑而耳聾的例子是最常聽聞的。訓導處很像一間刑房、拷問室，至今我唯一留下印象的刑具就是這根巨大的藤條，它幾乎不太被拿來使用，因為過去曾有學生被打成癱瘓過。平常它被掛在牆上有點像鎮堂寶刀，象徵性的，被供奉與恐懼，而非真拿來開殺戒。

我感覺心臟怦怦跳得很劇烈，難以形容那是什麼感覺，我應當離開，腳步卻無法移動。被鞭打的學生一張脹紅的臉咬著牙，不經意抬起眼，我看見了他的臉，我不確定是否與他的視線相會，這一瞬間我鼓起勇氣拔腿就跑，就像惡夢裡無論怎麼扯開嗓子都叫不出聲，最後孤注一擲用盡全力嘶喊醒來。

那個人是穆桂英。

我一路跑回家，我不知道我為了什麼跑，我想我是在奮力從某個我不該看到的畫面逃離。那個時候讓我心驚、感到恐怖的，與其說是鞭笞這件事會給人帶來的肉體的傷害和痛苦，不如說是靈魂不可承受的屈辱。

而我不應該出現在那裡，不應該看見，不應該讓穆桂英發現我看見了。

或許他沒發現我，我不知道，但自那一天起他沒再在放學路上等我。畢業後他考上一所爛高中，我們有很長的時間沒見過面，一直到我升上高一的某一天，才突然又接到他的電話。我幾乎認不出他的聲音。

表哥和穆桂英念同一所高中，我偶爾從他那裡聽說穆桂英的事。穆桂英在學校裡很有名。比起他國中念的那所學校，也就是我爸爸任教的學校，這所高中裡不良少年的人數多得多，幫派分子也更多。穆桂英沒有加入幫派，他成立了自己的一個幫派。這個幫派規模不大，人數不及二十人，作風不高調，卻有某些原因讓人聞風色變、敬而遠之。

聽了這種傳聞，接到穆桂英的電話自然情緒有所謹慎。

「妳想做什麼？看電影好麼？」他的聲音變得很低沉，但也變得更輕，更淡。

「如果要看電影，我自己一個人就成了。」我說。我向來是一個人看電影。「兩人一塊兒，不就是要說話麼？看電影不能說話，只能啞巴似地枯坐兩鐘頭，那何必拖著另一個人？沒道理。」

穆桂英笑了笑。「妳這人真奇怪，那妳想去哪兒？」

我不知道。我甚至不太跟女同學結伴，哪想得出跟男孩子出去要做啥。我一個人吃飯，一個人逛街，一個人去游泳。

靜默了一會兒，「啊！去打撞球好了！」我說。

我一直想打撞球，但畢竟這不是一個女孩子方便做的事。

「妳果然是個怪胎。」穆桂英說，笑了。

打從國小六年級起，我以每年一公分的速度長高，換言之，升上高一，我長高了將近五公分。國中的時候穆桂英只比我高一點點，沒想到升上高三的他卻比我高出一個頭有餘！他的長相也變了很多，怎麼變法我說不上來。不過，他看我也應該覺得我跟以前很不同吧？畢竟，我燙了頭髮！

高一開學沒有太久，教育部宣布解除了髮禁。說是解除髮禁，其實規定還是很多，染燙依舊不可以，長度也不能過肩膀。一聽說髮禁解除，我立刻燙了鬈髮，每天早上用吹風機吹直去學校，放假去玩出門前上髮捲把頭髮弄成些許波浪狀。

穆桂英帶了四個人來，四個人都一直很安靜地站在他身後，這跟我平常看到的不良少年成群結夥的情形很不一樣。四個人的模樣也不像不良少年，穿著普通，表情很溫和，但他們身上有某種跟普通男孩子很不一樣的東西。

這間位在地下室的撞球場比我想像得大，擴音器裡傳來渾濁的流行音樂，倒讓我聯想到夏天擠滿人的游泳池的氣氛。穆桂英教我打撞球的原則，我的反應很笨拙，估算球杆撞擊球的角度要花很久的時間，我倆自然打不起來，他很熟練，我則幾乎輪不著。雖然我興趣很高，但心有餘力不足，打不了多久就說算了。

「去吃冰淇淋吧！」我說。

我點了冰淇淋聖代。穆桂英接著跟服務生說他也點一樣的。但冰淇淋聖代送來以後，他一直都沒碰。

他的兩個手下坐在我們旁邊，另兩個似乎等在樓下。

「我們有兩年沒見了。」穆桂英說。
「說的也是，時間過得好快。」
我這麼說，穆桂英奇怪地望著我。
「妳什麼感覺都沒有？」
「什麼意思？」
「以前我每天都會去接妳放學。」
「你沒有接我，你只是出現在半路上而已。」
穆桂英擺擺手，露出「算了」的表情。
我津津有味地用勺子挖著冰淇淋。
「妳根本不在乎。」半晌他才開口，嘆了一口氣。
我用吸管吸融化的冰淇淋，發出呼嚕呼嚕的聲響。
「妳什麼事情都不在乎。」
「我要在乎什麼？」
「現實裡的任何事妳都不在乎，妳只關心一些莫名其妙的東西，一九九九年是否是世界末日，火星上有沒有人居住，人類會不會發明雷射槍……」
「啊！」我突然打斷穆桂英。「記不記得我跟你說的那位地理老師？有一次上課時他神祕兮兮地告訴我們，台灣其實製造有原子彈，這件事當然不能公開，因為是國防機密。那個時候我好興奮喔！所以反攻大陸是真的辦得到的，我一直以為這是舉國上下在開玩笑呢！原來我們擁有原子彈，只要等到適當的時候發射……」

「呆瓜！」穆桂英說。

我聳聳肩。

「我以為突然消失的話，妳會發現妳不習慣。」穆桂英搔搔頭髮說。

「不習慣什麼？……啊，你說放學一起回家的事？升上國二以後很忙呢，後來連鋼琴都放棄了。媽媽說不要考音樂系了，還是上普通大學吧！雖然不練琴了，功課壓力卻變得好大。」

我想起母親到美國去、念書那年的夏天，模擬考的前一天颳颱風。

夜裡狂風呼嘯，那聲音讓人驚怕得睡不著覺，白天風靜了，雨卻下不停。半夜起家裡的地下室便開始進水，到了早上已經填滿了整個地下室。外頭的馬路水位不斷升高，屋子裡的水也到了小腿肚了，我和父親慌忙將家中重要的東西移至較高的位置，直到外頭的水淹至人的大腿根那麼高，父親將「逃難皮箱」交給我，要我到二樓的鄰居家裡避難。「逃難皮箱」裡裝的並不是金錢首飾什麼的，而是各種重要的證件、憑據、信件、印章，以及對我們家人來說有獨特紀念價值的，在動亂變故中不想丟失的一些東西。我父親當年從淪陷大陸逃難來台，這種事他有經驗的。我家的「逃難皮箱」儘管裝在裡頭的東西有些變換，但直到今天，數十年來一直是同一個古老的棕色皮箱。

我帶了一袋子課本、參考書、筆記，坐在二樓人家的客廳裡，滿肚子怨忿地準備考試，心想再也沒有人比我更倒楣的了，那些家裡好端端沒有淹水的人能夠好整以暇地準備，肯定考得比我好，這樣公平麼？

什麼時候起，考試在我心目中成了最重要的事。

穆桂英輕輕用湯匙敲著桌子，無意識的。他的聖代幾乎完全融化了，我覺得好可惜。

「對了，」我用手支著頭，瞅了一眼坐在旁邊的穆桂英手下。「你為什麼要組織幫派？」

「干妳什麼事？」

「是不關我的事，但我想知道。」我說。

「妳從來不想知道我的事。」

我一時語塞。

他說的沒錯。和穆桂英共處的時候，我不曾問過任何他私人的事，他父親是做什麼的？為什麼從來沒出現過？他母親為什麼從不說話？他有些什麼朋友？他成績是好是壞？他平常都在做啥？我一概不知道，也不曾過問。他自己的事，想說就會說，不想說問了也是白問。

但他也說對了，我並不在乎。

穆桂英雙手抱胸，沉思了半晌。

「簡單地說，為了做自己。我這個人，沒辦法不做自己地活著。」

我望著天花板，想了半天，聳聳肩。其實，我也不覺得我在做自己，無論是上學，或者與同學相處，面對老師、爸爸、媽媽，我都很懂得如何讓他們滿意，我沒想過要去反抗他們，沒有必要，讓他們滿足並不難，我也不覺得太辛苦。有一天我會為自己而活，但不是現在。大家都說對的事，我不會反駁，沉默就好。別人說我錯的事，我不甘願，也只是笑笑。但穆桂英的意思，好像一分鐘不讓他照他自己的意思做，他就會死掉似的。

當時我並不知道，如果你習慣了毫無感覺地應付這個世界，你一輩子都會想討好這個世界。

「這跟你組幫派有什麼關係？」

「人想照自己的意思活，憑的就是力量，叫那些想干涉你的人噤聲，擋在路上的人讓開。」

「依我看你只是想為所欲為罷了。」我咂了咂嘴說。

「每個人有他自己的一把尺，我就想遵循我自己的這把尺，我不管它多歪多斜，我倒想看看這麼一路走下去能走到什麼地方。」

穆桂英家離我家也不過是走路十五分鐘的距離，但因為那與我外出的路線相反，除了以前放學到穆桂英家玩兒，我從不曾經過他家門口，甚至不曾靠近。

也不過兩年沒來，也不過我長高了兩公分，奇怪的是，穆桂英的家看起來不像之前的印象那般大。它依舊很陰暗，事物依舊很朦朧，但以前那個穆桂英給我的一種不明確的真幻莫辨之感消失了。

或許改變的其實是我自己。升上高中以後的我不像之前那樣孩子氣，那樣活在空想裡、活在傳奇故事中。

回到這間屋子，什麼都沒改變，之前我不曾認真觀察過這屋裡所有的物件擺設，但我敢說什麼都沒多什麼也都沒少，這讓我很驚奇。我家就完全不一樣了。剛認識穆桂英的時候，我家其實遷到新居不久，說是遷到新居，其實只是搬到馬路對面的巷子，然而，不過是馬路兩邊之差，氣氛卻很不一樣，我家原來住的社區大多是外省人，搬過來後鄰居全是本省人。不消幾年我家的面貌大幅改變，圍牆也重砌了，家具都重買了，雜物多了好幾倍。

「你家完全沒變。」我說。

「沒什麼好變的。」穆桂英說。「再說，有什麼不一樣了我媽會認不得。」這是他第一次提起他母親。

儘管屋子裡什麼都沒改變，我仍覺得好似來到一間完全不同的屋子，包圍在我和穆桂英之間的空氣彷彿轉換成了不同的氣味不同的顏色。

原來那台老唱機壞了，況且早已沒人在聽黑膠唱片。我幾乎遺忘了以前在這間屋子裡我們都在做什麼。除了聽唱片，我什麼都記不起來。

我在穆桂英的床緣坐下，他的房間牆上貼了一張裸女的海報，這倒是之前沒有的。我品賞了那海報好一會兒，那女孩的臉蛋長得很像齊藤由貴。

「記不記得你曾給我看的那個小本兒？」我說。

在穆桂英給我看那冊子之前，我曾看過一些半裸女郎的月曆圖片、色情錄影帶的封面，都是有著激烈的葫蘆曲線、汗毛閃著金光的西方尤物，但那本小冊裡的模特兒幾乎像是本國人，且極盡平凡之能事，鬆軟垂肉，圓桶凸腹，餅臉，掉妝，扭曲皺眉，通體姿態毫無避諱，露出胳肢窩，青蛙般滑稽地張開腿。我所受到的驚嚇，或許一部分來自這些醜陋。

坐在書桌前的椅子上的穆桂英站起來，微微拉扯了一下褲襠。「沒事，硬得難受。」他淡淡地說。

我沒臉紅，我可壓根不聯想到那會與我有什麼關係。

當年看過那本冊子以後，我忍不住和我的女同學討論了一番。「聽說女子在做那個的過程裡，會發出呻吟的聲音，這是為什麼呢？照片看起來都是一張臉皺得像沙皮狗的痛苦相，可書本裡又說那感覺十分歡樂。究竟是痛苦抑或歡樂？」這種對話現在想起來滑稽到不可思議，但當時我們確實是很認真這麼困惑的。

「做那件事真有這麼爽快？」我突然問道。

「不是的。」穆桂英回答。

我嚇了一跳，我都沒覺察我把問題真說出口來了。

「我看到一本書上頭寫，人所有的感覺都是腦部的作用。刀片割到你的手指，你覺得痛，是因為神經把訊息傳到腦部，腦裡頭有產生痛的區域，讓你感覺到痛。」

「所以呢？」我一臉茫然，不太懂他的意思。

「所以說，並不是手感覺到痛，所有的感覺都來自於腦，如果沒有腦，光只有手，是不會感覺痛的。」

「好好笑，誰會沒有腦只有手。」

「笨蛋，重點不是在這裡。」

「我才不是笨蛋。」

他盯著我看，好像想確定我到底有沒有懂他的意思。

「我知道啦！在你面前的人可是一個天才，」我說。「所以沒有神經把刀片割到手的訊息傳到腦裡，手就不會感覺到痛。」

「對了。」賓果的表情。「進一步說，如果手感覺到痛是因為腦裡面痛的區域發生的作用，那麼反過來說，假使腦製造出痛的反應，就算手沒有被刀片割到，也會有被刀片割到的痛感。」

「話是這麼說，但是腦怎麼製造這種作用呢？」

「像妳這種活在超越現實的幻想世界的人，妳不更覺得這是理所當然的？」

我沒說話。

我倆皆安靜了好一會兒，看來他不願意先打破沉默。

我拍了一下大腿，十分震驚地說：「我知道了！你的意思是說，做那件事的快感也是腦的作用。」我又沉思了一下，確定我將要說的是否正確地沿著穆桂英方才的邏輯。「換言之，就算不真的做，也能感覺得到？」

穆桂英微笑。

「你好瘋啊！」我哈哈大笑。

我喜歡這種感覺。當初之所以和穆桂英談得來，我倆間存在著只有古怪的人才明瞭的默契，這份熟悉的空氣又回到我倆四周。

「妳看著。」他說。

他站起來，脫下褲子，他這突如其來的動作讓我大吃一驚，隨即他連內褲也脫了。雖然震驚，但我不動聲色。我想，我之所以什麼反應都沒有，其實是我的反應遲鈍，我不知道我該做什麼反應。

他的陽具已經膨脹得很大，豎立著呈深紅色，我極力讓自己不要露出目瞪口呆的表情，也別反射性地別開目光。

我不記得過了多少時間。準確地說，在當時我可能就不清楚過了多少時間，好像漫長，但或許實際上很短，也有可能相反。我肯定是坐如針氈，誰在這樣的情形下會感覺自在呢？他動也不動，兩手垂放在大腿兩側，我不敢看他的臉，卻變成只盯著他的陰莖。它輕輕震顫著，緩緩流出一些液體。他有時好像忍不住想要用手去碰觸，但克制住了。我不知道他腦子裡正在製造些什麼感覺，但他怎麼有辦法啟動腦的虛構作用的同時，又去控制肉體想要干擾的實質動作？

穆桂英是一個意志超乎常人地強大的人，但在那樣的年紀，我不可能體會得了這些。時間像鐘乳石洞滴下的水，好像萬年才流過一滴，在這幾乎凍結的宇宙裡一切都被放得異常巨大，他的陰毛，陰莖上血管的紋路，汗水，大腿的汗毛，發熱而呈薔薇色的皮膚，身體的抽搐，沒有細節能找到空間躲藏起來。

我幾乎覺得自己一直是屏住呼吸的，就在我快要缺氧窒息的時候，他張開雙手，掌心向上，他的雙眼一直是閉著的，他緩緩抬起微彎曲的雙臂，往兩旁升到胸部的高度。我輕瞄了一眼他的臉，發現注視他臉上的表情遠遠比注視他的陰莖更令人羞愧臊熱得多。他射精了，一隻手動作很快地握住陰莖，但他仍沒使任何力，他輕輕握住龜頭只是避免精液亂噴。

他用另一隻手從書桌上的衛生紙包裡扯了幾張衛生紙，動作俐落地處理他的精液且擦了擦手。

「你剛才在想什麼？」我咳了兩聲一本正經地問。

「還能有什麼？不就一些不高尚的事麼？」他輕描淡寫地說。把衛生紙扔進垃圾桶。「妳不覺得，在妳面前做這樣的事變悲哀的？」一邊穿著褲子一邊說。

「是你悲哀還是我悲哀？」

「都有吧！」

「我沒有這種感覺，為什麼要悲哀？」我抓不到重點。

「妳覺得我為什麼要做這樣的事給妳看？」

「證明你的理論。」穆桂英點頭。

「但是，會這樣做也表示我不覺得妳是一個女孩子。」

「這麼說也有道理。」

「妳真是個呆瓜，妳什麼感覺都沒有嗎？」

「有啊！我覺得亂恐怖的。」我誠實地說，其實我說得很節制，我沒說我幾乎昏過去。

「你也會做給別的女孩子看嗎？」

「我才不這麼無聊。」

「而且她們對你這套理論肯定沒有興趣。」

穆桂英笑了，他走近來，摸摸我的頭。

「那個，你沒有洗手耶。」我尷尬地說。

●

那是我最後一次到穆桂英家。三天之後，這棟老舊而失去昔日優美的房子便付之一炬。

消防車開進巷子時，催魂一般驚心動魄的鳴笛聲從我家也聽得見。這是我媽媽說的。火災並不常見，但讓人打心底恐懼，聽到消防車靠近的聲音，家家戶戶都會跑出來觀察黑煙從何處冒出來、是遠還是近。放學回家時媽媽告訴我附近失火，我還不知道燒掉的就是穆桂英家。

穆桂英家是遭人縱火，但縱火的人並不知道穆桂英的母親在裡頭。嚴格說來她不能算是被火燒死的，因為穆桂英跑回家，穿過火場衝進母親的房間時，她吊在屋樑上。

但也可以說是火災害死了她，穆桂英發現她的時候，她恐怕還沒斷氣，穆桂英堅持他看見她曾踢了一下腳想要掙脫，但在大火中他沒辦法把她弄下來。事後想這些也許意義不大，如果不是看到火災的黑煙，穆桂英可能不會想到回家。那天不是假日，但他也沒去學校，他和他的黨羽在附近不知在商量什麼事。如果不是火災，如果他不是在那個當兒回到家，他也不會在日後反覆痛苦於眼睜睜看著自己有機會救母親一命卻辦不到。

我後來得知穆桂英的母親是原住民，我沒看出來，她很美，臉很小，皮膚很白……但也許在那陰暗的房子裡看什麼顏色都不作準，且只是匆匆一瞥。

她又聾又啞。

穆桂英的父親把帶她回家，打算娶她，但穆桂英的祖母震怒不允許，把她按在地上讓她吃狗食，後來把她的耳膜戳穿弄聾了，從那以後她也變成了啞巴。穆桂英的父親娶了另一個女人，把她安置在這間老房子裡，穆桂英是在這間房子裡出生的。早些年他父親還常過來，並派人照料她的生活起居，但穆桂英十歲以後母親開始變得神智不清，父親就不曾再出現了，穆桂英上國中之後這個家算是無人聞問，但隔一段時間他父親會讓人送錢來。

很奇怪的關於穆桂英母親的故事，非常多年以後我卻聽到一個女性朋友提起，她完全不認識穆桂英。「你怎麼知道的？」我驚訝地問。她說從一群貴婦那裡聽到的，「其實八卦雜誌裡也提到過噢！不過講得更難聽一點。」她壓低了聲音說。

我想起穆桂英曾說從他幼年起，母親一直沒有變，他長大了，變成一個英挺的男子，母親卻維持著少女的模樣。他那麼說的時候我沒留意。但我對他母親的印象也是少女的形象，在那陰暗老房子的狹窄走道上一閃即逝的幽靈。

穆桂英的報復行動進行得非常快而有效率，他帶著弟兄們以迅雷不及掩耳的速度襲擊他的仇家，第一天六個，第二天三個，第三天兩個。之所以數目越來越少，是因為對方在風聲鶴唳中躲藏起來。他的話不多，判斷很快，用的時間很短，他會用鐵棍打碎他們的手骨或膝蓋骨逼供，凡跟縱火這件事沾上邊的，他便剁了他們的手，或砍掉他們的耳朵。一說他很冷靜，沒有表情，手段殘酷俐落，但也有說法他又哭又笑，把屋裡的東西全打翻砸壞，最後獨坐在牆邊淚流滿面，完全是瘋子的樣子。

是的，這些全來自傳說，也許誇大其辭，也許沒一樣是真的，我毫無當事人第一手自白，打從最後一次去穆桂英家，再次見到他就是我這一生最後一次見到他。

穆桂英家被燒毀以後沒人曉得他住在哪裡，我想應該是跟他的同黨在一起。他隱匿了一段時間，因為對方也放出風聲要展開回擊。而他躲藏的地方仍在我家附近，我當時並不知道。

這日放學後我留下參加合唱團的練習，離開學校時天已經全黑了。走進巷子，救護車嗚嗥著從我的身邊竄過，不知為何我的心抽緊了一下。要拐進我家那條小巷時我停下腳步，轉而追著救護車方才駛去的方向，遠處我看見紅色的旋轉燈沿路灑出一片詭魅血光，路燈上停著一隻大飛蛾，張開的淡黃色翅膀也被暈染成鮮豔的鮭桃色。救護車停在一棟公寓敞開的門前，老式的公寓，五層樓，沒有電梯，我走近的時候，醫護人員正從樓梯間把擔架抬出來，躺在上頭的人雖然已經面目全非，我卻認出那是穆桂英。

附近好奇的鄰居穿著拖鞋跑出來圍觀，也有母親遮著幼小孩子的眼說：「別看！」我轉過身走開，背對那片霓虹燈般閃爍的紅光，「傻瓜！」我喃喃自語。

腳步不自覺加快。

「瘋子！」我又罵了一句。

越走越急，幾乎喘起氣來。

「混帳！」我哭著大喊，急步成了奔跑，一路跑回家。

就像那個蟬聲大作，熾陽灼身的夏日，我從訓導處的窗外跑開。

你這狼狽的樣子，為什麼要讓我看見！

我家門口停住，用手背把眼淚鼻涕擦掉，免得等會兒爸媽看了要問東問西。

腦中莫名其妙不合時宜地響起粵語版《楊門女將》的主題曲。

英姿煥發，威風震番邦，手中槍，要敵人肝膽喪。

像是揮手驅趕蒼蠅般我想揮掉嗡嗡振翅盤旋的歌聲卻徒勞。

躍馬乘風往，丹心映日壯，楊門有英雌，鐵血保國幫。

一切都太荒唐了。

我把眼睛張得老大，仰頭望著墨色天空懸掛的一輪明月，我想學穆桂英，讓腦子裡虛幻的作用欺騙自己，但我不知道要騙自己什麼。眼淚被阻絕在淚管，臉卻痙攣般歪斜扭抖，肩膀劇烈地抽動，看起來活像夜歸的醉鬼在瘋狂地大笑。

●

高三的暑假我參加了帆船夏令營。雖然我也滿心認為戰鬥營是非參加不可的，但認真考慮我恐怕很難通過五分鐘快速洗澡的考驗，於是選擇了帆船隊。

我是個與團體生活格格不入的人，五天的營隊活動，我幾乎未曾開口說話。晚間睡覺的地方是個大通鋪，整晚是不熄燈的，直至夜裡十二點，女孩們還在聊天嬉鬧。參加營隊的大多是學生，但也有社會人士，兩個較年長的女性整晚在彈吉他唱著西洋歌。我也有一支吉他，買了歌本自學的，我能彈奏一些簡單的和弦，但我不愛唱歌，記不起來歌詞。我見她們能一首接一首流暢地彈唱無礙，覺得很羨慕，那唱歌的女子長相不好，聲音卻很美。我若會唱那麼多歌兒，該不知多愜意。但她們實在太吵了。

且惱人的是，我剛巧月事來了，很害怕經血會滲出褲子外頭讓人發現了丟臉，本來也就不敢睡著。

白日大夥兒興高采烈地玩風浪板和帆船，連連跌落水，尖叫呼笑，幾乎沒人能平穩地站在風浪板上。我卻因月事的關係甚至連下水游泳都不便，只能乾坐在岸邊。我在團體裡本已夠孤僻了，這般遠離人群獨坐，更顯得不討喜。

有個男人游上岸，在我身邊坐下。他有二十四歲了，是社會人士組，年紀比我們都大，皮膚黝黑，肌肉粗壯，同樣是個沉默寡言的人。他問我為什麼不和大家一起玩。不知為何，我老實地回答我不能下水的原因。

其實並非我不願意同他人交談，而是別人也無意和我說話。當時我不懂，現在回想自然明白我給人難以親近、不太置身現實的感覺。但為什麼我會向他坦白，我不知道，我嗅到他跟其他人都不一樣的氣質。

他靜默了幾秒，「明天你和我一起駕帆船吧！」他說。

「我不會呀！」我說。

「交給我就行了。」

「你可不能讓我掉下水。」我驚恐地說。我見很多人翻船，比風浪板沒好到哪兒去，我掉下水可就慘了。

「只要你不在船上亂動就不會翻船。」他說。

那天有個女孩也剛好來月事，她說沒關係，用衛生棉條就行了。她也給了我一個。「你是處女嗎？處女的話就別用。」

雖然我是處女，但我並不在乎。我在廁所裡試著塞衛生棉條，她在外頭指導我，但結果還是辦不到，我弄不進去。

後來我失去處女膜也不是出於性行為，而是騎腳踏車，這是真的。我和男友騎車去爬山，後來我從廁所裡走出來，跟我的男友說：「我的處女膜好像破了。」那時候我和男友還沒有發生關係。他聽了只是一臉茫然。

那女孩塞了衛生棉條下水，但不一會兒就尖叫著奔上岸，用大毛巾圍著，毛巾很快便染了紅色。

隔天我和那男人上了帆船，那是雙人的小帆船，在風大的時候藉由拉動兩根纜繩來操作風帆的轉動方向，若是靈活熟練，那簡直就像轉動方向盤駕駛汽車一樣，能隨心所欲且漂亮靈巧地控制帆船的行進。那日風並不大，船走走停停，我很驚訝他能那麼輕而易舉地操控帆船，因為隊上絕大部分的男孩女孩都操作不了帆船，結果只是在船上亂跑亂晃，故意弄翻船嬉鬧。

太陽熾烈，我們漂流了有一兩個鐘頭，我全身曬得通紅灼熱。船走得極為平穩，一點點會翻的跡象都沒有。

四周很安靜，我們離其他人很遙遠，幾乎看不見蹤影。我兩有一搭沒一搭閒聊，我原以為會和他聊得來，我說過了，因為他有一種很特別的氣質。但實際上卻很難找到適當的話題。

「你是做什麼的？」

「外務。」

「外務是什麼？」

「就是送貨的。」

「噢。」

沒料到會在船上待那麼久，我沒有擦防曬油，全身如熟蝦的通紅皮膚已經開始感到刺痛、繃得緊緊的。

「妳也想死吧？」

他忽然說。

我嗄了一聲，一臉呆相，不明白他的意思。

此時無風，習慣了那輕輕的搖晃而變得無感，甚至覺得船靜得像擱置在陸地上。

「妳其實也想死吧？」他又說了一遍。

「才不哩」三個字還在我的舌尖上沒吐出，他走近來雙手勒住我的脖子。我不敢劇烈掙扎、抵抗，我怕船翻掉。

脖子被勒住讓我覺得強烈地想嘔吐，此時就算想使勁扭動掙脫也無法動彈，我勉力伸出右手，捏著他的鼻子。他大概以為我想讓他無法呼吸吧！但不是，我要折斷他的鼻樑骨。這是穆桂英教我的，非常簡單但有效的防身術。鼻子雖然只是個小小的、脆弱的器官，但鼻骨斷掉會造成難以忍受的劇痛。穆桂英自己曾被打斷鼻子，斷掉的鼻樑骨陷進軟骨裡去，他說他痛到昏過去。

那人加重了手指上的勁兒，但我沒鬆手，像杜賓狗咬住獵物那樣，我感覺我整個人的意志力都集中在手指上了，即使呼吸停止，也不鬆手。

以前穆桂英教我這一招時，我壓根不相信我能把誰的鼻樑給折斷，那未免太恐怖、太殘忍。但此時此刻，我一點猶豫也沒有，只是在找一個我能恰當施力的時間。刻不容緩，在我心中大喊：「就是現在！」的時候，他放開手了。

我喘著氣乾嘔，嘴巴沒辦法合攏，眼淚和唾液滴流在甲板上。

我有心臟瓣膜脫垂的毛病，所以大家去遊樂園玩的時候只有我不能坐雲霄飛車，我也不能潛水。方才心臟劇烈跳動，此時卻忽然彷彿暫時停止。其實是心臟這個幫浦原本把血液打進全身的強勁而有節奏動作，突然鬆垮、乏力、軟綿綿而暈散掉了。

胸口比剛才被勒住脖子還要窒悶。

汗水在我全身皮膚上蜿蜒滴落。

「回岸上去吧！」他說，無意識地摸了摸鼻子。

我鬆了一口氣。我既不會駕駛帆船，也無法游泳，我怕衛生棉浸水。這個時候了，我還在想這種事。

風起了，很輕，即使如此輕微，背部的毛孔還是感覺到汗水蒸發帶來的一絲涼意。我眺望岸邊，雖然距離那麼遠，耳朵裡卻盈滿喧囂蟬聲的幻覺。

——原載《短篇小說》二〇一三年八月號，第八期

女朋友

游玫琦

台灣大學歷史系、美國中央密蘇里大學（UCM）大眾傳播研究所畢業，曾任職立法院國會助理、運動雜誌出版社叢書主編、佛教教團研究部研究員等。

曾獲第一屆宗教文學獎短篇小說首獎，現為自由撰稿者。

一

林小姐，應該說是我爸的女朋友。當我國小第一次看到她時，她已三十幾歲，至今她已快七十，出入我們家時，我還是稱她林小姐。

前陣子我四十歲生日之前，她託我爸交給我一個小圓盒，一打開，是個純金戒指，上面還鑲一大顆珍珠，看起來有點土氣。老實說我有點難堪，因為二十歲那年她也曾送給我一條金手鍊，那條手鍊早已被我拿去典當，沒再贖回來，我拿著那筆錢跟同學去環島旅行。這個戒指讓我想起當年的鍊子，以及在歲月中消失的種種。

就像每個家族都有流傳下來的故事，而我所聽的，是說我爸是個自學青年，自從經營礦坑生意的阿公，得了當時的絕症——肺炎而走了之後，財產所有權就被一個叔公攬下。從此，祖母便以淚洗臉與尖聲管理十三個小孩。我爸身為次男，很早就肩負養家的任務，也就是要make money。每當爸說起這段綿綿的陳年事蹟，我時常有種隔閡感，就是不了解為何爸跟林小姐都把賺錢這個事當作什麼豐功偉業，因為就我看來，賺錢，就是看老闆或客戶臉色，只不過是每個人命運裡的必要之惡而已，就連我們家最小的姪女也在今年暑假去快餐店打工了啊！

我們家族歷史可列成這樣的簡易公式：先祖十三代↓努力賺錢↓祖父××君結合新店望族的女兒↓不肖男我爸在怨嘆中輟學賺錢↓我哥都生女兒↓香火斷↓我沒結婚

當然，像林小姐這樣的角色是不列在裡面的，我也不曉得她會被記錄在哪裡，因為她是個養女。聽說，她年輕時在艋舺開了一間小裁縫店，攢了一些錢，老公跑了之後自己撫養兩個小孩。「養女的意思，就是被別人家養的女生，」記得當我兩個姪女還幼小時，我嫂嫂是這樣跟她們解釋的。「很多有成就的女生，都是養女喔！」最後我嫂嫂還這麼結尾。

第一次看到林小姐是什麼景況，我已毫無印象了。她只是一張白白、圓圓的模糊臉龐，不容易讓人記憶，再加上說話輕聲，又沒什麼脾氣，差不多就像一件擱在衣櫃裡的舊衣裳，不起眼但也不礙事。

前幾年，我們家族重新修訂族譜，我爸也分到一本，線裝本，摸起來像仿古書。二哥問我要不要也跟四叔申請一本，因為他看我好像對書本挺有興味的。我心領他的好意，「你想清楚喔，傳到我這代就沒了喔！」二哥說，聽起來像是促銷兜售古董。林小姐也翻了一下：「喔！好像很多人，哈哈！卡歹勢，我一個都不認識。」沒人會怪她，因為她認識不了幾個字。

在我念大學時，林小姐默默地買些偏遠地區的房子，想給她的兒子們一人一間；而同時，我爸在萬點股票市場上投資，天天努力看電視股盤，但這麼多年來也沒挽回太多頹勢。

「你不想要結婚嗎？也可以！最重要就是咱手頭要有錢！」林小姐只有一次這麼直白地跟我說。

但既然她自己能養家，我就不明白她為何要跟著我爸。就我看來，爸是個所謂很大男人主義的人，習慣於號令女人，也許他最大的長處就是長相還好，我媽過世之後，也曾有過一個「阿姨」住進來，但後來就跑了。

在林小姐還沒開卡拉ＯＫ店時，我們都不曉得那是什麼玩意兒。那時的夏天，我們還會從天井的水缸撈出一顆冰滲的西瓜，一刀剖下去時，就會知道果肉是否鮮紅與帶沙質，這會帶來一種類似賭博的樂趣。後來這種美豔的紅肉就被端到林小姐的卡拉OK店裡，我也曾客串了幾天小妹，拿過客人幾百元小費，但感覺自己不是那塊料，就學會生平第一次的離職，林小姐也沒強力慰留。

那是在我讀初中時，台北林森北路一帶竄起很多這種店，叫「梅子」、「春菊」、「紫燕」等等的姊妹店，連我姑媽也跳下去當老闆娘。林小姐處在她們當中，就是微笑，幫襯，講些順人心意的話。偶爾會聽她跟我爸八卦說，哪個熟客跑到另外一間，或是誰跟誰打鬧起來，或是誰給的小費比較慷慨等等。至於我爸，據我消息所知，他在這圈子的名聲似乎不太好，因為他不太慷慨，而且酒後還會大聲說一些諷刺人的話，讓客人與店家小姐都有點為難。但無論如何，衝著我們家族人脈甚廣，一群媽媽桑們還是都稱他「二哥」，感覺挺有地位似的。每當我聽她們稱他「二哥」時，我就一陣倒胃口。

卡拉OK的那幾個寒暑，應該是我爸、姑媽、林小姐跟她那群姊妹淘的黃金時期，他們那時的臉容還很白皙、沒皺紋、不用人扶，而且口袋麥克麥克。偶爾，他們會聚在我家客廳，飲酒、划拳，盡情喝著蘇格蘭的威士忌，還輪番唱著當時最流行的日文歌。而我，一隻不起眼的寄居蟹，就在自己的小房間裡，看著人世間最遙遠的故事，杜思妥也夫斯基的《卡拉馬助夫兄弟們》與卡夫卡的《審判》。客廳裡所發生的事，對我來說，不痛不癢得像非洲部落裡的慶典。

林小姐是從何時跟我爸正式有了那層關係，我不知道，只記得剛上大學時，我們搬離了跟姑叔同住的祖厝。一天早上起床，看到她穿一件細肩帶的連身睡衣從我爸房裡出來，她很溫和地朝我一笑，我沒說什麼，很討厭這種不曉得要說什麼的尷尬。

沒多久，我開始出去打工、當家教、找人談戀愛。那時滿街上都是麥當勞、肯德基、溫蒂這些速食店，而我心儀的戀愛對象也一個換一個。有時候，想到我爸赤身裸體在我家跟另一個女生躺在一起，還是覺得有點詭異，雖然林小姐我們都已認識。

至於我大哥，從很早就表明他跟我爸無法和平共處，他看不慣我爸帶女生回家的行為。所以，打從我念小一開始，就確實知道「一山不容二虎」的真正意思。當然，大哥結婚時，我爸還是站在台上舉杯，還跟二十幾桌的來賓講話，但之後，他們兩個男生就互不往來了。原因不是林小姐，而是最與世無爭的神明祖宗牌位。我哥拒絕把牌位請到他的新家，他說那裡空間小，而且嫂子要上班，他們沒有閒時間來弄拜拜這種事，「愛拜你自己去拜」，我記得他好像這麼說。接著，兩個男生在客廳幾乎就要扭打起來，我感到十分驚心動魄，就躲回房間。隔著門，可以聽到林小姐打圓場的聲音，最後，是兩、三個很響的巴掌聲，也不曉得誰打誰。總之，林小姐就回去了，而我也從此好像沒有了大哥。

從那次開始，我看出男生之間有種不容侵犯的神聖同盟，雖然彼此僵持不下，但他們才是真正的當家。就算我大嫂出面緩頰也無效，而林小姐也是跟我爸一樣，從此不提此事，但她的不提，是怕引起我爸的暴怒。

之後，我畢了業，打工一陣子，開始準備留學考，終於可以遠離這個家去看外面的大世界。兩、三年之後，我又回到這個家，對家的第一印象是浴室的門龜裂了，而大人的臉上也多了些皺紋，算是體會到人如物件般也會變舊。我去一家廣告公司上班，經常加班與出差，但慢慢的，我逐漸意識到，好像很久沒看到林小姐了。回到家時，總看到頭髮變得稀疏花白的爸，獨自在客廳看電視，而且一反常態，也沒跟誰在講電話聊天。有一天我終於問他：「林小姐呢？怎麼都沒來？」

他不曉得是沒聽到，還是生悶氣，也沒答腔，但我也很習慣他這種漠視。

也許是幾個星期後吧，才有一句悄悄話帶到我耳邊：「林小姐ㄟ尪回來了！」

「啥物!?」我聽不太懂地問。

「伊尪，說是回來啦！」一個姑姑在我家廚房跟我嚼舌根。

「不是跑掉一、二十年了嗎？」我張大眼睛問。

姑姑擠擠眼，曖昧地笑笑，沒說什麼。

二

爸還是照舊每天早上起來讀報，接著看電視股盤，但就是沒人給他沖茶，或是幫他打電話到號子去。他在某些方面算是很有知識與見解，對人性的觀察也算犀利，常在宴客吃飯時戳破一些親戚的吹牛，贏得旁人哈哈大笑。但他就像一個習慣當眾表演的人，當客人都離場之後，不曉得該怎麼自己走下來。尤其當林小姐沒來之後，他唯一能直接下來的地方，就是客廳裡那張正對著電視的單人沙發。

「你要不要打個電話給林小姐？幫爸問一下。」二哥很孝順地想出這種方法，立刻被我否決。

「我跟林小姐沒這麼熟！而且搞不好她先生人也不錯，終於迷途知返。」於是二哥跟嫂子有一陣子常在客廳出沒，留下一些水果或新的高山茶，讓失落的氣氛平添幾許被哀悼的痕跡。

林小姐的先生是不是個好丈夫，我完全不介意，但當我看見爸沒有人可以被他指使，也聽不到他大聲數落林小姐反應慢、算術不好等等，我並不急著去恢復家中原貌。我想，在這當中分明有種隱藏的快意。

幾個月後，我因出差早點回來，看到客廳裡坐著一個頗為眼熟的中年女人，原來是林小姐卡拉ＯＫ店的合夥人，她與我爸似乎相談甚歡，我給他們上了一盤水果，沒多久她就說要回去了，關上大門前，還眨眨眼跟我說，是幫林小姐來探望我爸的，原本還怕他發脾氣云云。

「她會再回來嗎？」我好奇地問。

「偶爾過來，應該還是會的啦。唉！終究都還是老朋友嘛！」她說。我頓了一下，思索她話中的意思，但因我不想涉入太多，也沒再繼續多問。

「朋友」，這個名詞真的很好用，從枕邊人到路人甲都可涵蓋進去，算是東方民族的人際智慧。然而從降為朋友開始，我就知道我爸是被甩了，也對他第一次產生憐憫心。

「都那麼老了，才被甩，唉！」二哥因為連生兩個女兒，對爸總覺得有點虧欠，且又覺得女兒不輸給不存在的兒子，算是挺滿足的，因此對老人家就更深感抱歉。

「姨婆為什麼不能來？」當時還小的小姪女問。「她做錯什麼了，被阿公罰嗎？」看她認真的表情，我幾乎動容，也差點忘了她很喜歡她姨婆常帶來的高岡屋海苔。

大概有半年多的時間，我常在外面出差，除了工作，滿腦子是在外自立門戶的打算，不時想像著跟爸說「我下個月要搬出去了」的充滿強烈電流的畫面。

然而，現實總是比戲劇來得更有料。一天傍晚，我因生理期非常疼痛而早點回家，一打開門，就有種熟悉的預感，果然，林小姐就端坐在她常坐的沙發上，面帶微笑，跟我點頭。林小姐搽了些粉，髮髻梳得很整齊，還是一派溫和安詳，要不是我爸臉上那一絲難掩的尷尬，我會以為這一年來什麼都沒發生過。

從那次之後，林小姐又進出我家，偶爾會留下來一些伴手禮。但他們是否僅止於朋友間的探視，我就不清楚，而且也不想去了解。從國外回來之後，我對家裡一些老掉牙的事更沒什麼耐心。

根據有時會被寄放在阿公家的小姪女說，阿公股票賺了錢就會帶她去買雙聖冰淇淋，要是賠錢頂多就帶去逛小公園，她還說，姨婆都是來一下子就走了，但一定都會記得帶點心給她。

那一年，大姪女考上高中，翅膀硬了一半，家庭聚餐開始不太常出現；至於我，很想買間小套房，於是跟二哥商量借款，卻被他拒絕了，理由是他會被爸罵。

那陣子我跟爸常起爭執，最後一次他咆哮說：「米國人都教你這些？啥物隱私，你住這是哪沒隱私！」我只能暫時撤退，因為跟他講道理是沒用的。

自從林小姐回來之後，我差不多一年才碰到她幾次，碰面時都是問我忙不忙之類的寒暄，沒機會多聊。但逐漸的，也許是我年齡漸長，也有了些生活與情感的歷練，碰到林小姐時我開始會好奇地想，她，一個童養媳出身的人，老公跟別的女人跑掉後，是如何帶著兩個小孩自力更生。雖然多年來與我們家族共處，然而，對於真實的她，我並不了解。

但我也曉得，家人跟朋友一樣，知道太多事反而會帶來困擾，至於知道什麼還不重要，重要的是我們不想讓人知道。例如，我曾跟一個有未婚妻的人交往；也例如，我聽說林小姐多年前曾為我爸還債，這事連我二哥都還不曉得。

所以，當我了解林小姐也有一些事沒讓我們了解之後，我也繼續當作什麼都沒發生，直到她在客廳自己跟我說，過一陣子她會比較忙，來的次數會比較少，因為她要去醫院照顧兒子。

沒多久，我爸在陽台摔了一跤，沒法上銀行去匯款，他要我當面交給林小姐一些款項與文件。於是我跟林小姐約在一家市立醫院的大廳碰面，後因大廳施工，我們就在七樓她兒子病房外的座位區。這是我第一次單獨在外與她見面，感覺有種壓迫性的親密。

我坐在椅子上，眼看著她揹著一個肩袋，遠遠地就跟我彎腰，一副說抱歉的模樣。她輕踮著步伐走到我身旁，在醫院日光燈下，她的臉色顯得比平時蒼白些。等坐在我旁邊後，她很自然地挽著我的手臂，但也沒急著說什麼，好像就這樣發起呆。我自覺有點生硬，不曉得她接下來要做什麼。

當她放下那個咖啡色肩袋時，我留意到裡面似乎裝著什麼沉甸的東西。

「要妳跑一趟，真是不好意思！」她說。

我搖搖頭，微笑，接著就把爸交給我的牛皮紙袋從背包裡拿出來。

「林小姐，妳有什麼需要我們幫忙的嗎？」我問。
她的神情猶豫了一下，接著眼眶微紅，撫著我的手背說：「不用麻煩啦，我真的很不好意思！」她看著我的眼神有點像是受到傷害的畏縮。
「昨天醫生給我講，這次沒法度了……」她側著頭，望著空洞的長廊說。
我默不作聲，有點驚異事情這麼嚴重。接著，她用一種類似國畫的白描的敘述，音量是恰恰好只有我能聽到的微小與清晰，說她兒子在接受肝炎的治療，什麼爆炸性肝炎（我想指的是猛爆性肝炎），但醫生說希望不大，因為拖太久了，酒精讓肝與腎都壞了。
「他本來真的是很乖！」她一邊說，一邊瞄著斜對面的病房，神色中有幾許令人不忍的黯淡，她兒子應該就在那裡面。
「有去戒酒過嗎？」雖然太遲了，我還是忍不住問。
「不喝就很艱苦，會吐。」她蹙眉幽幽地說，又說些他本來很乖，在一家水族館工作，雖然賺不多，但很肯做。
「為什麼他要這樣喝？」我問。
「上班時認識了一些人，愛喝的人，常常找他去喝，唉！」她的語氣平淡，聽不到遷怒的情緒。這時，我突然想起林小姐從經營卡拉ＯＫ以來，一直也是與酒為伴。
「我已經給他找過很多醫院，看很多醫生，沒效，他還是要喝！妳看……」她扯動一下那個平躺的肩帶。
「醫生說絕對不能再喝了，但他一直求我再買給他，不然他……就吐，吐得很厲害！」她比畫了一下胸口，模仿她兒子痛苦的表情。

我默默聽著，不曉得該說些什麼。

「他賺錢時，每個月都會拿兩、三千給我，真的很乖！」她無意識地來回輕搓自己的手指。聽說喝太多酒手指會抖，但她好像還沒有。

「但這次，醫生說不行了，他還要喝。為了他，我被醫生護士罵過，但你能怎樣，他就已經是那樣了……」她停頓下來，緩和一下情緒。

「昨天我還跟他說，你若還這樣，我就不給你救喔！」她的語氣像是說不給小孩一個玩具，那樣地透著一種親暱與輕盈。

「嗯，他有說什麼嗎？」

「他就躺在床上，翻過身，不看我，說：『不救就不救。』像撒嬌。」到了這最後一句時，她的語氣平緩而溫柔，一霎時，我還以為那是不方便說的情話。

之後，她抬起頭微笑看著我說：「他也知道我很辛苦。」

我們兩個坐在醫院白管燈光下，沒再說話。安靜的走廊上，偶爾有醫護人員橡膠底鞋走過，留下唧唧聲的回音。我瞄著林小姐的肩帶，很難想像那瓶酒揹起來是什麼樣的感覺。

又聽了她一次「真不好意思」之後，她送我到醫院的大門，交代說我一定要搭計程車回去，免得我太累云云。看著她從門口轉身離去的背影，我清楚意識到那個人擁有我沒看過的一面，這麼多年來，她不僅是我爸的女朋友而已，她還是一個母親，一個別人的真正的母親，望著她，我不覺有點出神。

之後，又有好一陣子我沒看到她，偶爾想起那晚在醫院跟她的會面，還覺得有幾分虛幻。在我沒見到她那段期間，她兒子走了。聽說她沒有依照習俗在棺木前敲幾下拐杖，以處罰兒子的不孝，她只說那是緣分，是她自己命不好。

三

日子一天天無聲地過，我換到另一家廣告公司上班，也認識了一些有趣但關係不持久的人。偶爾在假日時，我會聽到林小姐一早壓電鈴與客廳裡細碎的聲響，而等我正式起床後，她早已離去。

曾有幾個瞬間，我想過要跟林小姐道謝或什麼的，終究這麼多年來，她也算是在照顧我爸，但我想過就罷，沒去認真。而且，真正要去謝的，也應該是我爸，當然，他也許連做夢都不曾有這念頭。在我醒睡之間，有時仍會聽到我爸對林小姐大小聲：「妳哪會這麼傻，哪會都聽無，吼！」

再見到她時，是幾個月後在我祖母三十周年忌日。四叔趁這個機會在一個農會上面的餐廳大宴百多名家族與賓客，順便讓他兒子——我堂弟，給推銷出去當縣議員候選人。我爸很不以為然，說用我阿嬤的名義給那蠢蛋背書太沒道理。林小姐再看到我時，顯得很開心，這種感覺讓我實在不習慣，因為這麼多年來，我從沒想過要跟她親近。

宴席當中，林小姐坐在我爸旁邊，加上大哥沒來，還有我遲遲未婚，我們這一桌在這種場合難免顯得比較另類，但我們都習慣了。親戚們來來去去彼此招呼，看到林小姐時也會過來寒暄，像是叔叔、嬸嬸、姑媽們，他們有著卡拉ＯＫ的共同回憶。最後大家免不了說都老了、老了，唱不過來了，這些聽起來有一半是順勢的場面話，另一半則是事實。接著，身為主人的四叔也帶著堂弟過來敬酒，四叔先朝我二哥的方向頷首一下，之後才看我爸跟我與姪女們，對林小姐則跟往常一樣，用公式化的笑容掃過而已。

爸那天沒有像以往那樣去各桌喧譁，有人來勸酒時也只是小口喝，他跟人家說最近血壓高，不大能喝，但我直覺是他在生四叔的氣。

「有啥物了不起，那麼風神！」果然，爸一上計程車就開始抱怨。其實我跟林小姐心裡都明白，與其說是不滿四叔，說穿了還是為了我大哥，他是我爸的心病，而且這個病每天都揪著他。

「人家請客也是好意，你何必惹自己莫歡喜。」林小姐說，還很了解似地瞅我一眼，默契似地微笑。除了她的臉頰沒有往常的豐腴之外，我看不出她有喪子之痛的明顯痕跡，也因為這樣，我愈覺不方便說些什麼。直到她在捷運站下車時，我才忍不住搖下車窗問她：「妳還好嗎？」她有點訝異，但隨之就溫婉含笑，跟我揮揮手。

那天，二哥一家人坐另一部車回去，他們不必面對我爸的情緒，這讓我再次覺得有點不公平。不結婚的女生也是有自己的生活方式，我不想圍繞著屋簷下的男性而過活，不管那是父親或老公。

現在，當我看到林小姐時，難免會想她跟那個離家回來的丈夫到底是過著什麼樣的生活，還有她會想念自己的兒子嗎？但那不關我的事，也不關任何人的事。

然後呢，大概是一年後吧，一個在銀行當實習生的小表妹跟她媽——也就是我小姑媽，說看到林小姐跟一個阿公去她們銀行辦事，那個阿公坐在輪椅上，表妹說跟林小姐不熟所以沒過去招呼，還說那個輪椅是名牌，她同學家有在賣，他們都戲稱它是輪椅中的BMW。

林小姐沒有父親，所以表妹說的那個阿公，應該就是她的先生，但我們家族都沒人見過。我不曉得這些話有沒有傳到我爸那裡，也無法知道他是否會有忌妒的情緒。三、四年來，我爸、林小姐與這個男人，組成一種奇特的共生關係，同時又過著各自的生活，井水不犯河水。

但我逐漸淡忘了這件事，在經常加班的工作之餘，我全心全意跟那個曾訂婚的人重新交往。我還不想結婚，只想要一個穩定又有彈性的關係，而且我也不一定是最適合他的人，在男女關係上我沒有像在工作方面的自信。偶爾，晚上我會住在男朋友家，剛開始，我沒跟我爸講這麼白，只說要住朋友那裡，但終於他也知道為什麼我一直想搬出去，他選擇默不作聲。直到有一天，他板著臉說：「妳若想要結婚，就趕緊結結ㄟ！」聽起來，像是打個童軍結，讓人很不是滋味，所以我完全沒想再跟他談下去。

其實，要不是爸的身體已經不比從前，我可能早已自立門戶，不用跟他大眼瞪小眼。但沒有人在乎我的內心糾結，反正日子還是每天像巨輪一樣滾。只不過眼看著姪女們一天天長高，變成她們要俯瞰我之後，我開始覺得是在「時代的巨輪後面吃灰塵」——有個作家曾這麼說，我現在完全明白那種心境了。

這些年來，林小姐也看得出年紀大了，雖然還是看起來白白淨淨的，但笑起來眼角的皺紋除了之前的溝痕以外，已經明顯地鬆軟。我從她學到第一手的觀察：臉皮的光滑果真會隨著時間而消失。因為我也碰上了類似的問題，看著林小姐，就彷彿看到我的未來。

一天黃昏，我跟朋友聚餐回來之後，發現兩個姪女與林小姐都坐在客廳的沙發上，看似跟我爸在看電視。這個挺不尋常的。

「你們在開同學會嗎？」我問。

小姪女咯咯笑地說：「爸爸要我們來問阿公生日要去哪裡吃飯。」

「他自己怎不來？」我問。

「他說這兩隻很久沒來看阿公啦！」林小姐搶答，一邊幫老二重編髮辮。

當我進到房間換衣服時，小姪女也尾隨進來，從她的布包裡把一本藍色小本子在我面前一晃，我沒留意看，忙著卸妝。她接著說：「姑姑，你知道姨婆叫什麼名字啊？」

「不知道ㄟ，沒問過，做什麼？」我說。她嘴裡的姨婆，就是林小姐。

「Moron！」大姪女突然出現在房門口，冷不防地說。

「不能叫妹妹Moron！」

「你看她幹了什麼好事！」姊姊比著那本藍皮書。

我一看，很眼熟，上面還貼了一些粉紅亮片，不就是我哥說到他這代就絕版的族譜嘛！

「我討厭阿公，他每次都說我們女生怎樣……」妹妹欲言又止。

「說怎樣？」我追問。

「說……我可以找人嫁進來，說要拜拜。」

「他跟妳開玩笑的，阿公很疼妳們啊，妳愛嫁給誰就嫁給誰！」我忍不住撲起火來。

姊姊從妹妹手裡搶來族譜，遞給我，我翻了一下，看到在我祖父跟他爸爸的條目上被畫上了人頭插畫，有鬍子與眼鏡，再上去的好幾代也被貼上可愛的彩色小天使縮圖，還有在密密麻麻的楷書字之間，被貼上類似Google地圖上那種位置圖，顯示住家的位置，一塊塊還挺工整的。我看得一時有點懵了。

「怎樣，夠誇張吧！」姊姊從我背後說。

「喔……這個……」我不太清楚要說些什麼，現在的小孩真是不太好教啊！

接著，我看到我爸的條目旁還拉出筆直的一條粉紅虛線。

「姨婆不是我們家族的人，妳要怎麼連這條線？」我問。

「她給我很多糖，媽說要感恩。」妹妹說。

「妳少在這裡裝小、裝可愛！姑姑，她跟我說的版本是，姨婆有一天也會死，死了之後也要寫在這裡，夠白痴吧！」姊姊說。

「妳姨婆還有一個兒子啊！」我不禁暗暗嘆了口氣，想著要如何收拾這個場面。

「這一本我先幫妳收起來，等妳長大一點，我再還給妳好不好？」我問。

趁著兩姊妹又在那裡鬥嘴，我把族譜放進我的抽屜，鎖起來，免得被我爸看到又鬱悶、使脾氣。

爸的生日一直是件大事，我們總會在一家固定的日式小館聚餐，但去年的這一次氣氛沒有很濃烈，一來是爸身體不舒服，二來是他前陣子弄丟了他心愛的紀念錶，三來，是林小姐沒出席。懶得再固守一些顧忌，我當著眾人問我爸：「林小姐今天怎麼沒來？上次碰到她時，她還說要帶一罐紅酒給大家喝。」

「伊那個，回去啦！」爸很簡潔了當地說。
「回去？」我愣了一下，哥嫂也是一臉茫然。
「人老了，早晚就是這樣！」爸神色裡的頹然，讓我不敢再問下去。
那一晚，大家安靜地吃飯，只有姪女倆在嫂子的引導下，識趣地講些無關痛癢的話撐場面。一吃完，我們就散了。但我破例地走在爸後面，跟他一起回去。他瘦瘦的身材，兩腳微晃地前行。以前我一直以為是喝酒的醺醺然，後來聽男友說才知道，他爸也是這樣，那是因為年紀大了，腳會比較沒力。看著他薄薄一片背影，感覺我們這個家族的巨人很明顯地佝僂了。
「妳若有閒，就給妳那個帶回來，不要老是這樣，趁我現在還在！」他頭也不回地說。
我有點意外，而在搞清楚他指的是我男朋友之後，我勉強壓抑著跟他頂嘴的衝動，沒說話。
我們一前一後走在住家的巷子裡，踩著落下的零星榕樹葉時，我忽然想到小時候，媽也曾經揹著我走在爸的身後。那時，我將全身的重量都倒在母親的背上，而咫尺之遙的父親，會不時含笑地回頭跟媽說話，他們好像一直都在說話。
「林小姐若來，你要對人家好一點，都這麼大漢啊，不要還像囡仔一樣！」他又說。喔！我真的放棄了，他真是不可理喻，不清楚別人的想法，成天只會指責別人！我感覺一股怒氣快從心窩竄起，停下腳步，接著朝相反的方向，快速離去。我心裡打定主意，絕對不會把男朋友帶來給他看，絕不！

四

由於還在生我爸的氣，接下來半年曾看到林小姐兩次，也是簡單打個招呼就出門。雖然我想知道她先生的事，但總覺得只要有我爸在場，氣氛就比較生硬，沒那種閒話家常的心情。

我跟男朋友的確有談到住在一起的可行性。我不想在很疲累的狀態下還要從他家裡整裝回來這裡。時間拖得愈久，我愈不曉得自己在忙什麼。

我有想過跟二哥談一下，但他有他的立場，不用談我也知道他雖然會同意，但那些沒說出來的事，反而會讓我更為難。

「妳要不要先找林小姐談一下？」二嫂在電話裡跟我這麼提議。

「她先生都已經走了，也許她會想要跟爸作伴，妳去試探看看她有沒有那個意思。」嫂子繼續說。

我拖了很久，一直沒有採取行動，因為這聽起來像是把照顧老父的責任推給別人，就算這個人是林小姐。尤其是當他走路愈來愈晃時，我就更難說出口。但同時我也質疑我能派得上什麼用處，我們經常一言不合就處於冷戰狀態，最近的一次，是因為他抵死不用我買給他的拐杖，所以我進出家門時也不跟他招呼。

到底跟什麼人住在一起與維持什麼樣的關係，是最能符合人類最大的效益與滿足？家人、情人或單身？當我還有時間與精力時，我會推敲這問題。

一天下午在辦公室時，很意外的，接到林小姐打來的電話。

「真歹勢，我知道妳很忙，不過妳若有閒，咱來去喝一杯！」她說，十足客氣的語意中隱然有種從容不迫，莫非是我嫂嫂做了什麼？

她提議去吃我喜歡的鐵板燒，但我卻訂了七條通一家日式老店的小包廂。我當時有一支啤酒廣告的案子，想說順便取材找點靈感也好。跟長輩去這種地方，感覺到光是他們的現身，就讓周圍懷舊的氛圍真的甦醒過來。那晚她穿著乳白色針織套裝，戴著一條粉紅寶石項鍊，看起來是盛裝；而我還是老樣子，一條牛仔褲與襯衫。如果我的記憶無誤，這是長久以來我第一次跟她單獨在外用餐。

「聽妳爸說，妳有男朋友了？」她一邊幫我斟酒，一邊似乎無所忌憚地微笑著問。

「嗯！」我忘了跟她謝酒，滿腦子轉動著這頓飯接下來可能的發展方向。

「我比較好奇的是，妳自己也有錢，為什麼會想跟我爸在一起。」放下溫溫的白瓷小酒杯後，我直接問。

她看著我，用一種好像對待成年人的慎重態度，含笑著說：「我那個走了後，我感到沒伴，妳爸純純的，雖然脾氣不大好，但是比起外面的……他不會騙人。」

「那妳先生呢？他為什麼要離開？」我把積在心頭的問題統統搬出來。

她似乎沒有任何猶豫，很自然地就說：「在我之前，他就認識一個比他大的查某，說是自囝仔就相識，對他很兇，很會管他，不過他好像很習慣了這樣。他說要走，我就說，那就簽一簽，咱離婚吧！可是他又不要……」

看她停下來，我就繼續問：「那他離開那麼久，又回來，這樣妳還要他?!」

這下她是真的笑了，似乎有種恬靜的滿足：「他身體不大好，就說要回來，說在這裡他較安心。」

「所以他就大方回來給妳照顧？」我知道我語氣裡有著嘲諷。

「其實他剛回來時還好，菸酒都戒了，還會去市場給我買菜。半年多後，才需要我帶他去病院。」聽起來，好像是在護著他講話。

「他是……？」我又問。

「喔，是癌啦，胃跟腸仔，攏有。做了兩次手術，不過救不回來。」她臉上十分平靜，沒有明顯的哀戚。不知怎的，我想起她兒子，想起她曾買酒去讓他止吐。

「走了也好，到最後他很瘦，什麼也沒法度吞。」她停了一下，似乎在尋思。

「有一天，我要回去時，他把我這樣……」她突然用單手使勁蓋住我的手掌背，我有點意外。

「說伊欠我很多，對我很失禮。伊還自己說、自己笑出來！」她眼裡有種淡淡的光芒，好像在對自己微笑。

我們靜靜地把昆布味噌湯喝完，甘醇中有點因放涼而來的鹽味。我不禁想著，人的一生也不過是這樣，說穿了，幾句話就可料理完畢。

「妳老爸，也是歹命；父親早死、生意做不起來、妳媽也很早就走。」她徐徐地說，似乎總結了我爸的一生，讓我有點小小的震撼，因為我從未想過我爸的命苦不苦這個問題。

不知怎的，一頓飯吃下來，我愈來愈沒勇氣把嫂子提議的事情說出口，因為說是作伴，其實就是照顧。我無法想像自己抬起頭來跟她問說：「我想跟男朋友同居，可否請妳跟我爸作伴？」

之後，她還問了一些關於我的工作狀況與男友的背景，我因為另有心思，草草說完就算交代了事，就算她露出想多了解一些的神情，我也沒去回應。

那天的月色很清、很亮，我們沿著巷內石板步道慢慢走，兩旁都是居酒屋之類的小店，有些磚石都已被踩得發亮了。今晚她堅持要付帳，我想起還沒跟她謝謝，正要說時，眼看著前面有來車，她勾著我的手閃向巷子內側說：「我一直把妳當成是我女兒，妳罕得才跟我吃一頓飯，我真歡喜！」

我沒再答腔，因為不曉得要說什麼。但她看起來似乎挺開心的，沒看到我局促的表情。

「其實喔，我有想過要跟妳老爸結婚，就是在我先生回來之前啦，我有想過！」她晶亮的眼神裡有些靦腆。

「喔！」我心想，她又給我爆料了，於是耳朵趕緊豎起來聽。

「不過，我想一想，我在自己家，有兒子、有孫子，我是老大，要是嫁到你們家，我就變這樣……」她豎起自己一根白白的小指，笑著說。

「嗯！嗯！」我猛點頭，覺得她真是頭腦很清楚，要換成我，我也當然不願意。

「妳這麼做是很正確的！」我忍不住稱讚。可是一說完，又覺得哪不太對勁，好像我爸在旁邊瞅著看。但誰管他呢！在這一點上，我跟林小姐是同一國的。

等我自己搭捷運回來時，半路上我才想到忘了問林小姐為什麼今晚要約我吃飯，但好像也不需要問，應該問的是我們為什麼至今才一起共餐。

大概是一個月之後，我也心煩夠了，就跟男友說暫時是沒辦法了，除非我們請到合適的幫傭，而且還要我爸同意。他說他明白，但從他口氣我知道他還是不太明白。一個人怎可能完全了解另一個人的處境與感受呢！

雖然暫時無法離開這裡，我還是在有空時將自己住了多年的老巢清理一遍。各種畢業證書、相本與累積多年的藏書，摸一摸，擦一擦，都有濃濃的回味。接著，我看到小姪女那本封面上添加了粉紅亮片的族譜，不禁莞爾又肅然起敬，她的確是個有想法又很貼心的小姑娘。但我還沒跟她說，姨婆可能不需要這個東西，而且應該也不介意她的名字被放在哪。

有一天，正當我午睡時，朦朧中聽到客廳一陣嘈雜，似乎是爸又在對誰大小聲。我開了門，探出頭，隔著長長的走道，看到林小姐在教爸怎麼坐輪椅。

「我不是殘廢，哪要坐這！」爸厲聲抗議。

「這是為了方便，你若不想走，我就可以給你推，推去公園。你看，很省事啊！」林小姐自己坐在輪椅上示範，耐心地勸誘他。

那台灰色輪椅，似乎很輕巧，轉身也很俐落，從背後看，椅背上還鑲著一個紅紋徽章，很帥。我不禁懷疑，莫非這就是那台傳聞中的ＢＭＷ。

「要坐，你自己坐，你不要吵我，我要看電視！」爸不耐煩地說，但至少沒威脅要轟人家出去。

惺忪之中，我把門輕輕掩上，因為還不想被捲入。預料，這個插曲將不會那麼快恢復平靜。

——原載二〇一三年十二月二十二至二十四日《自由時報》副刊
本文獲二〇一三年第九屆林榮三文學獎短篇小說三獎

一九五五年生，彰化鹿港人，定居台中。十七歲開始寫作，曾獲全國大專小說首獎、時報文學獎、聯合報小說獎、開卷年度十大好書。

短期任職台中地檢處書記官、台灣新文學雜誌社長，長期投身建築。

著有散文集《隔水間相思》、《企業家沒有家：一個台灣商人的愛與恨》、《憂國：台灣巨變一百天》，小說集《離鄉遺事》、《我是你的憂鬱》、《宣讀之日》、《沙戲：生命情境‧孤獨美學》、《那麼熱，那麼冷》及自選集《美麗蒼茫》。

那麼熱，那麼冷

王定國

一

七戶人家圍繞的巷弄，對講機忽然咬住了午後的蟬鳴，這時候的蔡歐陽晴美正在餵貓，渾身戒備得不動絲毫。幾秒後再度響起，機器彷彿掐住了線路的脖子，雖然她知道大約又是昨夜雷電造成的短路，卻也不得不相信這是惡兆的降臨。她拍走了貓，猶豫起來，明知這是離家二十年的死老猴回來了，到底還是抵制著，只能期待他摸摸鼻子離開，繼續去走他自己的老天涯。

但蔡恭晚沒有死心，死心就不會硬著頭皮來到這裡。麥芽色的帽舌壓著眉心，斜揹的布包掛胸前，手底幾乎就是當年漏夜潛逃的簡便家當。他按了三次鈴，對講系統終於惱火了，每家每戶開始交叉齊鳴，有的對他哼著悶聲，有的問他到底找誰。找誰？不就是蔡歐陽晴美嗎？他不叫她的名字，篤定知道她在聽，只好清著喉嚨說，是—我—啦，沒想到經由一陣聽音辨位，該掛的都掛了，不該掛的也掛了。

蔡歐陽晴美憋了半小時才按下了開門鍵。幾個月後她還納悶著，那等待的空檔他若不是找電線桿撒尿去了，難道一直賴在門外賭她一定會放手投降？這個新家要不是還有一道門禁替她擋路，恐怕那天早就穿門踏戶闖進來。

整棟樓房是兒子蔡紫式發跡後的大手筆，不只前後有院，連側牆都站了一排櫻花梅花，死老猴是連作夢也沒看過這等景緻的，果然一進門就傻眼。多年之後的照面便就如此輕飄飄地晃眼而過，她不願直視，他也只好暫且低著臉。空氣中兩股空氣。她瞅著那隻老皮箱擱到了桌底，眼看另一手的背包也要落在茶几時，立即撥出手勢，朝走道那邊的地板發落著。多年來難得防禦起來的領域感是該讓他見識的，何況不知道他來是來多久，住要住到何月何年。

蔡恭晚自認也不是省油的燈，為了驅走寄人籬下的鄉愁，他從前庭看到後院，刻意走得輕快，營造著遲來晚到總歸一家人的熟稔。那後面的石榴花噴得紅吱吱，好像呼應前院的白玫瑰一起對開著，打死也不相信這是她蔡歐陽晴美憑空得來的修行。他看完了外圍，交著手開始緩行，望望櫃頭上的相框，看看邊几上的小檯燈，品賞之餘不忘兼顧自己的謙卑背影，走到後來發現老妻根本不在視線裡，這才對著一些陌生飾物毫不客氣地摸弄起來。

五點過後總算熱炒起來的鍋鏟聲，終於稍稍讓他暖和了半刻；卻沒想到後來看到的餐桌只剩幾許挾剩的冷盤，原來她已帶著自己的飯菜回到樓上，撇落他一個人默默吞下那天黃昏的晚餐。

客廳終於暗下來的時候，蔡恭晚提著行李往上走，一時找不到梯間照明，只好藉著不知何處的餘光慢慢爬，樓上房門口擺著一雙拖鞋，他不清楚這是她光著腳在裡面，還是暗示他直接換上拖鞋走進房。對方既然還在氣頭上，他不敢多加臆測，只能再往三樓走，行李不落地，腳尖踮在石階上。不幸得很，來到樓梯轉角時，他仰著臉正好對上了吸頂燈下忽然推開的浴室門，她正捏著腰間的褲頭走出來，上身來不及遮掩，一副光溜溜的落葉殘枝忽然就晃盪在他眼前了。

回想當時的情景，蔡恭晚仍然不寒而慄，她裂著大嘴尖叫，偏偏嗓子好像啞掉了，聽起來很像從空中墜落的迴音。後來爬上頂樓的蔡恭晚只好就著一張舊沙發躺下，兩手枕起後頸對著天花板，想著自己挨罵也是理所當然，只是那場面也不至於讓她那般震怒吧，那一對老奶早就掛了，不就是兩朵向日葵的末日嗎？

倒有個揮不走的陰影一直跳動在他眼底，他想起了客廳櫃上的那些大小相片，除了幾張個人照，全家合影最多也就四個人：蔡歐陽晴美，蔡紫式，蔡莫，還有就是媳婦蔡瑟芬。連嫁過來的外人也姓蔡，也在他們三代單傳的蔡家占著一席，獨獨漏掉他這如假包換的一家之主。相片裡的每張臉冷冷地對他笑著，沒有人招手，容他借位的空隙也都塞滿了，一切都來不及了，難怪一回來就是這般冷清的對待。半夜三點還是難以入眠，早知道要在這個屋簷下安插今後的餘生，他根本不會來按這個鬼電鈴。

●

他發覺自己被耍了。迎接他回來的禮數原本是這樣安排的：蔡紫式到火車站接他，媳婦負責張羅團圓的晚餐，連阿孫蔡莫也要找人代班趕過來。協商過程充滿令人起疑的孝心，電話邀了一通又一通，聽到最後反讓他擔憂這份誠意別又縮了回去。那麼，既要答應下來，那就要把事況弄清楚。

啊你老母肯否？

哪有問題，講實在啦，伊聽到你欲返來，歡喜到嘴笑目笑哩。

多年不見的兒子變得如此奸巧，只好認了。當然，回來住了半年，老夫老妻總算磨出了相應之道，不再是剛開始的怒目仇眉。他睡二樓，也就是門口原來擺著拖鞋的那間房。她住三樓，旁邊另一間則是她的阿彌陀佛，整層都是她的世界，大清早就開始誦經，激切的魔音穿過陽台落在前院花叢裡，連花瓣露珠都一起晃顫著。八點早餐，現榨蔬果全由蔡恭晚調理，一人一杯量，全麥士司自取，兩張嘴各嚼各的寂寞，節奏或有快慢，唯一整齊是同樣無聲無息。

一天的開始，也像一天的結束。蔡恭晚曾經試著一樣早起，貼著她跪到拜墊上，雖然聽不懂聲聲入耳的佛經，卻也知道懺悔有多重要，沒想到兩個膝頭剛落，她已提早拜了三拜，強撐著也要逃命似地爬離開。那天清晨便他獨自一個面對著菩薩，原本是來旁聽的，突然變成了主訴者，兩手合在空中頓了又頓，不知該說什麼，一個字也說不出來。

想起離家那晚雖然走得倉促，兩夫妻還是緊挨著身影的，她幫他提包，另一隻手扣在他袖口，拉不緊，放不開，就像一幕離散的悲劇映在不敢開燈的小客廳。哪裡知道多年以後全都變了樣，回來是回來了，每天活在默劇裡。

風聲若過去，你就愛趕緊轉來，我會驚……。

驚啥啦，不過是去外口走走而已，妳當做我欲去環遊世界麼？

聽說隔天一早幾個黑索索的大漢已經堵在店門口，丟雞蛋又潑尿汁，從磚牆流下來的紅漆注滿一灘又一灘，要不是半夜逃得快，不在醫院也在牢房裡。

光從這件事，總算悟到人生果然無常，黃昏前他還到處閒晃著，一頓飯後忽然就是匆忙打包的下場。一切都因為錢。文具店的生意連年慘淡，賣起六合彩的明牌後才開始有點現金周轉，嘗到了甜頭再加上眾人慫恿，終於自然而然當起了組頭。

這天恰是颱風離境的下午，風還吹著，大街小巷卻靜得出奇，原來聽說一道天機突然在這小鎮降臨了，手腳快的男女老幼早就聚集到西郊一條泥流沖刷的河床。晚到的蔡恭晚，腳踏車爬上橋頭時，河岸兩邊已經無路可行，他姑且看著別人笑話般趴在護欄上，嘴裡叼著菸，聽著簇擁在石灘上搜尋浮字的人陣中不時爆來的驚呼聲。

然而就在這一瞬間，在這居高臨下的視野裡，蔡恭晚猝然看見了神的筆跡。從他所在的高處俯瞰，他看見的是一片無人聞問的平瀨正在發光，而那是個非常清晰的密碼，由一堆大小石頭疊繞成形。也就是說，神剛剛來過了，祂在原本空無一人的河邊等了很久，後來人越來越多，祂只好來到灘尾留下了最後的暗示，等著從小鬱鬱寡歡的五十歲蔡恭晚此刻緩緩到來。他擠不進通往橋下的小徑，乾脆縱身竄進右邊的芒草浪裡，手忙腳亂地劈出曲折的路縫，一直到踏上了無人的石灘，已經是另一處完全逆向的河床。

河床上，一台挖土機正在轟隆轟隆進行著清污工程。沒有更好的主意了，他當下是靈機應變地勇猛，馬上把那戴帽子的駕駛叫下來商量，掏出了身上所有的餘錢，沒幾下便攀上了那隻怪手，一待引擎發動，彷如搭著一部孤單的摩天輪緩緩升空。

於是他終於又看見那個神奇密碼了，在與橋頭不同角度的幽微之處，神的心意還是那麼堅持，不管河灘上那些蠢蛋有多赤誠，祂彷彿只為他一人顯靈，那個數字不容懷疑，是那般諄諄教誨的開示，再不領悟那就永遠別想翻身了。

那時的天空還忽然飄起了感人的細雨。蔡恭晚回到店裡，搖醒了瞌睡中的蔡歐陽晴美，除了把看到的數字全部封牌以防外人下單，覺得不夠，開始打電話找同業調牌加碼；覺得還可以賺得更多，乾脆吃下了賭客們的一堆冷門簽注，在上游大組頭規定封簽的最後一刻，終於送出他蔡恭晚潦倒了半輩子以來終該時來運轉的暴富簽單。

二十年後他還記得河灘上的那個數字。石頭、泥巴加上無邊法力，形成兩個圈圈相互交纏著，那是一個倒臥的8，多像一雙乖巧的大眼睛，多麼深情款款對他凝視著。

明明就是神的筆跡，怎麼知道後來變成了鬼的黑影。

●

她看過這個主持人，本人比螢幕上年輕漂亮，介紹完蔡家的屋內環境後，開始朝她招著手：阿嬤阿嬤，換妳來講幾句話乎觀眾聽。她在櫥櫃後面擋著手，攝影機卻已轉過來，而蔡恭晚早在預定角落等待著她的合影。她不想站到他旁邊，推拖了很久，錄影數度喊停，一旁監督的兒子急得不斷跺著腳。

後來電視播出時，她才發現蔡恭晚的頭頂幾乎禿光了，特地染黑的髮毛只像幾根枯絲垂在頸後，平常她看都不看的這副狼狽相總算逼現到眼前。節目叫做小鎮巡禮，介紹完廟宇夜市和地方土產，後半段便是企業楷模蔡紫式的成長歷程。兩老的衣服怎麼穿，問話要怎麼答，都聽阿紫的意見，從三個月前就開始演練的父慈母慧的畫面裡，阿紫穿梭全場緊盯著所有細節，黑西裝紅領帶，兩顆藍色袖扣閃亮發光，渾身歡欣得像隻喜鵲飛過去又飛過來。

但她看得出瑟芬是憂愁的，端出一盤水果就躲進廚房，伉儷情深的情節完全沒辦法上演。媳婦雖然只是別人的女兒，她還是心疼這個女人遲早會像她。兒子都把真相講反了，他們夫妻感情誰知道，聽說沒有一天是半夜之前回家的，每次喝到爛醉進不了家門，才被人攙來這裡過夜。一家和樂全都是假，只有一樣是真的，把這死老猴騙回來，就是為了演出這天的三代同堂。

最可憐當然就是乖孫阿莫了，被他爸爸押在現場，眼神像一條死魚那樣黯淡。她當然知道阿莫為什麼變成這樣，好端端交往的女朋友突然跑掉了，完全也是死老猴招來的禍端。不然，那叫小咪的女孩很漂亮啊，也不怕生，第一次上門就挨著她酸疼的肩膀又捏又按，嘴巴甜得討人喜歡。

只是在她瞇著眼的陶醉裡，她忽然想起這女孩越來越像一個人。她在腦海裡一個個追認，從每戶鄰居到市場攤販，到街上的各家小店頭，還在思索著，死老猴剛巧拎著葉菜回來，兩列大小火車終於就在客廳撞上了。死老猴兩眼滾燙燙，那個女孩也嚇得說不出話，老小一起愣在原地對看著，難得歡樂起來的氣氛忽然急凍下來。

後來還是靠她自己解出了答案，她終於想起那個站在環保車上的女人了。

那時的蔡歐陽晴美每兩天丟一次垃圾，車子來到巷口都在入夜七點鐘。她的袋子一向最小，就像她停經後的胃口，她總是靜靜躲在騎樓下，等到別家扔完才出來。盛夏這天，霞色是依稀的半明半暗，她卻終於瞧見了失蹤多年的蔡恭晚，他正跨在環保車上，單手控著輸送鈕，單手接收那女助手拋來的分類袋。直到各家各戶丟完了垃圾，車邊終於安靜下來，蔡恭晚轉身捏捏那個小屁股，這才跳下來準備回到前座開車。

這時他突然朝著騎樓喊：喂，阿妳的袋仔咧，妳是欲等最後一班喔？

她把袋子抓得緊緊，感覺自己好像被掠奪了，往後閃到樓柱另一頭，反讓腳後跟拐倒下來，藏不住的身軀終於晾出原形。這時的蔡恭晚顯然愣住了，便再也沒有出聲，反而緊急發動了車子。當她從地上爬起，聽見那首〈少女的祈禱〉在加速中已經變成急行快板，只剩一半的車尾竄入支線逃逸後，那越來越遠的祈禱最後終於飄上了夜空。

自此以後她不再出門，大包小包的垃圾貼牆而立，空氣中一股酸味塞滿眼睛；然而還有一種東西是她最害怕的，也許來自窗縫，來自聲音光線甚至也來自天花板，種種毀滅性的毒物一點一滴滲出了讓她恐慌起來的氣息。她貼了無數封條，堵住魔鬼的空隙。她關閉所有光源，不洩漏任何聲音，時時防堵著誰要來陷害她。但她自認一切如常，每天還是平靜等待，蔡恭晚會在半夜回來敲門，這個希望沒有破滅。她曾經拒絕兒媳同住，為的也是不願相信身邊永遠少掉一個人，她寧願繼續等，唯有這樣的寂寞才能永遠記得那天晚上的離別。

媳婦過來為她清理垃圾山的時候，她已經躺在醫院進行著精神官能的療程，嘴裡不斷叫喊著蔡恭晚在她生命中留下的零碎記憶。妳遇到過最快樂的事嗎？蔡恭晚。妳在害怕什麼？蔡恭晚。出院後誰來接妳回家？蔡恭晚。那麼妳最不想看到的人是誰？蔡恭晚。那段日子，蔡恭晚彷彿占用她的腦海也擺布她的唇語，她緊抓著媳婦帶來的佛珠，每一句念得像咒語，每一顆緊緊捏壓捻滾，指腹隆起破滅，血水絲絲滲出。她一度陷入迷亂，強烈的孤單像一幕黑夜在無邊無際的腦海慢慢翻白。

她生命中沒有其他男人的記憶，剛滿二十歲相親結婚，三天後識破了他是國校職員的謊言，但她沒有任何哭訴，依然心甘情願隨他四處奔波打零工，為的只是緊緊抱住那剩下來的，每天貼在摩托車後座上的一點點幸福感。

她原本相信等待就有希望，即便曾經夢見他遭人暗算，醒來也不驚慌，一切生死都不算，除非蔡恭晚親口告訴她。她沒想到被暗算的原來是她自己，甚至當她從〈少女的祈禱〉聲中連滾帶爬回到自家門口時，還以為剛剛的幻覺未免太過荒唐。

她很少回顧自己。她的一生簡單漫長，搭錯一部快車，抵達終點才看見陌生站牌，好不容易下了車，慢慢走，才走到現在的黃昏。現在她已經不再那麼憂愁了，阿莫帶來女朋友的那天便是那般從容度過的，她不動聲色，再也沒有任何哀傷。

●

阿紫身上有股特殊氣味，不全然來自香水，而是男人發跡之後一種雄糾糾的蠱惑，隨時蟄伏在他眼底和毛細孔裡。蔡恭晚相信這種魅力只有勝利者身上才有，是一種侵略過後自然散發出來的魔幻味道，誰也奈何不了。阿紫是上天栽培的孩子，出生時沒有心跳，捧在手底就像一根紫茄，當時若不是他這老爸緊急搓捏一把，輪不到這小子今天還那麼趾高氣揚。

十天半個月阿紫偶爾過來一下，有時躺在樹蔭下的車子裡休息，只讓司機捧著罐頭水果進來哈啦幾句，心血來潮時才親自登門進屋，拉開了領帶，身上那股氣息便像窗外的晨霧飄了進來。

有欠啥莫？哪有欠啥就愛講，我隨時叫阿芬款一批過來。

兩老都會各自搖頭，搖頭的節奏並不齊整，心裡想的也不相同。

蔡歐陽晴美平常簡樸慣了，自然什麼都不缺，但除了搖頭之外，總有一股憂心說不出來。阿紫有時會來個西式擁抱，熱情地拍拍她的後背，胸口卻是空心的，不像瑟芬雖然只把她的手拿去放進自己手裡，傳達給她的溫度卻是剛剛好的貼心。她靜靜看著阿紫，心裡的罣礙無人知曉，她會在他離去時快步上樓走進房間，從狹長的側窗盯住外面行道樹下的車子，那駕駛座旁的位子通常都是不同面貌的女人，從來沒有一次是瑟芬坐在那裡。

但她發現死老猴對著阿紫搖頭時，那種神情是慌張的，表面上雖也傳達著不缺任何物料的意思，卻帶有一種害怕對方追究的惶恐。惶恐什麼，可能就是長住的客人那種隱約的歉意和不安吧。他們的父子關係是空白的，好像就為了電視錄影才開始交往，全家福的情節播出後，人趕不走了，擺在眼前便就剩下了一種強迫歸宗的親屬感。

蔡恭晚的觀察就沒有那麼細微，除了好奇阿紫身上的氣味，他每天期盼的還是和老妻同桌共飯的溫暖時光，吃飯雖是例行公事，兩個人一起默默吃到碗底總也會吃出一點感情來吧。沒想她每次總是為了離席而吃得急快，脊椎挺著食道向上蠕動，兩眼直視前方，含在嘴裡的食渣鼓滿兩邊腮幫，活像死刑犯的最後一餐。他則懷著小媳婦般的隱情，咬不碎她提早關火的菜肉，知道她總是留下一手，故意讓他就著孤單的臼齒在空曠的牙床上慢慢搓磨著。但他沒有怨尤，吃得很是開心，咬不爛的偷偷塞進桶子裡，半年來瘦了六點五公斤。

這樣的日子還是要熬下去的。想了很多辦法，每天早晨幫她剪花，前門後院掃得一塵不染，爬上採光罩擦淨了酸雨的污跡，或者為了搜尋話題也開始剪報了，有時貼著一則八卦新聞也刻意笑得人仰馬翻，沒料到旁邊的老查某偏偏鎮定得很，眼裡沒有任何人，連沒有空氣也能活下去的那種傲慢都使了出來。

這樣，七個月後的一個陰日下午，他為了尋找阿紫身上的那股氣味，終於鼓起勇氣走進了西藥房。那夜九點，他把自己洗得通透乾淨，然後在兩杯老酒的慫恿下，果敢吞下了神奇藥丸，深呼吸八次，心裡數到一百，彷彿發動著即將從容赴死的轟炸機。

但她的房門緊鎖，門下燈焰微弱，小聲而清晰的螢幕對白穿入耳膜。

他敲了門，很輕的指尖探路，希望聽到的是她把電視關了。

不久他又試了一下，指關節釘在門板上，可惜那些雜音一直沒有消失。

後來他才正式敲著，抵達重聽者的程度，裡面果然靜悄下來，卻也包括她的聲音。

他夾緊了雙腿，但願只是潛意識作祟，藥神的魔力應該還沒來到肚臍邊。他急躁地喂了一聲，裡面反而更加死靜了。為了驅走難免羞怒起來的情緒，他突然想起一種逗她開心的老方法，開始像個圍牆外的頑童那樣尖細地叫著蔡歐陽晴美、蔡歐陽晴美，幾近兩手圈在嘴上不敢張揚的那種鳥調子。

房間裡的她戒備著，她認為自己沒有回應是正確的，因為她已經不是過去的蔡歐陽晴美了。為了替他保住婚後堅持的傳統，她還願意冠著他的姓，畢竟在她生命中也只有這個傷害最小。可是，一個人的幸福明明那麼短暫，名字念起來何苦比別人的長，她只好去申請改名，去掉了最後一個字，在發現他背叛的那年生日當天，正式實現了她蔡歐陽晴最後的斷尾求生。

●

兩顆催情藥丸加上酒精助跑，給蔡恭晚帶來的是難眠的夜晚，他進出廁所無數次，貼著洗臉台發呆，腫熱的下體像隻小鱷魚瀕死地抖竄。他對著化妝鏡，嘗到了整張臉垮下來的悲酸，想到自己走到了這一步，應該就是人生的末路窮途了。

然而讓他震驚的是，他發覺自己並不會死。這太殘酷了，他的一切檢查正常，肺活量驚人，心血管宛如處子，質量指數是漂亮的中間值。接著他又從一篇醫學報告得到了他無法死亡的精密推論：如果他體內的細胞產生變異，也要長時間的累積才能稱作癌初期細胞；好吧，就算癌初期細胞吧，那又要很久才算進入癌前細胞的階段；然後呢，細胞又再產生變異嗎，那時頂多才叫做癌細胞罷了。而光是這樣的過程，大約也要十年的漫長時光。

問題出在這裡，他的免疫力強悍，時間根本無法從任何一個漏洞開始起算。

蔡恭晚便開始改變了。

蔡歐陽晴美慢慢發現每天午後的院子有人扔了菸屁股，那整排植成短籬的茉莉花叢下總有一窪半灘的檳榔汁偷偷啐在那裡。當她發現原來都是他的傑作時，才知道他連那張嘴臉也變了樣，整天掛著嘻嘻傻笑，是那種不正經加上漫不經心的死樣子。

她在固定時日到院領藥時，他不再默默等在一旁，而是到處逛街一樣去了又來，來了又走，忽然找個陌生病患寒暄，忽然趴在服務台捲起袖子，歪著下巴擱在手上，然後痴痴聽著量血壓的小女生滿口阿公阿伯地貼心叮嚀。

她極避免也非常討厭的買菜的日子，他堅持幫她提籃而搶著出門，一路像個粗枝大葉的老闆跟在屁股後面。活著是那麼辛苦，房子是阿紫買的，菜錢是阿紫給的，如今連唯一可以慢慢走路的尊嚴也被死老猴攔截了。一路上是越想越不甘心的，想她還是少女的當時，從未和一個男人並肩走過路，沒想一掉進那個婚姻就來到這般殘酷的晚年——如今她只能悻悻走在前面，讓後面鬆鬆垮垮的老屁股時時提醒著她：活著，是那麼的羞恥啊。

終於來到了滿八個月的這天晚上。兩老總算第一次直視著對方，一起獃在話機旁。電話是媳婦打來的，蔡歐陽晴美只顧慌張啜泣著，還是蔡恭晚手腳俐落些，他跨過沙發搶了聽筒大喊：出事，出啥事，妳說阿莫是出啥事⋯⋯。

斷線後的電話再也沒有聲音了。蔡歐陽晴美打不通媳婦的手機，急得直繞圈子嗚嗚哭著，雖不明白阿莫出了什麼事，想也知道死老猴帶回來的災厄至今還沒平息。她爬上神明廳匆匆跪拜一陣後，舉著一炷香出到陽台，卻發現蔡恭晚一個人蹲在簷外猛吸著菸，那扭曲的背影顯然是傾斜的，還不停搖晃著，是腦中風才有的樣態嗎，上半身的重量彷彿放在胳臂上依偎著，然後突然非常嬌羞地，慢慢地抖動了起來。

二

蔡紫式不抽隔夜的菸。父親曾經遞來一支，被他拒絕了，那個菸盒塞在褲袋裡不知幾天了，還真像個七旬老人皺巴巴的臉形。他心裡還有個拒絕的理由，他和父親沒有話說，而兩個男人沉默地吸著菸是很奇怪的。

除了不抽隔夜的菸，他也不喜歡隔夜的女人，他會在半夜讓她走，或者兩個人一起離開。半夜兩點三十分是他的界線，那時的房間已經飄起狂騷的野腥，床褥凌亂的抓痕也只剩下幾許偷歡的體溫，而天將微亮的虛無感正在開始逼近，這時再不走就要慢慢聞到隔夜的霉味了。

倒有一群裸女在他家裡過著一夜又一夜。那是一幅幅名家畫作，掛滿了他個人專屬的天地，臨窗的狹長房間鋪著塌塌米，從門後開始降下的一條壕溝延伸到盡頭，方便品酒宴客時讓一雙雙長短腿整齊地擱在桌底下，像兩排彼此對坐的招安戰俘，乖乖聽他講述著每幅畫或者每個裸女的精采由來。

最初他看上的是一灣水塘裡一個側臥在荷葉上的女人，眼睛朝他望，乳房對著他，微曲的雙腿輕輕夾著下體，一瞬間便將他拉進了深淵。蔡紫式在她面前站了很久，那是商業講座中途的尿尿時間，他被隔壁展覽室的一雙手請了進去，馬上就被她吸引。他對畫產生興趣大約就是從這裡開始，最基本概念是除了繪畫，一個女人或一條狗根本無法躺在荷葉上。此外，他在散場後回到展覽室時，她還在那裡朝他睨著呢，一樣的角度，一樣的幽幽情意，這神來之筆似乎把他生命中的黑暗角落瞬間照亮了。

裸女的收藏溢出了牆面之後，蔡紫式便讓她們來到了餐室、客廳和走道兩旁。蔡瑟芬每天起床看到的便是這些夢幻，所有衣縷褪盡的女子彷彿一個個等著她醒來。阿紫媽媽只來住過一晚，一大早覺得反胃就回去了。倒是阿紫的爸從沒來過，她嫁入蔡家就沒有看過他，每次去探望獨居的婆婆，都覺得那裡的屋前屋後貫穿著寂涼的風，老人家扳著扶手爬樓，不久又摸著牆緣一階階慢慢踩下來，漫無目的，漫長時間迴旋著升降空間。蔡瑟芬經常看見的自己，就像在那空間裡飄浮著的影子，像樓梯牆面一片片斑駁的移動的日光。

幸好她也有自己的閣樓，房間刻意弄小，讓出了敞亮的插花教室，朝東處縮進一塊沒有頂蓋的露台，植著她隨時可以取材自用的四季草花。一周兩天，或者不上課的清晨夜晚，她喜歡一個人的自在，享受自己的思緒像雨後移動的山嵐，偶爾露台上剛開了半朵新苞，她便隨著心情插出一盆簡單的文人花。

蔡紫式找不到她的時候才會上樓。他不習慣這裡的靜悄無聲，也想不通一個女人為什麼可以坐著不動，為什麼不去逛街購物打發自己的時間。

但他雖然上來了，卻也沒有什麼正經事要說的。

這是什麼？他會俯身去嗅嗅瓶子裡的水。

當然是花。她只要應個聲就夠了，知道他其實也不喜歡隔夜的花。

什麼花？

季節花。

什麼季節了還開這種花？他嘴裡念著，並不等她回答。

這時便又聽到那種沒有尾音的氣息了，急促，乾渴，說完就是動作的開始，已經轉身來到她後面，猛力攬住她的腰身，單手勾進裙內，一番摸索便就扣住了底褲，然後往下拉扯，沿著大腿、膝蓋和腳趾，直至褪落地上。

他不太需要把她的上衣全部剝光，向來都是趁隙探入雙乳間搓揉，下至肚臍，然後在微細的妊娠紋附近迅速撤退。但另一隻手並不罷休，它替他撩高裙襬，攏準了他要的位置，讓他終於可以徹底深入，且戰且走地進行倉皇的洩洪。什麼花？季節花。她的預感十分準確，他不會無緣無故走上樓，只要他毫無預警地出現，只要她的預感還具備著那般準確的悲哀，她就能憑著簡短的對話來確認這一刻的到來。

強暴很快就結束了。她不願在自己丈夫身上想到這個詞，但在客廳，在梳妝台上，在廚房的爐火旁，她面對這種粗魯對待已不知幾次。以前共用的睡房窗明几淨，地上鋪著絨毯，連隱藏在線板裡的側光都散發著幽微浪漫，但她慢慢發現她不屬於那裡，那裡只是蔡紫式用來熟睡的地方。他不喜歡床邊有別人的呼吸，他似乎寧願每個女人都在畫裡，就像她一樣，她也是一幅畫，一個道具，隨手可用，但不應該在半夜兩點三十分之後還躺在他身邊。

●

她的腿身修長而潮溼，弦月般的臀彎還滴著水，被掩在浴室門縫的蔡紫式拍成了光影下的裸身，裱掛在房間裡度過了一段賞味期。照片沒有她的臉，只有乳房的側尖、驚嚇的背影以及從腰間滑向大腿的曲線，顯然他要的只是藉由模糊水氣變幻出的夢一樣的肌體。

那張照片後來連同相機器材一起丟進了倉庫，屬於新手蔡紫式的攝影狂熱很快畫下短短三個月的句點。接著他便去攀登玉山了，行前上了兩堂課，有關高山動植物生態的解說隻字未寫，厚厚的筆記本只有扉頁上短短五個字：「玉山我來了。」那時的玉山熱是一門成功學，鎮上夥同蔡紫式前去的還有三個建築公會成員，大都不是為了登山，而是害怕掉在人後引發眾人的奚落。

蔡紫式回來後卻告訴她，在排雲山莊等待攻頂的夜裡，他看到了一頭黑熊。

有這麼大，他畫出的誇張手勢超出了自己的體型。他說睡不著的半夜兩點，四個人哆嗦在坡崁下抽著菸，後來當他朝著山谷尿尿時，忽然就發現牠了，矮林下的那頭巨物正在對他眨著星星般的眼睛。他來不及扣上拉鍊，但也沒有任何聲張，而是悄悄丟下那三個吞雲吐霧的傢伙，一個人獨自回到通舖上，然後放心安靜地躺了下來。

最早發現危機的人通常都可以倖存，他說。

蔡瑟芬聽不懂他的表達，直到同業們的名號被他寫在紙上，開始一個個評頭論足的時候，她才知道那頭黑熊只是一個引題，但結論相同，他寧願他們都被熊吃掉了。

妳看這個姓朱的，財大氣粗，可惜已經得了胰臟癌。

這個老許還酒駕上報咧，家族企業裡沒有一個爭氣的，未來根本不是對手。

還有，妳看這裡……，蔡紫式在第三個人名下畫出了族譜，指著一條條橫直線的尾端說：看到沒有，下面全都空白了，嘿嘿，這傢伙沒有後代。

也就是說，就算他們被熊吃掉了也不冤枉啊，他說完連灌威士忌兩杯，眼睛彌漫紅玫瑰的濡色，看她還托住下巴納悶在那張紙上，便開始談起了阿莫的未來，他希望有一天當他終於成為鎮上的首富，那時阿莫的接班之路正好可以開始啟程。

妳去把他叫出來，我有話跟他說。

要做什麼，他已經睡覺了。

睡覺，睡什麼覺？外面的敵人都還沒有陣亡咧。

他斥了一聲，酒繼續喝，透露著他已選定了一家五星級飯店，下個月就要安排阿莫去當門僮。我的企業體不能沒有一家像樣的大飯店，他說，等將來我們飯店開幕，那時候外界才會恍然大悟，原來門僮出身的總經理就是我的布局。

酒喝多了，迷濛的雙眼望著她，那頭黑熊引爆的靈感讓他持續亢奮著，否則他們夫妻很少這樣對坐在深夜的客廳。但她知道今夜沒事，她沒有任何預感，面對面的時刻他不會這樣直來。他只喜歡暗中突襲，享受出其不意引來的驚慌，然後在粉碎的求饒聲中讓他自己越來越勇敢。倘若此刻她想印證，身上的薄睡衣隨時可以輕鬆扯下，但他會認為這種挑釁非常無聊，他會在忽然警覺起來的氛圍中戒備出一張憂愁的臉。

甚至扳直了上身說：這麼輕浮的舉動妳也做得出來。

她永遠不會忘記自己身上只是一塊肉體的事實。結婚當夜，全然沒有想像中纏綿，他的動作疾快，像一陣風來雨去，後來他起身套上衣服時，才忽然像個吃完饗宴的來賓品評著美味佳餚，貼著臉在她耳邊悄聲說：妳的器官很美。

那樣的讚美她不太能懂，她還躺在恍惚中，只記得像一頭獸物的丈夫剛剛還嗅過她的手腳和腋下，在確認沒有任何異味之後才捲起舌頭開動了他的舔吮。她以為結婚就是這樣，沒想過還要那麼多年以後，她才體會出那樣的讚美其實是那麼詭異，是再詭異不過的了。

但這就是他，話不多，想要擊中要害才開口，這副德性依然還像以前的老樣子。二十多年前和他初見，是蔡紫式工作坊六個字首先映入眼簾，歪斜而破損的小招牌貼在舊巷裡，門一推開就看到了後面的牆，四張沒人的桌椅空擺著樣式，一個男的抬頭和她對看了一眼，然後他說，蔡紫式就是他。

他丟給她一組標題，一堆作廢的文案小字，要她二十分鐘內拼出一張海報的雛形，說完便又回到牆下，兩隻大腿疊在電話旁，然後繼續抽他的菸。她在窄小的桌面兩手夾緊，一邊擠著黏膠，一邊裁起美工刀，不像個還算高傲的美術系高材生。她只有素描擅長，但她很想提早把這張海報弄好，一方面是雙親驟逝後的家用已經短絀，一方面她急需著一種昏天暗地的忙碌來埋葬掉自己的情傷。

蔡紫式抽完了兩根菸，比那二十分鐘還慢一截的蔡瑟芬小妹妹總算遞出了她的處女作。她依然記得那個標題還是個問句呢，你快樂嗎？可惜那個作品是不快樂的，上面亮著未乾的膠水，中段的文字也因為慌亂而貼歪了。蔡紫式大約探視了三秒，臉上毫無任何牽掛，丟下稿子後很快回到自己座位上，然後擠出了一種忽然憂愁起來的聲音說：其實妳也可以來幫我接接電話，我大部分時間都在外面跑，有些業主打不進來就跑掉了。

蔡紫式每天騎一部老野狼，堵塞的引擎總要在巷口噴嗆幾聲才能出發，回來時經常帶著滿臉挫敗，老套的應景西裝不斷散發出難聞的汗酸。他四處承接別家不做的小型房產廣告，自己寫文案，美工外包處理，進門出門隨手夾著幾張被打回票的修正稿。

那時的設計還很老派，標題講求手寫粗黑體，文案送到外面打字洗出相紙，加以剪貼編排後，再覆上一層描圖紙來標出色號，才算完成當時俗稱的黑稿。她翻了兩個月的經典案例，暗自惡補模擬，從一個小丫頭練習生慢慢摸出竅門，便開始把外包的設計案攬在自己身上，然後依循著自己的心情，盡在每張紙版的裁切線內拚命加框，大框加小框，小框內再加更細的針筆框，非要擠不進任何一絲縫隙，彷彿唯有這樣的封藏才能稍稍保住掉在感情深淵裡的自己。

她窩在巷子裡整整三年。蔡紫式尚未發跡之前，那裡就是他和她，沒想像過公司遠景，也沒聽說過員工享有什麼聚餐旅遊，他甚至沒注意到她是女性，沒有任何一樁生活小事成為他們悄悄的話題。她每天開鐵門上班，有時終日只她一人，除了趕稿，她也負責留紙條，把誰等回電、誰要求進度全部記下，在那還沒有靈便手機的年代，她把紙條貼在他的玻璃桌上，然後關鐵門下班。

直到一個加班趕稿後的深夜。她的摩托車飛往製版廠，停在紅燈路口才發現稿面上的描圖紙已經被風吹開，密密麻麻的文字段落忽然亮著幾行空白，她急得回頭亂找，拚命拍打摩托車上任何可疑縫隙，最後只有抱著公共電話無助地嚎哭起來。

預備在清晨開印的機器，眼看就要因為沒有版樣而停擺，而那又是耶誕節前金額最大的委託案。回想起來，那天深夜唯獨蔡紫式才有的超凡冷靜還是讓她驚心，他只在電話那頭冷冷問道，妳哭完了嗎？然後他去找出自己的原稿，要她念出掉字的地方，這時反而讓她哭得更加傷心，那已經丟掉的字句不就像她的過去一樣空白嗎？

蔡紫式沒有想像中的憤怒，他叫醒了凌晨時刻的照相打字行，只差還沒把掉字內容交給對方。當那熟悉的引擎聲從遠而近時，她像攔車那樣跑到了昏暗的路肩，孤伶伶地抱著黑稿瑟縮著，彷彿等待著一隻援手來接走她的一生。

隔年春天的蔡紫式忽然成為她的新郎。也許因為當時哭得太過厲害，所以得到了他的同情吧，她想。結婚的餐宴在一家三桌客滿的海產店舉行，點燃的鞭炮躲在雨中的簷板下結巴著，阿紫媽媽喪著臉坐在一個空位旁，想不通自己的丈夫才剛逃亡半個多月，為什麼唯一的兒子是這樣地魯莽。

她也無法理解這個忽然變成丈夫的男人。只知道他的背影其實是孤寂的，從未看過他的喜悅或悲傷，彷彿一直躲在不為人知的世界裡悄悄臥底，隱藏著真實面貌，每天為著等不到讓他脫險的指令而深陷苦惱。

倘若這世界沒有蔡紫式，也許她會過得更慘吧，她這麼安慰自己，不快樂並不會痛苦，在這方面她比蔡紫式好多了。痛苦的蔡紫式只有表面是快樂的，追求敵人殲滅後的滿足，享受四處掌聲帶來的狂醉，卻無法忍受一個女人永遠躺在他身邊。

是誰讓她的丈夫變成這樣，她不知道，只知道有人藏在他的生命中。

●

生日剛到的凌晨，酒廂的氣氛開始酣暢，嬉鬧的小手會在他的嘴唇塗上白色粉泡，然後妹妹們輪流跨上他的大腿，一個個掀開自己的胸衣，讓他白色的唇印緊緊貼在乳暈四周，像個失恃的孩子接受款待那般。聖誕夜，她們還逗他戴起紅色絨帽，給他貼上了白鬍鬚黑眼罩，讓身上任何一處隨他摸索，要是猜不出名字就罰他給出大紅包。

妹妹們喜歡每年這兩天，只有這樣的節日蔡董不會抗拒，除了跟他撒嬌時趁機討些老帳，還有餘興節目要輪番抽出兩名幸運女生跟他一起出場上床。

蔡紫式沒有所謂喜歡或不喜歡，床上他微瞇著眼睛任她們擺布時，肉體享受著沒有風險的挑逗，腦海裡的寧靜感也沒有人有辦法偷走。妹妹們一旦騷野起來，他越能靜靜地想起一個人，感覺那個人彷彿也在空中對他凝視著，而那張姣美的面容還帶著憂傷。也是因為能夠這樣，他不太挑剔買單出場的女孩樣貌，只要肉體的曲線妖嬈，柔軟度適合在潔白的床單上滾翻，他幾乎就能在慢慢升起的放浪中聽見腦海裡的她的哀愁，並且嗔怒著對他說：為什麼，為什麼你要這樣啊？

他也不避諱她們梳著指尖來到肚臍邊的一橫傷疤上。縫得真好看，哥哥你性病喲，割錯地方了喔。有的還緊緊吸著它，刻意留下凝滯的血印，使得這道傷疤看起來像兩片不快樂的嘴唇抿閉著。他記得還有個滑溜溜的原住民女孩，為了證實自己也有從檳榔樹摔下來的舊創，性感地撩起渾身唯一遮掩的長髮，拚命翻找著頸下稀疏的寒毛。

他用的是一把雕刻刀。從左腹戳下，沒有想像中的劇痛，進去的瞬間才發現刀鋒過短，既不想拔出再下一城，只好打橫了握柄，彷如母親的針線從衣背穿出，硬是由裡往外捅出了另一道肉坑，而那把雕刻刀後來便隨著他的昏厥，像支寂寞的串燒橫在兩道傷口中間。

他父親在黃昏出發，五個小時後摩托車才抵達深夜的台北，帶來的土雞被留置在醫院後方的雨棚下啼了一整夜。他從恢復室醒來時，雖然父親突然喀出了難免哀傷的鼻音，但他還是覺得耳裡聽見的第一聲呼喚，應該就是那隻土雞把他催醒的訊息。

兩個傷口確實怪異，相距不過五指寬，不像一個仇敵所為，也難以理解是兩個兇手選在同處各下一手，至於一般的尋短之路也不挑這種折騰兩次的死法。他拒絕回答急診醫師的詰問，警察來了又走，後到的父親當然也就一無所知。只有他知道自己其實拿錯了刀，如果水果刀隨手可用，切入的縱深就可讓他不必醒來，也不用承受粗糙的鈍面帶來的莫名創痛。然而在那無言的當下，一個人倘若還能細膩到選好舒服的臥姿倒下，那麼，他應該還有一些想法來度過各種困境吧。

他的困境來自一尾秋刀魚。瘦長的銀灰色秋刀魚，躺在那個午後的鐵絲網上慢慢噗哧著，他一邊顧著炭火的強弱，也時時望著她在那群姊姊妹妹之間打水嬉戲的身影。幾個他不認識的男性聚在溪邊的岩下抽菸喝啤酒，高談股市財經和他們從事的專業訊息。他沒有興趣加入，退伍以來還沒找到工作，只能窩在一個雕刻老師傅那裡重拾以前的技藝，要不是臨時被她叫出來散心，他不會想要認識這些高談闊論的傢伙。

他只想聽到她的讚美，連一條秋刀魚他也十分在意，翻面不能黏住魚皮，頭尾應該連成一體，全身務必呈現剛剛好的金黃色，那麼當她上岸來到爐邊，第一口要讓她先嘗，她會彎下腰來，深吸一口氣，瞇上眼睛，慢慢吐出讚賞的鼻音，然後用她亮吟吟的聲音說：好美好香的秋刀魚呀。

只有這條魚不讓他感到羞恥。以前他在鎮上還有自豪的手藝，老楊檜木桶店逢人就說他是最出色的傳人，但他後來還是離開了，只因她要到台北上大學。他開始在她學校附近的早餐店打工，油燻的污漬每天噴在臉上，打烊後只好繞路避開她的校園；也因為沒有電話可以傾訴，不像住在小鎮還有一台腳踏車隨時把他們兩人帶到橋邊。他只好等待她來店裡，貓一樣吃著她喜歡的蛋餅，這時他才有機會稍稍表達思念，並且透露他已經接到兵單的訊息。明明每天過得非常緩慢，卻又覺得其實每分每秒都在拆解，尤其當他望著離去的背影，總覺得她有著一種遙遠的樣子正在慢慢把他拋開。

兩年後的這尾秋刀魚，完美的體身，油溜的鮮香，卻讓他墜入了更深的迷惘——她們在溪邊各自把腳晾乾後，似乎又回到了來時的機靈，細聲交換著內心話朝他走來，然後他終於聽見了，聽見其中一個憂心忡忡地說：妳別傻喔，一輩子陪他刻木頭嗎？她們以為他沒聽見，還圍著秋刀魚歡聲叫好，反而只有她靜默了下來，朝他閃過一個飄忽的眼神之後，突然別開臉走向了另一邊。

這樣的情景，終於也讓他想起了幼時住在鎮外偏鄉的往事。那時他家的矮屋對著一處兵營的後圍牆，每天放學的午後剛好就是阿兵哥吃飽飯的空檔，伙房裡正在哐啷哐啷洗著鍋碗。他丟下書包，立刻取了鋁盤跑到牆邊，裡面放了兩個五角錢，高高舉起剛好擱在牆頭上，然後等待某個伙夫把它拿走後，裝出滿滿一盤白飯放回到原來的地方。那時阿公阿嬤還在，母親偶爾回來，每天的主食由他負責捧回家，刺激又好玩，好像和一個看不見的人玩著看得見的遊戲。直到冬季開始的某一天，他擱到牆頭上的鋁盤突然被一陣強風吹翻了，鋁盤一瞬間掉進牆院裡，而他等了很久的白飯一直沒有出現。他急得找來兩塊磚頭，踮起腳尖，終於看到牆的另一邊。然而一個兇狠的老兵突然露臉了，那雙爬滿血絲的眼睛彷彿早就盯在牆後戒備著，猛地對準了他的臉孔，惡狠狠地吼聲大叫：你，給我滾下去。

他終於厭倦這些種種的遊戲了。倘若人生就是這樣無奈的、玩了一半突然就縮手的遊戲。在堆放著許多木頭粗胚的房間裡，那把雕刻刀就像種種無奈的當下那樣地別無選擇，他匆匆握起，沒有太多思索，彷彿進去只是為了找人，找不到人只好從另一個洞裡繞出來，像是惶惶然走過一條寂寞的暗巷那樣的感覺罷了。

唯一不讓這道疤痕被看穿的，反倒是每天住在一起的妻子。床笫中無意摸到它的瑟芬，很快就被他制止了。他一直迴避著妻子面前的裸身，或許也是因為這個記憶，卻沒想到其實很多年來，那個人似乎還在他的左腹裡存活著，雖然洞口已經封死，但裡面的她還是藉著疤痕呼吸，彷佛永遠不會窒息。

●

終於還是決定離開的蔡瑟芬，理由就像當初的結合一樣簡單，以前沒有快樂，現在也沒有痛苦，離婚和結婚扯平，還得到一個好處，可以回到自己的路上，再走一遍，不會那麼倒楣。

這樣，任何爭執也都可以避免了，輸贏早已失去意義，蔡紫式雖然每次都輸，但她懷疑他根本不想贏，沒說兩句便默默開溜，第二天才用冷漠來報復。

決定之後，才發現要帶走的東西少得可憐，唯一讓她在意的，反而只是樓頂上的一棵山茶花。樹徑超過兩手合掌的茶花，當初移植已有成年人的樹齡，來這裡又度過十年寒冬，最高梢已經越過樑柱的上空。一直讓她驕傲的這棵樹，迷戀起來幾近瘋狂，愛它純淨如雪，愛它開得不隨便，每年總要等到像她婚姻盡頭那樣的冬寒露重，才有小心翼翼的一朵粉白探出臉來，然後寒風吹雪般彌漫在自己的天空。

但她厭倦了。對她而言，緩開的茶花是種來等待的，就像她等待的蔡紫式那樣，可惜年年空晃而過，她等到的是撲殺不盡的介殼蟲，橢圓狀的黏膩蟲體，長滿了細爪的白色粉殼，一叢叢貼附著葉面吸取樹汁，看了一直催她傷心。

小小介殼蟲，多像自己的丈夫把他蔓延不盡的精蟲注入不同女人的子宮，為了杜絕牠們成群結隊，曾經噴灑稀釋的硫磺水，求助過一種工業酒精加辣椒再摻入醋酸的混合配方，也試著在樹冠上套住塑膠袋，從底下點燃幾支蚊香，像個調皮小孩蹲在地上等待著牠們的夭亡。

每個月她重複這些蔡紫式不曾聞問的細節，以為只要寂寞可以熬過，應該沒有任何奇花異卉像這棵山茶花教她這麼深愛疼惜。如今既無理由留它下來，終於決定把它轉給十年前的花農，還敲定了移植的時日，沒想到發生了一個插曲。

打算關閉的教室來了一個新人。起初被她拒在門外，但學生們起鬨著，沒有人反對男學員進來，她才回頭仔細看著突然熱鬧起來的玄關，那人肩著小布包，正在低頭收著傘，才知道外面下著雨。

那天的雨還帶來了閃電，幾記清脆的響雷讓她不得不拔高嗓音，在一張自己的素描中從花梗、花萼談到了花瓣，像似對著一個中輟生交代著開學報到的事宜。

我不是來學這個，對方說。

看來不年輕，口氣卻極生猛。我只學一個月，妳教我幾個插花要領就好。

她沒有回應，暗嗔著他的無禮，索性略掉一個章節，猜他沒上完課就會知趣離開。結果沒有，還逾時不走，填了報名表，每個字斗大，每一筆吃力遲緩，讓她更不相信那麼拙鈍的人插得出多像樣的花。

課程原本每周兩次，對方主動要求盡量排滿，非要半年後的進度壓縮在年底前的時限裡，這才想起他只學一個月的說詞不假，問題是所謂花藝並不像進京趕考，一個講究生活美學的人不會這麼冥頑無知。

然而果真每次他都提早到課了。課餘的空檔，視線離不開桌間窗隅的陶盆土甕，隨時張望著急切的眼神，讓她不免好奇，難道一輩子沒看過花嗎？

啊，這樣也很美啊。頻頻對著旁人的習作讚歎著，課後還走到外面露台流連不去，問透了種種灌木花名，連不同的葉脈也看得仔細入迷。

碰巧這天就是樹穴開始掘土的日子，他卻走進走出一再勸阻，讓她越是生出疑心。不是已經開花了嗎？他說。一年來的第一朵白茶花，悄悄躲在樹梢末端的葉背上，從室窗看不見的花影，被他趴著欄杆探頭探腦瞧見了。她坐在教室不想探頭，移植已經著手進行，樓下的吊車正在待命，兩個園藝工帶來的繩索分頭套緊了樹幹，油綠的葉叢慢慢在傾斜中飄晃著，像有一群棲住的野鳥驚慌地飛走了。

把樹弄走以後，妳還剩下什麼？男的繞進來說。

不知道他在背後偷窺了多少，不懷好意到這種程度。想要駁斥回去，一時找不到用語，恍惚間彷彿聽見了知音，頓時揪緊了胸口，差點忍不住淚水。

後天妳跟我走，我帶妳去看一種沒有人看過的梅花。

默默瞪著他，好氣好笑毫無邏輯，也覺得他的鐵口直斷暗藏心機，但眼前這張臉卻是那麼真摯，便就隨口應允了下來。雖然暗詫著自己的隨便，幸好想到了阿紫的背叛——何況移樹的事程已經就緒，再來只等自己搬出去的時機，什麼時機最好，自然就好，一個男人突然闖進來、一對夫妻的感情生變了，多麼戲劇化，雖不那麼逼真，但一個要離開的人還需要逼真的台詞嗎？

要去的不過就是台21線的烏松崙，每年花藝團體都在那裡舉辦的例會，憑什麼誇說那是沒有人看過的梅花？不想拆穿他，但為了避免招搖，她自己循例報名了協會的賞梅專車，答應他在山裡會合。

車程卻比去年漫長，陡坡也更彎了，顛簸的車路把她搖晃得又羞又惱，忽然又想到了阿紫，阿紫的第一次也像她這樣地心驚膽顫嗎？

像什麼呢，像心底敲起了鼓棒，剛開始很輕，有意無意，彷如慢條斯理的試音，直到對上了音軌，忽然是冰雹般的槌鼓，忽然又像曲終人散的凝靜，直到整個心房暗室迷亂得近乎窒息。她不喜歡這種感覺，這種感覺讓她發現自己處在一直無法抵達的中途，搖啊搖，搖得忽然哀傷起來，覺得素常多麼安靜的自己，為什麼偏偏帶著遐思來到那麼多人賞梅的地方。

小巴士抵達了山村，果然看見他一路張望而來，昨天還上著課的人，脫掉了師徒外衣後，忽然便有一股靦腆橫在兩人中間。滿坑滿谷的人群不時湧起喧嘩，梅林下的茶道也在悠揚的木笛聲中開場了。為了避開熟面孔的同好遲早認出她來，她只好朝著隱密角落走，卻又擔心自己的不安被他看穿。幸好後來他閒不住，獨自跑到林子裡逛了幾處茶席，回來還帶著幾罐新茶，滿口說著剛剛聽到喝到的一些茶經茶品，等到全都講完，突然壓低了聲音。

我今天還帶了手電筒。

哦，你用不到，來這裡賞梅都要提早下山。

不行，晚一點走，要看的還沒出現哩。

現在不能透露嗎？

他搖搖頭，才說出他是第一次來到這種地方。

她聽不懂，眼前也逐漸模糊起來，去年一樣的梅花都暗了，入夜後的山村終於只剩他們兩個人。他跑到車廂拿了大夾克給她禦寒，取出的手電筒沒有打開，兩個身影慢慢混為黑暗一片，黑暗中只聽到他的喃喃自語：再等等，全部暗下來最好。

茶與花的盛會，人跡散盡的荒野。她越想越感到不可思議，即便出軌也不是這樣的探險啊，想要放下腳步，兩腿反而哆嗦起來，只好朝著看不清的影子喊：我看還是回去吧。

這時才有一輪光圈晃到她腳下，她勉強踮起碎步摸索那點餘光，走到一半，赫然以為撞到了鬼影，原來他早就蹲在一根樹頭下，狩著獵物似地連呼吸都凝住了。她還納悶著，已被一隻大手強拉而下，細瘦的肩頭硬是被他攬緊，縮成一團的身子只剩兩眼還能睜開，卻沒想到，這時他突然又把手電筒關掉了。

妳準備好了沒有？

你說……我應該準備什麼？

聽說眼睛眨一下也不行的，一瞬間……

那你就趕快把燈打開吧，你自己也準備好吧。

我已經準備半年了……。

打開的手電筒倏地朝著樹梢射出時，她專注的已經不是黑暗中的光，而是葉子落盡後的千枝萬脈迎面撲來。原來是這樣啊，她起著冷顫，發現這些鋪天蓋地的枝椏下，一粒粒的青苞彷如千萬顆小眼睛，它們安安靜靜地懸浮在黑色枝頭上，像夜空滿布的星，像雨後森林中那些滴漏不盡的小水滴。

果然如他所言的一瞬間，她被這奇異景象震住了，明明沒有任何聲音，卻又似乎聽到了一種成群結隊的吶喊，像一大群瑟縮在黑暗中的戰俘，正在瞪著眼，看著她。

但她很快冷靜了下來，一個大男人老遠跑來，就為了揭穿這個黑暗祕密嗎？他從哪裡聽來的，誰經歷了，誰在喧歡的人群背後發現這麼一個孤寂的瞬間。她還沒問，發現他已經嗚著寒顫的聲音，慢慢伏靠在他自己的臂彎裡。

從烏松崙下來的回程，她靜靜聽著男人說話，一路沒有插嘴。他已經賣掉房子，即將搬到偏遠的鄉村，那地方靠近妻子的墓園，此後他想做的，就是每天去那裡看她，每天親手給她一盆花。

他的妻子是在今年夏天過世的，死的時候沒有闔眼，最後一口氣掛在嘴上的，竟然是多年以前他答應前來體會這一幕花開花落的記憶。他苦苦等待了半年的花訊，就是為了實現自己終於來過了的心情。

瑟芬慢慢聽，慢慢發覺自己坐在一部充滿悔恨的車子裡，除了為自己原來的遐思感到可笑，卻也慶幸看到了黑暗中的梅花。可是她自己的問題還在啊，以後的蔡紫式會是這個男人的翻版嗎？但那又怎樣，誰要那麼愚蠢地掛在枝頭，等待開出死亡的花。

●

她要求丈夫無論如何，也要挑一個晚上提早回家。

等了三天，果然準時回來，吃了晚餐，換了睡袍，坐在她面前。

這個情景讓她想起他登完玉山回來，描述著遇見黑熊的那天夜晚。那是多久以前的事了，同樣坐在客廳，她要說的卻是別人的故事。

他帶我去烏松崙，我本來以為他一定很喜歡梅花。

嗯，我也沒聽過男人會特別喜歡梅花。

他是想念他太太才去的，沒想到只看一眼就哭了。

哭了，那不是很煞風景嗎？

女人期待的事情，也許都要死後才會兌現吧。山上那麼暗，她一定徘徊到深夜，否則不可能拿著手電筒在那裡看梅花。不過這對你是沒有意義的，以後你也不會哭。

妳叫我回來，是要問我看了梅花會不會哭？

不要不耐煩，雖然你根本不擔心我為什麼找你，但我還是要說，很多女人像我這樣來到中年，都會有突然想要離開的念頭……。

喔，妳想要離開。

錯了，就因為這件事，我已經決定留下來。

她問他要不要喝茶。她把茶巾鋪上桌面，在他面前置出杯托，白色杯口對著一張疑惑的臉。然後她開始溫壺置茶，緩慢的節奏間，發覺他似乎比想像中安靜，正在悄悄盯著這些細微，沒想到不久之後便在桌面敲著指尖了，指尖的觸擊卻完全沒有發出聲音，看得出他的心思其實正在拿捏著，連指甲也在防備著。

茶湯在瓷杯裡旋出了淡雅的幽黃。你可以喝了，她說。

什麼茶？

今年的冬茶，你小口喝，慢慢會有感覺。

是燙吧，當然是很燙的感覺。

再試試，有一種特別的回憶在裡面。

她拾起瓷盅給他添茶，看見他很快又把杯底吸乾了，嘴裡咂著聲，抱怨聞不到他要的香味。她很想把杯子收回來，還是忍住了，幽幽看著他的臉。

有沒有發覺一種冷冽感，經過味蕾，停留在舌尖。

什麼冷冽感？

沒有嗎，冬天的蕭瑟，冷雨穿透皮膚的顫抖，死前最後幾秒鐘……。

他不想聽下去，往前推出空杯，逃遁似站了起來。

你的身上也有，阿紫，很多年前我就看到了。

那妳說說看，我身上哪裡，哪裡有什麼冷冽感？

到處都有，阿紫，勇敢把它說出來。

好了，我還有事要出去，不過今天晚上妳講得太棒了。

蔡紫式回房換了衣服，嘴裡咂著幾口冬茶殘餘下來的苦味。冷冽感？對啊，他想起來了，當他的上半身卡在牆頭上進退不得時，那個伙房老士官的一張惡臉從此纏住了他的一生，那時候誰來注意到這個窮人小孩的心靈，這就是他媽的冷冽感吧。

他打了個寒顫，隨手套上了厚夾克，回到客廳時，才發現一長串的電話鈴聲還在那裡空響著。他抓起聽筒想要掛斷，然而對方說，這裡是蔡莫家嗎？蔡莫是你兒子嗎？對方還說，你不要緊張，我們還在調查。沒有沒有沒有，你來一趟警察局再說吧。你還要問什麼，來看看錄影帶嘛。殺人，殺人就好辦多了，蔡先生，你到底要不要過來？

蔡瑟芬雖然靜靜坐著，冷冽感凝聚的舌尖卻忽然因為顫動，被門牙咬住了。

三

阿莫喜歡冬天，尤其是起風的下午，可以守在玻璃門內避寒，看到客人來到迴廊下車時，才扳住金色門柄等待著，然後在他們上來之前把門拉開。

一大片的玻璃外可以同時看到兩條街。左邊是人車最多的大馬路，嘈雜的聲音會在綠燈後一路刷過去，其中也許就有幾部車慢慢迴進來卸客；右邊則是小小的靜巷，絕少有車從那邊反向泊過來。阿莫的站班時間便有兩個世界的分野，紅燈時，他就悠閒地瞧瞧從靜巷經過的腳踏車或小狗，直到燈號轉換才又回到他討厭的世界。

但他做得極好，灰色制服沒有一絲褶痕，銅釦一顆顆剔透潔亮，而且只有他當班的玻璃門找不到客人的指紋，不會因為疏忽而讓任何汙漬抵觸到他要的明白透亮。有時他心情好，會在適當時機走到門外伸伸腰，然後一邊注意著從飯店裡面出來的客賓。最遠他還曾經跑到對街的斑馬線口，攙扶一個阿婆走過來，阿婆有氣喘病，在飯店門廊下歇了很久，問他說少年耶你娶某未，你心肝這好，我查某孫仔嫁你好否？

阿婆讓他想起了阿嬤。那天下午阿嬤雖然沒有把小咪趕走，拒絕的語氣卻是聽了就明白的。

阿孫仔，世間查某娶未完，你免傷心哦。那件事的落幕就像幾秒鐘的煙火，小咪和她媽媽連夜搬家，任何音訊都沒有留下。他只知道半路出現的阿公和她們母女一起生活過，但再追問下去已經沒有意義了。

對於那件風波，阿莫已經沒有自己的想法。他不再有自己的想法了。父親把他帶來這家飯店時，他也沒有反抗，因為他沒有更好的主張，自從小咪離開後，他已經不需要擁有什麼主張了。

但他的好表現還是經常贏得讚賞，大廳主任會在晨訓場合提到他。你們應該學學蔡莫，他做事多細膩，眼睛多靈活，看到熟客都喊得出掛頭銜的名字，連肩膀上的灰塵都替客人拍走。你做做看，怎麼拍客人的灰塵。是這樣嗎，你是在刷油漆嗎。蔡莫你來示範。對呀，這就是貼心，輕輕撫過去，就像摸女人大腿，但也不能停留太久，你們可別以為真的要拍灰塵啊，我們是在跟他交心。

後來他不拍灰塵了。午後的空靜時刻，認識不久的阿公從計程車下來，門才打開，一股氣流馬上吹來了聲浪：啊你真正咧替人開門喔，實在可憐啦，你老爸真正是有夠么壽。蔡莫把他引到大廳旁的會客區，一時不知怎麼說話，兩手扭在背後，眼睜睜看見他滾毛外套的肩膀上滿是雜混的屑灰。他突然覺得倘若沒有感情，連拍個灰塵也是拍不乾淨的吧。他只好彆扭地站在旁邊，要不就是跑去開門關門，然後穿過透明門片的光影，看著老人彷如獨自坐在大海裡，那張沒有靠背的沙發原是防止客人瞌睡，沒想到他竟然像隻海鷗停在那裡盹了大半天。

母親也來過了，但沒有進來，她在對面商店街的穿廊豎起了衣領，拿著雜誌貼在臉側，像個普通過客那樣隨意瀏覽著，後來停在一家咖啡館門口，直到不見了人影。雖然母親常常來電，繞著生活小事談，總說平安就好，簡單幾句話就把母子兩人的心意完全弄懂了。那麼，母親為什麼還不放心呢？蔡莫想了很久，是因為自己從來沒有反抗而讓她感到奇怪嗎？

兩個小時的站班後，父親不讓他休息，特別疏通了客房經理，讓他兼做樓層服務。於是常有眼尖的房客會在上樓時驚叫兩聲，因為這時的蔡莫突然已經全身雪白，除了開襟的胸口，從頭到腳如同雪人一般，和三分鐘前的門僮判若兩人。他學得很快，早就弄懂了按門鈴的規矩，針對不同客層調配著聲調的高低，也知道普拿疼放在哪裡，找誰調借急用的老花眼鏡，甚至連不合裡的要求他也沒有拒絕。

你看你看，我是這麼不小心啊。那個房間裡的女人衝著他這麼叫著。

他被她喚來，看著她撩起浴袍露出的腿彎，一道髮細的刀傷浮在奶白的皮肉上。

他知道怎麼回應，客人都是對的。他說，我們有紅藥水，或者我去拿貼布……。

多拿一個酒杯，她說。

他處置得很好，查出她昨晚單獨入住。他把貼布放在茶几，作勢告退。

她說，難道你不幫我貼上去嗎？

他面露難色，刻意縮退一旁，然而她已抬腿掛上桌緣，那滑開的浴袍驀然袒出了白皙的大腿直至鼠蹊，隱隱漾盪出來的峽彎是他未曾涉臨的海洋。這時他原本想要闔上的眼睛卻不能使喚，因為一股熟悉的痛楚忽然把他的喉結勒緊了，他怯怯地睜開眼，緊盯著腿上那小小傷口帶來的困惑，終於再也顧不得種種訓誡，恍惚間半跪了下來，撕開了貼布，對著那道紅斑輕輕按上。

他還掙扎了很久，想著該不該揀起滑落的浴袍替她覆蓋，最後他決定不要冒險，否則她剛闔起的醉眼隨時會再睜開；至於傷口旁邊，那些彷如每天的日記那樣的一道道正在結疤的舊創，就不是他蔡莫的職責所在了。

幾分鐘後，他再度用著俐落的動作回復了門僮的妝束，匆匆俯在洗臉枱上拍著臉，略為撥開了前面的髮線，以便打起精神為他下一班的客人開門。經歷過那個房間的情景，他覺得還是冬天最好，可以躲在玻璃門內避寒，也能天天穿著長袖制服，隨時替他自己掩住手臂上的祕密，否則稍有不慎，一定也會洩露出和那女人同樣的痛楚。

下一輪還是兩小時，回到宿舍剛好六點。他一個人住，沒有人替他把門打開。

●

蔡莫最後的職班，上午十點大廳門僮，十二點零八分失蹤。

大約十一點半的時刻也一直印在蔡莫自己的腦海裡，那時他還瞄了一眼高窗下的水晶鐘，正好一部黑亮大車下來了一對夫婦，門側的泊車哥跟在後面提著行李。

蔡莫開門，歡迎光臨。大門闔回去，車子卻沒有開走，裡面忽然伸出一雙長腿，一片黑色短裙擠出的巧圓臀身，一件捲了袖子的緊身毛衣挺在胸口，然後，短髮下披著絲巾的女孩出現在他眼前。

蔡莫沒有開門。他隔著玻璃看她走來，看她穿著很小的紅鞋子，鞋面紮著羽飾，走起來微微地飄晃，像一隻剛剛飛來採蜜的粉蝶。紅鞋子踢著門，白色粉蝶飛起來。

為什麼不開門？她叉著細腰嗔叫著，一臉小女孩模樣的怒顏。

對不起，蔡莫說。他把門開到最開，終於第一次看到了印在玻璃上的掌紋。

女孩冷冷望過停在住房櫃檯邊的那對夫婦，突然轉回來。

喂，你幹嘛不開門？

他不斷欠身賠禮，想不通自己為什麼恍惚了。

但是她沒走，看著蔡莫不知所措的模樣，反而笑起來。

你很像一個人耶，你知道嗎？

蔡莫本能地搖頭，只知道這時候不說話最好，不像任何人最好。

二宮和也啦，傻瓜，你像豬八戒我還敢說嗎？怎麼不說話，害羞喔，像他不好喔，偶像團體耶，人家是演日劇的大明星說，還會彈吉他和鋼琴。

此後的半小時，蔡莫拉出藏在褲帶下的毛巾，把門上的玻璃全都擦亮後，獨獨留下的清晰指紋就像剛剛那雙淘氣的眼睛瞧著他。他注視著當門僮以來這個僅有的汙點，忽然湧起了莫名的快慰——為什麼昨天不也這樣呢，為什麼沒有汙點的日子還是沒有快樂呢？他頻頻轉視著大廳的動靜，很想知道二宮和也是誰，也很想再看她一眼，看她的紅鞋子，看她有點隨便的講話的樣子。

母親像她這樣就好了，他想。雖然女人的氣質很重要，但每天插花不會悶死嗎，她為什麼不能快樂地走出來。想起回家那天，母親房間的木地板一直傳來滾跳的聲音，那聲音很奇怪，叩，叩叩，叩叩叩，像漫不經心的擊鼓，像一聲聲無聊寂寞的單音。他納悶了很久，那些聲音後來卻又開始翻轉，瞬間飛起來，忽然又墜落下來，他以為母親終於還是想不開了吧，終於瘋瘋癲癲地跳來跳去，然後跳上了陽台……。

十二點整，和下一班的門僮交接大門後，蔡莫已在寢物間換上了白制服。他提著垃圾穿進環保室的窄道，丟完後準備繞過花園走往側門的梯間，這時旁邊西餐廳的長窗卻偎來了一個影子，竟就是那個紅鞋女孩正在對他敲玻璃。他看見她在說話，沒有聲音的嘴型張得很開，兩顆黑眼珠朝著和她手勢一樣的地方流動著。

他看懂了，她要他走到水池邊。

帶我去買公仔，她說。

他雖然還是搖著頭，卻暗自高興那麼快又見到她。

不會吧，你連公仔也不知道嗎？

蔡莫只能沉默，他發覺窗下已有幾隻眼睛朝著水池這邊望過來。服務生，時髦小女生，那些好奇眼光很快會把經理引過來，他趕緊低下頭，剛好又對著她的紅鞋子。

那我完蛋了啦，我一個人耶，他們自己跑去打高爾夫了。

蔡莫轉身往外走，決定從大廳進去，這樣可以顯現他的正直。但紅鞋子跟了上來，他害怕如果兩人同時進出還是會把自己毀了，只好停在樓牆隱蔽處，兩手對她投降。

有空我會帶妳去找，現在請妳走那邊的側門。

騙我對不對，你剛剛還搖頭呢，去哪裡找。

布袋戲偶算不算公仔？

笑死人，你有布袋戲的公仔喔，你自己演喔。

他有戴白色斗篷的史艷文，還有兩個很可愛的小福童。他最喜愛的黑白郎君則被父親扔進馬桶裡。他說：我自己演自己。

那我要看。

他低著頭繼續看鞋，覺得她的腳好白好白。

走啦，不走我要大聲喊囉，二宮和也，二宮和也，二宮……

他讓她在後面跟，越過了靜巷，再轉進前往宿舍的小路時，聽見她嘰哩呱啦講著新來的老爸，講得很急，好像為了發作她的氣喘病似地，臉色白得旁邊酒窩變暗了。

所以呀，上個月我媽就成為他的二宮了。才說呢，我就越來越不喜歡二宮和也了，不過你真的很像他唷，好像還比他好看一點啦，以後我叫你和也好不好？

他們進去的宿舍很暗，打開房門才有床尾灑進來的陽光，紅鞋子脫掉了鞋子，提著它擱上陽光下的窗台。和也，快拿出來，她說。

進門後還獃在一旁的蔡莫，看見她俏皮地彈起食指朝他比畫著，才想起她要看的布袋戲偶。然而那些寶貝其實早已被他鎖在家裡的箱底，反倒是丟到馬桶裡的黑白郎君被他救了回來，藏在這間宿舍的抽屜裡，像是為了保存一份美好記憶，從那天起，從黑白郎君這件事，他開始用這種懷念來恨自己的父親。

哦，原來被你騙了，你好那個唷。她從床尾轉回來，像個累壞了的女主人往床上一趴，靜止了幾秒，終於發出坎坷的哀嚎。他媽的和也，你每天睡這種鐵床嗎？

起來了，我還要回去上班。

拉我。

他從背後拉她兩隻手，上身輕得像被單，摺成一個跪姿貼在床尾上。

還要怎樣？

抱我起來。

他伸手進去攬住腰間，聞到了雪白脖子的香味，這時她的嘴唇突然啄過來，淘氣，出其不意，嘻嘻地笑逗著。他攬著腰往後拉，才發覺她的腳趾其實已經偷偷頂在床架上，這個細微的發現讓他忽然想要從此抱住她。然而回去還來得及，他曾經答應母親要在飯店裡熬到死，何況後來他也把玻璃上的指紋擦掉了。

他走進廁所洗臉，聽見桌上的吉他被她挑撥著，聽得出那是沒有概念的聲音，卻又覺得她撥得很好，彷彿天籟滑落在他的胸間。他忽然想哭，覺得其實那些指紋是不該擦掉的，可惜他擦掉了。他走回來接手，問她想不想聽。

那你彈〈茉莉花〉好嗎，我要跟著唱。

為什麼是〈茉莉花〉？

傻瓜，因為我的名字就叫茉莉呀。她高興得跳到窗下，只有那裡還有極小的迴旋空間。他看見她低頭對齊了腳尖，匆匆撥著短髮，把多餘的毛捲塞入耳背，兩手垂後，兩隻腳尖同時踮了兩下，然後悄悄嚥了一下口水。這時她的眼睛便就開始不看他了，只看著左邊右邊的天花板，臉上的粉白慢慢暈出了紅顏。

好一朵美麗的茉莉花　好一朵美麗的茉莉花
芬芳美麗滿枝椏　又香又白人人誇　讓我來將你摘下
送給別人家　茉莉花呀茉莉花

蔡莫第一次笑著了，看見她唱完〈茉莉花〉的模樣就像一朵茉莉花，腳尖又踮了一下，後面兩隻手也遲遲不放開，連眼睛都還停在天花板上。他很想聽她再唱一次，想聽的也許不是聲音，是聲音裡面有一個模糊的方塊正在溶解，好像要把他包圍。

因此他忘了讚美，他聽見她的腳後跟突然蹬了一聲，那沉不住氣的臉孔嗔怒著，一下又跳回床上擠到他旁邊。換你過去，我看你多會唱。

我不會唱歌。

會彈吉他的人不會唱歌喔？

蔡莫告訴她，沒有客人時他會在心裡唱〈雨夜花〉，但老是沒唱完就想起母親。那多掃興呀，我是想要忘掉我媽才唱〈茉莉花〉。

他們兩人彷彿陪伴著一把吉他似地，從他們坐著的角度剛好看到了窗外的夕陽。後來蔡莫想要下床開燈，被她貼在肩膀的下巴抵住了，然後她指著窗台上的鞋子告訴蔡莫，她一進門就想好了，鞋子是她的紅色記號，她會在他突然動粗的時候從那裡跳下去。

蔡莫沒聽懂，他看見那兩隻鞋子在黃昏的窗台彷彿睡著了。是為了把鞋子放在那裡，才要他開門進來的嗎？想到這裡，眼淚差點掉下來。

可是，你什麼都沒做呀，我現在答應了。紅鞋子說。

●

兩方父母各自坐在刑事組的沙發對角線上，自稱大隊長的警官阻隔在兩者之間，他要求飯店經理把先前說過的的複述一遍，因為剛到的蔡先生也非常著急。說完，他特地看了蔡紫式一眼，他對這個姓蔡的反感到極點，一進門就發火，叫你們局長過來，不然我我我，先擺出來頭不小的威風，也不想想自己的兒子已經捅出了大麻煩。

飯店經理一直站著，他確認十二點交班的蔡莫沒有異常行為，如果要他再說一次，他還是認為西餐廳的庭園出現蔡莫的畫面並不奇怪，畢竟那是丟完垃圾的員工常走的捷徑。就算我不丟垃圾，有時也會經過那裡，他說。

斜對面的老胖子聽不下去。啊現此時講這有啥路用，你嘛咧笑死人。他短腿的膝蓋晃了晃，一副別人的謊言被他拆穿的快感。蔡紫式很想撲過去捶死他。現在總算明白了，對方打球回來找不到女兒，把整間飯店翻過一遍後，就來報綁架案了，最後還把唯一線索歸在阿莫頭上。阿莫怎麼會，阿莫連一隻螞蟻都讓步，怎麼會操她。

他又把桌上的錄像影印拿來看了一眼，覺得畫面裡的女孩未免也太隨便，什麼天氣穿這麼低，不就是抱著老胖子的蹄膀不斷妖哭的那個女人的翻版嗎？他雖然知道瑟芬其實也掉著淚，但她的眼淚沒有聲音，從這裡也可以推論，哭得最大聲的確實是丟了她家寶貝女兒，但瑟芬這種習慣性的眼淚，不過就是思念著被冤枉的兒子罷了。

蔡紫式在他自己的冥想世界找到的，幸好還有這個信念支撐他。當年給兒子取名蔡莫自然也是語重心長，從名字的含意就看得出他尊重歷史的足音：好的千萬別相信，壞的更要唾棄到底，至於人世間的虛情假意，那就要看看老爸是怎樣死裡逃生。

他看了警官一眼，看了老胖子一眼，看了蔡瑟芬一眼，突然想起自己終於登上玉山北峰的那個瞬間，那時從他眼底流下的兩行淚水是混合著失敗與光榮的，是任何人，任何一個喜歡詛咒蔡紫式的人永遠都無法體會的感人畫面。

何況，此刻他更且安心多了——他看著兩個撲空回來的警察低聲報告了一番，警官轉身告訴在場者，蔡莫的宿舍已經搜過了，也採了幾個指紋，但房間裡面看起來乾乾淨淨，很難判斷有什麼可疑的罪跡。蔡紫式特別注意老胖子的反應，果然對方又開始嗤哼著，啊我借問一下，擄肉是擄去宿舍等你警察去掠嗎？

蔡紫式不想再聽，悄悄推了瑟芬一把。

然而她不想走，只有她知道，阿莫真的把女孩帶走了。

她擅長的預感正在怦怦跳動。她不能離開這裡，隨時會有消息進來，好消息是阿莫和那個女孩一起出面說明，壞消息是他被捕認罪。但她相信前者。當照片裡的那雙紅鞋忽然映入眼底時，她感受到的震撼並沒有悲傷，腦海裡重現的是阿莫那天撞門而入的情景，那時他原本驚慌的神色忽然又喜悅了起來，就因為終於知道她只是獨自跳著舞，才發出那些令人疑惑的聲音，阿莫緊緊偎著她，彷彿揪住一個倖存者，在她耳邊絮絮說著她一時無法聽懂的言語，母子兩人後來坐在地板上，然後他看著那雙脫下來的鞋子說：媽，妳的鞋子很好看。

你那麼喜歡紅鞋子啊。

不是，我喜歡紅鞋子穿在妳腳上的感覺。

唉呀，什麼感覺？

我想，就是一種會讓我放心的感覺吧，阿莫說。

現在，她從回憶中找到放心這個詞了，像一雙溫暖翅膀，陪她坐在等待的地方。但她無法把這個發現告訴阿紫，他體會不到這種感覺，與其這樣，讓他煎熬下去吧。

很晚的時候，一抹黑影忽然來到了落地門外，那是脫了外套揮舞著的阿紫父親，急著想要進來，像隻焦慮的蝙蝠拍在玻璃上。但她發覺阿紫的臉色正在由灰轉沉，渾身不為所動，只是冷冷盯著影子看，她想去開門，也被他的手緊緊按住了，指掌又冰又涼，彷彿低泣那般。

——原載《印刻文學生活誌》二〇一三年六月號，第一一八期

Lhese 淚水

奧威尼・卡露斯

漢名邱金士，一九四五年十一月十五日出生於舊好茶。一九五二至一九五八年就讀部落的國民小學，畢業後隨父母學習務農和狩獵。一九六一年離開家鄉就讀三育基督書院附屬中學初、高中。一九七四年進入南投魚池鄉三育基督學院念教會事務科，畢業後任職教會。一九八二年回原來學校再念兩年企管。一九九一年重回舊好茶重建家園，始以筆名奧威尼・卡露斯發表著作。

現從事魯凱族文史記錄工作。著有散文集《雲豹的傳人》、《神祕的消失》，短篇小說〈渦流中的宿命〉、〈淚水〉，長篇小說《野百合之歌》（獲巫永福文學獎）與童話繪本《多情的巴嫩姑娘》。

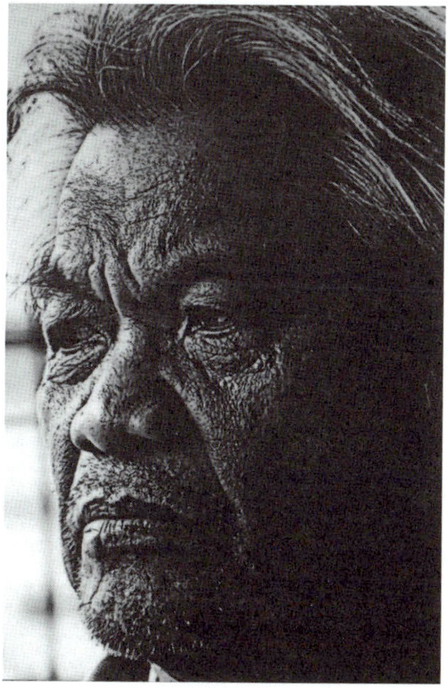

Thebbay ala ikai nga ki ta sipiane, ikai ko kai ka tapia ko umaumase dralhadralhai. "Tina su ka lhi ki thareve…," la iya ko vaga. Kvalhiving si kirimu ma siasirare ki pasilape ki Tina ini, dreele ki tina ini ka ngiraeragelane. Ko tharirane ki lhingau ini, si sa ngi ragelanane la athingalane mu macaane. Ai, ko Tina ini iya saselebe tanu dreele, ma sasi valhiving lengethe iniane si ka kathaane.

特湃竟置身在一個夢中，在一人群不多的小小舞會，「你的依納（註❶）要嫁人……。」一聲傳來。使他內心一陣悲涼而引頸尋找他的依納，只見他的依納一身盛裝的華麗禮服。她那美麗的容貌以及頭飾格外地醒目，但他的依納只是以沉默的眼神，深情依依地凝望著他。

Thebbay ngi tuluku pacuunu si ngi drakale dreele ki tina ini ko ua apece tharu takanga ikai thiili iniane, kia see ara liarane dreele, la mia ki rudame ka angatu ka mua kadrulu ngi salhiti. Sa taale ko alhima ini si eceng ki alhima ki Tina ini ko mia ki rivake nga ki rilai, ku tetese singi tali galaogao miaki bikabiki ngi sagasagay. La taale ko vauva ko alhima lhungalhugu aceace si aku tiki : "Ina!…" iya.

特湃驚醒，睜眼起身，望著躺在他旁邊的依納，藉由黎明破曉一絲漏光看著她，她像枯木般倒樹橫躺著。當他伸手握著他依納骨瘦如柴的手，冰涼微波從手指間擴散開來。他以另一隻手輕搖，欲拍醒他依納，並輕聲地喊著：「依納！……」

Ko tina ini ara tala kidulhu nga ko maca ini, kuaalhi nau bangulu lhinga si nao dreele ana iya iniane. Nau velevele lhinga la iya ko mia ki lidrare vasau ka kanupiti ko bibiane nao kaoriva ana iya, pau aludru ko lheslheane tualai ki cigiane ngu lhingavane. La sirare mia ki thelare ki dulipy tu tala kelhabe, ala sagai ko ta dreelane si mu slhemane nga sa ka ulhau.

他的依納以她那疲憊的眼神，使勁地微微轉移目光凝視他，然後抖動那緊閉如枯葉般的嘴唇想要說話，只見依納流下了一滴淚水，從眼角滑落到臉龐，慌神宛似彩霞般地閃過後，乃進入無神的光境。

Thebbay nao dreele lhinga amia pa ngu taramuase ki Tina ini ko saka ulhau nga, nao lili ana ki pasilape ala si ikaiana ko valhavalhathane nga kao tedratdrane ki abake ini ko ledra. Ai, mia ki amani ko pangua athavane lili pasua bleng ki pasilape ko na vauvanga ko ledra ki tariau, kathaane ko dralhemedremane I balhuku savithi.

特湃試著想從他依納那無神的視窗，窺尋一絲她靈魂的餘暉。但，他彷彿在暗夜裡，從天窗窺視夜空欲求一點星光，只見一片深邃的黑夜。

Ala ka Tumu ini ka Male si ngi dredrelheke taetape ki tabalangane ini, tako pi calhingane tengetenge:
“Agane li, Ay~e! iya ki tina su.”

馬勒爺爺乃從他背後拍拍其肩膀，在他耳邊微聲說：「我的孫子啊！向你依納說『哎依~！（註❷）』吧！」

"Ae!" amia ngi tuluku ka samali ta ko karaleale: "Umu!…. "iya.

「哦！」一聲驚愕並吶喊著說：「爺！……」

Tumu ini alha kebere iniane, si pa singi dredrelheke ari kadrusa ko satapai ini suasulhape sasa, si la ako tiiki iya kai: "Thalhalhai li! ma tuuase nga ka tina ita."

爺爺乃雙臂擁抱著他，雙手在他後背左右交錯不停地撫慰，並小聲地說：「寶貝！我們的依納真的已經走了。」

"Ma tuase nga……"ko ta iyane, ikai ki kidredreme ki Thebbay, mia ki iya kala udalane lo ngilhibate nga ki mua lhingedele si vaivaiana, ala kiri mu mu leca si dreredrere, la ngi tuluka turamuru si kai sara sa abakane, ma raleale: "Manemane?"iya.

「走了……」這一句，在特湃的內心猶如是夏日雨季，午後晴朗中天空突然閃電雷動，驚恐中措手不及理緒，已不知覺地吶喊著：「什麼？」

"Isa slebana. Agane ly!"amia ko Tmu ini, si arake pa tharu lhikudru, si pa takainene pi taulhuanane, I kabecelhakane ki ma ecebe ko lhibange. Sua talu ki acapy si lhilhiane, singi dredrelheke ko Vay ko ua lhaolhao

「冷靜一下。孫子！」爺爺說著，並牽引著他稍微向後挪動，讓他在兩扇窗戶之間的台面上坐下，藉擋風石板的陰影，抵靠著背後正在展露而出的晨曦。

"ka Tina su ma lidrare si ka kathaane," amia ku Tumu ini pangi ka teelhge avavaga.

「你的依納只是枯萎。」爺爺很嚴肅地說著。

"manemane ka pacuugu kuini?" amia kivaga si nao tubi iya.

「什麼意思？」他啜聲問。

"Ko ta ka umaumas na iyakai ta adridringane(abake) ki tu pathagili ikai, la kainganai ta ki tu lalake mu kaumasane, ala lo pu madru nga ta, ala ka lidrare ta. Ko bibilhili nga, ala siulhi ta mu pathagilane." Ala iya kai ko Tumu ini suusu: "Ka tina su pa balhithi ko kadalhane si kakathaane, lo kela nga kavai ka abake ini, la lhi kai lhika lidralidrare nga apalhalhaothane."

「我們人本來是從陰間（靈界）開始存在，後來誕生在這個人間，當人有了結果之後，就自然會枯萎。最後，又回歸到原來生命的起初。」爺爺又說：「你的依納只是走上另一條路而已，到了那裡，她的靈魂就再也不會枯萎了。」

Ko ta iyane ki Tumu ini "Ma lhidrarre" iya, ko sangia tuluku ki samaliane , ko sa ua kukuludru, si langeangane, miaki kia mu tukui ki lhenege mua ki tala bayu i kidredrem ini, ngi pairing tala therepe pu sua dridring, kadrua nga ko ta alikaiane si isadra ala ikai ko sa patu balheane.

爺爺所說的「枯萎」帶給他的震撼、恐懼和疑惑，彷彿一塊大石頭突然滾落在他平靜的心湖，產生激盪後，形成強烈的漩渦吸力，往深邃的無底，永恆沒有沉底的答案。

Kai tarathainu, ko Tumu ini ma tuase mu latadre si malha ko drusaku balebale ka na ukudru ini , la theredeke pa ecebe ki raedre ki daane lini cucubungu tu sa pelaelaane ka “malhemelheme”. Ala kela mu daane si takainene ikai talabuane si guruthungane rutungu ko lingcugane tako iipy si ikaiana ko apui, ala pangi sarubu ko lingicugane ani ngi pa padalainga iya. Kai tarathinu, ala kudalai si sa tubebebelhe nga, ko Tumu ini pa tua palha ki ebelhe satedre ko sakia tutubi ini ki iya bleng, “Lhi tharu inu ai nai silape ko lhi kela ki sapalha?” iya ara kidredrem.

稍後，爺爺走出門，在戶外拿了兩根他原來的竹子拐杖，橫插在他們家左右的牆垣前，以示「喪家」。然後，他從外面進到屋裡，坐在爐灶前，低頭輕吹幾根木火上頭殘餘的火苗，再將零星散落的木柴排放成堆，任其自燃。不久後，火苗開始點燃，輕煙裊裊，爺爺隨即寄上他很無助的祈禱，以心語說：「援手何處尋找？」

Ia cengecenge ma Tumu mu kalavalava aneanai ini ko lhi kela iyaiya, tau ngi lhibalhibate ko kecelhe pa thagithagili ka kala rigarigane ko ki na vaianane, I cengecenge lhaolhao si kela ngu lhibane thelare mu daane maka kai dalhiane ala lingulingu ngi vevevele avace.

等待援手的同時，冬末春初緩緩上昇的朝陽從窗外投射進來，光影在地板上緩緩移動。

Thebbay dreele si la ngu lhialhingao ko na sidrumane, sa tao pacucunu ko ta gathimane ini si pa tara thingathingale nga pakana manemane.

特湃看著並想起了過去，那時他的意識覺醒已有一段時日，而且稍微已經懂事了。

Ko tina ini arakai ko putunu aceace ki bibiane ini: “Thuthua!” iya. Ia masa si sipelhengane ana taru mara thuthuuthu si sa paceunu, ala ikai ki tina ini ki keberane. Kuidra, thelare lu singi tali inu kela tilivare, ala dreele ki lhingau ki Tina ini mati kadralhu ki drarreange dredredrele iniane.

他的依納以乳頭觸醒他的嘴唇，說：「吮乳！」讓他在沉眠中，只憑藉意識、閉著眼吸奶，之後一睜眼，自己竟在他依納的懷裡。那時，一道不明來頭的光芒照耀進來，眼前竟是他依納慈祥的容貌正在望著他。

Kai ma ulhaulhau ko na ta dreelane ini. Ala kai asasaane, sa dreele lhaolhao si kai nganai thelare ngu lhibang mu daane, si kirimu nga gaigaithimi sa ki kebere ki tina ini, ala pu kidredreme iya kai: “kuidra sa ka kina vaianane, talia ka amani kai Vay kai.” ala iya.

這一幕他永生難忘。而現在，當他看到陽光從那一扇窗投進來，然後想像那時，他的依納正擁抱著他的情景，他想：「那時候，應該也是這個時光。」

Ala ngu lhialhingao ki tina ini kuidra saka kinavaianane, ko mati dralhuane ma ecebe ku thuthu ini ko miaki kai lhi kadrekadrakre, maru amaninga kavai Alhuane ko maka adring ko ni sketane ko acilay ko lhi kai ka drekadrekare apalhalhaothane. Saniang kavai Putunu ki thuthu ini ka mia ki balabalare silu ka amani ko makociacingalhe nga, ikai ki lhedelhede ana ki ta kidredremane ini, mia kao lhiluku ka kai lhi mururu ma kala utu.

特湃又想起那時的依納，豐滿的兩顆涓滴永流，宛如是阿祿安（註❸）那潛藏著充沛永不乾涸的泉源。尤其是那紫色琉璃般昂貴的乳頭，在他還嫩芽的思維裡，宛如那永不凋謝的桑葚。

Kikai ta icengecengane ki ta ka vay anane, Thebbay ua dreele ki tina ini , ala pi kidredreme iya kai: “Ina, ka Alhuane ki niake li! kai na ko maka sia lhigu , kai kameane ala ka lhi kakusili nga su.”

而此時此刻在朝陽下，特湃凝望著他的依納久久，而後內心想著：「依納，我生命的阿祿安（註❹）啊！往往沒有想到，如今，您終於是乾涸了。」

Icengecenge, kelakela ko Tina ini ka Galhaigay ikai nga saua latadrane lhi mu daane nga. Sa kela mu daane si dreele apinu elanga ko lhingao ki taka ini, la ngi tuluku si iya kai: “Kaka! ua kela ko nao dreele iya musuane, ma tumane su?” ko dredreme ini masia samadre iya kai: “Aala ka lhi kela ko deemele musuane.”

此時，特湃的小依納卡賴蓋突然出現在門口正要走進來。當她走進到屋裡看到她姊姊已經變色的容貌，驚駭說：「姊！我是來看妳，妳怎麼了？」內心又甚是遺憾地說：「但沒有想到竟然是來為妳收拾。」

Ko Tina ini ka Galhaigay takua tubitubi si kirimu nga dememele ki taka ini, si taku pangi ragelane. la dreele ko Thebby ki tina ini ka ngi raeragelane, la mia ki yakai ta sipiane ko si iyane ko ta dreelane ini sa ngiragelanane ki pusausau. Ai, kai kamani nga ko na thaithariri ko lhingao ki Tini ini lo dreelane.

他的小依納一面悲泣，一面趕緊打理她的姊姊，然後繼續為她打扮。當特湃看到他依納的頭飾，宛如昨夜夢境裡那場惜別舞會裡她的打扮，但再也沒有依納的美麗容顏了。

Ua kela ko pasiagisi lini ka la-maataka ka na ua lhibalhibate, ala dreele ko sa ravadrane ko ukudru, ala mu daane tala ka samali si iya kai: “ma tumane?” Ai, adravana kai ki pelaela ko ta ngitumanane, ku mati thalithiane iya lhepenge nga pelaela. Ku la maataka ua takainene ikai thili ki tadry si si tala cubung ki sau alatadrane taku mu kalavalava lu lhi tumana iya drekase ku Tumu lini.

此時，隔壁不遠鄰居的兩兄弟正在過路，無意間看到他們門外兩根拐杖橫插著，便立刻衝了進去，震驚地說：「怎麼了？」其實用不著解釋，悲涼的場面早已道盡了一切。兩兄弟就坐在祖靈柱的左側，面對出口大門，只靜靜地等待爺爺的吩咐。

"La aggane, ua tumane numi si pa tara thingale?" amia ko Tumu lini.

「孫子們，你們怎麼知道的？」爺爺說。

"Ua dreele nai ko sa patu thingale ikai theredeke." Ko lama ataka la iya kai: "Ua thingale nai ka macaeme ka ina, ai, kai nai maka sia lhigu ka kia paki lhingao."

「我們是無意間看到外面所插的暗號。」兩兄弟說：「雖然知道依納生病，但沒有想到是那麼嚴重。」

"Matia inu numiane, kai lhi idradreengere numi ki atuatmanane, Saniange kai kameane……"

「真不好意思，即將耽擱了你們，尤其今天是……」

"Asi iya kuini, ko kinelhetane ki iya bleng."

「不必那麼說，因為這是天意。」

"Sa sipianane nai ka manemane si ikai numi."

「我們是何其幸運有你們！」

"Ko ta icengecengane nai ki tulalake, ki kelhete nai ka lhika aungane nai."

「我們生在這個年代，這是應盡的本分。」

“Ngia mia kuini, ai, amani kai na Tina numi ka na piakai nga kai kameane……,” si tako daange ko tumu lini iya kai: “Sa ma ti ninu numiane turamuru.”

「固然是這樣，但你們的依納竟然選擇在這天……，」爺爺感嘆地說：「對你們感到非常歉意。」

Idra, ua dreele ko la ma ataka ki tina lini ka Galhaigay pa ngi lhipethele nga, la acegecege si kivagga; “ala lhi tumane nai?” iya.

此時，兩兄弟看小依納卡賴蓋已經打理好了，於是站著說：「要怎麼做？」

“Alha silhidi pa tanuela , pikai ki Aggi numi ka Thebbay thamadalane……,” la iya ko tutumu ka Amale.

「就稍微移動，放在你們的弟弟特湃的前面……。」馬勒爺爺說。

Ua malha ko lama ataka ma babulhi pangi alhugu pu cucubungu ki Thebby si taku iya kai: “Aggi li! lhi ikai nga su tu ki suasuai ki tina ita kai vay……,” sa iya , ma tuase mu tavanane malha ko sa arrakaiane ku rukudru, si kai nganai maka kalatadrane acegecege pasua dratha papia ki Cekele ki ma tuase nga.

icengecenge kaingai mu latadre ko Tutumu ka Amale.

他們兩兄弟把遺體扶著抬起，移位放到特湃的面前，一面說：「弟！趁這個時光多陪在我們依納的身邊……。」之後，乃出門回家，拿著自己的工具回來，站在陽台望著上方不遠處，作古之人的滋歌樂（註❺）。此時，爺爺也正好從屋裡出來。

"Umu! Ala si ikia ko pa dulhudulhane su ko lhi ka ta ikaiane ki Ina?"

「爺爺！您心中是否已經為我們的依納選好了永恆之處？」

"Kadrua, Ai, ……" amia si kirimuana tala isadra kidredrem, ala iya kai: "Mathaithariri nga lo adeethe ki daane nai."

「倒是沒有，但是，……」他頓時停下來想一想，然後說：「最好是離我們家近一點。」

"Ua thingale nga nai."

「我們明白了。」

Sa maka iya kuini ko la mataka ma tuase lhagao ki daane lini tharudratha. Kai tara thainu, ma bibilhili ko Tutumu ka Amale mu dratha.

兩兄弟說完便繞過他們家往上方走去。不久後，爺爺也跟著上去。

Ko daane lini iya tali ta lhiugane ki Vay ikai lhivici ki Ckele. Ani ka langu vaivay, ta bekele ko ua lingulhingu tala lhialhibate. Unu ko ta pacathene ki tina ini atuthingale ko saseverane mati ngangerece, ai, iya cengecenge ka kala silhavane ki Cekele, ma tuase nga makanaelhe ikaikai umauma tala mu lhakau mu bere, tabekele nga ko ua kelakela mu Cekele.

他們的家是部落最西方的邊緣一角。其實在平時，本來就甚少有人影走過。縱使他依納的死訊彌漫著氣息，但因部落正逢饑饉的季節，人們早已往他處耕地逃難，甚少有人回來滋歌樂。

Ko daane lini mia ki pina tukuthane ki kaomasane. Ko mia, ko pasiagiagisi lini sa kela ko dripong ma tuase maka naelhe tanuela mu tailhaudru ki kungkuane. Kui tutumu ka amale, iya cengecenge ko lalake ini tao ka rudrarudrange, ai, sa ka lisi ikai ubulane sa kisi kaulu ki dripung, la suru ki Thebby ikai ana barangane, la kamani ko kai ka maka tu papalha nga ki palhapalha tanuela.

他們的家宛似與世隔絕。因為左右鄰居在十幾年前都已遷到日本駐在所的下方。當時，爺爺唯一的兒子正逢盛年，才剛成家，但因為「給日本人作公差而遇害身亡」（註❻），留下一個遺腹子特湃，所以沒有能力跟人家一起搬走。

Kai asasane, lu sa adailane dreele ki daane lini, mia ki ni asuru ka ki rimurane. Pungudruane nga kaTalibao ikai kalatadrane taliabange, lo vaivaivalhigi pa siadruadrua ngangerece ki kidredreme ki palhapalha.

現在，遠遠看著他們的家獨獨被遺落在這裡似的。外面陽台上，一棵血桐老樹在清風中搖曳，感覺分外淒涼。

Lo pa tualathane ki agane ki Tutumu ka Amale, ka vauva ko lhi luludu iniane ka sia Thebbay, “Balhilaolao ki kabava” ko ta iyane, pa pua kidredreme ki sa gathimane, ka lhi ka tara iya kai ko ta pa luludane ko ta ngi rathekane ini ko ta icengecengane ini ikai ki Cekele, ala ni ki sunagane ku paramia kai ka busuku madu.

從馬勒爺爺他生命中唯一永續的特湃（Thebbay）——「美酒中的彩虹」，使人覺得馬勒爺爺的一生，在部落裡應該一度有過不尋常的表現，才能取得如此令人陶醉的名字。

Ai kai cameane, kathaane ko tina ini ka Galhaigay ka saka palha iniane drangalhungalhu ki tina ini, ko mati semiringane kathaane ko saseverane ko ua kelakela vaivalhigi si padriadrima ngangerece.

但如今，只有他的小依納陪在他身旁一起守靈，在一片寧靜裡，清風不時由窗外一陣陣吹進來，使他們備感淒涼。

Thebbay ka mia ki lhi kilalha ana pa tualai ki tina ini ka Galhaigay paki lalhaana ko mia ki tina ini lo avavaga ko lingao, ai, yia cecelhebe kai avavaggavagga. Ala ka Lalay tualai thiili ki daane lini babalebalebale, “ho~……” iya aku la lhivulhivu mia ki kulhalhu , ala ki saela si nau tutubi iya, mia ki

Thapilalhau lu ngi palapalhay dalhi ngengenge.

特湃很渴望他的小依納能讓他再聽一聽她那極似依納的聲音，但他的小依納始終是沉默不語。偶爾是山紅頭（註❼）在他們家附近的竹林間，「呼～……」一聲聲像竹笛般的鳴笛，使他小依納感染得不勝哀淒時，只是發出宛似黑色的蜜蜂飛舞中的聲音。

Thebbay kilalha pi calhingane ko "Kuau~~" amiamia akotiki, si ngi tuluku lao amani kai Ina iya. Lani iya, sa ka la vavalake ana ikai ka samu ikai niukane, ku tina ini ngia alhalhau ki Kuau mia kai asasane ki ta thaluipane aku tiki aceace pudaulu ngi drakala nga iya. Ai, ala thingale ka singi drelhekane ikai adaili ki lhegelhege ka lingao ki Kuau, si la ka salivalhao turamuru ko kidredreme ini.

特湃突然在他耳邊傳來「孤阿烏～～」之微小的聲音，使他錯愕地以為是他依納的呼聲。因當他還是個幼兒在搖籃裡沉眠時，他依納時常在他耳邊以現在相同的叫聲，小聲地呼喚他醒來。但現在才知道是從他背後遠山高空山嶺間的孤阿烏（註❽）傳來的聲音，使他非常地失望。

Thebbay dreele ki tina ini ka ni lhipucane lhilhikudru iniane, ka kia padulhudulhu ko aka tuasane si kai talu saulhiane nga. Ko ta kilalhaane ini, miaki abake ki tina ini ka iyakai nga kavai adaili ki lhegelhege "Kuau~~," lu iya ko lingao, si aru adaidaili si aru ka ulhaulhau. La kirimu avalhiviane ngi ka kathalithi si nao karaleale "Ina!.....," iya si tubi alha lhelhese, Ai, ko drakerale ki lhese ikai taniakane iniane, mia ki acilai ki Vay si kakathaane.

特湃又看著他的依納，被一層白布裹起來，背對著他，正準備離開他走向永不回頭的路。他依納的靈魂又彷彿是那在遙遠山林間的「孤阿嗚～～～」之聲，那漸遠漸小的微聲正在遠離似的。於是他內心忍不住悲傷地想呼一聲「依納！……」然後流出淚水，但他生命的淚腺彷彿是太陽之水（註❾）。

Ua kela ko tumu ini ka Amale maka latadre, ai, talia ka patua thingathingale giase ko pilhi ini ko lhenege si kaulhau nga, ala ka lama taka nga salhisalhi ngu vavauva. Kai tarathainu, ko ua daredarepe ko lhi ka balhiu ki tina ini, lo cingicingicingi pa sakelakela ua kela liniane elhaelhange.

後來，馬勒爺爺在外面前庭出現，大概是他在勾選適當的石材，之後又消失，然後是那兩兄弟一張張地搬運上去。不久之後，他們開始為他依納打造巴里屋（註❿），欲使石板整平密合的敲擊聲響不時地傳來。

Kilalha ko singi kai tali tukadrane palipalidi ikai babalebalebale, “hu,hu,hu~……” mia ki angatu ka kulhalhu gegeleng lo thaluipi. “Ina, kilalha! ka Avava ta.” la iya Thebbay kauriva pi calhingane si dreele ki tina ini. Ai, ko tina ini mia ki ma sipelhen ka masamu, “Ina! Talia ka kia dulhu nga su.” la iya.

突然，在他們家偏西斷崖邊緣的竹林間，傳來「喔，喔，喔～……」像木管般以低沉聲音啼叫著，「依納，請聽！我們的阿哇哇（註⓫）。」特湃望著他的依納，並在她耳邊這麼說著。但他的依納宛似陷入沉眠中，於是他又說：「依納！或許您很累了。」

Thebbay ala ngu lhingau sa tau thingale kavai ki amiamia, ua iluku ko tina ini mua kavai tai lhikudru dratha ki Cekele, la ikai i babiabila ki ta kauaungane lini si ka ta iyaiyane ini lu thaluluipi ka thadalhane ka lingao, ko tina ini la pa dreele ko ta cebeane ini si iyakai sunagane: "amani kavai ko sia Penay!" Ai ,kai asaane, kia vaggana ki tina ini: "Ina! Amani aini ku idra?"

特湃想起他第一次認識牠，是他依納帶他去部落的後山。在他們耕地邊緣不遠的樹林間，常傳出這種聲音，他的依納指出牠的身影，說：「牠的名字叫泊奈（註⓬）。」他現在不禁喃喃問他的依納：「依納！這是不是同一隻呢？」

"hu,hu,hu,hu~~~" ala iya nga peela . Kavai mua saka supate "~~~hu" lu iya ka lingao, la alhaana tharu bleng ala ngia balai nga kainganai mu lhaolhaodru si mu tapa thagilane salhiti. Ko taki lalha ane ki Thebby, mia ki iyakai kao vagga ka puaelaelaela. La iya kai kidredreme: "Ina! mia ki kia pa silasilape mitaane." Si lu kilalha peela, lu lingu si lhi tu lididu la mia ki tala ranao thangelha ,ka malhailhagi ku asane, la kirimu ka tava si iya kai: "kai du maka ua dali pi mamiane ka mati valhivingane!"

「喔，喔，喔，喔～～～」的聲音又發出。第四個「～～～喔」的聲音還上揚，拉長後緩和地抑低下來，回到原來起頭。特湃細聽起來，覺得牠又像是在發出疑問似的訊息。於是他在心裡說：「依納！牠好似在尋找我們。」他又再重複細聽，聲音和尾音的韻律彷彿比剛才更強烈了，讓他疑惑地想著：「真是耐人尋味！」

Kirimu thairane pangu lhibang papu latadre ki pasialape, ua dreele ko Tara-paelhelhege. ka ngia palapalay kirimu tala indrengere si ngi pakepake, ku ta dreele ini la mia ki satapai ki Tina ini lu ikai Tabelangane taliabage lu paelhelhege si saulhiulhiu ku sauvalhai ko ta ngi miaane.

他激動得引頸從窗戶望外尋找，竟是一隻緇線鳥（註13）。牠正在飛行，突然空中定點震動著雙翼，看起來就像他依納在織布屋外的陽台邊緣織布，緇線後收線的模樣。

Si ala bangulu ko lhingao ini dreele ko iya kelhai I balingibingi ko bavaneana ka lamai ini, la iyakai kidredreme: "Ta lia ka bibilhinga ko tinunu ki ina pa sikai nakoane." Ala ngulhingao saka miaoabu si "ala si laimathane ta dreele," sa iya si ka miauabunga, ala puvaga ku tina ini mati thaliithi iya kai: "Nunu! unu ni ara lubuane tu lhekelheke ala tinuna ko, ai, sana kidredreme ngu lhingao ko ta dreelane su ku thaithariri ka bengelhai ki lubu, lhi tara kadalame su."

他又轉頭看到掛在牆壁上的一件新衣，心想：「應該是依納最後為我織的。」並想起當時他的依納說：「試穿一下讓我看看。」那個黃昏，他的依納帶著悲涼的語調說：「孩子！雖然是以野芙蓉的粗絲織成的淡衣，當你想到野芙蓉的花是那樣美麗，你就會喜歡的。」

Ai, kai asaane, lo ngu lhialhingao ki tina ini sa tavalhavalhay si tinutinunu kuidra si ka ulai ku Vaay, mia ku ua dreele kao alalingu ki tina ini lu ilebelebe ko Vay si ikai itai lebe ki lubuu tinutinunu.

但現在，他又回想起他的依納在搓線後織布的那一段時光，彷彿在黃昏中見到他的依納於野芙蓉樹底下織布的身影。

Ala dreele ki na caubu lini ka supilhi nga ka naTakumulu, Sua ragele nga ko Tina ini ka Galhaigay ka pina dulhuane nga lhi iluku ki tina ini. Ala ngu lhingao ikai sa ka maung la si caubu kavai si ki kebere ki tina ini, kirimu iya kai ko tina ini: “Ala iya si ikai ko Vay si mia ko kau lhenege……,”

他又看著那件極陳舊的被褥，小依納已經打包好，準備給他依納帶走。這讓他想起一個天寒地凍的夜晚，他們母子倆不僅蓋著那件被褥，他依納還擁抱著他，並無意間說：「有一天，當我像一塊石頭……。」

Kikai nga asasane, ala tau thingale ko na ta iyane ki tina ini ala kamani kai cameane. Ua kebereana ki tina ini, ai, “Ina!” nau iya lu iya nga, mia kau ua cubungu ki kalhenegane paka katese kai mu bangalhe pu vagga ki kecengane.

現在他才曉得他依納所指的，就是今天，此時此刻。他正擁抱著他的依納，然後想再呼一聲「依納！」時，又覺得像在面對一塊頑固的石頭，硬是不說話似的。

Tinara mangeagealane si drusa ka caili ta pa nianiakane ini, ai, kikai taka tharirane ki ta ngilhibatane nga, ua dreele pa taka macamaca ki tina ini ka ara tala lhenege mia ki kadrua ko kidremedrem tu si alikay.

在他僅僅十二年的生命裡，這一切美好的過往歲月，他從不曾想到會是這麼一天，他必須眼睜睜地看著他依納的生命以頑石般地無情畫下句點。

Ku ta ka vaianane, ku tumu ini ku tua balhiu ki tina ini sii lamaataka ua kelanga mudaane. Dreekase ku tumu iya kai: "ala suragela pu karadrarane" iya.

此時，為他依納打造巴里屋的爺爺和兩兄弟陸續進來。爺爺乃請他們兩兄弟「把遺體安放在大竹簍裡」。

"Agane li! Lhi kamani su ka ua sateatedre ki tina su kai bibilhinga……," amia ko tumu ini si tako pai tengetengedre ko tukudru ko amamuane ki ta cebeane ini, si la iya kai: "ma adrau nga su, tukudrana ki tina su ani ki suasuai ana si anika sasaana!" sa iya iya kuini ku tumu ini taku tubitubу.

「孫兒！由你親自護送你依納最後一程……，」爺爺邊說邊將竹簍的揹繩以他孫子的身材稍做調整，又說：「你已經長大了，讓你母親為你感到驕傲和安慰一下吧！」此時，爺爺已情不自禁地流出淚水。

Iya cengecenge ko lhalhupiane ki Thebbay, ai, pa gagarangane alha tukudru ki tina ini si ka tuase mu latadre. Ko tumu ini daledale ikai lhilhikudru iniane si tako drekadrekase ki dalhane. Ala daledale ko la ma ataka mailuku ku na laubulhu ki tina ini.

現在是特湃最脆弱的時候，但他很勇敢且毫不猶豫地揹上他的依納，走出門。爺爺跟在他後面指引，兩兄弟提著他依納生前的遺物尾隨在後。

Ko tina ini ka Galhaigay ma bibilhili mu latadre acegecege pa su alhalhau si tubitubi: “Ay~!.....” iya iya. ua dreele ki taka ini ikai karadrarane ko thelathelare ki vay, ko lhingau ini sua talu ikai ki kathalhalhai nga ini…… ka Thebbay, mia ki tala iyasadra ka kasipelhenge mati ngu luathane, ala iya kai: “Kaka, lhi ka tuase nga su kadrua nga ko aka valhivingane su.”

小依納卡賴蓋尾隨出門站在門前哭號著說：「哎依～！……」一聲聲目送中，看著她姊姊在竹簍裡，陽光下的容顏貼靠著她最疼愛的孩子——特湃，在沉眠安歇中是那麼的安祥，於是她默默地說：「姊，安心地走吧！」

“Ua kela nga ta.” amia ko tumu ini. Si ala ka lama-ataka mu bibi tuaalai ki drelheke ini. Ala malha paki tukatha ki karadrare si pa isadrana pi lhilhiane ki Thikurange. Tappay ikai saka palha ki tina ini. Kala rigarigane taku kasa sesevere, iyakia kaumasanane si ka tengaane si la mia ki tala sipy ka tua uraurape lhi sulisi.

「到了。」爺爺說，便是那兩兄弟扶著特湃揹的竹簍讓他放下來，再將竹簍移開，暫時停放在一棵朴樹遮蔭下。特湃仍陪在他的依納旁邊，在春天的微風裡似夢似真終究還是一場夢魘。

Ala iya kai ko tumu ini ki lama ataka: “Satedre nga,” Thebbay ikai lhilhikudru stesatedre, si ikai ko puku ku kai ka ni malhingavanane iniane. Lani mia ai, kai kia pautenga ka lhi ka tuase nga ko tina ini. Si patara thingale ko tumi ini, si la mua kebere iniane si taku mu katekate tako iya kai: "Kia pabalha ko kai kidredreme su ki pathilipane, kuna ko ka tumu su maia ko musuane, Ai, ala iya si ka patengane ko sakia libake ta, kai ta lhi pia kuini……," ala adulhuane nga ngi saruru mua ki ka balhivane ini.

當爺爺吩咐兩兄弟說：「護送。」特湃在依納身後意味著護送，卻又有一股情不自禁的拉扯力量，讓他不肯放手，因為他內心不敢相信他的依納真的要離開了。爺爺深深知道並擁抱著他，一面將他的手鬆開一面說：「我深深體會你內心的不捨，爺爺跟你一樣，但假如我們真的愛她，就不能這麼做……」這才使他的依納緩緩進入她的巴里屋（註⑭）。

Ko daledale ua amenge ara kai madradrau nga lhenege ko lama taka, la daee ngu sivale ngusivale ala ngi dralheke. Ko bibilhi nga, ala ka lamaataka mababulhi ko madradrau nga ko lhenege tu sa caebane, tu sa pelaelane kikai: "Balhiu ki abake ini pa kela lu mamilhing".

接著是兩兄弟覆蓋內層大石板之後，便以一層又一層的泥土埋起來。最後，兩兄弟當把最大的大石板抬起來後蓋上，以表示這裡是「她靈魂永恆的巴里屋」。

Ko bibilhi nga, ala ka tumu ini ka Amale, malha dakucu ko dae si masu lhikudru ki balhiu ini si iya kai: "Abake ki Thabbay li! Ila tau balhiu nga!" Ko pia kuini ki tumu ini, amani lu tu tala ka valhiving ki tina ini si ikai tala isadra, lhi vangavange ki tina ini ko lhi mu adaily.

最後，馬勒爺爺又抓一把地上的泥土轉頭撒在她的巴里屋，輕聲地說：「我的特湃的靈魂哪！我們一起回家吧！」因爺爺怕他的靈魂眷戀著他的依納以致在那裡逗留，阻礙了他依納的遠行。

Sa kilalha ki Tumu ini ko ta yiane, unu ua thingale ka pa aliakai nga, ai, tala ka valhiving ana si masua lhihikudru dreele. Icengecenge, ko thikurange lu ko vaivalhigi ta ko mururu ko la thulida to lasalase, tua tala ka sisilhi nga ko Vay mu lebelebe, kisilange ko ua lalhilalhi ikai babalebalebale mia ki pasu tubitubi kalhemelheme.

當特湃聽到馬勒爺爺這麼說，縱使知道應該宣告結束。但他仍不勝離情地頻頻回首。此時，朴樹的枯葉依稀在清風中飄落，斜陽裡的啦啦哩（註⓯）在竹林間伴隨哀鳴。

Ua kela nga tavanane ko saka redele, ko lama ataka: “Ay~i!......” amiamia ki pusausau, ko la ma tumu pasu alhalhalhau sateatedre maulhau nga ki maca lini ko la ma taka. Ko kidredreme lini maru kia saalhu nga ko drusa ko tilivare, asia papalha liane mia ki sa kaedrepe, si kelakela nga daledale dradrimitane ma iluku ko mati sepelane.

他們回到家門外，兩兄弟先後向他們說：「哎依～！……」然後緩緩離去。他們祖孫兩佇立著目送他們兩兄弟緩緩消失，心中彷彿是在暗夜裡藉兩把火光一路照耀著他們，隨著他們離去，卻又是另一波暗夜中緊跟襲著來的失落感。

Ko tina ini ka Galhaigay ua ecenge ko drusa ko sibini, ku vauva ua bai ki tutumu ka amale, ku vauva arakai saisakidri ku rengerengane si lhese ki Thebby si tako iya kai: "Nunu! kia dulhu nga su." si taku arake pu delepane ko ni sapaane pa takainene.

小依納手上拿了兩件濕毛巾，一件給馬勒爺爺自己拭淨，另一件她自己親手替特湃拭淨他顏面的汗水，說：「奴奴（註16）！你辛苦了。」並牽著他走到寢台蓆子上坐下。

Sa dreele ko Tabbay ku na ta apecane lini ki tina ini ko bibilhi nga ko maungu, ni lhipethelane nga ki tina ini ka Galhaigay paka bula, si ka ni sapaane nga. Ku na la ububulu nga ki tina ini kadrua nga, si, lo kasa sesevere kia pasilape ana ko na sangulhemane ki tina ini, ko mia ki sangua lidrare lu kai nganai pipiuru, si la padriadrima ka valhiving ku dredreme ini ki barengere mia kau iya kai drakieakrele bikabiki.

特湃看著昨夜與他依納共睡最後一夜的地方。小依納早已清理得非常乾淨，並已經鋪好新的月桃蓆子。所有他依納生前的遺物都不見了，但在清風中，他仍感覺到他依納遺留下來的氣味像枯葉般飄散，使他懷念著依納的心湖幽然生波。

"Agane li! ngi drakala si mu latadre malha ko angatu drima ki talaabuane ta," ua thingale ko tumu ini ko ta kidredremane ini ka kia pakualhialhi, ala iya kai: "Ani tubebelhe si tala suete ki daane ta ngu ta taraedra ngu lha lhilhivici si alha ma iluku kai mati kukuruane ta. Si ti ki tubi ki tina su ani ma iluku nga kai ma ti thalithiane si lhese ta.”

「孫子！起來到外面再取幾根柴木添進爐灶，」爺爺知道他內心很是沉悶，便說：「讓火煙繼續冒出，彌漫整個屋子，從每一個角落和縫隙帶走我們的霉運。順便請你的依納也將我們悲傷的淚水一起帶走。」

La mialhi ko tumu ini tako pa tupalha ko saki tubiane ini ki ebelhe iya kai: “Ku su ka lalake li! iluka nga kai barengerane li pelaela ki Tamuane su,: ‘Ay~i!’ iyaiya nga,” sa yiayia, ku tumu ini kai maka ua besere nga ki ngi ka kathalithiane ini si aethethekane yia kai: “Thalhalhai li! ua dreele su kai pakulhulhulane nai nay?”

馬勒爺爺也隨藉火煙寄上了祈禱，說：「女兒！也請妳替我帶上我深深的懷念，給妳的丈夫，說一聲『哎依~！』」此時，爺爺已不勝悲情，哽咽地說：「孩兒呀！你有否看到我們的孤零零？」

Sa kilalha ko Thrbbay ku ta avagane ki tumu ini, patara thingale ka mia ki maelaelaela, ai ala ka sa tubiane ka pathilipane si sa taulhaulha ini.

特湃聽到了爺爺的話，曉得爺爺似乎是帶有一點責備，但同時也是對他孩兒的痛心與惋惜。

Ko Tabbay ai ua dreele ki Tumu ini si pu kidredreme iya kai: “Ko ta ki tulalakane li, kai pa elhe ki ina, ana kai su kamani ka Umu ka yakai saka palha nakuane la nai tumnanai nako?” ala gaigathimi ngu lhialhingao, ko ta taru druadrusa lini ma tumu pa singi ta kepakepalane pakela inu nga, mia ki alalingu taru druadrusa tu papalha masa salika vaeva, kadrua nga ko kai ka tamuane lini ani ka lhegelhege ani ka drakerale.

特湃看著他爺爺，心想：「自從我出生以來，除了母親之外，要不是爺爺陪在我身旁，真不知道會變成怎樣？」同時也憶起，他們自近郊至野外，心影隨行，幾乎走完了整個叢林與溪流。

Ai kai kemeane, ko Tumu ini arua turamuru nga, la atu thingale nga ka kai lhi kamani nga kuidra angatu ko lhi kelhakelhabe ana , ai, amia kai kidredreme: “Umu! kui niake su mia ki Edreme ka kai lhika edreedrepe, si lhi pikakua ko lu kakdrua su?”

而現在，當他看到他爺爺的體力，很顯然再也不是爐灶裡那燃燒著火燄熊熊的木柴，於是他在心裡默默地說：「爺爺！您那耐燒而永不熄滅的生命柴火，我怎麼能夠沒有您？」

Ala dreele ki udrase ki Tumu ini, la mia ki tala alibi lini cavilhi lu ngi saraparapate ko ebelhe. Lo pa sala kilhape , la mia ki emem ka tuturu kai ngananganai singi ka lhegelhegane papu lhaulhaudru ngi saraparapate. Ala iya kai kidredreme: “Umu! Pa dulhu nga ku kai kidredremely.”

現在他又看到他爺爺的白髮，猶如是他們小小的石板之黑色的屋頂，正飄逸著越來越濃厚之白煙。眨眼之下，又彷彿是暮色蒼茫裡的遠山，雲瀑正由山頂逐漸地往下擴散開來。於是在他內心裡默默地說：「爺爺！萬一有那麼一天，我心裡都已經準備好了。」

Ko tina ini ka Galhaigay ngia drakaale pu lebe ko na aga ini ko kecegane. Acegecege ko tumu ini ka Amale si malha pa singi capaane tabutulane ko sakathaane nga si tako rairaithi ko lhi ka dadamai lini. La iya kai: "Agane li! ka tina su ma tuase nga mitaane kai kameane, ai, yakai ana mitaane ka abake ini, ala kamani kai akabalhulane kai bibilhinga kai aga ta."

此時，小依納卡賴蓋乃起身，把他早已煮好的粘飯一鍋端下來。馬勒爺爺則站起來，伸手從烤架上的小甕裡取出僅剩的一塊肥肉，再切成一小塊準備當菜餚。他說：「孫子！你的依納才剛剛離開我們這天，因她的靈魂還在我們當中，所以就以這一餐飯當成與你的依納共享的最後一餐。」

Sa ka lulungu nga ngi taletaleke ko bibilhi nga ko balhulane lini ki tina ini, ko tina ini ka Galhaigay ua takainene ikai ki na ta ikaikaiane ki tina ini, kirimu ka sasa ko kidredreme ini si iya kai: "Mia ki tala yakai ana ko Ina, si lu pu vaga ko "Ina!" yia, la ka kadrua ko ta makaelane.

於是當他們圍著一鍋，正在享用與他依納的最後一餐時，他看著小依納卡賴蓋正坐在他的依納以前常坐的位置，心裡甚感安慰地說：「就好像是依納還在。」而且，當他說：「依納！」一時也完全沒有兩樣。

Ai, lu kidredreme : "pangu adriadringane si ngu kakai ki kina umaumasane, yakai ko ta makaelane." Ai, lu dreele ki tina ini Galhaigay ikai ithili iniane, la asi kalha turamuru ko ta pasikaiane ki tina ini pa ngi lhipethele, lu pangu kai kakuthane, kadrua nga ko lhimaka ubalhithi kai ki ta ikaiane ini.

但他又覺得：「從某種實際的切身意義去感覺，還是有了微妙的差異。」但他內心對於他的小依納能在他旁邊，又為他的依納做了那麼多的事情，就某種意義來說，又是別人不能夠取代的位置。

Ku Thebbay ala kidredreme ki tina ini ka Galhaigay lu yanga si ka tuase nga, kavai ta ikaiane ini takanene, la lhi ka kadrua nga palhalhauthu, lhi ka sangu lhialhingau nga si barengerane ki tina ini pi kidredreme ko kai ka asiasiapane nga.

特湃又想到，當他的小依納走了以後，那個位置就會永遠是空了，只剩下在他整個心坎裡對他依納無數的回憶與懷念。

Ma sua lhikudru ko Thebbay pangu lhibange "yainu anga ini kai Vay?" lhegelhege mati adidirivane ko thelare dulilipi nga. La sarare ko kidringi ini, si ka tuase mu sapaka lhiugu ko kai ka adaili ki daane lini, saka lavavalake ana, ua arake ku nai tina ini si ka ta kelakelane lini kai steatedrane pasu alhau ki dulipy lo lhilhiugu.

特湃轉頭，從窗戶一窺戶外是何時？遠山的晚霞格外地豔麗迷人。於是他放下手中的木虆，出門往西來到離家不遠處，當他還小的時候，他的依納時常牽著他的手來這裡目送夕陽。

Ku Thebbay nau dreele samaka lhiugu amia, ai, ngiabalai, ku dulipy yakai nga lhilhikudru ki lhegelhege lhi mu cerrebe nga, kathaane nga ko ledra ka ya lididu nga vasavasau ki lhegelhege ko ngia lhibalhibate nga si ka ulhau nga.

特湃遙望著西方，想要看看夕陽，但卻稍晚了一步，夕陽早已在西山後面沉落，只留下一道正在閃過的餘暉，染紅了整個山嶺邊緣。

Ua dreele ko na ta takaininenane ki nai tina ini, si kebere iniane, la papia talhiugane si pasu alhalhaulhau ki vay lo dulilipi mu lebelebe mu ta mata takemane. Kai saka ulhaulhau yakai ilhingane iniane.

此時，他看到一個特殊的座位，過去他的依納常坐在那裡懷抱著他，然後面對夕陽，看著它緩緩西沉至地平線。這一幕情景，始終縈繞在他的腦海。

Kai kameameane ki kai ta ngimiane kai tharirane, la lhi asi papalha ki tina ini ka tuase. Ko ngi pakulhulhuane ini la lhi asi papalha nga ki thelare ki dulipy sana ngi lhibate, ka mia ki kia sabilhili drumudrumulhu lhi kadradritane nga kisalhu nga.

而這一天這樣的光景，隨著他依納也要走了。他內心盈滿自己徹底是個孤兒的落寞感，就像這道晚霞閃過後，黑夜尾隨在後面疾走似的情景。

Ma tuase nga talu saulhiane mu tavanane kai ka kidredreme ini, ua kelakela nga ko dradrimitane mu lebelebe. Si kai tali thingale pacubungu nau tumane iya si ngi pa ngi lhibate? Ma tuase mua ki Tumu ini ka Amale nau tutubi si pu taluvaivai iya ko lhese ini, ai, kai muabangalhe ko lhese ini mu aludru.

他無奈地走回家。接著夜幕真的已經降臨。使他真不知道該怎麼熬過？於是他走到馬勒爺爺身邊，很想哭出聲音，流出淚水。但，他內心仍然是欲哭無淚。

Ko Tumu ini ua kebere iniane, si tako suasulhape sasa ko ngi a tala rudrange nga ko alhima ini si iya kai: “Agane li! ua thingala ko kai ta kidredremane su ka ua tubitubi su, ai, ko kalhivili su ko silhibate su matia balheba, amani kai kai su alha lhelhelhese, anakai su pia kuini, nai ki pakualhi ko tina su lo dreele.”

爺爺乃擁抱著他，並以他已蒼老的手撫慰著說：「孫子！我深深知道你內心在哭泣，但你最偉大之處就是不會輕易地流出淚水，不然你的依納看到你哭泣會很難過的。」

Ko Tumu ini la tala isadra ana, ala iya kai pacungulu: “Ka tina su ala ka kai ka ma tuase mitaane, sana ikai ko kidredreme su ko nao iya iya su, ikaiya kai ki talaabuane ta si tu apui, lo tubebelhe nga, ala patu palha ko kidredreme su……,” ala iyana kai pacungulu kauriva: “Ani ikai su ubulane, ani ikai su inu nga.”

馬勒爺爺稍微停了下來，又說：「其實你的依納並沒有離開我們，只要你內心想要跟她說話，你就在我們的爐灶裡起個火，當火冒出煙來時，隨即將你想跟她說的話寄上……，」他老人家又繼續說：「或是在野地也可以，任何地方也都可以。」

“Ai, ko ta thingalane li ki Tina su, lhi ka ma dadalame nga dreele ko tua alai ki daane ta lo tubebelhe. Saniange lo ikai su ki ta kauaungane umauma, lo pangi sarubu su ku sangu tulhavathane su si lama patu ebebelhe, lo ka tuatuase tharu blenge tu ebebelhe, ko abake ki tina su lhi mia ki Kuau kainganai mua ki patu ebebelhe su, ikai tala dradralhai si tako ngi la laolao , si tako sabalhi ko tuaaly ki rengerengane su , si tako sabalhibalhi ko sangu lhemane rengerengane su si lhese ki taki dredremane su.”

「但是據我對你依納的了解，她應該是最喜歡看到從家裡冒出的火煙，尤其是當你在耕地上除草後燒出的火煙升空飄逸時，你依納的靈魂會像孤阿嗚一樣，在你燒出的火煙中翱翔，燻香盤旋在香料中抹油，還會從中品味到你工作時流汗的香氣，同時也會讀到你內心裡的淚水。」

Ko tumu ini akua kalhale nga kauriva, kai thingathingale ala si nguraguru ka sipelhenge nga ko agane ini ka Thebbay. Tumu ini: “Agane li! kia dulhu nga su……” la iya.

爺爺說了那麼多話，在不知不覺中，特湃已經臥在他爺爺的膝上打呼了。於是爺爺輕聲地說：「孫子！你累了……」

Pa ngia lhibate nga ko ta sudramane lini, ua dreele ko tumu ini lo ka tuatuase ko lhi ki angatu ko sa tu aputhane lini, ua kelakela tukudru kateelhege lo ka miauaubu. Pa tara thingale ko tumu ini ko taki dredremane ini ka yakai patharevane.

難熬的守喪忌日終於結束。爺爺總是看他出門去砍木柴，黃昏裡揹著重重的柴木回來，也無非是為了早晚能在爐灶裡起火，便知道他內心在想什麼？

Ya cengecenge nga ka kala abisane padulhudulhu ko apau takekane, lu ilebelebe ko Vay dulilipi nga, yakai acegecege ithiili ki ta turubuane ku kuadaladalai , si pasu alhalhau lu tubebelhe mu subelebeleng, yakai dredredrele kaulai, ala dreele ki Kuau lo ikai tai belenge ngi palhilhiusu. Ma edrepe nga apui kathane nga ko abu, yakai ana pa sualhalhao ki kuau lu kaualhaulhau mua ki emeeme.

忙碌翻墾準備播種的季節，每一黃昏裡當夕陽西沉時，他總是站在燒著的一堆火旁邊，望著濃煙裊裊上升，在那裡久久凝望，看著孤阿嗚在霧雲中翱翔盤旋。直到只剩一堆炭灰，他仍然佇立在那裡，目送牠緩緩消失在霧雲之中。

Ko tumu ini ua dreele nga maka abisi nga, kadrua nga ko ubulu si angatu ma tala balace. Ala iya kai ko tumu ini pi kidredrem ki ka ulhase ini ki lalake si la baibai ini pathareve ki abake lini I su belebeleng kauriva:

“Ala iya si ka yakai numi ibleng si pa tara thingale , ngi bangula ana si dreele ka lhese ini.”

爺爺也看著耕地都已經墾完了，而且草木都連根拔除了。於是他爺爺默默地對著他痛失的孩兒和媳婦的在天之靈說：

「假如你們在天上有知，可否轉頭再看一下他的淚水。」

本文獲二〇一三年台灣文學獎原住民短篇小說金典獎

註❶ 依納！（Ina!）：魯凱語之母親或媽媽，以及阿姨輩之通稱。

註❷ 哎依～！（Ay-!）：魯凱族土語，即「永恆再會」之意。

註❸ 阿祿安（Lalhuan）：位於西魯凱族群霧台鄉境內之一座山，現今名叫井步山，高二〇六六尺。

註❹ 阿祿安（Alhuane）：前文提及指該座山，在此是名詞形容詞，意為「我唯一生命的泉源」。

註❺ 滋歌樂（Cekele）：當地原住民對聚落、村落和城市的同用名稱，在此指「墓地」，即「死人的聚落」之意。

註❻ 「為日本人作公差而遇害身亡」：於昭和年代南幅重助當巡佐任內，派兩個人做公差，在舊好茶揹運公共浴室的大鐵鍋，從水門揹運途中兩人遇害身亡。

註❼ 山紅頭（Lalay）：學名Red headed Babbler（*Stachyris ruficeps*），身長約十一公分，因頭頂及後頭紅褐色而得其名，是魯凱族鳥占之重要聖鳥之一。

註❽ 孤阿烏（Kuau）：即大冠鷲，學名Serpent Eagle（*Spilornis cheela*），長約七十公分，因特有嘹亮的呼聲「孤、孤、孤阿——嗚——」，當地原住民以其叫聲，將之命名為「孤阿嗚」。

註❾ 太陽之水（Acilai ki Vay）：當地原住民形容「有小溪谷而永遠看不到水流」。乃形容一個人欲哭無淚。

註❿ 巴里屋（Balhiu）：在地原住民對自己個別家園之專用名稱，即「世世代代之家人永恆同居的家園」之意，在此指墳墓。

註⓫ 阿哇哇（Avava）：玩偶或寵物之意。

註⓬ 泊奈（pnay）：學名Japanese Green Pigeon（*Treron sieboldii*），長約三十一公分，漢文名綠鳩，叫聲低沉而耐人尋味，故當地原住民命名之。

註⓭ 縋線鳥（Tara paelhege）：學名Grested Goshawk（*Accipiter trevirgatus*），長四十八公分，漢名鳳頭蒼鷹，因常在空中盤旋突然定點飛舞，像女性縋線時手掌拍動收線的動作，故得其名。

註⓮ 巴里屋（Balhiu）：當地原住民用以指死後「永恆的家鄉」。

註⓯ 啦啦哩（Lalalhi）：一種夏蟬，只在黃昏時鳴以「啦、啦、啦、拉哩……」，故得其名。

註⓰ 奴奴（Nunu）！：魯凱族父母或長輩對任何小男孩之親切稱呼語，有「我的小子！」之意。

附錄

一〇二年年度小說紀事

邱怡瑄

一月

・「二〇一三台北國際書展大獎」與「二〇一三第二十一屆台北國際書展」。

一月九日，台北書展基金會公布「二〇一三台北國際書展大獎」得主名單。本獎分為「小說類」及「非小說類」。小說類得獎名單：陳雨航《小鎮生活指南》、鄭清文《青椒苗》、郭松棻《驚婚》。

二月

・二月二日，由國家書店、秀威資訊、龍圖騰文化聯合主辦之「海峽兩岸兒童文學作家交流會」，台灣由林文寶、陳木城、林煥彰主講，中國大陸則邀請楊紅櫻為代表，開啟兩岸兒童文學研究與創作的交流及對話。

・二月五日，由財團法人靈鷲山佛教基金會、世界宗教博物館、《聯合報》副刊、聯合新聞網主辦「第十一屆宗教文學獎」公布得獎名單，短篇小說組首獎陳柏言〈屋頂上〉，二獎詹傑〈偶〉，三獎劉玉儂〈牙洞〉，佳作葉璇〈廢電腦〉、蔡佩均〈夜遊〉。

・二月八日，二〇一三年至二〇一四年「國立台灣文學館台灣文學翻譯出版補助」名單揭曉，本次共受理三十七件申請計畫案，審議通過補助二十九件翻譯出版及翻譯計畫，計有鄭鴻生《青春之歌》、陳玉慧《CHINA》、鍾文音《傷歌行》、巴代《笛鸛》、方耀乾《台窩灣擺擺》、鄭清文《丘蟻一族》、夏曼·藍波安《冷海情深》與《天空的眼睛》、胡淑雯《太陽的血是黑的》、李昂《迷園》、江自得《給NK的十行詩》、蔡素芬《鹽田兒女》、尉天驄《回首我們的時代》、吳明益《複眼人》與《天橋上的魔術師》、陳芳明《台灣新文學史》、蘇偉貞《沉默之島》、紀蔚然《私家偵探》、李渝《金絲猿的故事》，以及「台文筆會二〇一三、二〇一四年刊英文翻譯出版計畫」、「白先勇、黃春明作品捷譯出版計畫」、「《台灣鄉土文學選》日文出版計畫」、「思潮社出版台灣現代詩人系列」、「中華民國筆會英文季刊——當代台灣文學英譯」、「二十世紀台灣經典小說韓文翻譯出版計畫」、「彭瑞金《台灣新文學運動四十年》、台灣詩人《杜國清詩選一百首》、台灣詩人《吳晟詩選一百首》韓譯出版二年計畫」、「向陽詩選」等作品與翻譯計畫獲得補助。

三月

·三月起，台北市文化局主辦，印刻文化承辦的「二〇一三台北文學季」活動共分六大類，包括國際作家津島佑子訪談；文學生活講座；作家與專家的跨界閱讀，台灣地景走讀導覽；創作微電影《那時，所有人都相信了繁華》；台北文學．閱影展；廣播節目：台北文學頻道等。

·三月一日，由紀州庵文學森林主辦，財團法人台灣文學發展基金會、文訊雜誌社合辦之

「牽手走遠路，共築文學夢——作家結婚照特展」，於紀州庵文學森林舉行開幕茶會，共展出老中青三代文學人結婚照八十幀，包含林良、司馬中原、鍾鐵民、洛夫、聶華苓、李潼、陳雪等，展期至四月二十八日。

・三月八日，由國立台中科技大學語文學院、應用中文系召開「楊逵、路寒袖國際學術研討會」，分楊逵與路寒袖兩組，楊逵組共發表二十三篇論文；路寒袖組發表十八篇論文。會中並舉行《閱讀楊逵》、《閱讀向陽》二書新書發表會。

・三月九日，楊逵文學紀念館首度展出楊逵手編的中、日文對照《送報伕》復刻版，包含封面、內文在內的前六頁內容，當晚另有春光玫瑰紀念音樂會，楊逵戲劇團、新化區五所國中小均登台演出。楊逵手編的《送報伕》中、日對照版本，封面為日本改造社出版的「改造文庫」，打開內頁，左右頁各貼上一篇日文及中文對照，左頁是日文，右頁的中文則是用胡風翻譯版本，有些維持原翻譯內容，有的則是楊逵手寫重新翻譯後的內文。有楊逵「致工藤好美留念詞」、詩作〈牛〉、〈黃虎旗〉、〈四行詩〉等手稿復刻展出。

・三月九日，台灣推理作家協會舉辦「第一屆台灣推理大獎頒獎典禮」於金車文藝中心台北館三樓展覽廳舉行。首屆大獎頒給傅博與景翔，同時舉行「幕後推手」特展，呈現傅博、景翔為台灣推理文學發展的影響及貢獻。

・三月九日，九歌出版社主辦「一〇一年度選新書發表會暨贈獎典禮」於紀州庵文學森林舉行。一〇一年度文選分別由隱地、甘耀明、許建崑主編散文、小說與童話。「年度散文獎」由王鼎鈞〈世界貿易中心看人〉及陳義芝〈戰地斷鴻〉獲獎；年度小說獎由陳雨航

《小鎮生活指南》獲獎；童話獎則由王文華〈雲來的那一天〉獲獎。

・三月十五日，由台北市政府文化局主辦，文訊雜誌社策畫承辦「文學摩登——台北文青生活考」特展，於中山堂光復廳開展，整理並呈現戰後台北城所累積的豐碩文學成果。

・三月十五日起，綠光劇團推出台灣文學劇場二部曲，由柯一正導演執導，吳念真改編知名作家王鼎鈞的短篇小說集《單身溫度》。本劇融合集中〈土〉、〈單身溫度〉、〈不是純吃茶〉三篇，串成隨軍隊撤退來台的外省主角「華弟」的一生辛酸。劇中從八十歲的華弟在安養院回顧過往開始，敘說自己因一直牽念大陸的初戀情人，雖然身邊經過不少女子，最後仍孑然一身的故事，除了呈現主角因離鄉背井導致的單身寂寥，也講述「異鄉如何變故鄉」的心路歷程。

・三月十七日，巫永福文化基金會舉行「第三十四屆巫永福文學評論／文化評論獎暨第十九屆巫永福文學獎頒獎典禮」。本屆文學評論獎為王國安《台灣後現代小說的發展》，文化評論獎為許世楷、盧千惠著／邱慎、陳靜慧譯《台灣　新生的國家》；文學獎得主為胡淑雯《太陽的血是黑的》。

・三月十七日，《鍾鐵民全集》新書發表會於高雄文學館舉行，由鍾鐵民次女鍾怡彥主編，長女鍾雨靖、三女鍾舜文及外孫子女共同繪製插圖，弟弟鍾鐵鈞參與校對。全套八冊，分小說卷四冊、散文卷三冊、資料卷一冊，總計約一百二十一萬字，由春暉出版社出版。

・三月三十一日起，紀州庵文學森林舉行「二〇一三紀州庵玩書節」系列活動：「聽故事」系列導覽，「說故事」系列活動，「看故事」系列講座，以及「演故事」小劇場與音樂演出，最後舉辦兩日書市集至五月五日結束。

四月

· 四月八日，由文化部主辦「第三十七屆金鼎獎」公布得獎名單，最佳文學圖書胡晴舫《第三人》、鄭鴻生《尋找大範男孩》、郭強生《惑鄉之人》、羅智成《透明鳥》。特別貢獻獎由曾任《中國時報．開卷》主編的李金蓮獲得。

· **第十五屆台北文學獎頒獎典禮**。

四月十三日，由台北市政府文化局主辦、正聲廣播公司規畫執行之「第十五屆台北文學獎頒獎典禮」，於西門紅樓舉行，本屆收到一千零六十五件作品參賽，共選出二十四件得獎作品。小說組：首獎許舜傑〈不可思議的左手〉，評審獎盧慧心〈車手阿白〉，優等獎劉韋利、劉昀欣。

· 四月三十日，台中市政府文化局於豐原區圖書館舉辦「永遠的文學者——陳千武逝世週年紀念會」，邀請吳麗櫻、鄭烱明、李敏勇、趙天儀、岩上等作家及陳千武家屬共同追思其風範及貢獻。

五月

· 五月十九日，中國文藝協會與文訊雜誌社舉辦資深小說家張放追思紀念會。張放女兒張雪嫆回顧父親生前點滴，會中亦展出張放著作共八十餘冊。張放於四月四日過世，享年八十二歲。張放，一九三二年生於河北昌黎，原籍山東平陰，菲律賓亞典耀大學文學碩士。曾任菲律賓三寶顏中學校長、《台灣新生報》駐菲新聞特派員、中國文藝協會祕書長等。曾獲中山學術文藝創作獎、吳三連獎散文獎、中國文藝協會榮譽文藝獎章等。著有小說《奔流》、《荒煙》、《春潮》、《台北茶館》、《豔陽天》，散文《旅途隨筆》、《三更燈火》，評論《當前中共文學思潮之研究》、《為文學探路》，傳記《盧溝風雲：宋哲元傳》等。

六月

・六月十九日，資深作家郭良蕙逝世，享年八十七歲。一九二六年生於河南開封，復旦大學外文系畢業。一九六二年出版的小說《心鎖》，描繪男女情欲，引發文壇討論與筆戰。著有小說《黑色的愛》、《青草青青》、《台北的女人》、《第三性》，散文《郭良蕙看文物》、《人生就是這樣！》等六十餘部。

・六月二十四日，國立台灣師範大學舉行「山海經傳——高行健國際學術研討會」，以高行健現代史詩劇作《山海經傳》為主題，從「文學」、「音樂」及「行銷管理」層面，探討如何將東方神話故事的《山海經傳》搬上舞台。台灣師範大學表演藝術研究所統籌「華麗搖滾音樂劇《山海經傳》」，於六月二十八至三十日在國家戲劇院演出。

七月

・七月二十二日，由吳濁流文學獎基金會主辦之「第四十四屆吳濁流文學獎」得獎名單揭曉，由方梓《來去花蓮港》一書榮獲小說獎正獎，陳雨航《小鎮生活指南》獲得小說獎佳作。頒獎典禮於七月二十七日假小叮噹科學遊樂區舉行。

・七月二十七日，台灣推理作家協會舉行「第十二屆台灣推理作家協會年會暨第十一屆徵文獎頒獎典禮」，由會長冷言致詞，並舉辦專題座談「臨門缺一腳——談推理小說創作常見問題」，由李柏青主持，與談人為路那、冬陽、天地無限。第十一屆徵文獎由四維宗〈倒帶謀殺以及連環殺人魔的困擾〉獲得。《倒帶謀殺：台灣推理作家協會第十一屆徵文獎作品集》由要有光出版策畫、秀威資訊科技公司製作發行，收錄得獎作品以及入圍決選作品：吳柏翰〈惡意火〉、燼霖〈三分之一的殺人〉、余峰〈末日的笑靨〉共四篇。

‧七月三十一日，由國立台灣文學館策畫之「釘根與散葉：台灣文學系所特展」於該館一樓藝文大廳展出，內容呈現台灣文學系所十餘年來的發展歷程和成果，彰顯設立台文系所的時代意義與影響。展期至十月六日止。

八月

‧八月一日，由文化部指導、九歌文教基金會主辦之「第二十一屆九歌現代少兒文學獎」於文化部舉辦頒獎典禮。首獎范富玲《我不是怪咖》；評審獎顏志豪《殭屍來了》；推薦獎陳韋任《聽祕密的聲音》，另有榮譽獎四名：鄒敦怜《等待揚帆》、馬景珊《綠野奇萊的夏色之旅》、潘怡如《舞獅的天空》、陳維鸚《蹺家不逃家》。

‧八月二日至五日，由行政院原住民族委員會主辦，中華民國台灣原住民族文化發展協會、山海文化雜誌社承辦之「第四屆台灣原住民族文學獎暨文學營與文學論壇系列活動」，借用邵族儀式語彙「Pudaqu」（播種祭）作為主題，於南投謝緯紀念青年營地、日月潭邵族部落等舉辦文學營，邀請原住民文學領域的專家學者與作家瓦歷斯．諾幹、巴代、乜寇．索克魯曼、董恕明、孫大川、郭明正等，針對各種文類開設課程，分享他們一路走來的創作歷程。

・八月八日至十八日，由趨勢教育基金會主辦「二〇一三玩藝文學節：疆界內外」於剝皮寮歷史街區正式展開，規畫有：「疆界內外」文學與當代藝術跨界展覽，邀請參展的文學家及藝術家現身對談；《西夏旅館》劇場筆記，以駱以軍《西夏旅館》為題材；親子故事屋「奇幻保健室」，取材自甘耀明的小說，由末路小花劇團改編詮釋等。

九月

・九月一至三日，由政治大學台灣文學研究所、中興大學台灣文學與跨國文化研究所、成功大學台灣文學系主辦「二〇一三台灣文學大會師」活動，於北、中、南三地舉行。

・九月五至九日，由財團法人台灣文創發展基金會、高雄市政府文化局主辦，「第一屆華文朗讀節」，於台北華山一九一四文創園區和高雄駁二藝術特區兩大文創場域舉行。皆以作家與當代明星們的朗讀和表演，讓跨界跨領域的朗讀劇場合作，另設「美好品牌生活區」、「朗讀沙龍」和「故事別境」的聲音展覽。

・九月十五日，「第二屆星雲人文世界論壇」邀請諾貝爾文學獎得主莫言來台。佛光山同時聘莫言為駐館和榮譽作家。

・九月十六日，由《聯合報》主辦「第三十五屆聯合報文學獎」公布得獎名單，短篇小說獎大獎陳柏言〈我們這裡也曾捕過鯨魚〉，評審獎張怡微〈奧客〉、周桂音〈二宅一生〉；極短篇獎優選謝增英〈結婚照〉、游善鈞〈食療〉、胡永盛〈迷失〉、陳曜裕〈木頭人〉、邱靖巧〈降雨機率〉、李秉朔〈她〉、張曉惠〈黑心貨〉、陳韋任〈嘶〉。

十月

．九月十七日上午，為表揚聶華苓的文學成就及其對國際文壇的貢獻，中央大學代表團專程赴美國愛荷華大學，由校長周景揚頒授聶華苓名譽博士學位。

．十月，余光中翻譯的《王爾德喜劇全集》由九歌出版社出版，包括《不要緊的女人》、《不可兒戲》、《理想丈夫》、《溫夫人的扇子》四部。

．十月七日，由文訊雜誌社舉辦「璀璨文藝．世紀傳遞——二〇一三文藝雅集」。近四百位橫跨文學、書法、繪畫、文史、傳統藝術等多種領域的藝文前輩與會。

．十月十七日，「第四屆台灣原住民族文學獎」公布得獎名單，小說組：第一名陳宏志〈哈勇來看我〉，第二名林嵐欣〈不是，她是我vuvu〉，第三名根阿盛〈祖靈——彷彿遙遠〉，佳作潘志偉、姜憲銘，頒獎典禮訂於十一月三十日在台灣大學總圖書館國際會議廳舉行。

．十月二十六、二十七日，由國立台灣文學館、國家圖書館主辦，中國現代文學館合辦，文訊雜誌社召開「新鄉．故土／眺望．回眸——二〇一三兩岸青年文學會議」，以「鄉土」為主軸，聚焦於一九七〇年代出生的青年學者、作家的研究與創作，並舉行《海峽兩岸青年作家作品選》新書發表會與贈書儀式。

．十月三十日，「第三屆全球華文文學星雲獎」公布得獎名單，貢獻獎獲獎人為黃春明，創作獎部分歷史小說類第一、二名從缺，第三名巴代〈最後的女王〉，評審推薦佳作陳麒凌〈天國夢〉。贈獎典禮訂於十二月一日在台北國際會議中心舉行。

十一月

・十一月二、三日，「第四屆台灣原住民族文學論壇」於台灣大學總圖書館國際會議廳舉行，邀請魏貽君專題演講「戰後台灣原住民族文學形成的探察」，共舉行七場論壇，主題分別為原住民文學翻譯面面觀、文學與音樂創作、原住民文學研究者觀察報告、一〇二年台灣原住民族文學獎得獎者創作分享、文學與影像：紀錄片的題材與故事、跨世代原住民作家的文學火塘、原住民文學的國際向度──紐西蘭篇。會後有綜合座談「話談原住民文學的新鮮事──文創・文獻・出版・展演」，由孫大川主持，與全體與會者互動。

・十一月三日，舉辦「二〇一三第三十五屆聯合報文學獎暨聯合文學二十九周年・第二十七屆聯合文學小說新人獎・二〇一三全國巡迴文藝營創作獎贈獎典禮」。第二十七屆聯合文學小說新人獎得獎名單：中篇小說首獎許舜傑〈老人革命〉，短篇小說首獎邱常婷〈山鬼〉，短篇小說推薦獎周凱〈垃圾妖怪〉，短篇小說佳作吳浩然〈駱駝夢〉、宋迅〈派對〉、曾谷涵〈地下道爺爺〉；二〇一三全國巡迴文藝營創作獎得獎名單：小說類首獎尤冠鈞〈對話錄──理想人〉。

・十一月十五日，由財團法人吳三連獎基金會主辦「第三十六屆吳三連獎」舉行贈獎典禮。本屆文學獎得主為小說家林二郎（巴代）與詩人閻鴻亞（鴻鴻）。

・十一月十六日，林榮三文化公益基金會舉行「第九屆林榮三文學獎」頒獎典禮，短篇小說獎：首獎李桐豪〈養狗指南〉，二獎李奕樵〈兩棲作戰太空鼠〉，三獎游玫琦〈女朋友〉，佳作周凱〈牽手〉、謝智威〈完美的一天〉。

十二月

・十一月十六日，由財團法人台灣文學發展基金會、文訊雜誌社主辦之「火光之隙——在紀州庵閱讀林燿德」座談會，假紀州庵文學森林舉行。座談會由鄭明娳策畫，楊宗翰主持，邀請王浩威、朱宥勳、汪啟疆、張國立、蔡其達分別就與林燿德的交往、對林燿德的閱讀經驗以及林燿德對一九八〇年代台灣文壇的意義等發表談話。現場播放「火光之隙——林燿德，一顆星的隕落」影片，並展出林燿德著作、手稿與插畫作品。

・國立台灣文學館二〇一三台灣文學金典獎，圖書類長篇小說金典獎由李喬《V與身體》獲獎。十二月七日在國立台灣文學館舉行贈獎典禮。

九歌文庫 1152

九歌102年小說選

Collected Short Stories 2013

主編　紀大偉
執行編輯　蔡琳森
創辦人　蔡文甫
發行人　蔡澤玉
出版發行　九歌出版社有限公司
臺北市105八德路3段12巷57弄40號
電話／02-25776564・傳真／02-25789205
郵政劃撥／0112295-1
九歌文學網　www.chiuko.com.tw
印刷　前進彩藝有限公司
法律顧問　龍躍天律師・蕭雄淋律師・董安丹律師
初版　2014（民國103）年03月
初版2印　2014（民國103）年04月
定價　380元

書號　F1152
ISBN　978-957-444-929-3
（缺頁、破損或裝訂錯誤，請寄回本公司更換）
本書榮獲臺北市政府文化局贊助

國家圖書館出版品預行編目資料

九歌102年小說選 / 紀大偉主編. -- 初版. --
臺北市：九歌, 民103.03

面； 公分. -- (九歌文庫 ; 1152)

ISBN 978-957-444-929-3(平裝)

857.61 102028081